二見文庫

ゆらめく思いは今夜だけ

ローラ・ケイ／久賀美緒＝訳

Hard as You Can
by
Laura Kaye

Published by arrangement with Avon,
an imprint of HarperCollins Publishers
through Japan UNI Agency,Inc.,Tokyo

心からの感謝をささげます。
恐怖の四人組へ。数えきれないほどたくさんの理由から。
ＡＢへ。いつもにこにこしてキャーキャー言っていてくれたことに。
ＪＲＷへ。人前で私を泣かせ、人生でもっとも幸せな瞬間をくれたことに。
ブライアンへ。もう一度可能にしてくれたことに。

ゆらめく思いは今夜だけ

登　場　人　物　紹　介

クリスタル・ロバーツ	ウエイトレス。本名サラ・ディーン
シェーン・マッカラン	元陸軍特殊部隊隊員。 軍事コンサルタント会社勤務
ジェナ・ディーン	クリスタルの妹
ブルーノ・アッシュ	クリスタルの恋人。 〈チャーチ・オーガニゼイション〉の幹部
ニック・リクシー	シェーンの元戦友。元陸軍特殊部隊隊長
ベッカ・メリット	ニックの恋人。看護師
チャーリー・メリット	ベッカの弟。 コンピュータ・セキュリティ・コンサルタント
ジェレミー・リクシー	ニックの弟。〈ハード・インク〉の経営者
ベケット・マルダ	ニックの元戦友
エドワード・"イージー"・キャントレル	ニックの元戦友
デレク・"マーツ"・ディマーツィオ	ニックの元戦友。コンピュータの専門家
ミゲール・オリヴェロ	ニックの友人。私立探偵。 元ボルティモア市警の刑事
ジミー・チャーチ	〈チャーチ・オーガニゼイション〉のボス
フランク・メリット大佐	ベッカの父親。故人
モリー	シェーンの妹。故人
ジェス	〈ハード・インク〉の従業員
アイク・ヤング	〈ハード・インク〉のタトゥー彫り師。モーターサイクル・クラブに所属するバイク野郎

1

クリスタルは個室のパーティールームから出るや否や、顔から作り笑いを消した。独身お別れパーティー《バチェラー・パーティー》は本当にむかつく。たいていの場合、花婿になる男は友人たちの企画したサプライズのストリップパーティーに困惑し、おとなしい態度に終始するのだが、今夜はそんな幸運に恵まれなかった。彼女のもてなすべき主賓は下品きわまりなく、購入した商品を実地に試そうとしきりに手を伸ばしてくるものだから、こんなゲス野郎にはさっさと見切りをつけて逃げだしたほうがいいと婚約者に助言してやりたくなった。

とはいっても、クリスタルに男を見る目があるわけではない。そうでなければ、〈コンフェッションズ〉で働いてなどいない。こんなストリップクラブでウエイトレスをしているなんて、なんという人生だろう。とはいっても、ほかにたいして選択肢はなかった。少なくとも、今はお金と引き換えに体そのものを提供せずにすんでいるのだ……以前とは違って。それにストリップや奥の小部屋で行われる〝プライベートショー〟にも出なくていいのだから、よしとしなければ。

そういうことをしなくてすむよう、恋人のブルーノが守ってくれている。ブルーノはとにかく独占欲が強くて、彼女をほかの男と共有するのをいやがるが、なんでも思いどおりにしたがる押しつけがましさにも少しはいい面があるというわけだ。

クリスタルは従業員用の薄暗い廊下を足早に進みながら、これからすべきことを頭の中で確認した。担当しているパーティーはふたつ。今の個室の客たちにはもう一杯ずつ飲み物を出し、もうひとつの個室の客たちにはつまみ《アペタイザー》を持っていく。それからブルーノに連絡して、夕食に出かける準備ができたかどうかきかなければ――。

駐車場につながっている裏口のドアが開いて、狭いスペースに男たちがなだれこんできた。ジミー・チャーチの手下たちが何人かと、見知らぬ男たちが二、三人。ジミー・チャーチはここの経営者で、ボルティモアじゅうに悪名をとどろかせているギャングのボスだ。クリスタルは彼らの目に留まるのを避けるため、暗がりに引っこんだ。

大きいサイズ専用の店にもなかなか置いていないであろう特大のスーツとネクタイに身を包んだビッグ・アルことアーマンド・ルイスが、男たちを率いて廊下を突っきり、チャーチのプライベートラウンジへと向かっていく。

大男のビッグ・アルは使徒《アポストル》と呼ばれる上級メンバーのひとりだ。みんなに仰ぎ見られるアポストルには、下積みを経たあと大金の絡む作戦を成功させ、普通の人が知りたくもない何通りもの方法で忠誠心を証明してきた者だけがなれる。

見知らぬ男たちは黒っぽい色のスーツというごくありふれたいでたちだが、クリスタルは彼らの際立った自信と威圧感に目を引かれた。アルの手下たちもいつになくおとなしいので、そんな気配を感じ取っているのだろう。

この男たちが、ここ何日かみんなが噂《うわさ》をしていた〝客〟に違いない。大金を賭けてもいいが、もちろんクリスタルにはそんなお金はない。空気が恐ろしいほど張りつめている。男たちが何者か、チャーチにどんな用があるのか、彼女は知らないし、知りたくもなかった。演技でもいいから、極力何も知らないでいること。それが彼女の会得した、ここで生き抜くすべだ。

男たちに見られなくてよかったと、クリスタルは神に感謝した。彼らが何をしているのであろうと、絶対にかかわりたくない。

彼女が安堵《あんど》のため息をついていると、裏口のドアがふたたび開いた。チャーチの手下ふたりが、ひどい怪我《けが》で朦朧《もうろう》としている男を連れて、彼女のいるほうに向かってくる。真ん中の男は歩こうとしているが、ほとんど力が入らず、腕を両側の男たちの肩にまわしてぶらさがっている状態だ。だらりとさがった頭は歩くたびに揺れ、まわりが黒く変色した目はうつろで、唇は腫れあがっている。汚れたTシャツには鼻か唇から垂れた血が筋状についているし、手に巻かれた布は血まみれだ。クリスタルは思わず目をそむけた。

手下のひとりが立ちすくんでいる彼女に気づいて、驚いた顔をした。「なんか食い物を持ってこい。地下の部屋だ」それだけ命令して、悪態をつき、息を荒らげながら階段をおりていく。

怪我をしている男はいったい何をしたのだろう。ああして地下室に連れていかれるのは、意に反してとらえられた者だけだ。彼女は身をもって知っている。いずれにせよ、地下で行われることは知らないでおいたほうがいい。そんなふうに考える自分に一瞬嫌悪感を覚えたが、知ったからといって何かできるわけではない。

クリスタルはわれに返って、廊下を横切った。クラブ内で目立たないためには、自分の仕事をさっさと間違いなく片づけるのが一番だ。そうすれば放っておいてもらえると思えば、たいした手間ではない。急いで厨房《ちゅうぼう》に向かおうとした彼女は、クラブのメインフロアとの境にあるカーテンのかかった出入り口を抜けて入ってきた男に気づかず、まともに突っこんでしまった。胸板を覆う硬い筋肉に跳ね返されると同時に、シャワーを浴びたばかりのような清潔でさわやかな香りが鼻腔《びこう》に満ちる。

「おっと」男がクリスタルを抱き留め、壁に押しつける形になった。

しまった！　気を抜いていた！　ここの男たちは少しでも気に障ることがあると容赦せず、嬉々《きき》として相手に身の程を思い知らせる。クリスタルは慌てて謝った。「まあ、どうしよう。ごめんなさい、お客様」首を振りながら急いで体を離し、自分の着ているばかげた透け透けのピンクの下着とピンヒールに目を落とす。個室でのパーティー用の制服だ。「お願い、許して。ほんとにごめんなさい」

「全然大丈夫だよ、かわいい人《ダーリン》」南部訛《なま》りの声は糖蜜のように甘くあたたかで魅力的だ。クリスタルはそこに笑みが含まれているのを感じ、シャツを通してもわかるすばらしい筋肉質の体をたどって視線をあげていった。彼の笑顔を見て、思わず息をのむ。鍛えあげられた屈強な体とこのうえなく美しい顔の組み合わせが、とてつもなくセクシーだ。顎と頬骨が険しく鋭い線を描いているのとは対照的に、豊かな唇は楽しそうにカーブしているし、珍しい色合いのグレーの目の端には笑い皺《じわ》が寄っている。「そうだ」彼が思いついたように言った。「俺たちは〝会社《カンパニー》〟の者なんだが、連れだってバーに向かったあと戻る途中で、間違ったところに入ってしまったようなんだ。みんながどっちへ行ったか知らないか？」

クリスタルは彼の口元からどうにか視線を外し、目を見つめた。ビッグ・アルの客は表側からも来たのだろうか。でも、この男は〝バーに向かった〟と言った。入り口付近にあるバーを通過して奥に来たのではなく。クリスタルが男の背後を見ると、連れがふたりいて、視線が合った。いらだった表情のふたりからは、さっき見たアルの客と同じ威圧感が伝わってくる。目の前の男が眉をあげ、おもしろそうに彼女を見つめた。

クリスタルはようやく声が出た。「えーっと」廊下を見まわす。「そうね、何人か、この先の個室のパーティールームへ行ったみたい。あと、地下へ行った人たちもいるわ、なんか、具合の悪そうな人を連れて。私、その人のところに料理を運ぶように言われているの」男との距離が近く、体の熱が伝わってくるようで息苦しい。この男たちは何か変だという気がしきりにするが、彼女は問いただすような立場にない。

美しい顔をした男がほほえむと、クリスタルは体がかっと熱くなって身もだえしたくなった。こんなふうに男と今にも触れそうな距離で立っているのを見つけたら、ブルーノは彼女も、おそらくこの男もただではおかないだろう。クリスタルはカーテンの上に設置してある監視カメラにちらりと目をやり、カメラの視界から外れているとわかってほっとした。

「俺たちもそこへ行くんだ。伝えなきゃいけないことがあってね」彼はウインクをすると、頭をそちらに傾けてみせた。「おりればわかるかい？」

クリスタルは心臓が激しく打つのを感じながら、唾をのみこんでうなずいた。「左側よ」

「おかげで助かった……」男が何かを期待するように眉をあげてほほえんだので、彼女もつられてほほえむ。

きどらない笑顔とむきだしの男らしさに一瞬ぼうっとなったクリスタルは、はっとわれに返った。彼が何を期待しているのか気づき、慌てて答える。「クリスタルよ。お安いご用だわ」

男は満足げな笑みを浮かべると、後ろにさがった。「また会いたいな」

それはないだろうと思いながらも、クリスタルは言った。「ええ、ぜひ」会話を終わらせるチャンスを逃さず、急いで歩きだす。振り返りたい気持ちを抑えて、視線を前に据えた。

とにかく、振り返ってはならない。彼女は今の境遇でやっていくのに精いっぱいだった。彼とどうにかなりたいという気はないし、望んだとしても不可能だ。だいたい、向こうも本気で言ったわけではないだろう。

クリスタルは暗い廊下を突き当たりまで進んだ。オフィスはスチール製のドアの向こうにある。クリスタルはキーパッドに無造作に暗証番号を打ちこんだ。カチッと音を立ててキーが開くのを待ち、ジミー・チャーチが率いるギャングの中枢部、あるいは少なくともそのひとつである場所に足を踏み入れる。通常、女たちはここへは入れない。だがブルーノは使徒《アポストル》のひとりだし、かつてはクリスタルの父もそうだったため、このふたりとつながりのある彼女だけは入ることを認められている。ささいな特権ではあるけれど。

誰もいないオフィスエリアを抜けて、二番目のドアの前に立った。戸枠をノックし、開けっぱなしの入り口から体を入れる。

コンピュータの前にいたブルーノは、クリスタルを見て険しい顔をした。「今までどこにいた?」立ちあがって、部屋の空間を大きく占めているマホガニー製のデスクの横をまわろうとし、裸の女やピカピカのバイク、改造車といったいかにもストリップクラブらしいピンナップで埋めつくされた壁にぶつかる。

「あの……ごめんなさい。バチェラー・パーティーが二件入っていて」クリスタルは彼を見あげ、機嫌を推し量ろうとした。

ブルーノ・アッシュはウエイトリフティングとステロイドで作りあげた筋肉を全身にまとった大男で、強烈なエゴと尊大な態度でさらにふくれあがって見える。つきあいはじめた頃はくしゃくしゃのブラウンの髪が武骨な顔をいくらかやわらげていると思ったものだが、今は頰についているナイフの傷跡のせいでなおさら恐ろしく見えるしかめっ面しか目に入らない。クリスタルはブルーノに一度でも魅力を感じた自分が信じられなかった。どうして彼が、自分の抱えている問題をすべて解決してくれるなんて思ってしまったのだろう。四年前に戻って十九歳だった自分に蹴りを入れてやれるのなら、何を差しだしてもいい。

「ちっ、次からは俺を優先しろ」

クリスタルはなんとか笑顔を作った。「ほんとにごめんなさい」彼の胸を撫《な》でてあげてなだめ、そんな自分に失望する。「今からじゃだめ？」あと八カ月。八カ月我慢すればいい。

ブルーノが黒い目に欲望を浮かべ、体を寄せてクリスタルを見おろした。猛々《たけだけ》しくそそりたったものを彼女の腹部に押し当て、誘うように眉をあげる。

そのささいな仕草で、彼女はさっきぶつかった男のことを突然思いだした。ほんの何分か前、彼は今、クリスタルをドアに押しつけているブルーノと同じように、彼女を壁に押しつけていた。だが行動は同じでも、ブルーノには彼みたいな魅力も、ユーモアも、息をのむほど美しい顔もない。

一瞬、頭をよぎった考えを、クリスタルは目をしばたたいて振り払った。どうかしている。ブルーノが熱い反応を期待しているのに。男の姿を頭から締めだし、ブルーノの首に腕をまわす。

デスクに置いてある携帯電話が震えはじめたが、ブルーノはそれを無視して、クリスタルに激しく唇を押しつけてきた。無条件に降伏し、受け入れることを要求するキスだ。

だがやがてうめき声をあげ、動くなと目で命令しながら体を離した。パーティーの客だろうと誰だろうと、ブルーノには関係ない。クリスタルは彼のものなのだ。ブルーノは携帯電話をひねりつぶしそうな勢いで乱暴につかんだ。「なんだと?」激しい怒りに顔をゆがめる。「何者だ?」沈黙。「何人いた? つかまえたのか?」

クリスタルはその場にとどまるべきかどうか迷った。電話の用件がなんであれ、ブルーノはしばらくかかりきりになりそうだ。それに怒りに満ちた表情からして、なるべくそばにいたくない。

彼女の考えが聞こえたかのように、ブルーノが鋭い視線を向けた。「今夜、いつもと違うことはなかったか？」

　クリスタルはブルーノが電話ではなく自分に話しかけているのだと一瞬気づかず、ぽかんと見つめ返した。「えっ、私？」あの男たちだ。美しい顔をした男と、連れのふたり。バーに向かったあと戻る途中だと言っていたのに、彼らは飲み物を持っていなかった。「いいえ、何も」クリスタルは、とっさに嘘《うそ》をついた。実際何も知らないし、彼らについて話せば、ブルーノは必ず捜しに行く。わざわざ大ごとにする必要はない。なんでもない人たちなのだから。

　ブルーノに嘘をついてしまったけれど。

　だけど、嘘をつくのはこれが初めてではない。今の生活は嘘で塗り固めたものだと、クリスタルはよく承知していた。仮面をかぶり、毎日果てしなく演技を続けている。小さい嘘もあれば大きい嘘もあるが、生きるか死ぬか、あるいはこの世の暗部とも言えるいかがわしい場所を這《は》いずりまわらずにすむかどうかがかかっている場合もある。悲しい現実だが、こんな場所、こんな境遇、こんな生活でさえ、どん底よりはるかにましだ。

　それに甘んじているのは、彼女自身のためだけではない。法廷で有罪判決を受けた直後の父に、病気の妹の面倒を見るようにと請われて約束した。あのときから、クリスタルは一本しかない命綱のようにその約束にしがみついている。妹のために払えない犠牲はない。

〈コンフェッションズ〉で働くのも平気。

ブルーノにも我慢できる。

背中の傷跡だって、どうということはない。

あの日から二週間後に父が刑務所の中庭で喧嘩《けんか》に巻きこまれて死ぬと、約束はさらに破ることのできないものとなった。もしかしたら、父は先を見通していたのかもしれない。遠からず自分は死に、クリスタルの肩にすべての責任がのしかかると。

ブルーノが興味を失った様子で背を向けたので、クリスタルはほっとした。「十分ごとに報告を入れろ。ほかの拠点も襲撃されてないかどうか調べるんだ。いいか、誰がやったのか絶対に探りだせ。そいつらの首を俺の前に持ってこい。今すぐだ！」どうやらブルーノが噴火直前の火山みたいになっても当然の事態らしい。チャーチの組織内で警備責任者の地位にある彼は、早く状況をおさめないと首が飛びかねない。ブルーノが恐ろしい形相で振り向いた。「さっさと出ていけ。ドアを閉めていくんだぞ」

嘘をついた後ろめたさと、ブルーノの怒りと、ジミー・チャーチの根城を襲撃した者がいるという大それた事実に、クリスタルは心臓が早鐘を打つのを感じながらドアを閉めた。オフィスを出て、厨房に走りこむ。

「今までどこにいたんだ、クリスタル?」ハウイーの声が飛んできた。ブルーノと同じ質問だが、心底機嫌を損ねている様子はない。ハウイーは古くからのギャングのメンバーで、長年〈コンフェッションズ〉の料理と飲み物担当マネージャーを務めている。クリスタルの父とは友人同士だったため、彼女を生まれたときから知っており、今では父親役を買ってでている節がある。クリスタルも別にそれがいやではない。

「ごめんなさい、ハウイー。ちょっとつかまっちゃって」

詳しく説明する必要はなかった。説明しなくても彼にはわかる。ここでは物事がどういうふうに動くか、よく知っているのだ。ハウイーはため息をついてうなずいた。

「メイシーを代わりに行かせなきゃならなかったよ。どっちの部屋からも、遅いって文句が来たからな」

クリスタルは胃がすっと冷たくなった。「でも、もう行けるわ。だから――」

「しかたがなかったんだ。今日は大事な客が来てるから、ちょっとでも粗相がないようにと上が望んでる。悪いが、あの二件のパーティーのチップはメイシーと分けてくれ」ハウイーの表情を見て、彼が心から同情してくれているのがわかった。

クリスタルの給料からは、父の借金の返済として一時間分の時給とチップの半分がチャーチに天引きされている。その残った半分のチップをさらに分けなければならないのだと考え、絶望にのまれそうになって懸命に踏みとどまった。これくらいでいちいち打ちのめされていたら、今頃は地面の上でぺちゃんこになっている。「そうよね。こっちこそ悪かったわ、ハウイー。そうそう、食べ物を持ってこいって命令されたんだけど――」

年配のハウイーが金属製のカウンターに置いてあるトレイを取って彼女に渡す。

「ああ、そっちも催促の電話がかかってきたよ」彼は眉をあげた。

「あら」鶏のささみ《チキン・テンダー》のフライとフライドポテトを盛った皿と水のペットボトルがのったトレイを受け取りながら、クリスタルはなんとかほほえんだ。ハウイーが励ますように肩を握る。

クリスタルは激しい頭痛に耐えながら急いで裏口前の廊下を横切り、角をまわって階段へと向かった。地下に行かなければならないのが、いやでたまらなかった。当時の恐ろしい記憶と自分の放った絶望のエネルギーが、黒ずんだ古い壁板に今でもニスのように染みついている気がする。クリスタルは大きく息を吸うとトレイの上のものに目をやり、足元を慎重に確認しながら階段に踏みだした。

突然、地下から大きな物音がして、足音が続いた。クリスタルが見ると、マスクをかぶった男がふたり、階段を駆けあがってくるところだった。先頭の男は銃を彼女の胸に向け、もうひとりは意識を失った男を肩に担いでいる。

クリスタルが急いで体を引くと、トレイの上から水のボトルが飛んだ。喉から悲鳴が飛びだしそうになるのをこらえ、トレイをきつく握りしめる。何が起こっているのか理解しようと、クリスタルはすばやく考えをめぐらせた。この拠点も破られてしまったのだろうか。ボルティモアに悪名を馳《は》せているギャングを怒らせるリスクをいとわないなんて、何者なのだろう。ブルーノがさっき電話を受けた件と関係があるに違いない。今ここで急を知らせれば、得点を稼げるのはわかっている。それなのに、どうしても声が出なかった。

気がつくと、男たちは階段をのぼりきっていた。クリスタルは目の前の男を見つめた。マスクの穴からのぞいているグレーの目に見覚えがある。黒っぽいシャツに包まれた筋肉の盛りあがった上半身にも、清潔で男らしい香りにも。

あの美しい顔の男だ。

いったい何者なのだろう。こんな真似《まね》をするなんて、死にたいと叫んでいるようなものなのに。

この男たちは、チャーチにつかまって拷問された男を取り返しに来たのだ。意識を失っている男はクリスタルの知り合いではないが、彼が救いだされるのはいいこととしか思えない。意思に反してとらわれ、精神や肉体を痛めつけられていい人などいない。中でも一番恐ろしいのは人身売買の餌食にされることだ。

クリスタルは自分が何を言おうとしているのかわからないまま、口を開いた。「やつらが来るわ、電話があったのよ」裏口に向けて設置された監視カメラの視界に入っている場合に備え、口元が映らないように顎を引く。「私、これから叫ぶから、殴って」

「なんだって？」目の前の男が驚いた声をあげ、マスクの穴からのぞく目をぞっとしたように見開いた。

「でないと、あなたたちを助けたのがばれちゃう。そういうわけにいかないの」何を言っているんだろう。クリスタルは半狂乱になって考えた。なぜこんなことをしているの？「お願い」

クリスタルは自分の置かれた状況に腹を立てながら、喉が張り裂けそうな勢いで叫んだ。

男に見当違いの騎士道精神など発揮してもらっては困る。何をぐずぐずしているのだろう。「お願い」

彼の目に力がこもった。

「倒れておなかをさするふりをして」そう言って、クリスタルの腹部に向かって拳を繰りだす。彼女は体を緊張させたが、衝撃は来なかった。男に感謝し、ほっとしながら、監視カメラに映るよう横に吹っ飛んだふりをする。頭と背中が壁にぶつかって、その痛みに思わず声がもれる。手から離れたトレイが空を飛び、音を立てて転がった。

顔をあげると、男たちは消えていた。

クリスタルの叫び声はすぐに効果を発揮して、チャーチの手下たちが飛びだしてきた。クリスタルは出口に向かって殺到する男たちの足に踏みつけられないよう、廊下の床の上で小さく体を丸めた。禍々《まがまが》しく暴力的なボスの大事な獲物を奪われたのだ。手下たちはわれ先に不届き者たちのあとを追っていく。積極的にではないにせよ、彼らを止めなかったボスに敵対する人を助けてしまった。

業務用の重いドアの外で、銃声と叫び声と路面にタイヤがこすれる音がした。手下たちは次々に裏口へ向かっているが、足を止めてクリスタルに注意を払う者はいない。床に転がっている彼女のことなど目に入らないのだろう。ここでのクリスタルはそういう存在なのだ。

客たちのいる表側で流れている音楽の低音のビートに合わせて、クリスタルの頭はズキズキ痛んだ。音と一緒に壁も脈打っているように見える。恐怖とアドレナリンが血管を勢いよく流れ、立とうとしても体が震えて足に力が入らない。散乱した食べ物を踏まないように気をつけながら立ちあがると、後頭部の痛みが悪化した。この痛みは自分のせいだ。頼んでも、男は殴らなかったのだから。拳を当てるふりをしただけだ。

ただのふり。

なぜ、ふりなんかしたんだろう。殴ってと頼んだのに。それしかなかったから。彼と、意識を失っている男を担いだ仲間が階段を駆けあがってくるのが見えたとき、叫ぶ以外の選択肢はないとすぐにわかった。とにかく、怪我をしている男が助けだされてよかった。ボルティモアを牛耳るギャングの〈チャーチ・オーガニゼイション〉につかまって、二度と逃れられない者は多い。クリスタルのように。逃亡者を助けるところを目撃されるのは絶対に避けなければならない。生きていたいのなら。それにこっちのほうが重要だが、ジェナを生き延びさせたいのなら。

とにかく、あの美しい顔の男はクリスタルを殴るのを拒否した。女を殴るわけにはいかないということか。

なんてみじめな境遇に堕《お》ちてしまったのだろう。そういう男がひどく珍しく思えるなんて。でも、もしかしたら彼の見せた紳士らしさも、彼女が助けた見返りにすぎないのかもしれない。

「クリスタル」脅しを含んだ声が降ってきた。

ブルーノだ。クリスタルは痛むおなかを抱え、意気地なく怯《おび》えているふりをしながら振り向いた。ブルーノが取り巻きをふたり連れ、憤然と近づいてくる。すさまじい怒りのエネルギーがまずぶつかってきた。彼女は床から体が持ちあがるくらいきつく腕をつかまれた。「何があった?」

クリスタルはブルーノが庇護《ひご》者という役まわりを演じるのをどれほど気に入っているか知っていたので、感じている恐怖をそのまま声にこめた。「わからない。言われたとおり、下に食べ物を運んでいくところだったの」大きく息を吸った。「そうしたら武器を持った男がふたり突然駆けあがってきて、私を殴って突き飛ばしたのよ」クリスタルは後頭部にそっと手を当てた。「そのあとは……その……よく覚えてないわ」

ブルーノはうなり声をあげると、振り返って背後の男たちに言った。「下を見てこい。誰か残ってたら撃つんだ。ただし、殺すんじゃないぞ。いろいろ聞きださなきゃならないからな」男たちはすぐに地下へ向かった。カーペット敷きの階段を足音も荒く駆けおりていく。「ほかには何か見てないのか？　思いだせ」ブルーノはクリスタルの腕をつかんだ手にさらに力をこめ、揺さぶった。その目には優しさなどひとかけらもない。

「ええと、黒っぽい服を着ていたわ。マスクをつけて、銃を持ってた。ひとりは肩に何か担いでいた気がする。でも私はすぐに殴り倒されて、その隙にやつらは出ていったの」ほかにも知っていることがあると認めるわけにはいかない。最初にどの方向に行けばいいかきかれたとき、マスクをつけていない顔を見たなんて。しかもその時点でどこかおかしいと気づいていたなんてうっかりもらしたら、その瞬間に彼女も妹も地獄行きが決定する。どんな地獄かはわからないけれど。

クリスタルは自分と妹がそんな目に遭わずにすむよう、なんでもするつもりだった。彼女の体には、かつて地獄にいたことを証明する傷跡もある。

ブルーノがタコのできた硬い手の力を緩めた。いきなり肺がつぶれそうな勢いでクリスタルを抱きしめる。「おまえに触ったやつらを殺してやる」それはクリスタルのことを案じての行動ではないとわかっていた。ほかの男がブルーノの所有物に触れて彼の権利を侵したことに、腹を立てているのだ。だがそうやって怒りをほかに向けてくれるほうが疑われるよりもいい。

クリスタルは甘えるようにブルーノに身をすり寄せた。「とっても怖かったのよ」アドレナリンが一気に出たせいで体が震えているのを利用し、声を震わせる。ときどき、演技がうまくなりすぎている気がして不安になった。こうやって小さな演技を重ねるたびに、もともと持っている正直さを少しずつ失っていく気がする。

ブルーノが抱きしめたときと同じ唐突さで体を離したので、クリスタルは思わずよろけた。「オフィスで待ってろ。あとで行く」痛みを覚えるくらいきつく顎をつかまれ、キスされる。わがもの顔で押し入ってくる舌に従順に応えていると、ブルーノは満足して、侵入者たちが出ていった裏口へ向かった。

それにしても、侵入者たちの目的は本当に虐げられた者の救出だったのだろうか。意識を失うまで痛めつけられていた男が何者かは知らないが、クリスタルはそうであるよう心から祈った。実のところ、彼らがいい人かどうかはわからない。しかし美しい顔をした男が殴ってくれと頼まれて嫌悪の表情を浮かべたことを考えれば、その可能性は高い気がする。クリスタルはこの四年間で、人を見る目、人の本質を見抜く目だけは鍛えてきた。研ぎ澄まされた直感が、グレーの目をした美しい顔の男は本物の救い手だと告げている。

彼女を救ってくれるわけではないけれど。

だが、かまわなかった。他人など当てにはしない。クリスタルは彼女自身の力で、必ずこの境遇から抜けだすつもりだった。ジェナと一緒に。白馬の騎士やすてきな王子様なんか現れない。マントを着た十字軍の兵士が、クリスタルを解放してくれるわけではない。そんな男性が現れたと一度は思ったが、勘違いもいいところだった。彼女を平気で殴るような男だったのだから。

薄暗い廊下でひとりになると、クリスタルは目まぐるしく起こった出来事を急に実感して、体が震えてきた。考えがまとまらないまま、あちこち痛む体を引きずって、ふたたびオフィスエリアへと向かう。さっきと同じようにキーパッドに暗証番号を入力して中に入ると、まっすぐにブルーノのオフィスを目指した。一番奥にある部屋から興奮して言い争っている声が聞こえたが、それに巻きこまれるのはごめんだった。今夜の取引がうまくいくように、チャーチの手下たちはどんなささいなトラブルもないように気を遣っていた。もしかしたらその取引の一部が、さっき裏口から奪い去られてしまったのかもしれない。あそこにチャーチがいるなら、怒り狂って血を求めているだろう。

彼女だって自分の身はかわいい。

クリスタルはブルーノのオフィスに滑りこむと、息を詰め、カチッという音がしないように静かにドアを閉めた。壁際に置いてある黒の革張りのソファまで行って崩れるように座ると、誰かがエアコンの目盛りを最強にしたかのように全身が寒気に包まれた。こんなばかげた下着ではなく、着心地のいいジーンズとスウェットシャツに着替えられたら、どんなにいいだろう。

こうして誰にも邪魔されずに静まり返った部屋にいると、見ず知らずの男のために冒した危険の大きさがひしひしと身に迫った。

体じゅうの筋肉が震え、骨まで揺さぶる。クリスタルは全身に力をこめて、必死にこらえた。今夜はいったい何回危険を冒しただろう。なんのために？　マスクをかぶった男たちと話していたところや、叫ぶ前にぐずぐずしていたところを見られていたら、大変なことになる。本当は殴られていないと、誰かが気づいたかもしれない。そんな光景が監視カメラにちらりとでも映っていたら？

監視カメラについては注意を払っていたし、たぶん大丈夫だろうという気がした。カメラは建物の表側にはたくさん設置されているが、見張りを置いて行き来を厳重に制限している裏側には少ない。外との出入り口以外に向けられたカメラは二台だけで、一台は表と裏の境にかけられたカーテンのところ、もう一台はオフィスエリアに入るところにある。だから、クリスタルが侵入した男たちと接触した場面は映っていないはずだ。

ああ、どうかそうでありますように。

クリスタルは両腕を自分の体にきつくまわし、懸命に気持ちを鎮めた。向こうの壁のしみがにじんできたが、ここで感情にのみこまれたらおしまいだ。

「サラ」彼女は自分の本名を声に出して言った。「サラ。サラ。サラ」ときどき、もうジェナしか呼んでくれなくなった名前を口にして、サラは今でもちゃんと自分の中にいるのだと確認せずにいられなくなる。かつてサラは普通の女の子として幸せに暮らしていた。苦しい今を乗りきれば、そんな暮らしに戻れる日がきっと来る。「サラ。サラ。サラ」

だから彼女は、じっと待つ。ふりを続けながら、ひたすら生き延びるのだ。

2

シェーン・マッカランは昨夜の作戦決行の余韻が残る状態で、路面の穴やごみやたまに捨てられている注射針をよけながら人けのない道を走っていた。ひと晩じゅう頭に居座っていたものからなんとか逃れたかった。

十三歳の彼と、八歳の妹と、彼の人生最大の過ちが登場する夢から。

くそっ、なんでまた悪夢が戻ってきたんだろう。

かつて潜在意識に取りついて離れなかったモリーの夢を見なくなってから、もう何年も経《た》っていた。罪悪感がなくなったわけではない。今もそれは彼の中に巣くっている。妹を失った苦しみに胸が痛まなくなったわけでもない。何年過ぎようが、ときどき息ができないほど胸が苦しくなる。

けれどもシェーンは自分をとことん疲れさせ、二、三時間死んだように眠るしかないところまで追いこむ技を磨きあげていた。そうなると身も心もシャットダウンして、夢すら見ない。モリーの夢であろうと、ほかの夢であろうと。

昨日の夜までは、それでうまくいっていたのだ。

フランク・メリット大佐を憎む理由がまたひとつ増えた。かつての指揮官が餌をやる前のブタよりもさらに貪欲でなければ、シェーンはこれまでに試した何よりも自分を疲労困憊《こんぱい》させてくれる仕事を失わずにすんだ。友人たちも、軍人としての輝かしい経歴も、名誉も。だが一年前、メリットは個人的な副業のために自分の指揮する特殊部隊を裏切った結果、罪もない仲間が六人死に、シェーンを含めて生き残った五人は非名誉除隊となった。

シェーンは角を曲がり、タイヤから何から奪われてフレームだけになった車の横を駆け抜けた。ボルティモアに治安の悪い地区があるのは知っていたが、中でもここはひどく、道の両側とも荒廃している。ニックと弟はなぜよりにもよってこんな場所で刺青屋《タトゥー・ショップ》を開いているのだろう。シェーンが見まわすと、窓ガラスが割れて板を打ちつけてある廃屋や、煉瓦《れんが》の壁にびっしりと描かれた落書きばかりが目につく。ウォーターフロントに近いこの地区は港湾関連事業でかつては栄えていたのかもしれないが、今は見る影もない。

荒廃した環境は犯罪を呼びこむ。だからシェーンは自分の足で〈ハード・インク〉

の周辺をまわり、状況を把握しておきたかった。昨夜、〈コンフェッションズ〉から逃げるときに銃弾を一発食らった肩は、その考えに異議を唱えるようにズキズキ痛んでいる。だが傷は浅く、たいしたことはない。これまで十年も軍にいて、誰も行きたがらないような地域に数えきれないほど派遣されてきたというのに、今になって生まれて初めて銃弾を身に受けるとは皮肉なものだ。とにかく負傷していようがいまいが、かつて情報スペシャリストだった彼は、周囲をきちんと偵察するまで落ち着けなかった。この二十四時間のうちに遭遇した敵の数を考えれば、できる限り多くの情報を集めておく必要がある。走ると過去に対するわだかまりを多少忘れられるのはうれしいが、それが一番の目的ではない。

スニーカーがひび割れたアスファルトの表面をリズミカルに叩《たた》く音を聞きながら、シェーンは戻ってきた悪夢について考えはじめた。

おそらく、親友であるニック・リクシーのせいだ。あるいはかつての親友と言うべきか。今の自分たちの関係をどう呼べばいいのか、シェーンにはよくわからなかった。とにかくそのニックが、かつての指揮官の娘であるベッカ・メリットを助けるため、名誉を奪われ除隊させられた元陸軍特殊部隊の仲間たちを呼び集めた。そしてシェーンを始め、エドワード・〝イージー〟・キャントレル、ベケット・マルダ、デレク・

〝マーツ〟・ディマーツィオの四人全員がすべてを投げ捨ててボルティモアに駆けつけ、行方不明になっていたベッカの弟の救出作戦を決行した。なぜなら、仲間とはそういうものだからだ。血のつながりではなく、戦争という極限下で絆《きずな》を結んだ仲間というのは。

そしてそんな以前の仲間たちとの再会が、長いあいだ頭の片隅にしまってあった記憶を揺さぶり、解き放ったのだろう。いやおうなく除隊させられた理不尽な経緯を思いだし、いまだ全貌の見えない危険な救出作戦をともにしたことで。

たぶんそうだ。

あるいは、救出作戦そのもののせいかもしれない。行方のわからなくなったベッカの弟のチャーリーを見つけて救いだすという過程自体が、行方不明のシェーンの妹にまつわる記憶を呼び覚ましたのだと考えるのはごく自然ではないだろうか。彼の妹は誰にも見つけてもらえず、助けだされることはなかったが。

くそっ、考えたくないのに考えてしまう。

シェーンは通りの端まで行って波止場に突き当たったところで曲がり、覚えてきた地図のうち、走り終わった部分を頭の中で消した。手の甲で額の汗をぬぐう。まだ午前十一時だというのに湿度が高く、走っていると四月下旬の大気が糖蜜のように粘っこく感じられる。といっても、そんなにいやなわけではない。ヴァージニア州の南部で育ったので、こういった暑さは古い友人のようなものだ。ただし今は、汗の塩分が肩の傷にしみて死ぬほど痛い。

愚痴っぽいぞ。

シェーンは自分を叱って速度をあげ、偵察を続けたが、ざわついた心は鎮まらなかった。

もしかしたら、静かに眠っていた心の奥の記憶を呼び覚ましたのは、まったく別のものなのかもしれない。昨日、ストリップクラブで出くわした女性の顔が頭に浮かぶ。

クリスタルという名前だった。

一度目は出くわすというよりぶつかってしまったのだが、彼を客だと思って助けてくれた。なぜかびくびくしていたけれど、とてもきれいな女性だった。だが、わからない。透け透けの下着同然の衣装をつけてストリップクラブで働いているのに、どうしてあんなに純粋で無垢《むく》な感じがしたのだろう。ひとり異質な雰囲気をまとっていたクリスタルのことが昨夜から気になってしょうがない。彼女はあらゆるセンサーに触れてベルを鳴らしていくピンボールのように、シェーンの心を刺激し続けている。

だが、二度目に出くわしたときは？　どうしてクリスタルは逃走しようとするシェーンたちを止めなかったのだろう。客ではないとはっきりわかったはずなのに。見開いたグリーンの目には本物の恐怖が浮かび、声も震えていた。クリスタルがあのとき何を考えていたのかはわからないが、とにかくシェーンを助けようと思ってくれた。あるいは少なくとも、邪魔はしないでくれた。

だが、彼を助けたと誰かに知られるのをひどく恐れていた。殴ってくれとシェーンに頼むくらい。

そんなことを頼まれたのが、シェーンは今でも信じられなかった。あんなに驚いたのは本当に久しぶりだ。

何カ月ものあいだ、シェーンがEメールを送っても電話をかけても無視していたニックが突然連絡をよこし、彼らが除隊させられる原因となった事件の隠蔽工作の手がかりを得られるかもしれないと言ってきたときも、ここまでは驚かなかった。

まさか、自分を殴るように要求するとは。

クリスタルを殴る男がまわりにいるのだろうか。

シェーンがそんな要求に従うと思うなんて、普段どんな男たちに囲まれているんだ？　あの要求は、グリーンの目の彼女についてさまざまなことを物語っている。クリスタルは怯えていた。身の危険を感じていた。彼を助けたと知られたら罰を受けると、本気で信じていた。

つまり、彼女はつらい状況に置かれている。

シェーンたちが逃げだしたあと、クリスタルはどうなったのだろう。さまざまな可能性が考えられるが、どれも明るいものではない。

俺はひと晩じゅうクリスタルのことが気になっていたし、同時にモリーの夢にもうなされた。

どう考えてもよくない状況に置かれている女性を心配する気持ちが、妹にまつわるさまざまな思いをよみがえらせる引き金になったのだろう。モリーは行方不明のまま見つからなかった。妹がすぐに殺されたのか、どこかの変質者に長期間監禁され虐待されたのか、俺にはわからない。もしかしたら今も生きていて、つらい生活を送っているのかもしれない。

クリスタルみたいに。

シェーンはそれから三十分かけて、〈ハード・インク〉周辺の偵察を終えた。今後はここが新たな秘密の作戦を遂行するための拠点となる。シェーンと仲間たちが愛する陸軍から追放される原因となった元指揮官の極秘の活動と、チャーリーの拉致事件との関係を解明する作戦を。ここに着いてニックがベッカにのぼせあがっているのを見たときは、両者のあいだに関係があるかどうか半信半疑だった。ニックは熱に浮かされた状態で、まともに頭が働いているとは思えなかったからだ。だが昨夜、救出されて手当てを受けたチャーリーの語った話は、ニックが正しかったと証明した。ニックとのあいだがこじれている今、認めるのは癪《しゃく》だが、やはり関係はあったのだ。それは自分たちが除隊させせられた本当の理由を解き明かすための初めての手がかりだった。シェーンも仲間たちも、今まで何ひとつ発見できなかった。手がかりに背を向けて立ち去るなんて、絶対にできない。チームのメンバー全員がそう思っている。

なぜなら、シェーンたちが戦うのは自分たちの名誉のためだけではないからだ。もはや自分で戦うことはできない六人の仲間たちのためでもある。彼らの名誉を取り戻すのは、生き残った者の務めだ。

〈ハード・インク〉まであと半ブロックというところで、シェーンは足を緩めた。リクシー兄弟は角地のL字型の建物を丸々所有している。かつては倉庫だった平凡な赤い煉瓦造りの建物を、ニックの弟ジェレミーが改装して開業しているタトゥー・ショップは、ニックによると大いに繁盛しているらしい。

シェーンはタトゥーが嫌いではなく、かなりの数を入れている。だがタフな特殊部隊の隊員だったかつてのチームメイトが、肌に針を刺して絵を描く忍耐力と正確さと芸術的な技術を持っていると思うと、どうにも落ち着かない。自分たちはまるでカメレオンだ。環境に応じて自らを変える。

そう訓練されてきた。

シェーン自身は軍需企業に職を得たが、特殊部隊時代とはまったく異なる仕事をしているニックのほうが新たな環境にうまく順応しているのではないかと、どうしても考えてしまう。なぜなら二度と参加できないゲームのそばに身を置き、ただ助言を送ることしかできないなんて、くそみたいなものだからだ。

といっても、ほかにできることがあるわけではない。

だからしばらく仕事から離れる機会ができて、シェーンは少しほっとしていた。上司には慌ただしく出発する前に電話をかけたが、問題はこの作戦があとどれくらいかかるかだ。会社が与えてくれる休暇で足りるだろうか。それとも安定した収入をもたらしてくれる仕事と正義の追求のどちらを取るか、選ばざるをえなくなるのだろうか。そうなったら、どちらを選ぶかは決まっている。

痛む肩をまわしながら私道に入り、敷地内の砂利敷きの広い駐車場に向かっているとき、シェーンは視界の隅で動きをとらえた。見ると、ジェレミー・リクシーが梯子《はしご》の上に立っていて、ニックとマーツが下から大声で指示を送っている。

ところがニックが何か言おうとするたびに、ジェレミーが煉瓦にドリルを当てるのだ。横に立っているマーツはそんな兄弟の様子をトレードマークのにやにや笑いで見守り、手に持っている巻かれた黒いケーブルを持ち直しながら首を振っている。

「いいか、俺はただ――」

ウィーン、ウィーン。

「おいおい、俺だって自分のやってることくらいわかってるんだ」ジェレミーがドリルを止めて言う。「俺に任せるか、交代して自分がここにあがるか、どっちかにしろよ」

シェーンは仲間たちのほうに向かった。「ねじを打ちこむだけのことに、元軍人が何人必要なんだ？」

「ひとりもいらないよ。見りゃわかるだろう」唯一の民間人であるジェレミーが、にやりとしてウインクをする。ジェレミーとニックはふたりとも黒っぽい髪に淡いグリーンの目というよく似た兄弟で、ジェレミーのほうが髪が長くてタトゥーが多いという違いがあるだけだ。ニックのほうは、Tシャツとジーンズから出ている部分にタトゥーはない。それはシェーンも同じで、戦場では往々にしてタトゥーで正体がばれるためだ。だがジェレミーは両腕は手首の部分までびっしりと、それに指や首にまで入れている。

「ベッカがおまえのパンケーキを取っておいてくれている」ドリルの音に負けまいと、ニックが声を張りあげた。「今頃は、誰かがくすねちまってるかもしれないがな。いったいどこに行ってたんだ」

部隊の元副司令官であり、長いあいだ親友でもあった男をシェーンは見つめた。去年、非名誉除隊になって本国へと送り返されると、ニックはさっさとシェーンに背を向けた。それまで六年間もともに戦い血を流したことなど、すっかり忘れたかのように。シェーンはその行為に傷ついていた。深く。「走るついでに、ちょっとあたりを偵察してきた」シェーンは少し間を置いて答えた。「で、おまえらは何をやってる？」

「監視カメラと、センサー式のライトを取りつけてるところだ」マーツが言う。

シェーンは男たちにほほえんでみせた。「楽しいおもちゃってわけか」

「当然だ」マーツはチーム内でコンピュータや技術関連のことを一手に引き受けている。そういったものに関して恐ろしいほど頭が切れ、チームの切り札とも言える存在だ。ずっとそうだった。実際、昨日のチャーリーを奪回するために侵入した二カ所の拠点に監視カメラを仕込む方法を考えついたのはマーツだ。

マーツが元気になり、また二本の脚で立っているところを見ることができて、シェーンはうれしかった。そのうちの一本が義足だとしても。マーツとは電話でときどき話していたが、二日前に再会する前に最後に会ったのは、病院のリハビリセンターにいるときだった。指揮官の汚い秘密を明らかにした待ち伏せ事件を生き延びた仲間たちの中で、マーツの怪我が一番ひどかった。手榴弾《しゅりゅうだん》で脚の一部を失った彼の出血を止め、かろうじて命を救ったのは、背中を撃たれていたニックとシェーンだった。チームのメンバーは皆、多かれ少なかれ気分にむらがある。だがマーツだけはいつも明るく楽観的で、それは今も変わらない。皆はときどきそれでいらいらしてしまうが、マーツを落ちこませられるものなどなかった。少なくとも、長時間落ちこむことはない。こうした彼の姿勢には見習うべきところがある。

シェーンは通りに一番近い煉瓦の壁を見渡して、新しいライトと監視カメラがすでに設置されていることに気づいた。「いくつつけるつもりだ?」

「全部の壁に」ニックが答える。「通りに面した壁にはもう設置したから、あとは裏側の壁の二カ所で終わりだ」

「よし、そいつをくれ」ジェレミーが言う。ニックはカメラとライトを箱から取りだすと、梯子を少しのぼって手渡した。マーツはアルミ製の梯子を片手で支えながらケーブルを渡し、ニックがおりてくると後ろにさがった。

「それから、駐車場のまわりにフェンスも作る」ニックが説明を続けた。「ジェレミーの客でフェンスを製造する会社に勤務する男がいるから、協力を頼んだ。今日の午後、来てくれる手はずになってる。イージーとベケットは資材の積みこみを手伝うために一緒に行った」

シェーンはうなずいた。「しまったな。知ってたら、あいつらに俺のトラックを使ってもらったのに」

ニックが得意げに親指で後ろを示す。「もちろん、そうした」

シェーンは顔をしかめ、黒のフォードのピックアップトラックのF‐150が見えるはずの場所に移動したが、影も形もなかった。彼はニックに向かって眉をあげた。「そんな目で見るな。使わせてくれるつもりだったんじゃないのか？　ひと手間省いただけだろう」ニックの笑みはためらいがちで、サメがいるかもしれない海に入っていこうとしているかのようだった。

「まったくおまえらは」シェーンはこぼした。けれども、ニックの言ったとおりだ。この状況を解明するのに協力しようと思っていなければ、わざわざここへは来ていない。そしてそのためには、守りを固めることがどうしても必要だった。「いいだろう。だが、傷でもつけてみろ。おまえらの体で償ってもらうからな」

ニックがにやりとしてうなずく。「ああ、やってみればいい」

ドリルが不吉な甲高い音を立て、ジェレミーが毒づくのが聞こえた。シェーンは上を見た。ある考えが頭に浮かび、ニックに言い返そうとしていた言葉をのみこむ。

「それはそれでいいが、私道にもいくつか遠隔カメラをつけるべきだな。そうすれば侵入者が建物まで到達する前に、どんなやつらか見ることができる。走りながら、何カ所かちょうどいい場所の見当をつけておいた」

「僕もそう思っていたところだ」マーツが同意した。「ちょうどいい場所とやらを教えてくれ。設置しておこう」

「ここまでするのはやりすぎだと言えればいいんだがな」シェーンは言った。だが昨夜、ボルティモアじゅうに悪名をとどろかせているギャングの根城二カ所に侵入してチャーリーを奪い返したうえ、ジミー・チャーチの手下たちと撃ち合いを演じたのだから、身の安全にどんなに気を配ってもやりすぎでないのは明らかだ。それにチャーチが警官を買収しているとわかったので、警察には駆けこめない。敵は戦闘に慣れているし、数も圧倒的に勝っている。しかも、こっちは相手についてよく知らない。やつらは自分たちが三重に有利だとわかっているだろうから、絶対に攻撃してくる。だから金がかかろうとも、少しでも対抗手段を充実させるのにはそれだけの価値がある。

ニックは目を細めて一瞬遠くを見つめる目をしたが、すぐにうなずいた。「まったくだ。だがまだわからないことが多すぎるし、あまりにも多くのことがかかっている。絶対に危険は冒せない」

ニックがベッカ・メリットのことを思い浮かべているのは間違いない。三日前、彼女は自宅を荒らされ、職場である大学病院で拉致されそうになった。だから事態が解決するまでとりあえずここに滞在しているが、すべてが片づいても〈ハード・インク〉にとどまるのではないかとシェーンは感じていた。目がふたつついていて少しでも頭がまわる者なら、ベッカの弟の捜索を通じて彼女とニックのあいだに固い絆が結ばれたことはすぐにわかる。それは永遠に続くたぐいの絆だ。

シェーンはふたりの関係を心から認めるようになっていた。ベッカは知りあってからの短い期間に、信頼するに足る女性だと繰り返し証明してきた。困難な状況に毅然《きぜん》と立ち向かい、シェーンたちに進んで協力し、作戦を成功させるために自らを危険にさらすことによって。

それに、ベッカは謝ってくれた。彼らから軍での将来と名誉を奪った、いまだ全容のつかめないこの事件について。

そんなベッカの振る舞いを見てきたからこそ、シェーンもニックと同じくらい彼女の身の安全を気にかけるようになった。かつての指揮官の子どもたちをこれほど熱心に手に入れたがっているのが誰であれ、絶対にあきらめないことがわかっているから、なおさらだ。やつらはメリット大佐がアフガニスタンで働いていた悪事について、チャーリーとベッカが何か知っていると思っている。望むものを手に入れるまで、何度でも襲撃してくるだろう。死なない限り。

「肩はどうだ？」ジェレミーが梯子をおりてくるのを見守りながら、マーツがきいた。

「まあ、なんとかやり過ごす」シェーンは肩をすくめた。「おまえの脚はどうなんだ？」にやりとしてきく。昨日の晩の撃ち合いでマーツは弾を三発食らったが、奇跡的に全部が右脚の膝から下に当たった。ズボンのその部分には義足の金属の棒しかない。

マーツが噴きだした。「新品同様だよ」

梯子をおりきったジェレミーが首を振った。「あんたたちはイカれてる」

「薪を持ったビーバーが〝俺の硬くなった《ウッド》あそこを見てんのか？〟ってせりふを吐いてるようなTシャツを着ているやつに言われてもな」シェーンは言い返した。ジェレミーは下ネタTシャツを山ほど持っているのだ。

全員が笑った。

「イカれてるのが悪いなんて、ひと言も言ってない」ジェレミーが梯子を持ちあげて、次の場所まで運ぶ。

そのとき三本脚の犬がぴょこぴょことはずむように駆けてきたので、一同は足を止めた。

「もう一匹、イカれてるやつが来たぞ。あいつの走りっぷりを見ろよ」シェーンが言い、さらに笑い声があがる。数日前に病院のごみをあさっていたジャーマンシェパードをベッカが拾ったのだが、今では皆、この並外れて大きな耳のかわいい子犬に夢中になっていた。

「おい、アイリーンを冗談の種にするな」マーツがたしなめ、黒と茶色の二色の毛で覆われている痩せた体を抱きあげた。脚が一本ないという自分と共通の特徴を持つ子犬を、彼は誰よりもかわいがっていた。

「えっ、俺か？」シェーンは手を伸ばし、子犬のやわらかい耳を撫でた。「漫画みたいな耳をした三本脚の子犬を冗談の種になんかできるわけないだろう？　しかも名前はアイリーンだぞ？」

「昨日の夜は、自分が名づけ親だって自慢してたじゃないか」ニックが言う。「ベッカを説得するためにアイリーンの歌を歌ったのは俺だっていうのに」

「思いださせるなよ。おまえが彼女の前にひざまずいて八〇年代の懐メロを歌っていた姿が、ただでさえ頭に焼きついているんだ。それにおまえは、ベッカが俺のつけた名前を一番気に入ったから、妬いてるんだろう」

ニックの悦に入った表情を見れば気のきいた反論をしようとしているのは明らかだったが、そのときベッカが建物の角をまわってやってきた。ブロンドにブルーの目、明るくあたたかな笑顔の典型的なアメリカ人美女だ。「あなたたち、まさかアイリーンを冗談の種にしているの？」男たちが口々に否定すると、ベッカはあきれた顔で目をぐるりとまわした。「わかっているのよ。あなたたちのせいで、この子はコンプレックスを持つようになってしまうわ」彼女はマーツが抱いている子犬に鼻をすり寄せた。「いい子ね、大丈夫よ。こんな人たちの言うことは聞かなくていいの」

「僕がこの子を心からかわいがっているのは君も知っているだろう？　だがほかの男たちは……」マーツが肩をすくめる。

「なんだよ、一緒にしないでくれ。俺は何も言ってない」ジェレミーが梯子を建物に立てかけながら抗議した。「冗談を言いあっていたのは、こいつらだけだ」そう言ってシェーンとニックを指さす。

シェーンは言い訳しようとしたが、ベッカが怒ったふりをしてニックに向き直るのを見て、口をつぐんだ。「なんて人なの！」

ニックは弟に怒りの目を向けながら、ベッカに歩み寄った。「俺は何も言っていないよ、お日様娘《サンシャイン》。誓ってもいい」

「本当に？」彼女はニックにほっぺたにキスされながら、笑いをこらえようとしている。

シェーンは顔をそむけて忙しく体を動かし、マーツの持ち物が入った箱から水のボトルをくすねた。水は生ぬるかったが、喉の渇きは癒やされた。

「ちょっと、その先は部屋に入ってやってくれよ」ジェレミーが冷やかす。

「あら、あなたは裸で歩きまわるのが好きなんじゃなかった？」ベッカが腕組みする。

ジェレミーがジーンズの前ボタンに手を伸ばして外した。「いいや。だけど君のご希望とあらば、喜んでそうさせてもらうよ」ウインクをして、ニックの神経を逆撫でする。

シェーンはジェレミーの兄をいらだたせる能力に感心した。普段、気持ちをなかなか表に出さないニックがあからさまにしかめっ面になり、ベッカを引き寄せて彼の胸に顔を伏せさせる。「見るんじゃない。目が腐る」

ベッカが噴きだし、くぐもった笑い声をあげた。「いやだ、ジェレミー。希望なんてしてないわ」ニックの胸から顔を離し、目を薄く開けてきく。「もう開けても平気？」

「ああ、平気だ。だけど、いつでも頼んでくれていいからね」

ニックがベッカの横を駆け抜けてジェレミーに飛びつき、何が起こったのかわかっていない弟を押し倒した。取っ組み合いはすぐに本格的なレスリングに変わった。

「この人たち、一緒にいると十二歳の男の子みたいよね？」ベッカはあきれたように首を振っているが、その顔にはリクシー兄弟に対する愛情がありありと浮かんでいる。

「今していることが終わったら、誰か買い物に連れていってくれない？　スペシャルディナー用の買い出しをしたいの」

皆がチャーリーの救出に向かう前、ベッカは戻ったら盛大にお祝いの食事会をすると約束した。それぞれの好物を作ると。彼女はそうやって、シェーンたちに対する信頼を伝えたのだ。皆でテーブルを囲み、旧交をあたためると同時に新たな友人との親交を深めることは、今の彼らには格好の息抜きになる。

「シャワーを浴びるのに十分くれたら、俺が行こう」シェーンは申しでた。

ベッカが驚いた顔で目を丸くしたのを見て、シェーンは彼女との関係をきちんと修復しなければならないと悟った。最初に会ったとき、彼女の父親に対する感情から冷たく当たってしまったのだ。だが、それは大きな間違いだったと今は思っている。ベッカはもっとちゃんとした扱いを受けていい女性だ。

「さっき言っただろう？　おまえのトラックは使用中なんだ。俺が行く」ニックが言う。たしかにそうだった。

「ふたりとも行けばいいじゃないか」ジェレミーが口を挟んだ。「ここは、マーツと俺でやれる。こんな状況だから、ふたりとも彼女についていったほうが安心だ」

シェーンは肩をすくめ、少ししてニックもうなずいた。「じゃあ、そのケツアセをなんとかしてこい、シェーン」

　去り際にシェーンはパンチを浴びせようとしたが、ニックは笑ってよけた。

「ケツアセって何？」ベッカが尋ねる。

「ケツにかいた汗」シェーンとニックとマーツは口を揃《そろ》えて答えた。

「ああ、そういうこと」男たちが忍び笑いをもらし、ベッカは赤面した。「いいわ、なんでもいいから、それをどうにかしてきて、シェーン」

シェーンは振り返ってにやりとすると、すばやく敬礼した。「了解」仲間たちの笑いやからかいをあとにして急いで建物内に入り、階段を一段抜かしで駆けあがった。まわりが静かになると、走っているときに頭に取りついて離れなかった疑問が戻ってきた。だが、今回は答えがわかっていた。

モリーを救うために彼にできることは何もない。十六年前の出来事なのだから。

それに、潜在意識をコントロールするのも無理だ。

だが、昨日あれからクリスタルがどうなったのかは調べられる。そのためにはいつどうやって彼女に接触するかと、どうやってチャーチにつかまらずにやってのけるかを考えなければならない。仲間たちにどうやって協力してもらうかという問題もある。

楽勝だ。

いや、もしかしたらそうでもないかもしれない。けれどもシェーンは、一度こうと決めたらしつこいのだ。新しい骨をもらった犬みたいに、絶対放さない。そして今、彼の心は完全に決まっていた。

3

「ベッカに乾杯したいと思う。俺たちを再会させてくれたことに、それからすばらしい食事を作ってくれたことに感謝して」シェーンはこれまでの彼女への態度を少しでも埋めあわせようと、グラスを掲げた。

ベッカが笑みを浮かべてうつむき、ニックが彼女を脇に引き寄せる。ベニヤ板と鋸《のこぎり》台で作った間に合わせのテーブルのまわりに集まった全員がグラスを持ちあげ、ベッカが一日かけて準備したすばらしい夕食に口々に感謝した。山のようなフライドチキン、大きな鍋いっぱいの自家製ミートボール、ボウルにあふれんばかりのマッシュポテトやロースト野菜、これでもかというくらい皿に積みあげられたできたてのコーンブレッドといったものが、ところ狭しとテーブルに並べられている。もちろんアップルパイとチョコレートケーキもあり、どれもこれもチャーリーの救出が成功したお祝いに皆がリクエストしたものばかりだ。

実際、救出作戦は楽な仕事ではなかったから、その成功は盛大に祝うだけの価値があった。全員がたいした怪我もなく無事に戻ってこられたのは、幸運と言うよりほかない。わずかに負傷した者にはベッカが熟練の看護師として手当てをしてくれた。

「どういたしまして」ベッカもグラスを持ちあげた。「でも、私も乾杯させてもらいたいの。あなたたちひとりひとりに」彼女は横にいるニックから始めて、その隣にいるジェーン、向かい側のジェレミー、イージー、それからニックとは反対側の横にいるベケット、マーツへと次々に視線を移していった。「こんな夕食では、みんなが私とチャーリーのためにしてくれたことのお礼にはとうていならないわ。いくら感謝してもしきれない。でも、これだけは覚えておいて。あなたたちが受けた不当な仕打ちを正すために、私ができることはなんでもする。みんなはもう、私にとって家族も同然なの。だから、乾杯させてね」

今度の乾杯はさっきよりも静かだったが、どの男の顔にもベッカに対する敬意が浮かんでいた。

「さあ、食べましょう！」ベッカがにこにこして宣言する。

「足りるといいんだけどな」ジェレミーが言い、男たちがにぎやかに笑う。

「冗談だと思うだろう？」ニックがベッカに言った。「だがあんな痩せっぽちのくせに、やつは半端なく食うんだ」

　皆が料理を紙皿に盛るのを見つめながら、シェーンはビールを喉に流しこんだ。気心の知れた仲間と新たに増えた仲間が、ご馳走《ちそう》を口に運びながら笑いあい、冗談を言い、楽しく語りあっている。再会して何日も経っていないとは信じられない光景だ。

けれども、シェーンはじっとしていられない気分だった。料理も仲間たちとの会話も申し分ないが、偵察のために走り、ベッカと一緒に買い物に行き、ジェレミーの友人とともに建物の周囲に有刺鉄線を張りめぐらせたときに彼を突き動かしていたエネルギーが、まだ体じゅうを駆けまわっている。いまだ混沌《こんとん》としている作戦が、シェーンの人生を一変させた隠蔽工作が、昨日の晩初めて出会った女性の姿が、彼らが立ち去ったあとに彼女を見舞ったかもしれない運命が、頭の中をぐるぐるまわって彼を休ませてくれない。

　クリスタル。

「大丈夫、シェーン？」ベッカが声をかけてきた。

シェーンは笑みを浮かべた。「ああ、幸せに圧倒されているんだ。ご馳走の山を前にして」

　ベッカが笑った。

「田舎者丸出しの発言は控えろよ、マッカラン」イージーが唇の端を持ちあげて言う。フィラデルフィアの都会育ちである大男の黒人イージーと、南部出身の典型的な白人のシェーンほどかけ離れた者はいないように思えるが、ふたりは初めて会ったときから妙に馬が合った。エドワード・キャントレルのイニシャルのECからイージーというニックネームをつけたのはシェーンだ。それに彼らの部隊を待ち伏せていた敵をほぼひとりで食い止め、チームの衛生兵補佐として訓練を受けていたシェーンが手榴弾にやられたマーツとベケットの手当てをする時間を稼いだのはイージーだ。

シェーンは両腕を広げた。「俺は俺。変えられないね」

イージーが含み笑いをする。「まあいいが、マッシュポテトにがっついて、全部食っちまうんじゃないぞ。俺にもよこせ」

またたく間に全員が紙皿の上の食べ物をきれいに片づけ、デザート用の新しい紙皿に持ち替えた。彼らがケーキやパイやバニラアイスクリームを猛然と平らげていく様子からは、相当な量の料理を腹におさめたばかりとはとても思えない。

ジェレミーがチョコレートケーキをのみこむやいなや、次のひと切れを紙皿にのせた。「なんだい?」さっそく口に運びながらきく。

「なんでもないわ。どんどん食べて」ベッカはジェレミーへの愛情をありありと顔に浮かべている。

ニックがジェレミーのケーキにフォークを刺し、大きく削り取った。

「おい！」ジェレミーが叫び、お気に入りのイケてるビーバーのTシャツの胸に紙皿を引き寄せて抱えこんだ。

ニックが笑いながら、ベッカにウインクをした。再会したときとはまったく違う表情に、シェーンは驚いた。あれほどむっつりと暗い顔をしていたのに、今では楽しげと言ってもいいくらいだ。薄汚い汚職と裏切りによって不当にもキャリアを奪われた歴戦の軍人が、楽しげにできる範囲ではあるが。いまいましい過去は簡単に忘れられるものではないものの、それでもニック・リクシーが前にはなかった明るい雰囲気をまとっているのはたしかだ。

除隊になったあと連絡を絶ったニックにシェーンは心底腹を立て、今でも関係はぎくしゃくしているが、ニックがささやかな幸せを手に入れたからといってねたむ気はなかった。ともにしてきた年月を思えば、そんな気にはなれない。

ニックとベッカが笑みを交わし、触れあい、ただ一緒にいることに慰めを得ている様子を見ていると、シェーンの胸に古い痛みがよみがえった。彼が女性とそういう関係を築くことは絶対にない。

そんな資格はないのだ。

この世には、決して償えないものがある。

八歳だったモリーの顔が頭に浮かんだ。そばかす、えくぼ、三つ編みにした髪。妹は本当にかわいかった。そして兄のシェーンを、彼の足元で太陽がのぼったり沈んだりするとでもいうようにあがめていた。

そんな妹を失望させた罪悪感と悲しみが、彼という人間を作る細胞のひとつひとつに刻みこまれている。過去にさかのぼってやり直せる瞬間を選べるとしたら、ほっといてくれと、あっちに行けと妹に言ってしまったあのとき以外にない。そう言った一時間後、妹はいなくなったのだから。シェーンが目を離した隙に、永遠に姿を消してしまった。

だから、孤独に耐えることが彼の罰なのだ。どれだけ続けても、償えるわけではないが。

どうして今、こんなことを考えているんだ。チャーリーを取り戻したことを祝う場だぞと、シェーンは心の中で自分をたしなめた。

倉庫を改装したジムの入り口のドアが閉まる、カチッという音が響く。進行中の作戦に関する情報を集めて分析する危機管理室《シチユエーシヨン・ルーム》となっているこの場所に入ってきたのは、ニックの友人のミゲール・オリヴェロだった。「廊下を誰がうろついていたと思う？」陽気な声だ。私立探偵のオリヴェロはいつもそんなしゃべり方をすることを、シェーンはすでに知っていた。ミゲールに促されて、チャーリーがアイリーンを従えて入ってくる。

ベッカがはじかれたように立ちあがった。「チャーリー、起きて歩きまわるなんて、何を考えているの！」テーブルの横をまわって、弟のもとに駆けつける。チャーリーは廊下を挟んで向かい側の居住スペースにある、ニックの妹の部屋で休んでいたはずだ。チャーチのストリップクラブの地下室から助けだされたときより千倍も元気だが、まだ強い風を受ければひっくり返ってしまいそうに見える。チャーチの手下たちに水も与えられないまま拷問され、ひどい怪我をさせられてから二十四時間も経っていない。当然だろう。右手に巻きつけられたガーゼの内側には、切り落とされた二本の指の傷口が隠れている。そこまでされてもコンピュータをハッキングして得た情報を明かさなかったチャーリーに、シェーンは敬意を抱かずにいられなかった。

ＷＣＥという名の何者かがフランク・メリットの名義でシンガポールの銀行の口座に千二百万ドルにものぼる大金を預け入れていた事実を、チャーリーはひと言ももらさなかった。

「アイリーンを外に出してあげないと」

チャーリーの声は紙やすりのようにざらつき、かすれている。ダークブロンドの髪は後ろでかろうじて結べる長さしかないが、ブルーの目や背の高さ、ひょろっとしているところは父親にそっくりだ。

チャーリーはこの金のことを知って、自分の父親が後ろ暗い活動に手を染めていたのではないかと疑うようになり、いろいろと調べているときに父親の部下だったニックの存在を知った。ところがコンピュータを使った〝調査〟に何者かが気づき、チャーリーは〈チャーチ・オーガニゼイション〉に拉致された。そして口座の存在を知った経緯や、口座の暗証番号や父親の活動についてほかに何を知っているのか尋問された。

ベッカとミゲールが、チャーリーをジェレミーの隣の折りたたみ椅子に連れていった。そのあとミゲールはニックの隣にひとつだけ空いている椅子に座った。チャーリーの命を救った〝チーム〟のメンバー全員が揃い、あとから加わったふたりもベッカが取り分けておいた料理を食べはじめた。

全員が食事を終えると、ニックは皆に断って席を立った。部屋の奥の隅にあるマーツの間に合わせのコンピュータデスクに行き、メモ用紙を持って戻る。ふたたび腰をおろし、おもむろに口を開いた。

「作戦を立てる必要がある」

　全員が静かに同意する。

「ゆうべの作戦は成功したが、新たにいくつか疑問が出てきた。まず、WCEというのは何者か。なんらかの組織という可能性もある。それから、メリットはどうやってWCEやチャーチと接点を持つようになったのか」ニックは疑問をひとつひとつ口にしながら、ペンの先で頭を叩いた。「やつらは何を手に入れたくて、チャーリーやベッカの家に侵入したのか。ストリップクラブに来たチャーチの〝客〟は誰か。ベッカのブレスレットに暗号化されていたのはなんの番号か」彼は皆を見まわした。「言いもらしたことはないか？」

「メリットの口座に入っている金にアクセスする暗証番号も見つけなければならない」マーツが言い、チャーリーが弱々しくうなずくと、ニックはそれも紙に書き加えた。

　ベケットが体を乗りだした。肩には筋肉が山のように盛りあがり、顔は石みたいに無表情だ。彼はシェーンが知る中で、もっとも無口な男だった。戦場では恐ろしく有能で、使えない装備はなく、それどころかなんでも直したり改良したりしてしまう。

ベケットはアフガニスタンでの待ち伏せ事件で、義足になったマーツの次に目立つ傷を負った。右目のまわりには爆弾の破片による傷跡が残っているし、左脚は怪我が回復した後も少し引きずっている。「前からの疑問だが、これもリストに加えておいたほうがいいだろう。アフガニスタンで隠蔽工作を主導したのは誰なのか。あの件は何者かがはっきりした意図を持ってやったはずだ」

「おまえの言うとおりだな」ニックはそれもリストに加えた。「ほかには?」

チャーリーは喉がかさついているらしく、咳払《せきばら》いをした。「ええと、ちょっと別の話があるんだ」

全員がぴたりと口をつぐみ、チャーリーに目を向ける。調査を進めていくうえで、チャーリーは鍵となる存在だった。なんといっても実際に敵と顔を合わせているし、その根城の中にも入っている。それにチャーリーはニックたちとはまったく関係なく父親の秘密の活動について知ったため、守秘義務に縛られていない。それはレヴェンワース連邦刑務所に送られないように無理やり秘密を守ることを誓わされたニックたちにとって、ひと筋の光明だった。秘密をもらしたと彼らを非難する者がいても、チャーリーが別ルートで独自に得た情報を保険にできる。

「いったい何?」重苦しく垂れこめた沈黙をベッカが破った。

チャーリーがテーブルについている面々をすばやく見まわす。ひどく居心地が悪そうだ。「この場で言うべきことかどうか、よくわからないんだけど」

「今の段階では、思いついたことはなんでも言っていい」ニックが言う。

シェーンも前に乗りだして同意した。「そのとおりだ」チャーリーの体調を考えて、彼に無理をさせたくないというベッカの望みに皆は従っている。だが元情報スペシャリストだったシェーンは、すべてを網羅した報告を聞きたくてうずうずしていた。

チャーリーが紙皿を見つめながら口を開いた。「あそこにつかまってたのは、俺だけじゃないんだ」しばらく口をつぐんだあと、先を続ける。「最初の場所には、若い女の子が三人いた。姿は見てないけど、泣き声とかいろいろ聞こえて」男たちがいっせいに小さく毒づく。シェーンは乱暴に髪に指を差し入れた。「ストリップクラブでは、同じ部屋にあとふたりいた。うつろな感じで、薬をのまされてたんじゃないかな。俺はすぐ気を失ったけど……」チャーリーは首を振った。

シェーンは全身から血の気が引いた。チャーリーがストリップクラブにいたという女性たちは、彼らが踏みこんだときはいなかった。彼女たちはどこへ連れていかれたのだろう。「何歳ぐらいだった?」チャーリーに尋ねる。

「最初の場所では声を聞いただけで、姿は見てない。だけどストリップクラブにいた子たちは若かったよ。二十歳になってなかったと思う」

シェーンは両手を握りしめた。モリーが生きていれば、今年二十四歳になる。明らかに意思に反してとらわれていた女性たちを思い浮かべると、妹が行方不明になって以来取りついて離れなかった悪夢がよみがえり、体が震えた。

「ほかには？」ニックが促す。

「女の子たちがつかまっていた理由はわからない。だけど、俺とは関係ないと思う」

チャーリーは紙皿を押しやった。食べ物にはほとんど手をつけていない。

イージーが顔をしかめた。「〈チャーチ・オーガニゼイション〉みたいなギャングが女性をさらう理由はいろいろあるが、考えたくもない理由ばかりだ」同意のつぶやきが次々にあがる。

「どうやら人身売買のようだな」シェーンは苦い声を出した。

ニックが手を掲げた。「なぜ君とは関係ないと思うんだ、チャーリー？」

「あの部屋にいた女の子たちはアジズ用だって、やつらが言ってるのを聞いたんだ。受け渡しまでしばらく保管する必要があるって」

保管する？　やつらは人をなんだと思っているんだ？　シェーンは憤りを隠そうともせずに言った。「やっぱり俺の考えが正しいようだな。受け渡しの日時とかアジズの正体について、やつらは何かもらさなかったか？」

チャーリーは首を振ったが、すぐに考えこんだ表情になった。「待てよ、やつらは俺の指を切り落としたあと……」すばやくベッカに目をやった。姉の顔に悲しみが浮かんでいるのを見て謝る。「ごめん。ええと、そのあとひとりの男の携帯に電話がかかってきたんだ。そのときに受け渡しは水曜の夜だって言ってたな。名前は言わなかったと思うけど、俺もちょっと朦朧としてたから……。でも、たしかに受け渡しって言ってた」彼は肩をすくめた。

シェーンは新たに得た情報をさまざまな角度から細かく分析しはじめた。どうすれば、その受け渡しを阻止できるだろう――。

「それはいやな感じの話だな。だが残念ながら、この場で言うべきかどうか迷った君は正しかった。その女性たちがどんな運命に巻きこまれていようと、俺たちには何もできない」ニックが重いため息をついた。

シェーンは一瞬でもの思いから覚め、かつての上官を見た。「なんだって？」ニックは苦虫を嚙《か》みつぶしたような顔をしている。シェーンは耳の奥で血がどくどくと音を立てて流れるのを感じながら、仲間たちを見渡した。冷静にしゃべれるようになるまで、心を落ち着ける。「彼女たちをただ放っておくべきだっていうのか？」

「別にそうすべきだとは言ってない。そうするしかないんだ。俺だって腹は立つ。だが、今の俺たちは人手も武器も圧倒的に不足している。それにわからないことが多すぎて――」

「なんだよ、ニック。〝抑圧からの解放〟はどうしたんだ」シェーンは陸軍特殊部隊のモットーを思わず口にした。女性たちの拉致に関しては、どうしても冷静でいられなかった。それに彼らは軍隊で、抑圧された人々を解放するために命をかけてきたのだ。軍服を脱いだからといって、それを変えるつもりはない。

ニックが目の色を変えた。「見損なうな、シェーン。俺だって、やつらにつかまっている人たちを助けたい気持ちは同じだ。だが俺たちは今、五人だけだ。大勢を相手にできる戦力はない。その戦いが正義のためであろうと」

ベケットが身を乗りだす。「とにかく、こいつが人身売買だという前提で話を進めよう。やつらは誰にどういう目的で女性たちを売り渡しているんだ？ アフガニスタンでは、人身売買が横行していた。もしかしたらやつらは、部族軍長を買収したり税関職員に手心を加えてもらったりするために、女性たちを使っているのかもしれない。よくわからないが。だが水曜の晩に行われる受け渡しについては、もっと調べる価値があると思う。女性たちを安全に保護する方法があるかどうかは、あとでまた考えればいい」

ベケットが意見を述べるあいだ、シェーンはニックの顔を見つめていた。すると、ニックが痛いところをつかれた表情に変わるのがわかった。シェーンが感情的にならずに冷静に説得していれば、部屋の雰囲気がこれほど悪くなることはなかっただろう。ニックがうなずいた。「おまえの言うとおりだ。リストには、誰がいつどこで、何をなぜ受け渡しするのかという疑問も加えておこう」

仲間たち全員が同意する。皆が自分に同情するような視線を向けるのを見て、シェーンはぴしゃりと頭をはたかれた気がした。仲間たちは互いの弱点を知りつくしている。そうでないと、チームとしてやっていけない。モリーのことも知っていて、苦境に陥っている女性たちを見れば助けずにいられないというシェーンのやむにやまれぬ衝動を理解している。シェーンはなんの落ち度もないニックに食ってかかることによって、自らその事実をさらしてしまった。自分には同情してもらう資格などないのに。

シェーンはこわばった表情でうなずいた。「じゃあ、〈コンフェッションズ〉にもう一度潜入しなければならないな。あのときのウエイトレスを利用できるかどうかが鍵だ」クリスタルを思い浮かべ、ニックに視線を向ける。彼女はとらえられていた女性たちについて、何か知っているだろうか。もしかしたら、クリスタル自身も人身売買の被害者なのかもしれない。そう思いつくと、おさめたばかりの食べ物に胃を焼かれる気がした。「彼女は俺たちのことを話さなかった。今度も助けてくれるかもしれない」

「またあそこへ行かなければならないの？」ベッカがニックにきいた。彼女の色白の肌がさらに白くなっている。

シェーンは口を開きかけたニックの機先を制した。「いや、行くのはニックじゃない。俺だ」

「おまえらはふたりともだめだ。イージーも」ベケットが言う。「前に行ったやつらは、正体を見破られる恐れがある。俺かマーツが行くよ」

シェーンは勢いよく立ちあがった。「いや、俺が変装が得意なのは知っているだろう。理由はわからないが、彼女は俺を助けてくれたんだ。二度も。たまたまかもしれない。だが、彼女は怯えていた。もし俺に信用できるものを感じて助けてくれたんだとしたら、俺がもう一度行って彼女と話すべきだ。できるだけ早く」そうしたいのは、クリスタルが心配だからというだけではない。彼女が〝受け渡し〟について何か知っていて、ベケットの考えが正しいとしたら、自分たちの名誉の回復につながる情報を得られるかもしれない。

「シェーンを行かせてやれ」マーツがベケットを鋭く目で制した。「シェーンの言うとおりかもしれない。試してみる価値はある。体に通信機器を取りつけよう。それから武器も多めに持っていけばいい。この前仕込んだ盗聴器はうまく働いている。彼女に頼んで、奥にも取りつけられないか？」

「そうだな、できればそうしよう」シェーンはクリスタルの様子を見に行く大義が得られてほっとしながら、間に合わせのテーブルの下に金属製の折りたたみ椅子をしまった。昨日の晩、彼女は自分の身を危険にさらしてシェーンを助けてくれた。勘を働かせるまでもなく、クリスタルがあそこでつらい状況に置かれているのはわかる。彼女はそう認めたも同然だった。クリスタルの大きく見開いた目や、赤毛のロングヘアや、美しく繊細な顔立ちが頭に浮かんで、シェーンは早く彼女のところへ行きたくてうずうずした。「最高の食事をありがとう、ベッカ」

ジムを横切って出口へと向かう背中に皆の視線を感じたが、別にどう思われようとかまわなかった。自分は必要な任務を果たすだけだ。それがあの神に見捨てられた地下室にとらわれていた女性たちの運命を明らかにすることにつながっても、悪いわけがない。

シェーンは廊下を渡って踊り場の反対側にあるドアの前に立つと、横にあるキーパッドに暗証番号を打ちこんで、リクシー兄弟の居住スペースに入った。煉瓦の壁、高い天井、むきだしの配管など倉庫だったときの特徴は残っているが、ジェレミーがすばらしい改装の腕を発揮して、人が集まって楽しくくつろげる場所になっている。皆がそのためにここに集まっているわけでないのが残念だ。

シェーンは広いアパートメントの一番奥まで行き、彼の滞在している簡素な来客用のベッドルームに入った。壁際にずらりと並んだダッフルバッグからひとつ選び、必要なものを取りだす。それから廊下に出てバスルームに行くと、いつもは髪の色を暗くするために使うジェルで髪を立たせ、選んだ服に合わせて外見をわずかに変えた。彼が銃を始め、さまざまな装備をこうして持ちこんだのは、ニックを信頼しているからだ。だいたい六年も誰かと生活をともにし、戦い、血を流せば、何が起こっても相手を信頼できるようになる。単純な話だ。

数分後、シェーンは頭のてっぺんから爪先まで、黒ずくめの格好になっていた。ブーツもジーンズもTシャツもホルスターも、くたびれた革のジャケットもすべて黒で揃え、最後にいつも持ち歩いている蝶《ちょう》のネックレスをポケットに滑りこませる。落ちないように、奥のほうに入れた。それから鏡の前に戻ってサングラスをかけ、仕上がりをチェックした。昨夜の身だしなみのいい男の面影はない。彼は偽の身分証明書と自動拳銃《シグザウエル》とイヤフォンとナイフをつかみ、すばやく部屋を出た。

体を期待感が駆け抜けた。昨日、彼らが出ていったあとクリスタルがひどい目に遭っていたら、その責任はシェーンにある。少なくとも一部は。だから、彼女の様子を見に戻らないわけにはいかない。だがそれは、任務を果たさなければならないという義務感からだ。それ以外の気持ちがあるはずはない。

ニックがリビングルームでシェーンを待っていた。ソファの背に腰かけ、足首を交差させて腕組みしている。「おまえをひとりで行かせるのは気が進まない」

「ひとりじゃない。ゆうべの作戦でも使った通信機器がある。それに、今回は情報を集めに行くだけだ。やつらとかかわるつもりはない」

ニックはこわばった表情でうなずいた。「わかった。それならいい」きつく互いの手を握ると一瞬、以前と変わらず気持ちが通じあった。

「それから、シェーン」ニックが後ろから呼びかける。

シェーンは足を止めた。このまま、すんなり出ていけると思ったのは甘かった。

「目的に集中しろよ」

任務を忘れないように念を押さなければならないとニックに思われたのが、シェーンは悔しかった。だがさっきあんなふうに感情を爆発させたのだから、言われて当然だ。シェーンは出口に着き、ドアを開けた。

「クリスタルのことが気になるんだろう？」

シェーンは小さく毒づいた。外に出た彼の耳の奥には、すべてを見抜いているニックの声がいつまでも響いていた。

4

短い休憩時間に更衣室へ戻ったクリスタルは鏡に顔を寄せ、光のほうに向けた。腫れはだいぶ引いているから、メイクで隠せば薄暗いクラブの照明のもとなら殴られたと客に気づかれないだろう。ブルーノはさすがに顔には拳をふるわないようにしているが、平手打ちは平気でするし、躊躇《ちゅうちょ》せずに彼女の体を痛めつけてたまった鬱憤を晴らす。

そして昨夜は、チャーチの命令でとらえていた男をみすみす奪われて逃走を許してしまったことで、ブルーノはたっぷり鬱憤がたまっていた。

もちろん彼はあとで謝り、クリスタルを自分のコートで包んで家まで送ってくれた。ジェナがちょうど大学の友人のアパートメントに泊まりに行っていて不在なのが、クリスタルは心の底からありがたかった。いつもだと妹の外泊は心配でしかたがないけれど、昨日はブルーノがまたしても暴力をふるったと妹に知られずにすむ安堵のほうが大きかった。

暴力が始まった頃はブルーノの謝罪を信じ、どうしようもなかったのだと自分を納得させていた。なんといっても、もっとひどい境遇に堕ちそうなところを助けてもらったのだから。今は彼が謝りだすとその日の暴力は終わったのだとほっとし、何も言わずに笑顔で受け入れている。そうやって、ひたすらやり過ごした。

この二年間、ジェナは成績優秀者に与えられる奨学金を受けながら、夏にも授業をたくさん取ったおかげで、十二月には大学を卒業できる目途が立った。だからあと八カ月で逃亡計画を実行に移せる。

逃亡先をどこにするかはまだ決めていなかったが、大都会のニューヨークが身を隠すにはいいのではないかと考えていた。もしかしたら、ファッション関係の店が集まったガーメント地区で仕事を見つけられるかもしれないという期待もあった。有名デザイナーのもとで働いてコネを作ることができれば、そのうちスポンサーを見つけて、自分のコレクションをデザインできるようになる可能性だってある……。

「ねえ、ちょっと」隣の席に滑りこんできたブランディの声に、クリスタルは楽しい空想から引き戻された。緩くまとった白いローブから胸の谷間をのぞかせている黒髪のブランディは、しなやかで美しい体をしているが、重度のドラッグ依存症だ。クリスタルよりも前から〈コンフェッションズ〉で働いている。ただし、彼女はウエイトレスではなくダンサーだ。「大丈夫？」

「ええ、ありがとう」クリスタルはぎこちなく笑みを浮かべた。

ブランディの視線がクリスタルの左の頰に向かって、一瞬表情が揺らぐ。「ほんと？　それならいいけど」言葉とは裏腹に、その声は頰の痣《あざ》に気づいたと語っていた。

「そんなに目立つ？」クリスタルはコンパクトを持って、鏡に向き直った。

「ううん、そうでもない。ここは蛍光灯だから、なんでもあからさまに見えちゃうのよね」ブランディは自分のメイクポーチをかきまわした。「そういうの、どうやって隠せばいいか知ってるわ。こっちを向いて」

クリスタルは決まり悪さに頰を熱くしながら、椅子の上で体の向きを変えた。ブランディは彼女よりふたつ三つ年上なだけで、それなりに親しいものの、友達とは言えない。クリスタルにとって友達というのは無条件に信頼できる人だが、ここでは人をそんなふうに信じるのは安全ではなかった。

「あなたの肌って白くてすごくきれい」ブランディはクリスタルの顔にかかる髪を脇に寄せた。「私、ずっと赤毛になりたかったのよ」そう言いながら、クリスタルの頰の上でブラシを動かす。

「どうして？　あなたの髪はミステリアスでとってもすてきなのに」

ブランディはブラシを反対の頬に移した。「そしてあなたの髪は、めったにない珍しい色合いだわ」手を膝に置いた。「何があったの？」

クリスタルは唇を引き結んで、肩をすくめた。ブランディにはわかっているはずだ。ここで働いている者なら、痣を見ればひと目でわかる。みんな、目をそむけるだけだ。

「クリスタル、あなたはこんな場所にはもったいない人よ。自分でもわかってるでしょ？」

クリスタルはふっと笑った。「私たちみんながそうだわ」

ブランディは首を振った。「真面目に言ってるの」クリスタルが黙っているので、言葉を継ぐ。「あなたには才能があるし、頭もいい。大学では何を勉強してたの？」

「どうして知って――」

「何を言ってるの。あなたのお父さんは娘が自慢でしょうがなくて、いつもあなたのことを話してたわ。一族で初めてなんだって」

「まあ」以前なら、父のこんな話を聞かされたらうれしくてたまらなかっただろう。だが父が何をしていたのか知ってしまった今、自分とジェナをこんなふうに失望させた父を、もはや偶像のようにあがめ続けられなくなっていた。ブランディが父を知っていたことには驚かなかった。ここでは大勢の人が父を知っている。使徒《アポストル》だったのだから、組織内では当然顔を知られ、尊敬される存在だっただろう。

だがその父が投獄されたあとすぐに亡くなり、チャーチに借金を作っていたと判明すると、彼女は二年生の終わりを待たずして大学を辞めなければならなくなった。

大学に通っていた日々は遠い昔に感じられた。ブランディがクリスタルとは別の人の話をしているように思われてならない。一番の悩みがルームメイトとうまくやっていけるかどうかだなんて、別世界の生活だ。あの頃のクリスタルは何もわかっていなかった。この世の仕組みについても、父についても、そのほかのあらゆることについても。

「まだ決めていなかったのよ」クリスタルは嘘をついた。こんな場所でファッションデザイナーになりたいと口にすれば、夢が汚れてしまう気がした。それにときどきダンサー用の衣装を作っている今の自分がそんな夢を語っても、ばかみたいなだけだ。実現するはずのない子どもっぽい戯言《たわごと》だと思い知らされてしまう。

ブランディがクリスタルの頬にさらに粉を足した。「あなたなら、きっとすばらしいものを選んでたでしょうね」バッグからチューブを取りだし、綿棒に赤い口紅をなすりつける。「これもつけたほうがいいわ」

クリスタルは鏡に向き直って、大胆な色を唇の上に伸ばした。

「あなたがいつも使ってる色より濃いけど、大丈夫。似合うわ。それに痣が目立たなくなるし」ブランディはクリスタルが心の中で思ったことを口にした。頬紅と口紅のせいでほかの部分の肌がいつもよりもさらに白く見えるが、ブランディの言うとおり、痣はさっきよりも目立たない。濃い色を加えたことで、頬をわざと赤くしているだけに見える。

「ずいぶんましになったわ。ありがとう」クリスタルは礼を言って、スマートフォンを見た。休憩時間は終わりだ。「誰かが捜しに来る前に、さっさと仕事に戻ったほうがよさそう」

「気を強く持つのよ」ブランディがクリスタルの手を握りしめて励ました。「あなたは自分で思ってるより、お父さんの強さを受け継いでいるんだから」

クリスタルはうなずき、足早に出口へと向かった。狭い部屋にいるのが急に息苦しく感じられた。ここの人たちは普段はめったに彼女の父について話さない。父が逮捕されて有罪判決を受けたあと死ぬという末路をたどったことを思いだすと、自分も気をつけなければ同じ運命に陥る可能性があるという事実を突きつけられて、いやな気分になるのだろう。一方クリスタルにとっては、父の逮捕と死は終わりではなく始まりだった。父の死を境に、彼女はそれまで持っていたものすべてを失った。人を信頼する気持ちまで。この世の誰よりも自分を守ってくれるはずの父が嘘をついていたのだから、ほかの人などなおさら信じられるはずもない。父が逮捕されるまで、クリスタルは父が何をしていたのかまったく知らなかった。

クリスタルはクラブのメインフロアに戻り、アンバーと一緒に奥の隅の部分を受け持った。ありがたいことに、月曜の夜はいつも客があまり多くない。クリスタルはテーブルのあいだをまわって注文を取り、飲み物を運び、客を喜ばせるためにきわどい会話を交わした。ここでも演技が必要なのだが、そのおかげでチップを稼げるのだから彼女は全力で演じた。

「〈コンフェッションズ〉へようこそ。今夜は何をお飲みになりますか？」奥から二番目のブースにひとりで座っている男に声をかける。

彼が顔をあげて目を合わせたとたん、クリスタルはまわりから空気がなくなったかのように息が吸えなくなった。

鋼のようなグレーの目。

昨日の美しい顔の男だ。

彼女は息をのんで、後ずさりした。まさか。いったいここで何をしているのだろう。

こわばった体から必死で力を抜く。まわりの注意を引いてはまずい。彼にとっても、自分にとっても。

「ビールを頼むよ。銘柄はなんでもいい。それから、クリスタル」

クリスタルはどうして名前を知っているのかきこうとして、昨日自分で教えたのだと思いだした。彼をギャングとかかわりのある人物だと思って、部屋の方向を教えたときに。

「頼むから息をしてくれないか」

クリスタルは横を向いた。さまざまな選択肢が頭を駆けめぐる。誰かに知らせる。走って逃げる。彼を避ける。どの選択肢も、彼女にとってよくない結果にしかならない。昨日の男だと知らせれば、すべてを教えていなかったことがばれてしまう。男の顔を目撃したのに黙っていたことが。

鋭い顎の線と豊かな唇からなる人並み外れて美しい顔を、見たと言わなかったことが。

彼の顔をうっとりと見つめている自分に気づいて、クリスタルは愕然《がくぜん》とした。とんでもなくセクシーな彼が今すぐここから消えてくれなければ、ふたりとも困ったはめになる。

ウォーカーがひっきりなしにクリスタルに話しかけながら、注文された飲み物を用意する。そのおしゃべりを聞いているうちに、クリスタルは少し落ち着いてきた。冷静に行動すればいいのだ。何も知らないし、何も見ていない。ごく自然に振る舞おう。最初のパニックがおさまると、胸に怒りがわいてきた。危険を冒して助けたのに、充分ではないというのだろうか。彼にこれ以上彼女を危険にさらす権利はない。クリスタルは紙ナプキンにメッセージを書きつけてビールと一緒に持ち、男のいるブースへ戻った。

「どうぞ」彼女はまず紙ナプキンを置き、男が〝とっとと出ていって、二度と戻ってこないで〟というメッセージを読んだのを確認してから、その上にグラスを置いた。「ほかにご注文は？」荒れ狂う怒りを視線にこめる。

だが、男はまったく動じなかった。「ダーリン、君と話がしたい」

クリスタルは作り笑いを顔に張りつけ、彼の南部訛りに体が熱くなったことを悟られないようにした。「悪いけど、話すつもりはないから」そのまままきびすを返す。

ところが男は彼女の手をつかみ、自分のかたわらに引き寄せた。

クリスタルはいきなり触れられて、息をのんだ。恐ろしい過去の記憶にパニックがふくれあがり、胸が苦しくなる。彼にはクリスタルを傷つけるつもりはなく、手をつかむ以上のことはしないと必死に自分に言い聞かせ、彼女はかろうじて平静を保った。クリスタルがダンサーではなくウエイトレスで、男は幸運だった。このクラブでは、客がダンサーに触れることは禁止されている。少なくとも、フロアでは。だが彼女を含めてウエイトレスたちは、ヒップや腿に触れられるくらいは我慢する。そのほうがチップをはずんでもらえるからだ。

たぶんほかの人には、男がふざけてクリスタルの手をつかんだように見えるだろう。クリスタルは彼に注意を向けられて喜んでいるふりをして、頭を後ろに投げだして笑った。実際、彼女の手を握る男の手の優しさと押しつけられた筋肉の硬さに、思わず体が熱くなっていた。だけどこんなふうに感じるなんて、あまりにも危険だ。「あなたはどんな男を相手にしているのか、わかってないのよ」自分自身にも彼にも息が詰まるほどの怒りを覚えながら、クリスタルはささやいた。

「君の助けが必要なんだ。代わりに、君を助けてあげられると思う」

クリスタルはその言葉にあきれ、男に体を寄せて言い返そうとした。

ところが、彼が先に声をあげた。「その頰はどうした？」美しい顔が怒りでみるみる険しくなる。

クリスタルは思っていたほどうまく痣を隠せていなかったと知って、心の中で毒づいた。

だいたい、彼には関係ない。

男が拳の背を彼女の頬に当て、信じられないほどの優しさでそっと触れる。

クリスタルはおなかの中がくすぐったいような奇妙な感覚に襲われた。ブルーノだっていつも乱暴なわけではないが、こんなふうに優しく触れてくれることは絶対にない。

彼女は男性に優しさや思いやりを示されるのに慣れておらず、どう反応すればいいかわからなかった。男の手に頬を寄せかけて、慌てて体を引く。メッセージを書いた紙ナプキンを指で叩き、とげとげしい声を出した。「何度も言わせないで」

クリスタルは答えを待たずに彼から離れると、折よく彼女を呼んでいるテーブルに向かった。いつもどおりの顔で忙しく動きまわり、楽しく笑って、男たちをいい気分にさせるのだ。あのグレーの目をした男には、彼女のメッセージを理解するまで絶対に近寄らない。シフトが終わるまで、なんとしても彼を避けるのだ。幸い、今夜はラストまでいる必要がない。あと一時間であがれる。それくらいなら、なんとか耐えられるだろう。

クリスタルはこんなに長い一時間を過ごしたのは初めてだった。

彼女がどこへ移動しても、彼の視線が追ってきた。我慢できなくて一度だけちらりと目をやると男はステージの上のダンサーを見ていたが、それは演技だとなぜかわかった。

演技をしている者同士、通じあうものがあるのだろうか。

そうは見えないときも、男はずっとクリスタルを見つめている。そうだという自信があった。頭皮がチリチリする。彼を意識しすぎて、まわりの空気までピリピリと電気を帯びている気がした。いろいろな意味で危険な彼とは、これ以上かかわりたくない。たとえそうしたくても今のクリスタルには無理だし、そんなつもりもなかった。ところがシフトがあと十分で終わるというとき、男は札を二、三枚テーブルに置いて勢いよく立ちあがり、自分がジミー・チャーチの最新のお尋ね者だという事実には無頓着に、堂々とフロアを横切っていった。

昨日の晩、クリスタルは彼の顔を美しいと思った。だがこうして頭のてっぺんから爪先までを見ると、くらくらするくらい魅力的だった。上下とも黒で包んだ長身は鍛えあげられていて、しなやかな動きは静かなのに力強い。ギャングの男たちの多くと同じで彼も自信にあふれているが、彼らとは違って見せかけだけではない。次元の違う魅力は証明する必要などないとでもいうように超然としている。

クリスタルは目をそらし、安堵のため息をついた。

彼が帰ってくれて、よかった。

残念に思う気持ちが腹部でかすかにうごめいているのを無視して、クリスタルはグラスを片づけてチップを回収するために男のいたテーブルへ向かった。少なくとも彼は、ちゃんと現金を置いていった。いくら払ったか細かく記録されてしまうクレジットカード払いと違って、現金のチップはシフトマネージャーに金額を把握されない。つまり、取り分を多くできるのだ。昨日の晩あんなことをしでかしたのにここへ戻ってくるなんて、彼は勇敢なのか愚か者なのか、どちらなのだろう。どちらでもいいが、二度と戻ってきてほしくない。

そう思うのに、おなかの中は落ち着いてくれなかった。

クリスタルは自分にあきれながら更衣室へ戻り、極端に布の少ないホルターネックのシャツとこれまた最小限の布で作られたスカートを脱いだ。傷跡の残る背中はかろうじて隠れるが胸の谷間やへそや脚のほとんどがむきだしになる制服を脱いで私服のジーンズに着替え、ビーチサンダルを履くと、古くからの友達に会ったようにほっとした。この仕事から抜けだせる日が来たら、二度とハイヒールは履かないかもしれない。

クリスタルは更衣室を出ながら、どんな緊急事態があったのかは知らないが、今夜ブルーノがクラブに来なかったことに感謝した。駐車場を横切って、父のものだった暗赤色のピックアップトラックに乗りこむ。赤い車なのは、ディーン家の女たちが三人とも赤毛だったからだ。といっても、クリスタルは母をほとんど覚えていない。クリスタルがまだ小さい頃に車の衝突事故で死んだので、記憶といえば優しくあたたかい笑顔だけだ。唯一の形見はミシンで、クリスタルは大切に使い続けている。境遇が変わってしまった今も。母の手が触れたものだと思うと、自分やジェナの服を作ろうとミシンに向かうたび、母が身近に感じられた。服作りは、父が死ぬ前からクリスタルがずっと続けている数少ない趣味でもある。

大きなうなりをあげてエンジンが始動すると、クリスタルは太いハンドルを両手で握った。大きな車なので自分が小さくなったように感じるが、いざというときに自分とジェナの持っている大切なものをすべて運べるという安心感は何ものにも代えがたかった。

そしてその〝いざというとき〟は、もうすぐ来る。今年はジェナとふたりで、幸せなクリスマスを迎えるのだ。ここから遠く離れた場所で。

一生という年月の長さを考えたら、八カ月なんて短いものだ。

その短い期間を、トラブルに巻きこまれずに過ごしさえすればいい。だから、これ以上危険は冒せない。美しい顔をした妙な男を助けるなんて、もってのほかだ。彼に何を言われても。

シェーンはため息をつきながら、仕事を終えて家に向かうクリスタルを見逃さない位置にピックアップトラックを停《と》めた。もう一度クラブに行ったのは、まったくの無駄足だったわけではなかった。

クリスタルがテーブルに来る前に、彼はバーの注文カウンターと電話のそば、それから二カ所あるトイレの両方に盗聴器を設置した。それからイージーが昨夜、屋外のケーブルに取りつけた送受信機が見つかっていないかどうかもチェックした。これはマイクの拾うライブ音声にマーツが魔法のような手際で外部からアクセスする鍵となるものだ。シェーンには仕組みがさっぱりわからないが、そういうことらしい。

シェーンはマーツを兄弟同然に愛しているものの、技術関係の話を滔々《とうとう》と話されると一瞬で眠くなってしまう。本当は一般の客が出入りできない奥のスペースにも盗聴器を仕掛けられればいいのだが、とりあえずはこれでかまわない。

レストラン、場末の酒場、営業していない店などが立ち並ぶ荒れ果てた通りの中で、

〈コンフェッションズ〉はひと区画の一辺すべてを占領し、にぎやかさで異彩を放っている。こういう場所には警官たちも巡回に来ないし、流しのタクシーも来ない。

シェーンは人が出入りするクラブの入り口に目をやり、もう一度そこに入らなければならない場合に備えて建物の構造を確認した。だがそうしながらも、思いはすぐにクリスタルへ向かった。

彼女は逆境を果敢に生き延びているサバイバーというだけではない。殴ってくれと彼に要求したことからわかるとおり、戦士なのだ。これはいいことで、クリスタルは自覚していないかもしれないが、すでにこの件に巻きこまれている。だからこの先は、強い心で賢く立ちまわってもらわなければならない。普通に接客しているふりをしてシェーンに立ち向かってきたところをみると、大丈夫そうだが。それに、彼女はとてつもなくセクシーだった。

シェーンは腕の中におさめたクリスタルの体の、華奢《きゃしゃ》な感触を思いだした。美しい曲線を描くほっそりとした長身に、あたたかくなめらかな肌。男は、ああいう体に溺れるのだ。

そんなクリスタルに手をあげた者がいると考えると、運転席に座っているシェーンの胸に怒りがこみあげた。丁寧に塗り重ねたメイクの下に手形が見えたとき、彼はまわりの注意を引くような行動に出ないために、ありったけの精神力を奮い起こさなければならなかった。シェーンはすでにクリスタルを危険にさらしている。これ以上は慎まなければならない。

だが、ひとつだけ言えることがある。あの手形に一致する手を持つやつは、次の冬には手袋を片方しか必要としないだろう。

クリスタルが隠そうとしたものを、シェーンは見逃さなかった。誰が彼女を傷つけたのかも探りだしてみせる。軍にいるとき、シェーンはほかの人が見逃すものでも見つけられることで知られていた。背中に彫った翼を広げたハクトウワシのように、彼は遠くから敵に狙いを定め、反撃のチャンスを与えず、すばやく正確に攻撃する技に長《た》けている。

彼女を傷つけたくそ野郎は、自分が何に襲われたのかさえ気づかないだろう。だがシェーンは思い直した。女に暴力をふるうようなやつは臆病者だ。そんな男に思い知らせるときは、目に恐怖が浮かぶところをじっくり見てやりたい。

二十五分ほどして、駐車場に動きがあった。奥から赤いピックアップトラックが出てきて、通りに出るゲートに向かったのだ。運転席にクリスタルが座っているのが見える。ここで待っていて正解だった。彼女は仕事を終えたら絶対に出てくるのだから、こうやってつかまえれば人目のあるクラブ以外の場所で話せる。

クリスタルは通りに出て、シェーンの横を通り過ぎた。シェーンはあいだに二台挟んで、あとを追った。クリスタルの車は大きくて目立つので、無理に接近する必要はない。それに彼女は交通規則をきちんと守る模範的なドライバーのようなので、このままで問題なく追っていけるだろう。シェーンはそんなクリスタルに妙に愛《いと》しさを覚えた。クリスタルとは違って彼は、いつもアクセルを踏みっぱなしだ。

頭に渦巻く考えたくもない事柄から気持ちをそらしたいとき、スピードはすばらしい効力を発揮する。

十五分後、クリスタルは郊外に出てすぐの、庭付きのアパートメントが立ち並んでいる一画に入った。シェーンはそのまま直進して、半ブロックほど先にピックアップトラックのF‐150を停めた。急いで車を降りて引き返し、彼女の車が見えるところまで行く。

クリスタルは運転席に座ったまま、眠ってでもいるように頭を後ろに持たせかけてじっとしていた。シェーンは彼女を脅かしたくなかった。だが、クリスタルはひとりではなく誰かと住んでいる可能性もある。ここで話しかけたほうがいいかもしれない――。

そのとき右手から奇妙なうめき声が聞こえて、シェーンはすばやく目を向けた。アパートメントの外階段のほうだ。

目を凝らすと、階段の下のほうに若い女性が座っていた。両膝を抱えてじっとしている姿をシェーンが確認した次の瞬間、彼女は突然体をこわばらせて痙攣《けいれん》しはじめた。シェーンはすぐに動いた。

発作で筋肉が収縮した女性の体がボールのように丸くなり、階段の残り二段を転げ落ちる。

女性の横にひざまずくと衛生兵の訓練で得た知識が一瞬でよみがえり、万一吐いた場合に吐瀉物《としゃぶつ》が喉に詰まらないよう、シェーンは優しく彼女を横向きにした。急いでジャケットを脱ぎ、頭の下に敷く。

あとは、発作が終わるまで待つしかない。何もできないのは悔しかったが、医療情報を刻印したブレスレットに癲癇《てんかん》患者だと記されているので、救急車を呼ぶのは控えた。よほどひどい発作でなければ一分ほどでおさまり、どうしてほしいか自分で話すだろう。

それにしても、この女性の髪はクリスタルと同じ赤毛だ――。

「いやだ、信じられない。ここで何をしてるの?」後ろから声がした。

クリスタルだ。

彼女と話をしようと追ってきたが、これは思い描いていた状況とかけ離れている。

「この女性が発作を起こしたんだ」

クリスタルがシェーンの横に膝をついた。「私はここにいるわ、ジェナ。頑張るのよ」発作を起こした女性を見つめながら心配していることが全身から伝わってくる。

「妹なの」

ふたりを見て、シェーンにもそうだとわかった。「妹さんは大丈夫だ」

「何年も妹の面倒を見ているのよ。あなたに言われなくてもわかってるわ」クリスタルが怒りと恐怖が入りまじった声で言い、グリーンの目を光らせた。「ところで、あなたは何者なの？」視線をシェーンの腕の下のホルスターにおさめられた銃に向ける。

「元衛生兵だ」

「私に近づかないでって言ったでしょう？」クリスタルが歯を食いしばる。

「いや、君は〈コンフェッションズ〉から出ていけと言ったんだ。それには従った」

「ええ、そうね。それで家までつけてきたってわけ？」彼女は鋭い目でにらみつけた。

シェーンは胃がキリキリした。クリスタルの言うとおりで、言い訳はできない。永遠に心を閉ざされたくなかったら真実を語る以外になかった。「ああ、つけてきた。

どうしても君の助けが必要だから。クラブじゃないところのほうが、君も話しやすいだろうと思って」

ジェナの体から力が抜け、小さなうめき声がもれる。ふたりが目を向けると、ジェナは何キロもの重さがあるものを持ちあげるかのように、のろのろとまぶたをあげた。「もう大丈夫ね。そのままじっとしていて。私が運ぶから」クリスタルが妹の脇の下に両手を差し入れる。

シェーンは腿をきつくつかみ、手を出したくなるのを抑えた。「俺に手伝わせてくれないか？」ぐったりと力の抜けた妹がクリスタルの手に余るのは、どう見ても明らかだ。だが許しを得ずに勝手に行動すれば、クリスタルは心を閉ざしてしまうだろう。今のところシェーンは、彼女によく思われるようなことを何ひとつしていない。

クリスタルの顔に迷いが浮かぶ。しばらくしてジェナの顔に視線を落とし、妹の頬を撫でながらため息をついた。「わかったわ。でもそれは、こんな状態の妹を連れて階段をあがるのは私には無理だからよ。ジェナはあと三十分はこの状態かもしれないから」

シェーンはうなずき、彼のジャケットごとジェナを抱えあげた。体重はせいぜい五十キロ強というところだが、体にまったく力が入っていない。癲癇の大きな発作を起こすと、疲れきってそのあと一日から二日眠り続けるケースがよくある。クリスタルの肩には、多くのものがのしかかっている。シェーンが思っていたよりもずっと。

一瞬、クリスタルはわが子が傷つけられないかと心配する過保護な母親のように、彼の腕の中の妹をのぞきこんだ。だが、すぐにあきらめた表情になった。「こっちよ」シェーンはクリスタルのあとから、コンクリートの階段をのぼりはじめた。今夜は彼女について重要なことがわかった。クリスタルは助けを受けるのも、助けを求めるのも好きではない。けれども、妹のためなら受け入れる。

そのことに敬意を覚えずにいられなかった。

クラブで肌を露出した制服を着ていたクリスタルはセクシーだった。だが今、Tシャツに色あせたジーンズを着て長い髪をポニーテールにまとめた彼女は、シェーンの目にはもっとセクシーに映った。ビーチサンダルを引っかけた足のペディキュアを施した爪にすら、目が引き寄せられた。

クリスタルは玄関の前で立ち止まり、誰かに見られていないか気にするようにあたりを見まわしてからシェーンを招き入れた。

アパートメントの中は狭くて質素だが、清潔でよく片づいていた。クリスタルはさまざまなトーンのブルーで内装を揃えたリビングルームを抜け、コンパクトなギャレースタイルのキッチンの横を通過し、狭い廊下に出て奥へと向かった。薄暗いスペースにドアが三つ見える。おそらくバスルームとそれぞれのベッドルームだろう。クリスタルは右側の部屋に入ると、ナイトテーブルに置かれた小さなランプをつけた。整然と片づいているほかの部分とは、まったく趣の違うジェナの部屋が浮かびあがる。

この部屋はまるで、隅にダブルベッドが置かれた書店のようだった。棚から一冊引き抜いたら全部がなだれ落ちてきそうな、時の流れから取り残された古書店。カーペット敷きの床を含め、少しでも空いているスペースには本が積みあげられ、壁の一面を占める棚にもぎっしり詰めこまれている。

「つまり、彼女は本好きってわけだ」寝乱れたままの上掛けの上にジェナをそっとおろしながら、シェーンは言った。白いカバーには色とりどりの花や蝶が散っている。窓の前に天井からつりさげられている蝶のモビールを見て、シェーンはモリーのネックレスを落としていないかどうかポケットの中を確かめたくなった。クリスタルの妹は、彼の妹のお気に入りの生き物に魅了されているらしい。シェーンにはそれが何かのしるしに思えてならなかった。

クリスタルが妹に上掛けをかけてやりながら、薄笑いを浮かべる。「どうしてわかったの？」

シェーンが彼女から引きだしたいのは別の種類の笑みだったが、とにかく笑顔は笑顔だ。

ジェナはぜいぜいと音を立てて呼吸しているが、発作のあとそうなるのは珍しくない。クリスタルはベッドの端に座って妹の額を撫でながら、真顔に戻って質問した。

「それで……あなたは軍医だったの？」

シェーンは不服そうな様子のクリスタルを見つめた。妹を心配して額に刻まれている皺や、肩にかかっている赤毛のポニーテールのやわらかなウエーブを。「本来の任務とは別に、衛生兵としての訓練も受けたことがある」

クリスタルは長いため息をつくと、首を振って立ちあがった。「妹を助けてくれてありがとう。私ひとりでは……どうやってここまで運べばいいかわからなかったわ」

彼女の視線はシェーンを避けてあたりをさまよった。

クリスタルが別れを告げようとしているのがあからさまに伝わってきて、シェーンは顔をしかめた。「ちょうど居合わせてよかったよ」

彼女は両腕を自分の体にまわした。「もう帰ったほうがいいわ」

やっぱりだ。「クリスタル――」

クリスタルは手を掲げて静かにするよう合図すると、シェーンを連れて部屋を出て、そっとドアを閉めた。薄暗い廊下で彼を見あげたその顔にはさまざまな感情が渦巻いていた。「あなたはここにいてはいけないのよ」

「なぜいけない？」クリスタルの助けはもちろん欲しい。だがクリスタルと彼女の妹もシェーンの助けを必要としているかもしれないと思うと、根が生えたように足が動かなかった。パズルのピースみたいにばらばらだったこの何分かの出来事が、突然組みあわさって絵になる。「ちょっと待ってくれ。彼女は癲癇の治療を受けていないのか？」

クリスタルは目を伏せ、唇を怒りにゆがめた。「もちろん、治療は受けているわ」

シェーンは両手をあげた。「悪かった。君にいやな思いをさせるつもりはなかった。ただ、俺の助けが必要なんじゃないかと思って。妹さんのために」

クリスタルが隠しきれずに見せた表情を目にして、シェーンは自分の考えが正しかったとわかった。

「話してくれないか、クリスタル。どうなっているんだ？」

クリスタルは向きを変え、短い距離を進んでリビングルームに入った。「ほんとに、もう帰って」

シェーンはすりきれたデニム地のソファに座って、ブーツを履いた足をもう片方の膝にのせた。

クリスタルがぽかんと口を開けた。笑ってしまうくらい、思っていることが顔に出ている。無理に隠しているとき以外は。

「どうなっているんだ?」シェーンは繰り返した。

「あなたがどんな人か、まるで知らないのよ」

「その状態を解消するために、君と話をしたかったんだ」シェーンはリビングルームを見まわして、向かい側の壁に設置された大きな液晶テレビに目を留めた。その下の本棚にはさまざまなオーディオ機器が置かれているが、最高機種ばかりだ。DVDプレーヤー、ステレオ、スピーカー。すばらしいラインナップだが、どれひとつとして姉妹だけで暮らしている家にあるほかの使いこまれた品々と合っていない。クリスタルは贅沢《ぜいたく》品に散財するタイプには見えないのに妙だ。乗っている車からして、クラシックカーと言っていい年代物だというのに。

クリスタルが眉をあげる。「ここにいてはだめなのよ」

「君はそう言い続けている」

「だって、ほんとのことだから。いい、もし——」

シェーンはすばやく立ちあがって、クリスタルと向きあった。「もし、なんだい？」彼女の顔にかかっている後れ毛を耳の後ろにかけ、頬骨の上を指先でそっと撫でる。クリスタルを殴るような男の存在をにおわされて激情がわきあがったが、彼女に対しては優しさだけを表に出した。

クリスタルが体を引いた。「なんでもないわ」

なんでもないわけがない。シェーンは腕組みをして、彼女が答えるのを待った。

「もう、あなたってちっともあきらめないんだから」クリスタルがいらだって両手をあげる。

「しつこいのが俺の身上なんだ」シェーンは彼女を追いつめすぎないように自制した。

「ほんとに、とびきりのしつこさよ」

シェーンはにやりとし、つられて笑いそうになったクリスタルが唇に力を入れてこらえるのを見つめた。彼女が事情を明かすべきではないと思いこんでいるのは問題だが、本当は話したいと思っているとシェーンにはわかった。クリスタルは心の内を明かしたいと、切実に望んでいる。「俺は君と友達になりたいだけなんだ、クリスタル」

彼女の顔からすっと表情が消える。「友達はいないの」

「友達がいない？　それとも、誰かに禁じられているのか？」シェーンは懸命に声を平静に保った。

「どっちだっていいでしょう？　あなたには関係ないわ」

彼は毒づきたくなるのを抑えた。女性に心を開いてもらうのにこんなに苦労するのは初めてだ。だが、引きさがるつもりはなかった。クリスタルが防御を固めれば固めるほど、なぜそうしなければならないと思うのかますます心配になる。

シェーンは彼女に近づいた。「わかった、友達じゃなくてもいい。それでも君とジェナの力にはなれる」

クリスタルがため息をついて、シェーンと目を合わせた。「あなたの助けは必要ないの」

そのときアパートメントの奥から、ドサッという音とともにくぐもった叫び声が聞こえてきた。

5

クリスタルは一瞬で廊下を駆け戻り、ジェナのベッドルームに入った。もう何年もこうやって暮らしているので、妹に助けが必要なときはとっさに体が動くようになっていた。思ったとおりジェナはベッドから落ち、朦朧としたまま、体に絡みついた上掛けをはがそうともがいている。

「大丈夫よ、ジェナ。私はここにいるわ」クリスタルはなだめながら、妹の体に巻きついた上掛けを緩めた。ジェナが戸惑ったように見あげると、クリスタルは胸が痛んだ。発作のあとでこんなふうにぼうっとすることはよくあり、ときには記憶を失っていることもある。ここ何カ月か発作の頻度が増しているが、こんなにひどいのは久しぶりだ。何が発作の引き金となったのだろう。

ここで考えていてもわからないので、クリスタルはジェナが回復したら最近の生活ぶりをきいてみるつもりだった。発作を誘発しやすいものはいくつかあるが、ジェナにそれらを厳密に避けようとする姿勢はない。クリスタルは妹が発作を起こしても、見守る以外に何もできないのがつらくてならなかった。

「手を貸そうか？」

後ろから声をかけられると、クリスタルの中にふたつの感情がわきあがった。ひとつは、喜んで受け入れたいという本能的な反応。ときどき頼れる人がいたらどんなにいいだろう。それに、彼はなんといっても医師なのだ。あるいは衛生兵。それがなんなのかは知らないが。どちらにしてもジェナの状態を考えれば、彼の持っているスキルは望ましい男の条件の最上位に来る。けれどもそれはそういうリストを作るとしたらの話で、実際に作ったことはない。何かを夢見るなんてクリスタルには縁がないから、その現実はこれまでいやというほど思い知らされている。

けれどもいくら助けを受け入れたいと思っても、そうすれば必ずありとあらゆるトラブルにつながるという絶対の確信があった。彼とクリスタルの恋人は明らかに敵対しているし、そうでなかったとしても、ブルーノがクリスタルに彼と友達になることを許すはずがない。ただ話すだけでもだめだろう。

それでも、今はどうしてもジェナをベッドに戻さなければならない。それに、彼はすでにここにいる。

クリスタルは咳払いをすると、目を合わせずにうなずいた。「妹をベッドに戻すのを手伝ってもらえる？」

彼がすばやく横に来ると、クリスタルは彼の発散する熱と力強さに圧倒されそうになった。「もちろん」

クリスタルはちらりと彼を見て、すぐに後悔した。彼の顔にはクリスタルを助けたいという熱意があふれている。クリスタルと彼女の妹を。でも、彼のほうもクリスタルの手を借りたいと思っているのだ。交換条件だとは一度も言っていないけれど。クリスタルは立ちあがり、彼がジェナを持ちあげられるように場所を空けた。

妹をベッドに移す彼は、さっきと同様、優しさと気遣いにあふれていた。クリスタルはすべてを打ち明けたいという誘惑にふたたび負けそうになった。彼はベッドの上に片膝をつき、ジェナをなるべく奥の壁際に寝かせようとしている。またベッドから落ちて怪我をしないようにと考えてくれているのだ。クリスタルなら同じようにするから、彼に確かめなくてもそうだとわかる。誘惑に屈したい気持ちがますます強くなって、心臓が激しく打ち、胃がふわふわする。

彼はどうすればいいかわざわざ尋ねることなく、自分から上掛けを拾い、眠っている赤ん坊にするように、そっとジェナにかけた。長身で肩幅が広く、筋肉がたっぷりついた体に銃をおさめたホルスターまで装着した姿は、見るからに危険な雰囲気を漂わせている。それなのに、クリスタルはこれほど優しい男性に会うのは初めてだった。こんなことを考えていてはいけない。早く出ていってもらわなければ。彼は積みあげられた本を崩さないように押さえながら、ナイトテーブルをベッドの横から十センチほど離した。

クリスタルはもうやめてと叫べばいいのか、彼にすがりつけばいいのかわからなかった。これまでくぐり抜けてきたことを思うと、こんなふうに感じるのが不思議でならない。

「さあ、もう来て」クリスタルはささやいた。これ以上思いやりにあふれる行動を目にしてしまわないよう、向きを変えて部屋の入り口にさっさと向かう。そこで振り返って険しい表情で、彼がついてくるのを待った。

クリスタルのいらだちに彼が気づいたのがわかった。心配そうだった表情が、わけがわからないという表情に変わったのだ。「どうしたんだ?」彼が音を立てないようにドアを閉めながらささやく。

クリスタルははっとわれに返った。もう少しで彼を罵り、不公平なほどセクシーなヒップに蹴りを入れて玄関から放りだすところだった。けれども誰を罵り、誰を蹴りだそうとしたのだろう。

こうやって家に招き入れておきながら、名前もきいていない。

何をしているの、クリスタル。ほんと、上出来だわ。

それに帰ってもらうべきだとわかっているのに、決定的な言葉がどうしても口から出てこない。「私、あなたの名前も知らないわ」苦々しい声で言った。

彼が顔をほころばせる。

ああ、その笑顔ときたら！

まるで太陽の光を浴びながら気だるく寝そべって過ごす、夏の午後のようだ。あたたかくて、甘くて、生きている幸せを感じさせてくれる。

「それは申し訳なかった。シェーンだ」彼が大きな手を差しだしたが、クリスタルは腕組みして拒否した。

「ふうん、シェーンっていうのね」シェーンが手をおろすのを、彼女は目で追った。

南部訛りのゆったりとした声と、夏みたいな笑顔と、美しい顔の組み合わせに抵抗し続けるのは難しい。「それで、シェーンだけなの？」クリスタルはまつげ越しに彼を見あげた。

シェーンがクリスタルの意図を推し量るように、グレーの目を一瞬細める。本名は教えてもらえないに決まっている。昨日の晩、あんなふうに店に押し入ったのだから。

「シェーン・マッカラン」彼が低い声で言った。クリスタルにしか聞かせたくないかのように。

クリスタルは思わず息をのんだ。シェーンに殴られたとしても、こんなに驚かなかっただろう。彼は本名を告げたのだと全身で感じた。クリスタルに大きな力を差しだすことになるのに。そしてシェーンの強い視線を見れば、その事実を充分承知しているのがわかる。

「シェーン・マッカラン」響きを試してみたくて、クリスタルはつぶやいた。足元が揺れ動いたような衝撃を振り払い、彼をリビングルームへと促す。

「待ってくれ」シェーンが親指で背後を示す。「ちょっとバスルームを借りてもいいかな」

クリスタルは思わず天井を仰いだ。断れるはずのない要望だ。彼ときたら、次は靴を脱いで夕食をとっていくと言いだしかねない。

シエーンはウインクをしてバスルームに向かった。

「明かりのスイッチは左側よ」

シェーンが静かにドアを閉めると、クリスタルは一瞬ぼうっとその場に立ちつくした。念じれば彼が出てくるとでもいうようにドアを凝視している自分に気づき、おもむろに向きを変えてリビングルームへ向かう。けれども次にどうすればいいのかわからず、そこでまた立ちつくした。

突然、アパートメントのみすぼらしさが気になりはじめた。父が刑務所に入ると、クリスタルと妹は生まれてからずっと住んでいた家を手放し、裁判の費用の支払いと父がチャーチに作った借金の返済に充てなければならなかった。それでブルーノの助けを借り、この粗末だけれども家賃の安いアパートメントに、わずかに残った家財道具とともに移り住んだのだ。ガレージセールを渡り歩いてひとつひとつ手に入れたものを、これまでクリスタルは誇らしく思ってきた。けれども今は、シェーンの目にどう映るか考えずにいられない。それに見るからに中古品ばかりのこの家に最新のメディア機器が揃っていることを、彼はどう思っただろう。液晶テレビやＤＶＤプレーヤーやステレオは、全部ブルーノが用意した。クリスタルが買ったただ映るだけの安っぽいテレビに、ブルーノは五分しか耐えられなかったのだ。

クリスタルはソファの上のクッションをふくらませ、ランニングシューズを片づけ、黄ばんだブラインドをまっすぐに直したいという衝動と闘った。これまで自分とジェナが居心地よく過ごせるように家の中を整えてはきたが、客を迎えたことはなかったので、人にどう思われるか気になるのは初めての経験だった。ギャレースタイルのキッチンに行って朝食の皿を洗いたくなるのを懸命にこらえる。

まったく！　私は何をしているんだろう。

クリスタルとジェナ以外にこの家に入ったのはブルーノだけだ。彼の手下が仕事の話をしに来たこともあるが、片手で数えられるくらいだ。

クリスタルはブルーノを思いだしてはっとすると、ポケットから慌ててスマートフォンを取りだした。画面をチェックし、ほっとして肩から力を抜く。シェーンにジェナをここまで運んでもらい……少し話をしているあいだに、電話もEメールも来ていなかった。ブルーノは連絡を取ろうとしたときにクリスタルがすぐに応えないとひどく怒る。いつまでも返事がなければ、彼女の家までやってくる。

今そんなことになったら、とんでもなく具合が悪い。

今夜はここへは来ないと、ブルーノからはっきり聞いていてよかった。言ったとおり来ないだろうと、クリスタルは確信していた。組織の警備責任者としてそれどころではないというだけでなく、ブルーノは彼女を殴ったあと、いつも一日か二日は近寄らない。クリスタルの肌に暴力をふるったしるしが残っているのを見るのが耐えられないようだ。

クリスタルはスマートフォンをジーンズのポケットにしまい、眉をひそめた。あの美しい顔をした彼は、何をこんなに手間取っているのだろう。自分が彼をさっき聞いた名前ではなく〝美しい顔をした彼〟として思い浮かべたのに気づいて、クリスタルは苦笑した。この習慣はしばらく直りそうにない。

別に、これからもしょっちゅう彼のことを考えるわけではないけれど。

キッチンの入り口をまわって様子を見に行こうとすると、ちょうどシェーンがバスルームを出て照明を消したところだった。彼が短い廊下をクリスタルのほうに向かって歩いてくる。

シェーンの身長は百八十センチ以上あるだろう。その身のこなしを見ていると、彼女が興味を持つべきではないことにどうしても気持ちが向かってしまう。こんなにも優しくて親切でこのうえなくセクシーな男性は、ベッドではどんなふうなのだろうかと。

頰が一気に熱くなった。クリスタルは肌が白いので、燃えるように赤くなっているに違いない。それだけでなく、胃もひっくり返りそうにうねっている。これまでに経験してきたことを考えると、別の男性とつきあうというのは、彼女にとって断崖絶壁から飛び降りるようなものだ。今の状況から自由になれると憧れもするが、身震いするほど恐ろしくもある。

シェーンが眉を片方あげた。クリスタルが彼に惹《ひ》かれているとわかっているようだ。あんなに美しい顔をしているのだから、女性に身を投げだされることに慣れているのだろう。シェーンの視線がクリスタルの体をすばやく上下すると、肌に触れられたかのように感じた。薄いコットンのTシャツの下で胸の頂が固くなり、もう何年も感じたことのない欲望が体を駆けめぐる。久しぶりなのではなく、こんな感覚は初めてかもしれない。

気がつくと、シェーンが目の前にいた。

彼から離れたかった。それなのに、熱い欲望を放っている引きしまった男らしい体に、抱きつきたくてたまらない。

「あなたの望みはなんなの？」心の中の葛藤を見せまいとして、クリスタルの口調は必要以上に辛辣になった。

シェーンに溶けた銀のような目で見つめられると、クリスタルは魂の底までのぞかれている気がした。やがてシェーンは首を振ると、テレビの下の本棚まで行ってステレオのボタンをいくつか押した。魂を震わせるような官能的な音楽が流れだす。ジェナの眠りの妨げにならない静かな音だ。「ダンスは好きかい、クリスタル？」彼が低い声できいた。

「えっ、何？　どうして？」

シェーンがいたずらっぽく笑う。「どうしてって、人は互いを知るためにダンスをするからだ」

「そうなの？」たぶん、シェーンの生まれたところではそうなのだろう。けれどもクリスタルの働いているストリップクラブでは、人はお金を稼ぐために踊る。だから、彼女のダンスに対する見方は少し偏っているかもしれない。

「そうだ。誰かにきいてみるといい」曲がフェイドアウトしていき、南部のロック専門局のコールサインが聞こえた。次の曲が始まると、シェーンは笑みを浮かべてクリスタルのほうを向いた。「踊ってくれるかい？」

クリスタルはどう答えればいいのかわからず、黙ってシェーンを見あげた。体は全力でイエスと叫び、頭は必死でだめだとわめいている。

シェーンが両手を差しだし、誘惑するような表情で近づいてきた。

気がつくとクリスタルは右手を彼の手に滑りこませ、左手を彼の首にまわしていた。

だめよ、だめよ、だめよ！　頭の中に警告が繰り返し反響する。いったい何をしているの？

シェーンはクリスタルの手を自分の胸に引き寄せ、反対の手を彼女の腰の後ろに置いて距離を縮めた。あまりの近さに、クリスタルは息ができなくなった。

音楽のリズムに合わせて、シェーンがふたりの体を揺らす。初めて聴くブルース調の官能的でゆったりとした曲を、クリスタルは一生忘れないだろう。歌詞にイメージが分かちがたく結びついて記憶に刻みこまれる曲があるが、この曲はまさにそうだ。

部屋の温度が一気に十度ほどあがった気がした。曲に合わせて揺れるシェーンの体は、胸から腿までクリスタルの体と密着している。ステップを踏むごとに、体を揺らすごとに、ターンするごとに、彼女の胸と彼の硬い胸板がこすれあう。クリスタルは力強いシェーンの両手に導かれて動いているうちに、その手で体じゅうを探られたくてたまらなくなった。ドラゴンが目覚めるように、欲望が彼女の内奥で頭をもたげる。警戒しつつも好奇心をあらわにした荒々しい様子で。

どう考えても、彼と踊るなんて間違っている。クリスタルは怖くてたまらなかった。それなのにシェーンとこうしているのがあまりにも心地よくて、どうしてもやめられない。

一曲だけ。大丈夫、ただのダンスだもの。なんてことのない、ただのダンスよ。

それに、欲望に駆られているのは彼女だけではなかった。

腹部にシェーンの硬くなったものが当たっている。

クリスタルが鋭く息を吸うと、シェーンは彼女の耳のそばに唇をつけた。「ダンスしているだけだ。それ以上のことはしない。約束する」

けれどもクリスタルはアドレナリンがすでにたっぷり出ていて、全身の震えが止まらなかった。好奇心と本能的な恐れが彼女の中でせめぎあう。

「しいっ……ただのダンスだ」シェーンが優しくなだめる。

自分でもさっきそう考えたことを思いだし、クリスタルはようやく息を吸って心を落ち着けた。そのままシェーンと音楽に合わせて揺れ、くるりとまわり、体を寄せて押しつけあう。彼女は触れそうなくらい近くにあるシェーンの口から出た息が、頰骨の上にかかるのを感じた。

彼はまるで火だ。手を出して遊んではならないもの。そうわかっているのに、クリスタルはシェーンに顔を近づけて……望んでいたものを得た。

彼のキスを。

頰にすばやく唇を滑らされただけだが、キスはキスだ。

クリスタルは頭がぼうっとして、ぐるぐるまわりだした。シェーンが喉の奥で一瞬息を止めたのを感じると、びりびりとした震えが背筋から下腹部まで駆けおりた。

シェーンが彼女の頬やこめかみや耳に、羽根のように軽く唇を押し当てていく。彼の愛撫《あいぶ》はどれもこれも優しくて、クリスタルが今まで経験してきたものとはまったく違っていた。だからこそ安心して、このまま続けてもいいという気になった。

腹部に当たる彼のこわばりは紛れもなく存在を主張していて、退く気配はない。好奇心と恐れとのあいだで、クリスタルは震えが止まらなかった。体の中を欲望が川のように流れ、どんどん速さを増していく。彼女は目を開かされた思いだった。男性に対してこんなふうに反応できる能力が自分にもあったのだ。こんな反応を自分から引きだせる男性が、この世に存在したのだ。知らなかった。

このめまいがするような興奮に身をゆだねてしまいたいと、一瞬考えた。服を脱いでもつれあうようにベッドルームへ向かい、ベッドに倒れこんで互いを求める自分たちの姿が頭に浮かぶ。たった一度でいいから、感じるままに行動したい。自分以外の誰かの心配をせず、恐怖を覚えずに心から欲しいと思うものをつかみ取るのは、どんな気持ちがするものなのだろう。たったひと晩、すべてを忘れて心のままに乱れるのは、どんなものなのだろう。そのとき、シェーンはどんな感じなのだろう。

けれどもこんなふうに部屋がぐるぐるまわっているということは、クリスタルにはその答えを見つける勇気がないということだ。別に、だからどうというわけではない。

いずれにしても、決してそんなことにはならないのだから。

クリスタルはシェーンと触れあっている感覚にあまりにも心を奪われていて、曲が終わったことにも気づかなかった。次の曲が始まる前に一瞬しんと静かになると、初めてわれに返った。自分が何をしていたのか、自分が何をしたいと思ったのかに気づいて息をのみ、シェーンの唇から慌てて顔を引き離す。

「ここでひと晩過ごすわけにいかないことはわかっている」クリスタルの心を読んだように、シェーンが言った。「でも、あともう一曲だけ踊ってくれないか」

受け入れれば秘密の重みはさらに増す。それでもクリスタルはさっきよりも早く激しいロックのリズムがあたりに満ちると、うなずかずにはいられなかった。

シェーンは自分が遂行すべき任務の域を超えた行動を取っているとわかっていたが、そんなことはどうでもよかった。クリスタルはシェーンのボタンをすべて押したのだ。やわらかくあたたかい体を押しつけ、両手で彼にしがみついている。その目には思っていることがすべて映しだされていて、シェーンにいてほしい、もう一度キスをしてほしいと懇願すると同時に、そんな自分に対する恐怖がありありと浮かんでいた。

クリスタルを誘惑するなんて、計画にはなかった。女性から情報を聞きだすのに、セックスを武器にしたことはない。これまで一度も。音楽のおかげで、アパートメントに盗聴器が仕掛けられていたとしても、自分たちの様子は拾われていないだろう。こうして体を密着させて踊りながらであれば、音楽に紛れて会話だってできる。

もしかしたら、ここまで警戒する必要はないのかもしれない。だがクリスタルが誰を恐れているにせよ、彼女を殴ったのが誰にせよ、彼女にシェーンも暴力をふるうと思わせた男が誰にせよ、クリスタルを支配するために自宅に盗聴器を仕込んでいる可能性は充分にある。

それにシェーン自身も、さっきバスルームに行ったときに盗聴器を仕掛けた。彼女のベッドルームに置いてある電話の受話器と、バスルームのドアの上に。あとはつい先ほど、ステレオの横にも。フォトフレームがいくつも飾られている陰に。シェーンはここを監視する目的で来たのだ。

それなのにクリスタルに触れられ、体の熱を意識し、身を寄せあっていると、理性が押しやられてただ感じることしかできなくなった。

音楽に合わせてシェーンと一緒に揺れているクリスタルを見つめ、彼の首に手をかけて無意識にそこを撫でている指先を感じていると、こんなふうに彼女の家に入りこんでいる自分がどんどんいやなやつに思えてくる。それではいけないと懸命に理性を呼び覚まそうとしたが、感じることはやめられなかった。〈コンフェッションズ〉で何が行われているのか知るために情報を提供してもらわなければならないのだと思っても、クリスタルが少なくとも今この場で打ち明けてくれることはないとわかっていても、自分を止められない。盗聴器を使えば、何かよくない事態が起こったときにクリスタルとジェナを助けられると考えても、罪悪感は消えなかった。

目の前に見える美しい顔には迷いが浮かんでいて、クリスタルもまた葛藤しているのだとわかった。シェーンを信用するべきか蹴りだすべきか、押しやるべきか引き寄せるべきか、彼の助けを受け入れるべきかこれまでどおり他人を締めだすのか決められないでいる。シェーンの仕掛けた盗聴器は、彼女の信用を失うかもしれない諸刃《もろは》の剣だ。

自分はチームのために任務をきちんと果たした。

そう考えても、良心のとがめはまったくおさまらなかった。

シェーンはクリスタルの耳の縁に、吸い寄せられるように唇を押し当てた。口の中がからからに乾き、彼は耳の縁に舌を這わせたいという欲求を懸命に抑えなければならなかった。なんてことだ。耳だけでなく彼女のすべてを舌で味わいたい。「君のファミリーネームはなんていうんだ、クリスタル？」なんとか言葉を押しだす。

「えっ？　ああ」一瞬、間が空く。「ロバーツ。クリスタル・ロバーツよ」

シェーンにはわかった。一瞬のためらい、手にうっすらとにじんだ汗、触れあっている体から伝わってくる速い鼓動。ロバーツが誰だか知らないが、彼女ではない。けれどもシェーンはクリスタルの嘘には驚かなかった。彼女ならそうするだろうという読みが正しかったことを確認しただけだ。

「じゃあクリスタル・ロバーツ、君の助けがどうしても必要なんだが、帰る前に少し質問してもいいかな？」

クリスタルが体をこわばらせたが、シェーンは気づかないふりをして体を揺らし続けた。

「さあ、わからないわ」

「たしかにそうだろうな。じゃあ、無理に答えなくてもいい。答えられたら答えてくれないか」

「わかったわ」クリスタルが疑わしげに言う。

「チャーチが俺の友人をとらえた理由を知らないか？」シェーンは彼女の耳にささやいた。

「いいえ」

これは本当だ。

シェーンがうなずくと、頬がクリスタルの頬にこすれた。「昨日の夜、〈コンフェッションズ〉でチャーチは誰と会うつもりだったかわかるかい？」

クリスタルは首を振り、少ししてから声も出した。「いいえ」

これも本当だ。だが何者かは知らなくても、彼女は何か知っているという気がしきりにした。

「答えてくれてありがとう。あともう少しだけだ。やつらは俺の友人と一緒に、ほかの人もとらえていたのか？」

クリスタルの脈がふたたび速くなった。「ええと、いいえ」語尾がややあがっていて、あやふやな感じがした。

「たしかかい？」

「私は彼しか見てないわ」声に怒りが混じる。

今度は本当だ。彼女は厳密な意味で嘘をつかなくてすむよう、質問をなるべく狭くとらえるようにしている。

シェーンはうなずいた。「よくわかった。頼む、もう少しだけつきあってくれ。いいかい、次の質問はちょっときにくい。だが、きかないわけにはいかないんだ」

クリスタルが震える息を吐く。「何?」

ふたりの声は低いままで、流れている音楽に充分紛れている。シェーンはこうして質問をすることで、クリスタルを警戒心の許すぎりぎりのところまで押しやった。彼女の仕草や体の反応からそれとわかる。だが、この質問もどうしてもしなければならない。「チャーチは若い女性の売買にかかわっているのか?」

当然、両手に感じるクリスタルの体は即座にこわばった。「私はただのウエイトレスよ」

「わかってる」シェーンは声を抑えたまま言った。

「なぜそんなことが気になるの?」クリスタルはなかなか答えようとしないが、そうすることでシェーンに答えを与えていた。

彼の中に悲しみが広がった。クリスタルの生きている世界では人を気遣う気持ちはあまりにも珍しく、そういうものに出合っても疑いを感じてしまうのだろう。だがシェーンは妹のモリーを失った経験を抜きにしても、女性を商品として売り買いする行為に怒りを覚える。人としてそういう不当な行為に我慢できないから、チャーチにとらわれていた女性たちが気にかかる。シェーンが兵士として訓練を受け、そうした不正に対抗する技術と知識を持っているからでもある。「なぜって、俺に何かできるかもしれないからだ」

　クリスタルが信じられないとばかりに笑った。「頭がどうかしたの？　それとも死にたいの？」

　シェーンは肩をすくめた。「親友たちは俺がどっちにも当てはまると言ってる。だからいずれにしても、君とやつらの意見は同じだ」顔をさげ、クリスタルと目を合わせた。彼女のグリーンの目の奥には、恐怖とパニックが渦巻いている。「チャーチは女性たちをどうしてるんだ？」

　クリスタルは首を振った。

「ただのウエイトレスじゃ、知るわけないか」

　彼女はうなずいた。二曲目が――ダンスの時間が――終わりに近づいている。

「わかっているよ」シェーンはクリスタルの頰に手を当てた。繊細な頰骨の上に広がった痣には触れないよう注意する。「じゃあ、もう時間がないから、あとひとつだけ。水曜の晩の受け渡しについて、何か教えてもらえないか？」

　即座にクリスタルが目を大きく見開いた。「いいえ」

　クリスタルはまた質問を狭くとらえている。シェーンはウインクをした。「言い直すよ。水曜の晩の受け渡しについて、何を知ってる？」

「私……知らないわ」

「俺は友人を取り返した。だけど彼はまだ危険な状況に置かれたままなんだよ、クリスタル。今度の受け渡しについて君に何か教えてもらえれば、今の状況を変えられるかもしれない。彼だけでなく、俺や仲間たちにとっても重要なことなんだ」シェーンが言葉を切ると、しんと静かになった。曲が終わったのだ。だがシェーンは、クリスタルが気づいていないらしいと見て取った。クリスタルが動き続けているので、自分も合わせる。けれども、やがてコマーシャルが始まった。車を売りつける気満々の不愉快なセールスマンが、金利や頭金なしのローンについて大声でがなりたてる。

「あら」ようやくクリスタルが音楽が終わったことに気づいた。クリスタルがシェーンにまわしていた両腕を外すと、彼はもうクリスタルが恋しくてたまらなくなった。

「どうやら俺たちの曲は終わってしまったらしい」シェーンはクリスタルに手を差し伸べたが、少し手前で止めて彼女が自分から手を取るのを待った。少し間を置いて、クリスタルが彼のてのひらに指先を滑りこませる。シェーンはその手を口元まで持ちあげ、なめらかな手の甲に唇を当てた。それからクリスタルの手をひっくり返し、小さなシルバーの携帯電話をのせる。「電話番号をひとつだけ登録してある。俺につながるように」シェーンは静かに言うと、ポケットに入っている自分の携帯電話を叩いた。「新品のプリペイド式携帯電話だから、誰にも追跡されない」

クリスタルはてのひらにのせられた携帯電話が今にもヘビに変わって嚙みつくのではないかと警戒するように見つめている。

シェーンはクリスタルにそれを握らせ、彼女の手の感触を最後にもう一度だけ味わってから手を離した。「踊ってくれてありがとう。話せてよかった。君か……ジェナが何か必要になったら、それで連絡をくれ」クリスタルに握らせた携帯電話を顎で示す。

呆然《ぼうぜん》とシェーンを見つめているクリスタルの顔は、さっきと違って何を考えているのかよくわからなかった。けれども、彼女は本当にきれいだった。髪は冬の夜に穏やかであたたかな光を放っている火のようだし、肌は桃かクリームみたいだ。体の曲線は触れてほしいと彼を誘惑している。

シェーンはクリスタルの横に移動して、頰にキスをした。そのまま何も言わずに小さな部屋を横切り、玄関まで行く。こうして引きさがったのが正しい選択であることを祈った。これ以上押し続けたら、追いつめられたクリスタルが完全に彼を締めだしてしまう気がして怖かった。いったん強固な壁を築かれたら、二度と彼女と心を通わせられないかもしれない。やはりここはいったん引くしかない。

シェーンはドアの取っ手を握った。
「あの……」
「なんだい?」シェーンは振り返って、クリスタルにほほえんだ。
彼女の口が動くのが見えたが、声は聞こえなかった。クリスタルが咳払いをして、
今度はようやく聞こえる声でささやく。「ジェナを運んでくれて、ありがとう」
シェーンはうなずいてアパートメントをあとにした。

6

シェーンはクリスタルのアパートメントの外にある駐車場の暗がりに身を潜めた。彼女はどこかに出かけるだろうか。それとも誰かが訪ねてくるだろうか。シェーンの訪問によってクリスタルの身に予想外の事態が降りかからないと確認するまで、帰るわけにはいかない。

三十分経っても、あたりは静まり返ったままだった。少なくとも外からはそう見える。ひとつ、またひとつとアパートメントの明かりが消え、窓が暗くなった。夜中の一時半なのだから、当然といえば当然だ。そしてこの時刻の遅さと、周囲の暗さと静けさは、シェーンが立ち去る前にしなければならない最後の仕事には好都合だった。

アパートメントの前の駐車場を突っきったあと草地を抜け、建物の横をまわって裏側に出る。すると思ったとおり、煉瓦の壁の隅に電気や電話のケーブルがまとめられていた。シェーンはズボンの腿の部分についている脇ポケットから送受信機とスイスアーミーナイフ・マルチツールを取りだすと、送受信機をすばやく取りつけた。先ほどクリスタルの部屋に仕込んだ盗聴器から、マーツがデータを受け取れるようにするためのものだ。

頭上の真ん中の窓はぼんやりと明るく、カーテンの内側に明かりがついているのがわかる。シェーンはジェナのベッドの横に置かれたナイトテーブルの上の小さなランプを思い浮かべた。クリスタルが眠っている妹を見守っているのだろうか。それとも、ジェナにまた異変があったのだろうか。

考えはじめると、落ち着かなくなった。自分には関係ないとわかっていても、どうしても気になってしまう。

こうなったら、さっさと立ち去る以外にない。

シェーンは音を立てずに暗い裏庭を進み、脇道に停めておいた車に乗りこんだ。念のため、アパートメントの立ち並んでいる敷地や近所を走りまわって偵察する。こうして集めた情報が必要になるとも思えないが、彼の世界では情報は多すぎることはない。

帰り道、シェーンはクリスタル・ロバーツとのやり取りを思い返して分析した。彼女は嘘のファミリーネームを教えたが、ファーストネームはどうなのだろう。そもそもクリスタルの職場はストリップクラブで、ダンサーのほとんどは通り名を使っているに違いない。だが、クリスタルはダンサーではない。少なくとも、今まで見た限りでは。

突然、シェーンが見たときよりもさらに体を露出する衣装をつけたクリスタルが、ステージの上で踊っている姿が頭に浮かんだ。しなやかな体を音楽に合わせて動かし、ポールを持って回転しながら一枚ずつ衣装を脱ぎ捨てていく彼女を、男たちが欲望に目をぎらつかせて見つめている——。

「ちくしょう」シェーンは静かな車内で悪態をついた。首を振って、彼女の姿を脳裏から追い払う。余計なことを考えるな。クリスタルが何をしてもしなくても、自分に口出しする権利はない。それなのに、どうして気になるのだろう。

何を優等生ぶっているんだと、頭の中で小さな声がする。

「すばらしい」シェーンはつぶやいた。彼がいくら無視しようとしても、潜在意識は気づいている。彼がクリスタルと彼女の妹に責任を感じはじめているという事実に。任務とは関係なく。

二十五分後、シェーンは〈ハード・インク〉に続く私道へ車を乗り入れた。その日の午後に渡されたばかりの黒い箱形のスイッチを取りだして、ボタンを押す。するとチェーンが内側に巻き取られて私道に面したゲートが開き、駐車スペースに入れるようになった。タイヤで砂利を踏みながら車を進めると、動きを検知してライトがついた。仲間たちがこれらを設置したのは本当に今朝なのだろうか。もう何日も前の出来事に思えるのは疲れすぎているからかもしれない。

シェーンは最後にぐっすり眠ってすがすがしく朝を迎えたのがいつか思いだせなかった。

駐車場を抜けて裏口へと向かいながら、一番近い監視カメラにキスを飛ばし、中指を立てる。映像を見ながらマーツが笑っているのが目に見えるようだ。彼のせりふすら想像がつく。

シェーンは暗証番号を打ちこんで建物に入った。とっくに閉店しているタトゥー・ショップの施錠されたドアの前を過ぎ、コンクリートの階段を駆けあがって二階に行くと、まっすぐジムへと向かった。今夜の出来事を報告したいが、誰が起きているだろうか。

中に入ると、奥の隅にあるデスクを囲んでマーツとニックが座っていて、ふたりともはじかれたように振り向いた。

「やあ」広いスペースを横切りながら、シェーンは声をかけた。

「どうだった、兄弟。中指を立てていたが、僕を愛してないのか？」椅子に座って体を伸ばしているマーツがシェーンを見あげる。両手を頭の後ろで組んで両足をデスクにのせ、カーゴショーツからむきだしになった義足をもう一方の足首の上に重ねたくつろいだ格好だ。

「キスも飛ばしただろう」シェーンはにやりとした。

「そういう矛盾したサインを出されると、僕が混乱するたちなのは知っているだろう？」マーツがウインクをする。

「で、どうだった？」デスクの端に寄りかかっていたニックが体を起こした。「ウエイトレスとは何か進展があったのか？」

クリスタルはただのウエイトレスじゃない。彼女を個人として見ていないニックに対してわきあがったいらだちを、シェーンは懸命に抑えた。実際、クリスタルはウエイトレスだ。だが彼女と何時間か過ごしたシェーンにとっては、もはやそれだけの存在ではなくなっていた。クリスタルは逆境を生き抜いているサバイバーであり、妹の面倒を見る姉であり、戦士だ。そしてさらに多くの部分が隠されているのではないかと思えてならなかった。

だがクリスタルを単なる情報源として見るのではなく、個人的な感情を抱いているのだと少しでももらせば、ニックに痛くもない腹を探られるはめになる。「ああ、少しだがな。望んでいたほどじゃないが、第一段階はクリアした。彼女の家に盗聴器も仕込んできたし。役に立つかどうかはわからないが」

ニックがいぶかしげに目を細める。「どうやって家に入りこんだんだ?」

シェーンはその晩の出来事を最初から話した。〈コンフェッションズ〉で盗聴器を仕込んだあとクリスタルと接触し、成果がなかったので仕事帰りの彼女をアパートメントまでつけた。そこで発作を起こしたクリスタルの妹を助けて部屋まで運び、中に入れたのを幸い、盗聴器を仕掛けてクリスタルにいくつか質問をしたのだと。クリスタルと踊ったことには、ひと言も触れなかった。抱きしめたときの感触にも、必死で抑えようとしたのに彼女のせいでどんなに欲望が高まってしまったかにも。

マーツはすぐにコンピュータに向かい、送受信機と接続した。盗聴器がうまく音を拾えているかどうか試しはじめる。

シェーンは手をあげ、指を折って数えていった。「はっきり確認できたのは、チャーチが人身売買にかかわっていること。その取引の過程で〈コンフェッションズ〉が使われていること。水曜の晩に取引があること。これから十二時間から十八時間はクリスタルに連絡せず、彼女から接触してくるのを待つつもりだ。そのあいだは盗聴器を聞いて、クリスタルが役に立つ情報をもらさないかどうか様子をうかがおう。それで何も出てこなかったら、もう一度接触して圧力をかけてみる」

ニックがうなずく。「彼女はクラブで見たときと同じくらい、びくびくしてたのか?」

「ああ。アパートメントに戻ってからも。俺が来たのがばれるのを怖がっていた。彼女の顔を殴って痣をつけた野郎に」クリスタルが虐待されている事実にどんなに腹を立てているか仲間たちに知られたくなくて、シェーンは両手で顔をこすり、ジェルで固めた髪を乱暴に乱した。

マーツが身をこわばらせ、シェーンに視線を向ける。ニックが顔をしかめてきいた。「なんてことだ。彼女は殴られたのか?」

シェーンは両手をおろし、こみあげる激しい怒りに身を任せた。「そうだ。俺たちのせいで」

「彼女がそう言ったのか?」ニックが抑えた口調で質問を続ける。シェーンをこれ以上刺激しないよう気を遣っているのだ。怒りを隠したつもりがまるで成功していなかったと悟って、シェーンは心の中で毒づいた。

「そんな必要はなかった」シェーンはこの話題を早く切りあげようとした。「あの怯えようと、クリスタルを殴ったやつが人目につく顔に躊躇なく痣をつけてることから考えて、彼女は組織内でそれなりの地位にある男と関係を持っているんだろう。クリスタルのアパートメントには、質素な部屋に似つかわしくない何千ドルもするテレビやDVDプレーヤーやコンポがあった。それが男からのプレゼントだという俺の勘が正しければ、恋人かパトロンとしか考えられない。少なくとも、俺はそう思った」だがふたりで踊ったときのクリスタルの反応は、好きな男がいる女性のものではなかった。彼女もシェーンと同じくらい、あのダンスに心を奪われていた。その点には自信がある。

「まあ、そうだろうな」ニックが同意した。「どうやら妹が、クリスタルとの関係を作る足掛かりになりそうだ。その子が必要な治療を受けられていないとしたら、おまえが白馬の騎士になって駆けつけられる。それで貸しを作れるだろう」

シェーンは顔をしかめた。「ジェナがきちんと治療を受けて薬をのんでいないとすれば、今にまずいことになる。癲癇の大発作を起こしたんだ。ウエイトレスであるクリスタルが医療保険に入っているとは思えない。誰かが代わりに払ってくれているのでなければ、彼女には薬代が払えないだろう。とんでもなく高くつくはずだからな」

デスクを叩いていたマーツの指先が止まる。「ちょっと待て。妹の医療費を払ってやってる者がいるとすると、クリスタルはそいつに絶対逆らえないだろう。彼女は僕たちには見向きもしない。そういう事情なら、クリスタルを当てにしてもだめなんじゃないか？　説得している時間はない」

マーツの意見はもっともで、シェーンは激しいいらだちを感じつつも、のみこむしかなかった。本当は、たとえ少し時間がかかってもクリスタルの協力を取りつけられる自信があった。情報提供者を見つけだして協力させてきた何年もの経験から、うまくいくかどうか勘が働くようになっていて、そういう感覚は信用すべきだと学んでいた。「おまえの言うことはよくわかるが、実際に医療費を払っているやつがいるかどうかはわからない。そうだとわかるまでは、やはりクリスタルが一番可能性のある選択肢だ。それに彼女は俺が医療処置の訓練を受けていると聞いて、かなり興味を示していた。俺に頼ろうと決断するかもしれない。とにかくこれまでは、クリスタルが怯えて心を閉ざしてしまわない程度しか圧力をかけられなかった。だが、どういう事情なのかはこれから探りだす。絶対に」

「おまえならもちろん探りだせるだろう」ニックが言った。「しかし、クリスタルにすべてを賭けるわけにはいかない。明日の晩、Bチームが〈コンフェッションズ〉に行って様子を探り、ほかに情報提供者になりそうな者がいないかどうか調べるべきだろう」彼らはチャーリーの救出作戦を実行するにあたって、三人ずつ二チームに分かれた。チャーリーがとらわれている可能性のある場所が二カ所あったからだ。Aチームのシェーン、ニック、イージーは〈コンフェッションズ〉に、Bチームのベケット、マーツ、ミゲールは街の反対側にある貸倉庫に潜入した。そしてチャーリーは、チャーチのダミー会社である貸倉庫ではなく〈コンフェッションズ〉にとらわれていた。

突然シェーンの頭に、救出後のチャーリーから聞いた話が浮かんだ。〈コンフェッションズ〉に移送される前、貸倉庫にとらわれていたときの話だ。デスクの上に両手をついて記憶を探ると、パズルのピースがようやくはまった。「ああ、ちくしょう」思わず声が出る。

「なんだ?」マーツとニックが同時にきいた。

「チャーチの貸倉庫だ。あのろくでなしをボートの上で尋問したのを覚えているだろう?」ベッカを拉致しようとして、結局ニックにナイフで脅されるはめになった男のことを、シェーンは話しだした。「あいつが言ってたよな。チャーリーを倉庫に閉じこめているって。そしてチャーリーは、最初に閉じこめられていた場所で女性たちがとらえられている気配があったと言っていた。人身売買に使うのに、倉庫以上に便利な場所があるか？　倉庫ならトラックがしょっちゅう出入りしてるし、コンテナだって置かれてる。あの貸倉庫を探れば、水曜の晩の受け渡しの手がかりになる記録が見つかるかもしれない。荷物の内容とか、買い手とか、もしかしたら送り先も」

「いいぞ、たしかにそうだ」マーツはすぐにキーボードの上に指を走らせはじめた。

「やつらのサーバーに侵入できるかもしれない。それがだめだったら、直接現地に行くしかないだろう。だがシェーンの言うとおりだ。あいつらがひどく攻撃的だったのには理由があったってわけだ」チャーチの手下たちの撃った弾でズボンの膝下に三カ所も穴を空けられたマーツが納得した様子で言う。

「よし、こいつは有望そうだな。明日の朝、みんなに報告して計画を練ろう。だがそれまで、おまえらふたりは少しでも寝ろ」ニックが言った。「俺たち全員、まるでゾンビだ」

マーツは苦笑すると、両手で顔をこすった。「そうだな。寝て元気になったところで作業するか」椅子を押して立ちあがる。

「そっちは何か進展があったのか？」シェーンはきいた。今回の件には多くの謎があり、それを解き明かすためにはマーツがコンピュータを駆使して進めるリサーチが欠かせない。

マーツは長々と息を吐き、長い髪を頭の後ろでまとめた。「ひと晩じゅうかけて、IPアドレスの偽装をした。かなり深く埋めこんだから、見つけるには中国まで行かなきゃならないだろう。それからWCEのあらゆる意味を拾いだすように、検索プログラムを走らせてる」WCEというのは、チャーリーの父親の口座に千二百万ドルを入金した人物あるいは機関のイニシャルだ。

シェーンは唇を引き結んだ。千二百万ドル。メリット大佐が、部下たちを売ってまで守ろうとした金だ。シェーンはかつての上司を心の中で罵った。メリットの本当の人格を見抜けなかったのは、人生で痛恨の失敗だ。

一番大きな失敗は、もちろんモリーを救えなかったことだが。

マーツがため息をついた。「あとはベッカのブレスレットに隠されていた数字についても調べているんだが、今のところ成果はない」昨夜チャーリーが、父親がアフガニスタンから姉に送ってきたブレスレットを見て、チャームが二進符号になっていると見抜いたのだ。それで六桁の数字が判明したものの、その意味するところはわかっていない。マーツはデスクの反対の端に置いてある段ボール箱を指さした。「ベッカが父親から受け取った手紙に全部目を通したけど、数字に関係ありそうなことは書かれていなかった」マーツがこんなふうにいらだった声を出すのは珍しいが、無理もなかった。ヒマラヤサイズの干し草の山から、針一本を見つけるようなものなのだ。

「おまえならそのうち解き明かすだろう。心配するな」シェーンは言った。謎を解くことができる者がいるとすれば、デレク・〝マーツ〟・ディマーツィオをおいてほかにいない。

「信頼してくれて感謝するよ。だが、どうも空まわりしている気がしてならないんだ。チャーリーなら何か思いつくかもしれない。ブレスレットを見ても僕はなんとも思わなかったのに、チャーリーはひと目でその重要性に気づいたんだから」シェーンはマーツの言うとおりなのではないかという気がした。チャーリーはマーツと同様、恐ろしく頭が切れる。マーツが肩をすくめた。「とにかく、盗聴器は問題ない。今、拾っている音も記録してある音も、いつでも聞ける」

「助かるよ」シェーンはマーツと手を握りあい、肩をぶつけあった。

「どうってことない」マーツが同じことをニックともして、出口に向かう。そのなめらかな足取りを見ると、ほんの一年前、手榴弾に右脚の膝から下を吹き飛ばされた彼の大腿《だいたい》動脈を必死に手で押さえていたなんて、シェーンは信じられなかった。

マーツを見ると、彼はサバイバーなのだという思いが頭に浮かぶ。それだけではない。明晰《めいせき》な頭脳を持つマーツは友人でもある。また、シェーンが物事を正しくやり通したことをはっきりと示す数少ない実例でもあるのだ。それがモリーやチームのほかのメンバーを助けられなかった埋め合わせになるわけではないが、シェーンはマーツが近くにいると、肩にのっている重みがほんの少しだけ軽くなったように感じられた。

一生背負っていかなければならない罪悪感というのは驚くほど重い。

シェーンの犯した失敗はとてつもなく大きい。ちょっとしたへまなどではない。取り返しのつかない致命的なものなのだ。いつだって。

だからこそシェーンは、クリスタルを助けたいと思わずにはいられなかった。彼女を助けることができれば、ほんの少しは過去の償いになるかもしれないと、全身全霊で感じていた。きっと助けられる。それ以外の結果は考えられないし、失敗したら耐えられない。そうなったら地面に膝をつき、二度と立ちあがれないだろう。

そんな思いを振り払って、シェーンはニックに向き直った。「ブロンドのかわいい彼女といちゃいちゃする代わりに、どうして俺たちとむさくるしい顔を突きあわせてるんだ?」

ニックの顔に、一瞬おもしろがるような表情が浮かぶ。「チャーリーの調子が悪くなるまで、実際いちゃいちゃしてた。チャーリーは平気だと言ったが、ベッカがしばらくそばについていたいと言い張ったんだ」

「それじゃあしかたがないな」

「ああ。キャサリンがチャーリーと同じ目に遭ってあんなふうに弱々しく寝ていたら、耐えられないからな」

ニックは悪気があって妹の名を出したわけではないと、シェーンはよくわかっていた。それでも、いきなり殴られたような衝撃を受けた。モリーが一番必要としているときに一緒にいてやらなかったシェーンには、今さらそばにいてやりたいと思っても二度とそのチャンスはない。

「くそっ、しまった。そんなつもりじゃ――」

「平気だ」シェーンは首を振った。「チャーリーに助けが必要なときは、いつでも言ってくれ。遠慮はいらない」そう言ってから、シェーンははっと気づいた。最近のニックとの関係からして、返答がそっけなさすぎてとがめているように聞こえたかもしれない。

シェーンがニックを見ると、ニックもそう感じたと顔に書いてある。まったく、昔の気安く心地よい関係には二度と戻れないのだろうか。昔はごく自然に振る舞えていたのに。「ああ、ありがとう。おまえのほうも、いつでも俺を当てにしてくれていい。これまでどおり」

「おまえを頼りにできることはわかってる」だがそれは、心の内を見せられるというのとは違う。今回のような非常事態ではニック・リクシーが必ず背後を守ってくれることに、シェーンはなんの疑いも持っていない。だが重大な危機が過ぎて普通の生活に戻ったら、この一年間に感じた肉体的、精神的な痛みを無視しきれなくなる。そのときにニックを心から信頼できる仲間だと思えるかどうかはわからない。

時間が経てばわかるだろう。

重苦しい沈黙が落ちた。ニックが腕組みをして、視線を床に落とした。「もっと言いたいことがあるんじゃないのか？」

シェーンは首を振った。「わざわざ言葉にするつもりはない。俺たちのあいだにある問題は、おまえもわかっているはずだ」

ニックが短くうなずく。「ああ。あとは、一度だめになった関係を修復するチャンスを、おまえがくれるかどうかだ」

そんなに単純に解決できるならいいのだが。シェーンだって、こんなふうにわだかまっていたくはない。裏切られたという思いを抱えて傷ついた状態でいるのは、エネルギーを消耗するし不快なものだ。だが感情は意志の力ではどうにもならないときがある。いくら努力しても。これまでの人生で、それを痛感させられていた。

「一緒に来てくれ」ニックが先に立って歩きだした。

「なんだ?」

「いいから来い」

シェーンはため息をついて、しかたなくあとに続いた。ニックがどういうつもりなのか見当もつかないし、今のシェーンに忍耐力はあまり残っていない。部屋を半分ほど横切ったところで大きなあくびが出て涙がにじみ、顎が鳴った。

その瞬間、腹部に衝撃が来た。「何をする?」攻撃を防ごうと、両手をあげる。するとボクシング用の黒いグローブを握らされた。シェーンはニックをにらんだ。「やめろ」残っていた忍耐力が一瞬で蒸発し、彼はグローブを床に投げ捨てた。

「拾えよ」ニックが分厚い黒のグローブをはめながら言った。

「いやだね」シェーンは出口に向かおうとした。

ニックが立ちふさがった。「早く、そいつを、拾え」ひと言ずつ区切りながら言う。

「おまえと戦うつもりはない」シェーンは自分よりやや背が高い男をにらみつけた。殴り合いをしても壊れてしまった関係は直せないし、シェーンは仕返しをしたいと思うような心の狭い男ではない。少なくとも、いつもは。

ニックがグローブをはめた両手でシェーンの肩を軽く突き、明るいグリーンの目を細めた。「さあ、早くそいつをつけるんだ、シェーン」

シェーンは怪我をしている肩を小突かれた痛みにかっとなり、抑えつけていた怒りや後悔、傷つけられた痛み、そして罪悪感が一気に爆発した。彼はニックを小突き返した。「くたばれ、ニック」

「いいぞ、その調子だ。さあ、言われたとおり、グローブをつけろ」ニックが両手のグローブを打ちあわせ、眉をあげた。

言われたとおりだと？「何を言ってんだ。俺たちはもう、祖国のために働いてるんじゃないんだぞ。つまり、おまえは俺の上官じゃない。どうかしちまったのか？」

ニックが唇を引き結んで首を振る。「どうかしちまったのは俺じゃない」

シェーンはあざけった。「へえ、そうか。じゃあ、なんでおまえはこれまで一年間、俺が存在しないかのように振る舞ってたんだ」

「ようやく思っていることを口にしたか」ニックが横を通り過ぎると、シェーンはすばやく体を引いた。アドレナリンが急激に放出されて、全身に有刺鉄線を張りめぐらせたように闘争本能が全開になる。ニックがグローブを拾って向きを変え、勢いよくシェーンに投げつける。

今回は体にぶつかる前に、シェーンは受け取った。

「おまえなら決闘の武器に拳銃を選ぶのはわかってる。だが俺は頭に穴を空けられたくないし、こっちの世界にとどまっていたい。だから、グローブで我慢してもらおう。おまえにはこうすることが必要なんだよ、シェーン。俺たちふたりとも、思いっきりやりあうことが必要だ。だからうんざりするような態度はやめて、さっさとグローブをはめろ」

「おまえの言うとおり、俺はうんざりするような男だよ」何も考えなくてもシェーンの両手はすばやく動き、グローブの紐《ひも》を締めていった。ニックの言うとおりだ。シェーンには思いっきり殴りあうことが必要なのだ。さまざまな意味で。だが二、三発軽く打ちあったくらいで関係を修復できると思っているのなら、ニックは甘い。

両手のグローブを固定し終わると同時に、ニックが正面に来た。「禁じ手はなしだ」シェーンのグローブを軽く打つ。

シェーンもすぐに打ち返して、戦いが始まった。

まずシェーンが攻撃して、ニックの顎とボディにパンチを打ちこんだ。腹部に向かって放たれたアッパーカットはブロックする。ふたたびにらみあうと、シェーンは右のジャブを繰りだし、防御にまわったニックの左ががら空きになるのを待った。

ニックは銃で撃たれた傷の痛みが残る左側が弱点のはずだ。空いた左の脇腹を、シェーンは膝で突きあげた。やられた男の口から長いうめき声がもれ、シェーンは罪悪感を刺激された。だが、戦いを求めたのはニックだ。そしてニックに呼び覚まされたシェーンのもっとも原始的な本能は、この戦いを楽しんでいて、今さらやめることはできない。

ニックがすばやく立ち直って、バックキックを繰りだしてきた。まともに食らったらあばら骨が折れるのは確実だが、シェーンはぎりぎり後ろによけた。だがその動きでバランスを崩し、ニックに足を取られてしまった。背中から床に叩きつけられて肺から空気が押しだされ、背骨の上下に稲妻のような痛みが走る。だがそれ以上攻めこまれる前に、シェーンは倒された勢いを利用して体を反転させ、めまいがするのを無視して一気に立ちあがった。

そうして正解だった。

なぜならニックは、今や何も目に入らないくらい怒り狂っていたからだ。貨物列車のような勢いで突進してきたかと思うと、腕や膝や脚を休む間もなく繰りだした。そんなニックの怒りにシェーンの怒りもさらにふくれあがり、かつての親友にあらゆる手を使って応戦した。洞窟のようながらんとした空間に、肉体のぶつかりあう音や、うめき声や、靴底がコンクリートの床にこすれる音が響き渡る。どうやらこのささやかなダンスは、シェーンにとって何日も忘れられないものになりそうだった。

ふたりは円を描くように動いて、相手の隙をうかがった。飛びかかってはすばやく引き、攻撃をよける。数えきれないほどそれを繰り返しても、どちらも長くは主導権を握れない。シェーンはニックに顔を殴られて口の中が切れ、舌の上に金くさい血の味が広がった。力が拮抗《きっこう》しているために戦いは消耗戦となって、いつまでも終わらなかった。疲労から腕が重くなり、反応が鈍くなってくると、シェーンは何度電話をかけてもEメールを送っても無視され、孤独感が募ったことを思いだして、自分を奮いたたせた。こうして戦い続けていれば、いつもは彼の頭を五秒と解放してくれない悪魔を追いだしておける。

だがこいつは……本当に……きつい。ガッと音を立て、シェーンの拳が大型ハンマーのような勢いでニックの頬骨をとらえる。ニックの顔が横を向き、スローモーションで体が回転した。

ニックは顔から倒れこむ寸前でなんとか踏みとどまったが、ふらふらとよろめいてベンチプレスにぶつかった。

革張りのベンチにグローブをはめた手をつき、しばらく息を整えた。それからふたたび体を起こしてシェーンと向かいあう。だがぎくしゃくとした緩慢な動きを見れば、かなりのダメージを受けているのは明らかだ。

その姿を見ても、シェーンの心にはまったく喜びがこみあげてこなかった。

それどころか逆だった。

親友が自分の手で叩きのめされて血を流していると思うと、急にそれ以上戦う気が失《う》せた。治りかけていたニックの頰の傷がまた開いているのを見たら、ベッカは彼らふたりを怒鳴りつけるだろう。たとえ最初に傷を負わせたのがシェーンではなくベケットであっても。

「ちくしょう」シェーンはかすれた声で毒づき、腕で額の汗をぬぐった。拳を止め、言葉で攻撃する。「おまえが必要だったんだぞ、ニック。俺にはおまえが必要だった。それなのに、何をやっていた」

ニックががくりと頭を垂れる。彼は黙ってぜいぜいと息をついていた。しばらくしてから顔をあげてうなずく。「ああ、わかってる。わかってるよ」

シェーンはニックが先を続けるのを待った。なんでもいい。とにかく何か言ってほしかった。ニックも彼を必要としていたとか、悪かったとか、自分の沈黙がどれほど彼を傷つけたかわかったとか。「それだけか？　それしか言うことはないのか？」

「ほかに何がある？」ニックはグローブを外した。

シェーンは悟った。こいつは変わらない。前に言いあったときと同じで、何もわかっていない。シェーンはグローブを外して、壁際の棚に戻した。首を振りながら言う。「なんの意味もなかったな」

ドアの取っ手に手を伸ばす。

「まったく、俺になんて言ってほしいんだ」苦悩に満ちたささやき声に、シェーンは振り返った。「頭の中がぐちゃぐちゃで、鬱になってたと言ってほしいのか？　メリットのやっていたことを、俺が見抜くべきだったと？　そうだ、俺は見抜くべきだった。だからそれができなかった罪悪感で、おまえらとはどうしても顔を合わせられなかった。人生を台なしにされたと、仲間が殺されたのはおまえのせいだと責められると思ったからだ。聞きたかったのはそういうことか？」ニックの目は苦しみに曇っていた。

シェーンの胸の中にむなしさが広がり、胃がキリキリと痛んだ。「ニック――」

「親友を失ったとはっきり思い知らされるより、おまえを無視するほうが簡単だった。俺が自分を憎んでいるのと同じくらい、おまえも俺を憎んでいるはずだと思ったからだ。どうだ、図星だろう？　それから、こいつも聞きたいか？　手術と理学療法の痛みがあまりにもひどくて、三カ月間鎮痛剤漬けになっていた。だがジェレミーがやばいと気づいてトイレに薬を流して、こっそり医者に連絡してくれたんだ。そのおかげで、ようやくやめられた」ニックは両手で顔をこすって頰の傷から流れた血を塗り広げたあと、汗に濡れた黒っぽい髪に指を通した。

なんてことだ。こいつはどうやって、これほどの苦悩を抱えながら一年間生き延びてきたんだ。他人が苦しんでいるものの大きさには気づかないものだと、シェーンは思い知らされた。だが、察するべきだった。ニックの親友なのだから。兄弟にも等しい存在なのだから。

ちくしょう。無理にでも問いつめるべきだった。

床に血を垂らしながら押しこめてきた思いを吐きだしているニックを見て、シェーンはようやく気づいた。ずっとニックに裏切られたと思ってきたが、シェーンもニックを裏切っていたのだ。自分の心の傷と怒りにばかりとらわれていなければ、シェーンの知っているニック・リクシーなら親友を締めだしたりしないとわかったはずだ。普通の状態なら絶対に。そして彼らの陥っていた状況は、とうてい普通とは言えなかった。どう考えても。

シェーンは自分が情けなかった。

長々と息を吐き、ニックの横にあるベンチに音を立てて腰をおろす。「倒れる前に、おまえも座れ」

ニックは座って、グローブを床に落とした。

シェーンは膝の上に肘をついて、汗のしずくがコンクリートの床の上に落ちるのを見つめた。「もっと前に知りたかったよ」視界の端に、ニックがうなずく姿が映る。「ああ。おまえに打ち明けられるくらい、強ければよかったんだが」

シェーンの頭の中ではさまざまな思いが渦巻いていた。今まで知っていた世界がひっくり返った気分だ。ニックのことはよく知っていると思っていたのに、その信念が揺らいでいる。

突然、ドアをノックする音がした。少し間を置いてドアが開き、ベッカが顔をのぞかせる。騒ぎが聞こえたのだろうか……。

当然だ。

彼女の顔には心配そうな表情がありありと浮かんでいる。いつから聞いていたのかわからないが、来たばかりというわけではなさそうだ。

「ええと、あなたたち、大丈夫?」答えがわかっていながら、ベッカはきいた。中に入って、ドアが自然に閉まるに任せる。

ニックがベッカからシェーンに視線を移した。ニックの目にも同じ質問が浮かんでいた。俺たちはもう、大丈夫なのか？

シェーンには親友であるニックに言わなければならないことがあったが、ほかに人がいるところで言うのは気が進まなかったので、ただ短く言った。「ああ、平気だ」この言葉では充分とは言えないが、とにかく出発点にはなる。

ニックが立ちあがった。バーベルのバーで体を支える様子を見て、ベッカは彼の状態に気づいただろうか。ニックが近づくにつれてベッカの表情が曇っていったので、彼女が気づいたとわかった。

「すまない、ベッカ」シェーンも立ちあがった。「二度とこんな真似はしない」

ニックが首を振り、ベッカの両手を握る。「やつじゃなくて、俺に怒ってくれ。俺が始めたんだから。男同士、片をつけなければならないことがあったんだ」

ベッカは目をぐるりとまわすと、ニックの顔を両手で包んで調べた。「それで、もう片がついたのね？　仲間同士で争わなくても、戦う相手は外にいるでしょう？」

「ああ、そのとおりだ」シェーンは後悔で体が重かった。

「よくわかったよ、サンシャイン」ニックの声はシェーンと同じくらい疲労がにじんでいる。ニックはベッカと一緒に出口へと向かい、廊下に出る前に振り返った。「おまえも来るか？」

「ああ、もうちょっとしたらな」シェーンは髪に指を通した。肩をすくめて続ける。「クリスタルのアパートメントと〈コンフェッションズ〉の盗聴器の音を聞いておきたいんだ。まあ、ほかにもあれこれ」

ニックがうなずいて出ていくと、シェーンは改装中の倉庫のがらんとした静かな空間にひとり残された。唇についている固まった血をなめる。体じゅうの関節が痛みに悲鳴をあげていた。

あたりの静けさは、頭の中で反響している言葉を増幅させるばかりだった。彼の吐いた二度と取り消すことのできない言葉が、言うべきだったのに言わなかった言葉が、言いたいのに言えなかった言葉が、混じりあってわんわん響いている。

ニックに詫《わ》びているかのように。

それから……。

それからモリーに、彼や彼の友達と一緒に遊んでもいいと伝えるように。

あっちに行けと言ってごめんと伝えるように。

告げられなかった別れを告げるように。

両手をポケットに入れ、指先でモリーの蝶のネックレスのチェーンを探る。幼かった妹とあと五分過ごせるのなら、なんだって差しだすだろう。五分でいい。どんなに悪かったと思っているか、どんなにモリーを愛しているか、妹は知っているだろうか。妹を守れなかった償いに、シェーンが世の中の不正を糺《ただ》す仕事に身をささげてきたことは?

シェーンはどうすればいいのか途方に暮れ、ひとりぼっちで立ちつくした。目をちくちく刺す感覚にようやくわれに返り、宙を見つめていたことに気づく。彼は目ににじんだものをぬぐった。これは汗が目に入っただけだ。

モリーは守れなかったが、もしかしたらクリスタルとジェナは守れるかもしれない。それにもしかしたら、クリスタルはシェーンが汚名をすすげるような情報へと導いてくれるかもしれない。彼と、チームメイトと、死んだ六人の兄弟の名誉を回復する情報に。死んだ者たちも合わせて、チームメイトは彼の家族だ。〝もしかしたら〟ばかりだが、ほかに選択の余地はなかった。一生続く罪悪感と、罪を償わなければならないという今では彼の一部となっている義務感ゆえに、少なくともやってみなければならない。

7

クリスタルはなぜ目が覚めたのかわからないまま、よろよろと体を起こした。ジェナのベッドルームの床に作った急ごしらえの寝床から、ベッドの上に目を向ける。ジェナは向こう側の壁に向かって体を丸め、ぐっすり眠っていた。では、なぜ目が覚めたのだろう。

「クリスタル！　くそいまいましいドアを開けろ！」ドアをバンバン叩いている音がする。

ブルーノだろうか？

突然起こされたクリスタルはアドレナリンが一気に体を駆けめぐり、すばやく立ちあがって玄関にダッシュした。ブルーノはなぜ来たの？　そもそも、今何時なのだろう。外は暗いから、夜が明けていないのはたしかだ。

明かりをつけていないはずなのに、リビングルームのカーペットの上に細く光が見える。廊下の天井の明かりをつけると、五センチほど開いている玄関のドアからアパートメントの踊り場の光が差しこんでいるのだとわかった。それ以上ドアが開かないように阻んでいるのは、短いチェーンだけだ。

「チェーンを引きちぎられる前に、早く開けるんだ」ブルーノがうなるように言い、隙間からにらみつける。

「いったいどうしたの?」彼が突然現れたことにも、なぜかひどく怒っていることにも、クリスタルは当惑するばかりだった。「チェーンを外すから、ちょっとさがって」チェーンが外れるとブルーノはすぐさま中に入り、彼女を押しのけて奥に向かった。何かを捜すようにあたりを見まわす。

クリスタルは髪を耳の後ろにかけ、黙ってブルーノを見守った。ブルーノの怒りが彼女に向くような危険は冒したくなかった。だが彼の機嫌の悪さからすると、クリスタルが何をしてもしなくても、結局は怒りを買いそうだった。「ブルーノ、何があったの? どうしたのよ」しばらく経って、彼女は尋ねた。

ブルーノが振り向いた。「誰が来てる?」

「どういう意味? 私とジェナしかいないけど」クリスタルは胃がずしりと重くなるのを感じた。たしかに今は彼女とジェナしかいないが、今夜もっと早い時間にあったことを考えると、ブルーノの質問が偶然とは思えない。

ブルーノの目が険しくなり、表情がこわばった。「じゃあ、見てみるとするか」クリスタルの腕を乱暴につかみ、暗い廊下を引きずるようにしてベッドルームへ向かう。

「やめて、痛い」ブルーノの指が素肌に食いこみ、クリスタルは抗議した。「誰もいないってば。なんの話をしているのか、さっぱりわからないわ」

ブルーノはクリスタルを彼女のベッドルームの前まで連れていくと、スイッチを押して頭上の明かりをつけた。ベッドは整ったままで、ラベンダー色の上掛けも乱れていない。飾り用のクッションは、ヘッドボードに沿ってきれいに並んでいる。ただし枕だけは、ジェナの部屋の床の上にあるので、ここにはない……。

ブルーノがずかずかと部屋に踏みこみ、勢いよくクローゼットを開けたので、洋裁用の端切れの山が崩れ落ちてきた。ブルーノは誰かが隠れていると本気で信じているらしく、身構えている。

どうして誰かがいると思っているのだろう。ほんの何回かだが、ブルーノとつきあいはじめてから、彼が知るはずのない事実をなぜ知っているのかとかすかに疑問を感じたことはある。だがブルーノが手下にクリスタルを見張らせているのではないかと、これほどはっきり思わせられたのは初めてだった。彼ならやりかねない。そう考えると、目の奥がズキリと痛んだ。彼女には安心できる場所はないのだろうか。ほんの少しでもプライバシーを保てる場所は。だがブルーノにしてみれば、好きなだけ詮索する権利があると思っているのだろう。なぜならクリスタルがどうしても家賃を払えなくなって立ち退き命令を受け取ったとき、彼が家賃を肩代わりしてくれたからだ。いくらジェナが大学に通いながらアルバイトをして家計を助けてくれても、クリスタルが〈コンフェッションズ〉で稼いだお金の大半はチャーチに取られてしまう。どんなに切りつめても、ブルーノの援助なしには帳尻が合わない月がほとんどだ。そんな状態では、自由を主張する権利があるとはとうてい言えない。

それでもブルーノがクリスタルを見張らせている、あるいはもっと悪ければ盗聴していると思うと、彼に対する怒りと反感で頭がいっぱいになって、彼女は表情や声に出ないよう心を鎮めるのにしばらくかかった。

「やつはどこにいる?」ブルーノはしゃがんでベッドの下をのぞいたあと、バスルームに突進してシャワーカーテンを引きちぎりそうな勢いで開けた。

「いったい誰のこと?　誰もいないって言ってるでしょう。私は寝てたのよ」

「へえ、そうか?」ブルーノは眉をあげ、自分の推理力を自慢するように、寝ていた形跡のまるでないベッドを指さした。

クリスタルはブルーノの胸にそっと手を置いた。「少しのあいだでいいから、私の言うことを聞いて。お願いよ」爆発寸前の火山みたいなブルーノの顔を見て、急いで続ける。「私がこれまで見てきた中で最悪の発作を、何時間か前にジェナが起こしたの。だから何かあるといけないと思って、あの子の部屋の床で寝たのよ」彼女は妹のベッドルームのドアを少し開けて脇にどき、ブルーノがのぞけるようにした。「わかってくれた？　私は妹が心配だっただけ。発作のあと、ジェナは朦朧としたまま、ずっと眠ってるの」

ブルーノは怒りと疑いに顔をゆがめたまま部屋をのぞき、静かに寝ているジェナから床の上に広げられたブランケットや枕、閉まっているクローゼットへと視線を移していった。なんてことだろう。ブルーノはまだクリスタルの言葉を信じていないのだ。彼がこの部屋にも押し入ってジェナが怯えて目を覚ます前に、クリスタルはカーペットの上を静かに進んでクローゼットの取っ手を握り、ゆっくりと扉を開けた。そこにあるべきものしかないことをブルーノに見せながら、気持ちを悟られないよう注意深く表情を保つ。心の中で〝くそったれ〟とか〝人を支配したがるいやなやつ〟とか〝ろくでなし〟と叫びながら。

だがブルーノがいかにろくでなしでも、クリスタルのすべてを支配したがるいやなやつでも、アパートメントの家賃とジェナがのんでいるたくさんの薬やさまざまな検査の費用を払ってもらっているからには、何も言えない。ジェナの治療に三カ月ごとに五千ドルかかる今は、ほかに選択肢はなかった。

だが、それももう長くはない。

ジェナはもうすぐ大学を卒業して、仕事につく。そして医療保険に入ったら、クリスタルは四年ぶりにしたくもないことをせずにすむようになる。妹が必要な治療を受けられるように自分を偽ったり、いやな人とつきあったりしなくてもよくなる。

クリスタルはジェナに怒りを感じてはいなかった。ほんのわずかでも。誰だって、愛する者のためには犠牲を払うものだ。クリスタルだって特別なことをしているわけではない。そうするしかなかったのだ。父が収監されたうえ、そのまま死んでしまい、父の作った借金は娘のクリスタルが返すべきだとチャーチが決めたからには。さらにジェナの癲癇も加われば、クリスタルに残された選択肢に選びたいものがあるはずもなかった。

その中で姉妹にとって不幸中の幸いだったのは、父が刑務所に入るときに、娘たちの面倒を見るとブルーノに約束させていたことだった。かつてクリスタルの父に命を救われたブルーノは約束を守った。そしてジェナはその約束と持病のために、クリスタルと同じ運命をたどらずにすんだ。それでもクリスタルは、チャーチがいつジェナも働かせろとブルーノに命じるかわからないとずっと恐れてきた。いや、働かされるだけではすまないかもしれない。

クリスタルはチャーチの組織に深くかかわりすぎた。チャーチやブルーノに対して借金があるというだけでなく、組織の仕事について知りすぎているため、いつかおとなしく解放してもらえるとは思えない。だから、逃げだす計画を立てている。

クリスタルはクローゼットを閉め、ブルーノのかたわらに戻った。

彼が頭をぐいと動かして、廊下に出るよう合図した。「ジェナはここで発作を起こしたのか？」声が少し穏やかになっている。

「いいえ、階段の下で。ちょうど私が仕事から戻ったときに」ブルーノが疑っていることとほんの少しだけ重なる事実を示さなければ、かえって怪しまれるという考えが急に彼女の頭に浮かんだ。ブルーノをさらに怒らせてしまうリスクはもちろんある。彼は自分の手下以外の男がアパートメントに入ることを、固く禁じているからだ。けれどもブルーノが何か知っているのは明らかで、このままだやり過ごすことはできない。追いつめられたクリスタルは、すばらしいアイデアを思いついた。「ジェナが発作を起こして困っていたら、一階に住んでるウェインがちょうど帰ってきて、ここまで運んでくれたの。私たちが落ち着いたのを見届けて帰ったわ」彼女はそのとき初めて気がついたというふりをした。「だから……だからあなたはここに誰かが来たと思ったの？　だけど、どうやって……」

ブルーノは腕組みをして、体を前後に揺らしはじめた。唇をきつく引き結んでいる。

「ここには誰も入れるなと言ったはずだぞ、クリスタル」

クリスタルが覚えている限り、ブルーノが居心地悪そうにしているのを見たのは片手で数えられるほどなのに、彼は今、明らかに居心地悪そうにしている。普段の態度とはかけ離れたそわそわと落ち着かない様子に、彼女は少しだけ留飲をさげた。だが小さな勝利にいつまでも浸っているわけにはいかない。ブルーノの感じているのが居心地の悪さだけならいいが、それが怒りに変わったら困る。「わかってるわ。ごめんなさい。でも、あなたが来てくれてうれしい。今夜は会えないと思ってたから」彼にほほえんでみせる。自分を偽ってそうするたびに、心が少しずつ死んでいく気がすることは無視した。

こわばっていたブルーノの肩から力が抜ける。ようやくそうとわかるくらい、ほんの少しだけ。「俺には仕事があるってわかってるだろう」

「ええ、もちろん。何か進展はあった？」

「心配するな、くそ野郎どもは絶対につかまる」ブルーノは息を吐き、すぐ後ろの戸枠に寄りかかった。

くそ野郎ども。その中にはシェーンも入っていて、ほんの三時間前にブルーノがいるのとほぼ同じ位置に立っていたと考えると、クリスタルは胃がひっくり返りそうになった。「あなたがひどく気を張っているのがわかるわ。たくさんの責任がのしかかってるんですものね」

「おまえが俺をリラックスさせてくれるんだ、ベイビー。いつだってどうすればいいか、やり方を心得てる」ブルーノがクリスタルの頬をつかみ、親指で唇を撫でる。そして唇に視線を落としたので、彼が何をしようとしているか察したクリスタルは吐き気がこみあげた。心の中で自分の人生を呪っていると、突然ジェナの部屋からうめき声がした。

クリスタルは眉をひそめ、体をこわばらせた。まただ。また聞こえた。「ちょっと待って」ブルーノにささやいて、部屋をのぞく。

ジェナがよろよろとベッドの端に向かって這い進んでいた。「吐きそう、吐きそうなの」弱々しく訴えている。

クリスタルは部屋に駆けこむと、ベッドの横に用意しておいたバスルーム用のプラスティック製のごみ箱を持ちあげた。「これに吐いて」クリスタルが妹の髪を後ろにまとめると同時に、ジェナはごみ箱に嘔吐《おうと》した。

クリスタルはジェナが落ち着くまで、ごみ箱を抱えたままそばについていた。「また吐きそう？　気持ち悪い？」けれどもちゃんと目覚めていないジェナは、ぼうっとごみ箱の中を見つめているだけで、クリスタルの質問に答えられる状態ではなかった。

吐き気の波がまた襲ってくる前に、クリスタルはバスルームに行って濡らしたタオルと乾いたタオルを一枚ずつ取ってきた。「ごめんなさい」ジェナのベッドルームの入り口に立っているブルーノに謝る。彼は首を振った。ことのなりゆきを気に入っているわけではないが、腹を立ててもいない。クリスタルはジェナに関しては、ブルーノを認めていた。彼は彼なりに、ジェナに対して優しい気持ちを持っているようだ。ブルーノにも妹がいるし、癲癇のせいでジェナがどれほどつらい思いをしているか目の当たりにしてきたからだろう。だからこそブルーノと一緒にいれば安心だと、クリスタルも一度は思ってしまった。

今、ジェナがブルーノにどんな気持ちを抱いているか、彼が気づいていなくてよかった。絶対に知られてはならない。

クリスタルはベッドの横の床に膝をついて、ジェナの額を冷たいタオルでぬぐってやった。妹が顔をあげたので、クリスタルはほほえんだ。ジェナのブルーの目が一瞬はっきりしたと思ったとたん、ふたたび妹は吐き気の波に襲われてごみ箱に嘔吐した。

「ちょっとましになった」ジェナがつぶやき、横向きに体を丸める。

クリスタルはバスルームに行って吐いたものをトイレに流し、ごみ箱を浴槽の中で洗った。

こんな状態の妹を見るのはつらく、もっと何かしてやれない自分に腹も立った。でもほんの少しだが、このタイミングで気分が悪くなってくれた妹に感謝したい気持ちもあった。それこそケーキでも焼いて、パーティーでも開きたいくらいに。カーペットの上にひざまずかされ、したくもない行為をさせられるところだったのを救ってくれたのだから。

もちろん、ジェナの気分が悪くなることは望んでいない。だがどうしてもそれが避けられないのなら、タイミングとしては最良だった。

「ごめんなさい」後ろからブルーノに抱きついて、クリスタルは謝った。

「謝らなくていい。またにしよう。おまえは今、手いっぱいだろう」

ブルーノのほうからそう言いだしてくれて、クリスタルはほっとした。一緒に過ごしたがらなかったと、あとから責められなくてすむ。クリスタルは彼の前にまわり、伸びあがって唇にキスをした。「ありがとう」

「ああ」ブルーノはそう答えたが、浮気の現場を押さえられなかったうえ、セックスの誘いも不調に終わって、むっつりとした顔をしている。

「いいことを思いついたわ」クリスタルは両腕をブルーノの首にまわして笑いかけた。「今日の夜は遅番なの。でも水曜は休みだから、デートしましょうよ。あなたがしたいことをなんでもする」

ブルーノの表情がやわらいだ。「それはいいな。だけど、無理だ。水曜の夜は取引がある」

取引。シェーン……。

クリスタルはブルーノに、水曜の晩の取引について意図的に質問したわけではない。だがブルーノが偶然その件に触れたので、シェーンの声がよみがえった。〝俺は友人を取り返した。だけど彼はまだ危険な状況に置かれたままなんだよ、クリスタル〟この取引について何かわかれば、シェーンの役に立てるかもしれない。「それでもいいわ。取引のあとで出かければいいもの」クリスタルは心臓が激しく打っているのが触れあっている肌を通してブルーノに伝わってしまうのではないかと心配になり、必死で声を平静に保った。

ブルーノが首を振る。「どれくらいかかるかわからない」

「取引の場所はどこ？　教えてくれたら、近くのレストランで待ってるわ。仕事はあっても、食べなきゃならないでしょう」いったい何をしているのだろう。今までブルーノにこんなふうに食いさがったことはないのに。そもそもなぜ情報を聞きだそうとしているのか、うまく聞けたとしてもその情報をどうするつもりなのかわからない。

彼と……シェーンと連絡を取る方法は知っているはずだと、クリスタルの心の中でささやく声がした。シェーンに渡された携帯電話は、ベッドルームのドレッサーの後ろにあるエアコンの通気口に隠してある。そこはブルーノに見つかりたくないものをしまっておく隠し場所のひとつで、彼女は普段から拳銃や現金などをいつか逃げだすときに備えて少しずつ用意していた。

別にシェーンのためにブルーノの機嫌を取っているわけではないと、クリスタルは自分に言い訳した。頭に血がのぼっていたブルーノをなだめるためにデートを提案した。それだけだ。

ブルーノがクリスタルの体に腕をまわして、両手をヒップに置いた。一瞬、ヒップを強くつかまれたので、もくろみは成功したとクリスタルはわかった。彼の気持ちはすっかりやわらいでいる。「そいつはいい考えだ。だが取引は九時にならないと始まらないし、どっちにしてもマリン・ターミナルの近くにレストランはない。それに取引のあとにも、片づけなきゃならないことがある」

なんてことだろう。彼女は今、取引の時間と場所を苦もなく探りだしてしまった。びくびくしてひるみそうになる自分を懸命になだめる。別に、どうということはない。ただのおしゃべりなのだから。

「わかった。じゃあ、取引の前にここで早めの夕食をとりたくなったら、いつでも言って。あなたのいいようにする。でもどうしても無理なら、ほかの日にすればいいわ。私は寂しいけど」クリスタルは心からそう思っているふりをした。

眠っているジェナがうめき、ふたりともそちらに目を向ける。

「それならいいかもしれない。明日クラブで会えなかったら、電話でどうするか知らせる」

「わかったわ」ブルーノのキスを、彼女は従順に受けた。

「じゃあ、こんな状態だから」ブルーノがジェナを手で示した。「今夜は泊まらない。ジェナに何か必要になったら知らせろ」

クリスタルはほほえんだ。「そうするわね。ありがとう」ブルーノの言葉に、彼とつきあえば安心だと感じたときの気持ちがよみがえる。

「だが、クリスタル」ブルーノが彼女の顎をつかみ、乱暴に上向けた。「もしウェインがまたここに足を踏み入れたら、やつは困ったはめに陥ることになるぞ」

見直したと思ったらこれだ。「よくわかってる。今回は緊急事態だったから。もう二度とないわ」

「その言葉を忘れるな」

ブルーノはクリスタルの顎をつかんでいた手をおろし、アパートメントから出ていった。


シェーンはマーツのデスクの前に座ってコンピュータに目を据え、クリスタルのアパートメントの中で進行している会話を聞いていた。

シェーンは呆然として動けないでいた。今すぐクリスタルのアパートメントに駆けつけて小躍りして喜べばいいのか、それとも壁を殴りつけるべきなのかわからなかった。今、耳にしたばかりの会話で、さまざまな事実が明らかになった。

進行中の作戦に関しては、水曜の夜の取引の時間と場所がわかった。これは大きい。問題は、クリスタルが意図的に聞きだしたのかどうかだ。彼女はこの情報をシェーンに伝えてくるだろうか。そうするかどうかで、クリスタルが彼を信頼したのか否かがわかる。

だが彼女への個人的な感情に関しては、ひそかに疑っていた事実が裏づけられてしまった。本名かどうかはわからないが、クリスタル・ロバーツには恋人がいる。嫉妬深く、彼女を脅すことをいとわないどころか、おそらく平気で脅しを実行に移すであろう恋人が。どういう手段を使ったのかは定かでないが、やつはシェーンがアパートメントに入ったことを知っていた。クリスタルの家は、シェーンが今夜盗聴器を仕込む前から監視されていたのだ。

〝やめて、痛い〞と言ったクリスタルの声が、彼の頭の中にまだ響いている。その声を聞くと、背中を氷のように冷たいものが駆けおりて、激しい怒りに血が煮えたぎった。あの言葉で、彼女を殴ったのが誰か確定した。

だがクリスタルは相当なストレスと恐怖を感じていたはずなのに、驚くほどうまく対処した。シェーンが無線で指示を送っていたとしても、一言一句同じせりふを言わせていただろう。彼の名前と響きが似ている名前の一階の住人を言い訳に使ったことも、ごく自然に聞こえた質問の数々も、男をうまくなだめたことも、すべて非の打ちどころがない。こんなふうに思うのは変かもしれないが、シェーンは彼女が誇らしかった。

クリスタルが心配でしかたがない。

彼女に惹かれているのだ。ふたりを取り巻く状況を考えれば、そんな感情を持つべきではないというのに。

スピーカーの向こうで、ドアを乱暴に閉める音がした。

「ほんと、いやなやつ」クリスタルが低い声で悪態をつく。

シェーンはにやりとした。いいぞ、その気持ちを忘れるな。だが、彼はすぐに笑みを消した。「ばかなことを考えるな。クリスタルはおまえのものじゃない。今も、これからも」

「いったい、どうすればいいの」しばらくして、ふたたび彼女の声が聞こえた。そして重いため息。

「電話をくれ、クリスタル。俺に今、聞いたことを教えてくれ」

けれどもそのあとは沈黙が続くばかりで、何も聞こえてこなかった。シェーンは画面の隅の時刻表示に目をやった。午前三時五十二分。

もうこんな時間か。

少しは睡眠をとらないと、明日がつらい。それにクリスタルも妹も落ち着いたみたいだから、これ以上ここに座っていても意味はない。

だがベッドに行く前に、明日の朝一番にマーツが見られるよう、聞いたばかりの情報をメモしておかなければならない。もしかしたらこれで、チャーチの貸倉庫にもう一度潜入する必要がなくなるかもしれない。彼はメモ用紙とペンを手に取った。

受け渡しは水曜の午後九時、マリン・ターミナルで

シェーンはメモを置いてジムを出た。リクシー兄弟のアパートメントに入り、ソファベッドとエアマットレスで寝ているベケットとイージーを起こさないように静かにリビングルームを抜けて、自分の目下の〝わが家〟である来客用のベッドルームに入る。
シャワーを浴びなければと思いながらもふらふらとベッドに引き寄せられ、しばらく座るだけのつもりがそのまま眠ってしまった。

シェーンが次に目を開けると、朝になっていた。もとは倉庫だったため、高い場所についている窓からやわらかい金色の光が降り注いでいる。だが、さわやかな目覚めとはいかなかった。昨日の殴り合いで体じゅうが痛い。顔やあばらや背中が脈動に合

わせてズキズキし、体を起こすだけで歯を食いしばり、鋭く息を吸って耐えなければならなかった。いまいましいが民間人に戻って一年経つうちに、すっかりやわになっていたらしい。

シェーンがそれでもなんとか立ちあがると、もう早朝ではないと体内時計が告げた。携帯電話の画面を見る。たしかにもう九時近い。

よろよろしながらシャワーの下に行き、しばらく熱い湯に打たれる心地よさに浸る。それから服を着て、キッチンカウンターの上にあったベーグルを取り、仲間たちがいるはずの部屋に向かおうとした。

「おはよう、シェーン。ちょっとだけいい?」

ベッカだ。

彼はドアの前で振り返った。「君のためなら、いつだって。どうしたんだ?」

「チャーリーのことなの」

額の皺とブルーの目に浮かんでいる心配そうな表情を見れば、言われなくても気づくべきだった。「昨日の晩、調子が悪くなったとニックが言っていた。今朝はどうだい?」

「そのことで意見を聞きたいのよ。かまわない?」ベッカの視線がシェーンの下唇にあるかさぶたで一瞬止まる。昨日の晩、ニックとやりあった名残だ。

シェーンは先に行くよう身ぶりで促すと、リクシー兄弟の妹がここに来たときに使っている部屋へ、ベッカのあとから向かった。シェーンにはニックの女性版なんて想像もつかない。思い浮かべようとしただけで、頬が緩んでしまう。

だがその笑みは、チャーリーを見たとたんに消えた。

血の気のない肌の中で、熱に浮かされた頬だけが燃えるように赤い。ダークブロンドの髪は汗に濡れてさらに色濃くなり、生え際に張りついていた。三メートル離れたところからでも、まずい事態だとわかる。

「最後に熱を測ったときは三十九度近かったわ」ベッカが静かに説明した。「点滴はふた袋目で、ひと晩じゅう抗生物質を投与してたんだけど、熱があがってるの」

「切断箇所の傷口はどうなってる?」

「見てみて」彼女は慎重に包帯を外しはじめた。

チャーリーのまぶたがぴくぴく動くが、どんなに頑張ってもまぶたを持ちあげられないようだ。何か言おうとしているが、不明瞭で聞き取れない。ベッカが包帯を外していけばいくほど、チャーリーの動きが激しくなる。

傷口があらわになると、ベッカは脇にどいた。

シェーンは思わずあげそうになった声をのみこんだ。不用意な反応で、ベッカの懸念に油を注ぎたくはない。シェーンがどう言うか、ベッカにはわかっているだろう。それだけの知識があるのだから。紫色に腫れあがった傷口を見れば、チャーリーの状態は明らかだ。「細菌が入って感染してるな。皮膚だけでなく、もしかしたら骨にまで及んでいるかもしれない。骨のここから先を切り離さなければ、もっと進行する」シェーンは切断すべき箇所を示した。「それから、再建手術も必要だ。ここを閉じるのに、皮膚を移植しなければならないだろう。傷口が開いたままだから、抗生物質を投与しても感染が進行しているのかもしれない」

ベッカは長々と息を吐き、両手を頭の上で組んだ。シェーンは彼女がぶかぶかの男もののTシャツを着て、裾をまくりあげたトランクスをはいていることに気づいた。どちらもニックのものに違いない。一瞬予期せぬ嫉妬に襲われて、彼はチャーリーの傷へと視線を戻した。シェーンは恋人が彼の服を着ているところを想像するのが好きだった。恋人が彼の香りのしみこんだシャツをまとってベッドへ来るところを思い浮かべるのはひそかな楽しみだ。だが想像を現実にする機会はほとんどなく、今シェーンたちが陥っている状況を考えれば、近い将来に現実になる見込みもなさそうだった。

「そうね」ベッカがしばらく沈黙したあと、ようやく言った。彼女の後ろにある椅子の上に、ブランケットが丸めて置いてある。昨日の晩、少なくとも何時間かはチャーリーのそばについていたのだろう。

どんなに言いにくくても、シェーンはベッカに真実を伝えなければならなかった。

「チャーリーを医者に診せるべきだ、ベッカ」

「やっぱりそうよね」

シェーンは彼女がつらい現実を受け止めるのをじっと見守った。知りあってからのこの何日間かで、彼はベッカの振る舞いに敬意を抱くようになっていた。だがそれだけではなく、ベッカに好意も持つようになっていたのだと今、悟った。彼女とニックが出会って恋に落ちたのがうれしかった。「これまでいやな態度を取っていてすまなかった」シェーンは謝った。

ベッカが小さくほほえむ。「無理もなかったもの」

「どうするつもりだい？」シェーンはチャーリーを起こさないよう低い声で質問した。

だが手の診察が終わったあと、チャーリーはすっかり意識を失っている。

「病院に行かないと。でも、連れていくのは無理よ。入院した瞬間に書類やコンピュータの記録が作成されるから、危険すぎるってマーツが言ってたわ。それに、この傷は普通の傷じゃない。どうして指が切断されるようなことになったのか、病院できかれるわ。医師や看護師たちは嘘を見抜くのがとってもうまいの。それに先週、私があそこで拉致されそうになったことを考えれば、病院の職員の誰かが買収されているのは確実よ。だとすると、あの病院だけが特別とは思えない。この街のほかの病院も似たようなものじゃないかしら」

「今のメンバーだけで、ほかの街の病院までチャーリーを運ぶのは無理だ。仲間の誰かが護衛として君たちについていけば、こっちで作戦を遂行する人数が足りなくなる。明日の夜は、ギャングの取引の日だ」

ベッカはベッドの横に置いてある椅子にぐったりと座りこんだ。「ニックもそれを心配してたわ。なんて厄介なことになったのかしら」

「だが、チャーリーにはあまり選択肢がない」こんな状態になっているのが自分の身内だったら、シェーンはとても平静ではいられない。容態がさらに悪化すれば、リスクはあっても病院に連れていくしかない。作戦は無視して。フランク・メリットのせいでまた誰かが死ぬなんて、仲間の誰も望んでいない。

最初はジェナ、そして今度はチャーリー。人のきょうだいの心配をするのは今日二度目だ。

もしこの世界を統《す》べる、目に見えない大きな存在がシェーンの注意を引こうとしているのなら、すでにそれは成功している。

「実は別のプランがあるの。手放しで理想的とは言えないし、ここにいる仲間以外の人に手伝ってもらわなければならないから、ニックはきっと気に入らない」ベッカが言った。

それはシェーンも気に入らないが、このまま事態が急速に悪化すれば、彼ひとりではどうしようもないとわかっていた。「誰か当てがあるのか?」

「昔からの友人よ。その人なら信用できると思う」

「少なくとも、話しあってみる価値はあるな。まずニックに相談しないと。それからその友人とも話をしなければならない。会うのはここでなく、どこか別の場所がいいだろう。君の身の安全を守る策を講じたうえで」ベッカが働いている病院に関係する者は、信用できると完全に証明されるまでは疑ってかかるべきだ。

そのとき、ニックが部屋に入ってきた。むっつりとした暗い表情は、怒っているようだ。「身の安全を守る策だって?　なんのために?」

8

シャワーを浴びてカフェインをとったクリスタルが昼食に何を作ろうか考えていると、ジェナがベッドルームから出てきた。昨日の夜に着ていた皺くちゃの服のまま、よろよろと廊下を歩いてきてキッチンに顔を出す。「おはよう」その声はかすれていて、かぼそかった。

「おはよう」クリスタルは冷蔵庫のドアを閉めた。「気分はどう?」

ジェナが胸の前で腕を交差させて自分の体にまわした。「疲れた。まだ体に力が入らない。でも、大丈夫」弱々しくほほえもうとするが、普段はブルーの目がグレーがかっていて、その言葉を裏切っている。「昨日は姉さんが帰ってきてくれて助かった。ありがとう」

「当たり前じゃない。姉はいつだって妹を助けるものよ。だけどどうして外で座ってたの?」ジェナの頬がうっすらと赤くなったのを見て、クリスタルはくすっと笑った。

「また鍵を忘れた?」

「レイチェルのところに置いてきちゃって。今日の午後の授業のときに、持ってきてくれることになってる」クリスタルは首を振っただけで、それ以上何も言わなかった。

「ねえ、ひどかった？」ジェナがきく。

クリスタルは顔をしかめたが、ジェナが何についていたかはわかっていた。「私が覚えている限り、今までで一番ひどかったわね」一瞬ためらったが、しなければならない質問をする。「何か発作の引き金になるようなことはあった？」

ジェナはひと晩眠ってもつれた髪を耳の後ろにかけた。クリスタルと同じ赤毛だが、ほんの少しだけ色が濃い。「今日、歴史の授業で発表があって、レイチェルと一緒に夜遅くまで準備してたの」

こういうことがあるかもしれないので、クリスタルはジェナが友達の家に泊まりに行くと言うと、いつも心配でならなかった。でもジェナはあと二週間で二十歳になるし、睡眠不足が発作の引き金になることはよくわかっている。いつまでもクリスタルがべったりそばについて、すべてに口を出すわけにはいかない。そうしたくてしかたがないときもあるけれど。「つまり、徹夜したってわけね」クリスタルは懸命に穏やかな声を出した。

「ほぼ徹夜って感じ。ごめんなさい」

クリスタルはうなずいた。「さあ、何を食べる？　食べたら少し気分がよくなるかも」冷蔵庫に向き直る。「まだ胃が落ち着いてないなら、バターを絡めただけのパスタでも――」

「待って、それだけ？　私を怒鳴りつけないの？」ジェナはクリスタルの横から手を伸ばして、冷蔵庫の中のスプライトの缶を取った。プルトップを開け、少しだけ口に含む。

クリスタルに残された家族はジェナだけだ。その妹とはなるべく言い争いたくない。「そんなことはしないわ。あなたは自分が何をするべきか、何を避けるべきか、ちゃんとわかっているもの。危険だと承知のうえで夜更かししたのなら、私が口出しするべきじゃないし、あなたがそうした理由もわかる。夜遊びしてたわけじゃないしね。私に言われなくたって、あなたは自分をコントロールすることの大切さを知っているでしょう？　それだけ気分が悪かったら、充分罰になってると思うわ」

ジェナは冷蔵庫の横の狭いカウンターに両肘をついて体を支えた。「そうだね。とにかく、理解してくれてほっとした」またスプライトを口に含む。

クリスタルはほほえんだ。ジェナの気分がよくなってきている様子を見て、重苦しく肩にのしかかっていたものが、すっとなくなった気がした。「いいのよ。さあ、バターを絡めたパスタにする？　それとも別のものがいい？」

「パスタがいいわ。いつも助けてくれてありがとう。ときどき、姉さんにとって私はすごく重荷なんだろうなって思う」

バターとパルメザンチーズをカウンターの上に用意しながら、クリスタルは妹を振り返った。「そんなことは言わないの。重荷なんかじゃないわ。それに、家族ってそういうものよ。どんなときも助けあわなければならないの」

二十分後、ふたりはキッチンの小さなテーブルにつき、気分の落ち着く食べ物をおなかに入れて元気になっていた。たっぷり炭水化物を摂取したので、あとでいつも以上にエクササイズに励まなければならないとクリスタルは考えた。クラブの制服である体の線が出る衣装は喜んで着ているわけではないとはいえ、脂肪がはみでて動くたびにぷるぷる揺れるのはいただけない。だから毎日、したくてもしたくなくても必ずエクササイズを行った。それに体を動かせば、嘘で塗り固めた人生を送らなければならないストレスとフラストレーションが紛れる。

バターとチーズの絡んだ至福の食べ物をのみこみながら、彼女はリビングルームの窓に目をやった。天気がいいし、ジムに行く代わりに走ってもいいかもしれない。ジムの費用もブルーノが払ってくれている。

突然、フォークを皿の上にガチャンと投げだす音がした。「サラ！」ジェナの声に、クリスタルはびくっとした。ジェナが本名で呼んだのをブルーノに聞かれなかったかどうか確かめるように、反射的にあたりを見まわす。彼女にはたくさんチップがもらえるもっと色気のある名前が必要だと主張したのはブルーノだった。〈コンフェッションズ〉は彼の縄張りだから、仕事でその名前を使うのはかまわない。だがブルーノが彼女の名前を完全に変えてしまうつもりだとは思ってもいなかった。〈コンフェッションズ〉の外ではサラと呼んでほしいと頼んだときのブルーノの反応は、二度と同じことを頼む気にはなれないもので、彼女はクリスタルという名前に完全に変える以外なかった。そして今はその名前にすっかり慣れ、こんなふうにジェナにサラと呼ばれても、一瞬自分だとわからないまでになっている。なぜこんなことになってしまったのだろう。

「何？　どうしたの？」

クリスタルが戸惑っているうちにも、ジェナの表情が驚きから腹立ち、そして激怒へと変化していく。

「あいつ、また姉さんを殴ったんだね」

ああ、ばれてしまった。今朝、鏡で見たときは痣がだいぶ薄くなっていたので、ジェナが気づかなければいいと思っていたのに。最初の頃ジェナは、ブルーノを本当の兄のように慕っていた。暴力が始まってブルーノがクリスタルの体に跡を残すようになってからも、初めのうちはなんとか隠しおおせていた。けれどもとうとう指の跡が腕にくっきりと残っているのを見つかってしまい、それ以来ジェナはブルーノと同じ部屋にいることに耐えられなくなった。ブルーノを見るとすぐに別の場所に行ってしまうので、クリスタルがいつもなんとか取り繕っている。けれどもいつかブルーノがジェナに怒りを向けるのではないかと、クリスタルは毎回ひやひやしていた。そんなことになったら……。クリスタルは身震いし、妹に答えるために口を開いた。

「否定しようなんて考えないでよ」ジェナは腕組みをして、きつい目を向けている。

ブルーノに殴られるのはもちろんいやでしかたがないが、クリスタルはそれ以上に妹に事実を知られるのがつらかった。殴られた跡を見つけるたびにジェナが姉への敬意を失っていくのではないかと思うと、心が張り裂けそうになる。だがそれでも妹には、耐えている理由を教えるわけにはいかない。ブルーノとの関係を続けているのは癲癇の治療代を賄うため、そして〈チャーチ・オーガニゼイション〉から自分たち姉妹の身を守るためだということを。クリスタルの背中に残っている傷跡の存在をジェナは知らない。なぜこんな傷を負ったのかといういきさつも。それはこの先も絶対に知られてはならない。「否定なんかしないわ」

重苦しい沈黙が落ちる。

「それだけ？　何かほかに言うことは？」

クリスタルはフォークをランチョンマットに置いた。食欲は失せていた。「なんて言ってほしいの？」

「何って……からかってるの？　そうね……警察に通報するって言ってほしい。接近禁止命令を取るって言ってくれたら、すごくうれしい。彼とは二度と会わないって言ってくれたら、狂喜乱舞する」

クリスタルは息を吸ってひと呼吸置き、妹に告げた。「そんな単純なことじゃないのよ」

ジェナの頰に血がのぼる。「何を言ってるのよ！　単純なことに決まってるでしょう！」

「ジェナ――」

「言い訳なんか聞きたくない」ジェナは勢いよく立ちあがった。「どこまでされたら別れようと思うの？　病院送りにされたら？　殺されたら？」

八カ月経ったらよ。八カ月経ったら、ようやく今の生活から抜けだせる。けれどもクリスタルは口には出さなかった。今はまだ、計画をもらしたくない。たとえジェナにでも。ブルーノによる庇護と経済的な援助が今の自分たちにはどうしても必要なのだと知らないジェナは、なぜ冬まで待たなければならないかを絶対に理解できない。だが事情を明かせば、ジェナに重荷を負わせてしまう。クリスタルはそれが受け入れがたかった。

なぜならクリスタルは姉だから。有罪が確定した父に、どんなことをしてでもジェナの面倒を見ると約束したのはクリスタルだから。クリスタルは十九歳で大人になることを強要され、夢をあきらめなければならなかった。ジェナには、同じ目に遭ってほしくない。

でも今、妹に何を言えばいいのだろう。どうすればわかってもらえるだろう。「お願いだから座って。大丈夫だから」

ジェナの表情があろうことか、さらにいらだちを増した。「全然、大丈夫じゃない」両目から大粒の涙を流して抗議する。「どうして発作がひどくなってるか知りたい？どうして勉強が進まなくて、夜更かししないといけなかったか知りたい？」クリスタルが何も言えないでいるうちに、妹は先を続けた。「それはね、姉さんのことが心配だからよ。心配で心配でときどき何も考えられなくなるし、ちっとも眠れないの。新しい痣を見つけるたびに、もしかしたら次こそ姉さんを失って、ひとりぼっちになるんじゃないかって思うから」

クリスタルは罪悪感と後悔に胃が焼けるように痛み、思わず立ちあがった。妹の気持ちが痛いほど理解できた。ジェナを失ってひとりぼっちになるかもしれないと、クリスタルもいつも怖かった。「ああ、ジェナ、やめて。私を信じて――」

「姉さんを信じる？　姉さんが自分を大事にするまでは、信じられるはずないじゃない。自ら進んで犠牲者になってる今の状況を変えるまでは」ジェナはキッチンを出て、廊下を走っていった。部屋のドアが大きな音を立てて閉まる。クリスタルの耳に、妹の言葉が反響した。

犠牲者。犠牲者。犠牲者。

クリスタルは椅子にくずおれた。部屋から急に空気がなくなったかのように、息がうまく吸えない。あんなふうに興奮して非難したジェナを責める気持ちはまったくなかった。立場が逆なら、クリスタルも冷静ではいられないだろう。それどころか、反狂乱になるかもしれない。それでも、ジェナの言葉に深く傷つかずにはいられなかった。本当はクリスタルにも、もっと早く逃亡を実行に移さないのは自分の弱さのせいではないかと思う気持ちがどこかにあった。　妹が言うように、自ら進んで犠牲者になっているのではないかと疑っていた。

もっと強ければ、もっと早く抜けだせたのかもしれない。もっと賢ければ、ブルーノに頼らずにジェナが必要な治療を受けられるすべを見つけられていたかもしれない。もっと勇気があれば、ブルーノに従うだけでなく反撃しながら、計画の準備がすべて整うまで時間を稼げたかもしれない。

クリスタルは喉の奥からこみあげた嗚咽《おえつ》を押し戻そうとして、一瞬しゃくりあげた。頬の内側を噛みながら何度か深呼吸をして、痛みに意識を集中させる。胸に穴が空いたような苦しみから、なんとかして逃れなければならない。

その場で丸くなって泣き叫びたいという衝動をようやく抑えこみ、ばらばらになってしまいそうな気持ちを立て直すと、クリスタルはテーブルの上を片づけた。食べ残しを捨て、食器を洗う。これまで何度も繰り返してきた動きに、彼女は次第に落ち着きを取り戻した。傷ついた心の痛みを、とりあえず見えないところに押しこめる。

いつかジェナが理解してくれる日が来るに違いない。そうしたらジェナは、クリスタルが犯したたくさんの過ちを許してくれるだろう。そのときまでは、自分を正しいと信じて突き進むしかない。慢性疾患を抱えた妹の面倒を見ながら、暴力をふるう恋人や悪名高い犯罪組織に殺されないように生き延び、彼らから逃れるすべを教えてくれる学校などないのだから。妹が標的になることだけは避けなければならない。

私は正しいことをしている。

シェーン。

なぜ彼の名前が頭に浮かんだのか、クリスタルはわからなかった。

いや、本当はわかっている。彼を助けるのは正しい行動だからだ。シェーンが〈コンフェッションズ〉から友人を助けだした夜も、そして今も。

クリスタルは愚か者ではない。何も知らないふりをしていても、本当はまわりが思っているよりずっといろいろなものを見ていた。しばらく監禁されたあと、連れ去られて二度と戻らない女性たちだけでなく、ドラッグや銃や組織にはびこる暴力にもちゃんと目を留めていた。そういうものが日常として存在する世界に、ブルーノたち〈チャーチ・オーガニゼイション〉の男は生きている。

廊下を進んだクリスタルは、ジェナの部屋をノックするかどうか迷った。だが妹は怒りと発作の疲れで、しばらく話をする気分ではないだろう。それに三時からの歴史の授業に出るつもりなら、それまでできるだけ休んでおくべきだ。クリスタルは妹の部屋のドアをちらりと見たあと、自室に入って鍵をかけた。

クリスタルは室内を見まわした。お気に入りのラベンダー色の上掛け、隅の窓のそばに置いてあるデスクの上のミシン、フォトフレームや小物入れをのせた細長いドレッサーを次々に見ていく。彼女は最後のドレッサーで視線を止め、中にヘビがいっぱい詰まっているとでもいうように、しばらく険しい顔でにらみつけた。しなければならないことを、正しい道に照らしてなすべきことをする勇気を奮い起こす。

古い木製のドレッサーに近寄った。母親のものだったミシンとこれは、昔の家から持ちだせた数少ない思い出の品だ。角をつかみ、思わず声がもれるほど力をこめて手前に引く。一方の端が、壁から二十センチほど離れた。

壁の床に近い部分に、エアコンの通気口が現れた。クリスタルは床に膝をつき、緩く締めてあるねじを外して金属製のカバーを取った。中に手を入れ、隠してあるものを探る。そこには爪に火をともして貯《た》めた三千ドルや、クラブでくすねてきた拳銃、それに昨夜シェーンに渡された携帯電話が入っていた。

手を引き抜いた彼女は、取りだした長方形の物体を何度もひっくり返して、本当にいいのかと自分に問いかけた。今度シェーン・マッカランを助ければ、前とは違い、自分の意志で計画的に助けることになる。

このアパートメントから電話をかけても大丈夫だろうか。別の人にかけたふりをして、シェーンが話を合わせてくれるように願うべきだろうか。ブルーノがどうやってアパートメントに人が訪れた事実をつかんだのかわかればいいが、今は確認するすべがない。リスクは冒さないほうがいいだろう。

クリスタルは部屋を出て玄関に向かい、ドアの外に出た。四軒が使っているコンクリート製の踊り場は、上階への階段で外の景色が見えない。つまり外からも彼女が見えないはずだ。

クリスタルは大きく息を吸って、携帯電話の電源を入れた。着信が一件だけある。調べてみると、シェーンが登録してくれた電話番号からだった。

彼がかけてきたのだろうか。

理由は？

決意に好奇心が混じる。クリスタルは発信ボタンを押して、電話を耳に当てた。ここなら大丈夫だと思ったはずなのに、呼び出し音が鳴りはじめると、無数の目に見られている気がして体じゅうがむずむずした。三回目が鳴る頃には、胃が重く沈みこんでいくのを感じた。ようやく電話をかける勇気を奮い起こしたのに、シェーンが出ないなんて——。

「もしもし」シェーンが出た。今では聞き慣れたあたたかい声は、息が少しあがっている。懸命に走ってきて電話を取ったかのように。

「シェーン」クリスタルは静かに呼びかけた。

「大丈夫か？」

シェーンの最初の質問が彼女の身を気遣うものだったことに、クリスタルは胸が締めつけられた。そのとき下の駐車場で車のエンジンがかかる音がして、心臓が口から飛びだしそうになった。早く！　急がなければ！「ええ。あの、情報があるの」急いで言う。

「電話じゃだめだ」

「えっ？　じゃあ、どうやって――」

「今から行く」

クリスタルの心拍数が、これまでとは比べものにならないくらい跳ねあがった。

「だめよ、アパートメントに来てはだめ」昨日の夜、どうなったかを考えれば、絶対にだめだ。

「わかった。どこがいい？」

クリスタルはすばやく考えをめぐらせた。「アパートメントの裏。森に続く小道があるの」

「それなら大丈夫そうだな。何時に？」

「ええと、二時半頃」その時間ならジェナは三時の授業に出るためにすでにロヨラ大学に向かっているだろうから、帰宅するまでにシェーンと話す時間は充分ある。

「必ず行く」

必要な話は終わった。「わかった。じゃあ、もう切るわね」

「ああ。それから、クリスタル、ありがとう」

心臓が激しく打つのを感じながら、彼女は電話を切った。不安でびくびくしてしまう。

自分の部屋に戻ると、電源を切って携帯電話を通気口の奥に戻した。すべてもとどおりにしたあと、ドレッサーが古いベージュのカーペットについているへこみの上にちゃんとのっているかどうか何度も確認する。最後にカーペットの少しけばだってしまった部分を指で撫でつけ、ドレッサーを動かした痕跡を完全に消した。

クリスタルは部屋の向こう側にあるナイトテーブルの上の目覚まし時計に目をやった。シェーンが来るまで、あと二時間。

恐怖と期待がさざなみのように胃の中を交錯する。そこには興奮も混じっていた。

9

静まり返った来客用のベッドルームで、シェーンは手の中の携帯電話を見つめていた。勝利の興奮に体じゅうが熱くなる。

クリスタルが電話をかけてきてくれた。

彼女が自分からシェーンを助けると決心してくれた明らかな証拠に、喜びがこみあげ、じっとしていられない。これでクリスタルを当てにできるとわかった。だがそれより何より、クリスタルが彼を信じる選択をしてくれたことがうれしかった。シェーンは彼女についてほとんど何も知らない。ほとんどどころか、まったく知らないと言っていいレベルだ。だがクリスタルが簡単に人を信用する人間ではないことはわかる。

あとは、その信用を壊さないようにすればいい。

彼女のアパートメントに仕掛けた盗聴器が頭に浮かんだ。あれがあったからこそクリスタルとブルーノの会話が聞け、チームはその情報をもとにマリン・ターミナルの調査に取りかかった。マーツもほかに手がかりはないかと、キーボードに指を走らせている。

だが一方で、盗聴器はクリスタルのプライバシーを侵害し、彼女の信頼を踏みにじるものだ。そしてクリスタルがシェーンを信じようとしてくれているとわかった今、彼の罪悪感は急速にふくれあがっていた。いや、信じようとしてくれているだけではない。電話をくれたということは、すでに信じてくれている。

だがそこで、別の事実を思いだした。彼女のろくでなしの恋人は暴力をふるう男だということだ。だから、しかたがない。盗聴器はやはり必要だ。胸を張って、そうと言えるわけではないが。

シェーンはクリスタルが電話をかけてきてくれた喜びに五分だけ浸ろうと決め、部屋を出た。廊下を進み、リクシー兄弟のアパートメントの広いリビングルームへ向かう。電話に出るために抜けだしたとき、仲間たちは昼食を終えて、ここでくつろいでいた。だが今は煙のように消え失せている。ジムに行ってみても、誰もいない。

彼は足音を響かせながらかつて倉庫だった建物の通路を進み、コンクリートと金属でできた階段を駆けおりて、ジェレミーとニックのタトゥー・ショップ〈ハード・インク〉へと向かった。ニックは召喚状を配達する仕事のかたわら、ときどき店で働いているにすぎないが――奇妙な組み合わせの兼業ではある――ジェレミーのほうはタトゥー愛好家たちのあいだでよく知られた存在らしく、店はすばらしい評判を得ている。

〈ハード・インク〉の裏口を入ると、そこは三方が煉瓦の壁の、広々とした長方形のラウンジだ。窓が高い位置についていて、一番長い壁には〝ともに血を流せば、俺たちは永遠に兄弟だ〟という言葉が書かれている。シェーンはその赤と黒とグレーの落書きみたいな文字を視線でたどりながら、一瞬郷愁に襲われた。仲間たちは部屋の中央で、立っていたり円テーブルの天板に腰かけていたりと、まちまちの格好で集まっている。

「ニック、マーツ、ベケット、それにイージーだ」ジェレミーが仲間たちを誰かに紹介しているのが聞こえた。皆はシェーンからは見えない誰かと握手している。

シェーンは仲間たちに加わって、ジェレミーが皆に引きあわせている男を見つめた。「ああ、それからシェーン」ジェレミーが彼のことも紹介する。「シェーン、アイク・ヤングだ。魔法の手を持つ男だよ」

剃《そ》りあげた頭、カットオフのデニムジャケットからのぞいている、髑髏《どくろ》のタトゥーがびっしり入った両腕。ジェレミーの店で働く彫り師のアイクはいかにもタトゥー・ショップとかかわりのありそうな風貌だが、態度は友好的だ。シェーンは彼と握手をした。

「アイクは見かけほど怖くないんだよ」ジェスことジェシカ・ジェイクスが表側の受付からやってきて、いたずらっぽく笑いながらアイクを小突く。

「俺がおまえを好きでよかったな、ちび女」アイクがジェスの首に腕をまわして引き寄せた。小柄な彼女と並ぶと、巨大に見える。

「あんたがあたしを好きなのは当たり前だよ。こんなにかわいいんだから」ジェレミーが目をぐるりとまわしているのを見て、ジェスはにらんだ。ジェスは背が小さいことを、負けん気の強い性格と鋭い舌で補っている。シェーンは彼女に目を向け、片方の肩から前に垂らしている三つ編みの黒髪から、ぴっちりした黒いシャツのV字に深く切れこんだ胸元、タイトなジーンズの上に履いたピンヒールのブーツへと視線をおろしていった。初めて会ったときからジェスはシェーンに惹かれていることを隠さず、シェーンのほうもここにいるあいだはちょっと楽しもうかと思いかけていた。

だが、今は……。

クリスタル。

彼女のやわらかい手触りの赤い髪や、両手に感じた曲線、押しつけられた体の熱さと感触がよみがえる。

くそっ。

シェーンはもう一度ジェスを見たが……だめだった。もはや彼女に興味はない。まったく。

「彼女はベッカ」ジェレミーが紹介を続けている。アイクと握手をしながらベッカは笑みを浮かべているものの、目は弟に対する懸念と疲労で陰っている。今の状況にはここにいる誰もが大きなストレスを感じているが、特にベッカは二、三日という短期間のうちに怪我をしたうえ二度も拉致されかけ、昨夜は弟の寝ずの番をした。看護師の仕事を二週間休めることになったからよかったけれども、これで仕事も加わったらやっていけるはずがない。

「じゃあ、アイク、ジェス、邪魔して悪かった。彼らをちゃんと紹介しておきたかったんだ。新しくセキュリティ・コンサルティング事業を立ちあげるために、これからここに出入りするから」今朝の話し合いで、チームのメンバーはジェレミーのスタッフにどう説明するか決めていた。しばらくここに滞在するからには適当な理由が必要だし、コンサルティング事業は元軍人という彼らの経歴にぴったりなうえ、敷地内のセキュリティを強化する理由にもなる。

ジェスがアイクの腕から抜けだして腕組みした。「セキュリティ・コンサルティング事業って、どんなことをするの?」

「各種調査、それにコンピュータや身辺警護のセキュリティ分析と導入ってところかな」ニックが軽い口調で答える。

「ジェスの父さんは警官だったんだ」ジェレミーもさりげない会話を装っているが、ニックほど成功していない。

ジェスは口を引き結んでうなずいた。「そうなんだよ。じゃあ、頑張って。客が十時に来るから、もう用意しないと」彼女は小さく手を振ると、離れていった。シェーンはこんなによそよそしいジェスを見るのは初めてだった。父親が話題に出たとたん、いつもの元気が消えてしまった。〝ジェスの父さんは警官だった〟とジェレミーは言ったが、なぜ過去形を使ったのだろう。もしかしたらジェスや彼女の父親は、〈チャーチ・オーガニゼイション〉と警察とのつながりに何か関係があるのだろうか。

シェーンの考えていることが聞こえたように、ニックが低い声で説明する。「ジェスの父親は何年も前に死んだんだ。彼女は父親についてあまり話さない」ジェレミーに声をかけた。「俺たちはちょっと出かける。じゃあな」

「ああ、わかった」

　ベッカがジェレミーに歩み寄った。「お願いがあるんだけど、いい？」

　彼女に好意を持っているジェレミーは、すぐに笑みを浮かべた。「なんでも言ってくれ」

「チャーリーの様子をときどき見てほしいの。どれくらいで帰ってこられるかわからないから――」

「任せてくれ。俺の客は四時にならないと来ないから。その前に必要な作業は上でやればいいし」

「ありがとう。そうしてもらえると本当に助かるわ」ベッカがジェレミーを抱きしめた。

　ニックもジェレミーにうなずいて感謝を伝えた。

「もう出かけないと」仲間たちは皆、チャーリーの容態を心配している。それに加えてマーツは、チャーリーの助けがなければブレスレットに隠されていた数字の意味を解明できないのではないかという意味でもやきもきしていた。だからニックもチームのメンバーもベッカに説得されるまでもなく、チャーリーには彼女とシェーンが与えられる以上の治療が必要だと承知していた。外部の者の手を借りるのは気が進まないとしても。医学部の課程をほぼ修了したベテランの救急救命士であるベッカの友人は、今の彼らが望める最上の選択肢だ。幸いその友人の男は、昼食後にベッカと会うことに同意してくれた。だが、シェーンはクリスタルとの約束に遅れたくなかった。彼女が怯えてしまっては困る。

仲間たちと一緒に裏の駐車場へと向かいながら、シェーンはクリスタルからの電話について話した。すると全員が、シェーンは時間になったら彼女のもとに向かうべきだと同意した。クリスタルがさらに詳しい情報を持っていないとも限らないからだ。たとえば、水曜の晩の取引場所がマリン・ターミナルというだけでは漠然としすぎている。マーツの説明ではそこは広大なエリアで、場所は特定できていないに等しいらしい。

ジェスやアイクに怪しまれないためには〈ハード・インク〉でおとなしくしているべきなのだろうが、ニックはベッカの友人との約束に全員で向かおうと提案した。ベッカの身を守るためだ。チャーチが大学病院の職員を買収しているのは明らかなので、念には念を入れたいというニックの考えもシェーンは理解できた。

「なあ、あのバイクは誰のだ?」シェーンは自分のピックアップトラックとニックの黒のダッジ・チャレンジャーのあいだに停めてある黒とシルバーの美しい大型バイクを指してきいた。初めて見るバイクだ。

「アイクのだ」ニックが説明する。「やつはモーターサイクル・クラブのメンバーなんだ」

ベケットが足を止め、表情を険しくした。「単なる走り仲間の集まりか？　それとも本格的なモーター《M》サイクル・クラブ《C》か？」

「違いがあるのか？」マーツが尋ねる。

「MCはメンバーを維持するために、組織犯罪にかかわっていることが多い。大規模な組織なんだ」説明するベケットのブルーの目は氷のように冷たかった。シェーンはニックに鋭い視線を向けた。ワシントンDCで民間軍事会社を経営しているベケットは、簡単に動じる男ではない。その男が懸念を表明したことで、シェーンの懸念もふくれあがった。

「まさか〈チャーチ・オーガニゼイション〉とつながってるのか？」マーツがシェーンの考えを言葉にする。

「たしかにこの街には、そういうMCがいくつかある。召喚状を配達するときに、ときどき出くわすよ。アイクの入っているグループがMCなのも事実だ。だがやつは、そっち関係と〈ハード・インク〉での仕事はきっちり分けてる」

ベケットは腰に両手を当て、ニックをにらみつけた。「どうしてもっと早く教えなかった？　俺たちはアイクを警戒すべきなのか？　そうしたら、そっちの対処も考えなければならないぞ」

ニックは首を振った。彼の表情も姿勢もリラックスしたままだ。「いいや、アイクはいいやつだ。ジェレミーに忠実だよ。しばらく前からやつを知ってるから、問題ないことは断言できる――」

「それでも僕はそのMCとアイクについて、自分で調査したい。あとで戻ってから」マーツは言った。ベケットが腕組みしてうなずく。シェーンも同じ気持ちだった。

「当然だな」ニックは同意し、ベケットの大型SUVの後部座席のドアを開けて、ベッカを乗せた。それからマーツ、ベケット、イージーとともに自分も乗りこむ。シェーンはクリスタルとの約束の時間があるので、自分の車に乗った。バックで車を出しながら、バイクにもう一度目をやる。アイクに対するニックの意見が正しいといいが。内部に脅威が存在したなんてことになったら、しゃれにならない。

シェーンは公園に向かって車を走らせながら、クリスタルとまた会える期待に胸が高鳴るのを感じた。彼は今、チームのためにクリスタルから情報を引きださなければならないという任務と、彼女を守りたいという個人的な気持ちのあいだで綱渡りをしている。

自分のルールとして、情報を得るために女性を誘惑するような真似はしないと決めていた。ウインクや思わせぶりなほほえみくらいはかまわない。シェーンはそういう振る舞いがうまいし、害もない。だが戦場にいるときでさえ、情報を提供させる目的で女性を本気でだますような行動は拒否した。彼にとって許せる限界を超えていたからだが、そんなふうに思ってしまうのは、過去にモリーに起こったことのせいかもしれない。はっきりとはわからないが。とにかくそのせいで兵士としての有能さがそがれているとしても、人間的には正しいと信じていた。

シェーンは〈コンフェッションズ〉でクリスタルと出会ってからのことを思い返した。惹かれているのは間違いない。女性としてのクリスタルに興味を持っている。だがその興味に従って行動する資格がシェーンにあるかどうかは大きな問題だし、彼女への興味がチームの作戦と利害が衝突するかもしれないという問題もある。どちらの問題に対しても、彼の中でまだ答えは出ていない。

十五分後、一行はパターソン・パークに着いた。ベッカが住んでいるダウンタウンの東側の中央に広がっている、十二ブロック四方の緑あふれる場所だ。ベッカがどうやって彼女の家や病院ではなくここで会おうと友人を説得したのか、シェーンはわからなかった。会う場所として公園よりもはるかに怪しくない場所がいくらでもあるというのに。とはいえ友人の男が同意したのだから、シェーンとしては別にかまわない。

ベッカの家から一番近い端にある塔のまわりに、チームのメンバーはそれぞれ身を潜めた。広い野原の隅に、アジアの建造物である仏塔《パゴダ》を模して百年前に建てられた塔が立っている。

イージーとマーツとベケットは遠巻きに待機し、残りのメンバーは塔の階段で待った。日差しがたっぷり降り注いでいる春の日の午後なのに、ほかに人影はほとんどなかった。日光浴をするためにブランケットを広げている集団がひとつと、離れた歩道をベビーカーを押して走っている人影がひとつ見えるだけで、ほかに彼らの会話を邪魔しそうな者はいない。

五分ほど経って、通りから塔につながる歩道を男が歩いてきた。開けっぴろげで率直な性格が遠目にもうかがえるその男は、ベッカを見つけると笑顔になって手を振った。

階段を小走りにおりる彼女に、ニックが張りついている。「マーフィー！　来てくれてありがとう」

「ベッカ、調子はどうだい？　気分は？」男は彼女に近寄って抱きしめた。

「私は大丈夫。友達を紹介させて。そのあとで、わざわざここまで来てもらったわけを説明するわ」

「マーフィー・ジョーンズ、恋人のニックよ。ニック、こちらはマーフィー」

ニックがマーフィーの手を取り、値踏みするような真剣な表情で握手をする。「はじめまして。今日は来てくれて、ありがとう」

ベッカはシェーンを呼び寄せた。「彼はシェーン。ニックの親友で、陸軍の衛生兵だったの」シェーンは挨拶を交わしながら、相手を分析した。背が高く痩せていて、ブラウンの髪を短く整えている。おそらく三十代後半だろう。シェーンと目を合わせる様子は完全にリラックスしていて、落ち着かない仕草や後ろめたそうなそぶりはまったくない。マーフィー・ジョーンズは信用できるというベッカの意見に、シェーンも賛成だった。

マーフィーがシェーンたちの頼みごとにどう反応するかはわからない。頼みごとは狂気の沙汰とも言えるもので、目の前の男が頭の固い人物だったらとうてい受け入れられないだろう。

だがベッカは率直に手の内をさらけだした。「トラブルに巻きこまれているの。私も弟も」

マーフィーの顔からリラックスした表情が消える。「どういう種類のトラブルだ？　待てよ。そいつは先週、君が緊急救命室《ER》で襲われた件と関係があるのか？」

ベッカがうなずく。「ええ、長くてこみ入った話なのよ。なるべくわかりやすく、かいつまんで言うわね。実は私の父は陸軍の将校で、去年アフガニスタンで死んだの」何人もの罪もない部下たちを道連れにして。そう考えて、シェーンは怒りがこみあげた。

「そうだったね」マーフィーがいぶかしげな顔をした。

「どうやら父は違法なことにかかわっていたらしくて、ひと言で言うとそのせいで今、私と弟のチャーリーは何者かに追われている。たちの悪い人たちに」

マーフィーがニックとシェーンに目を向け、ふたたびベッカを見る。「なんてことだ。どうして君は――」

「警察に行かないのかって？　買収されてる警官がいるっていう証拠があるからよ。それに病院にもいるみたい。私を拉致しようとした男はアクセスコードと身分証明書を持っていたし、私のシフトを知っていたわ」

こんな話を聞いて腰が引けないとしたら、マーフィーはなかなかの人物だとシェーンは考えた。こうして短くまとめた話を聞いただけでも、荒唐無稽でとても現実とは思えない。

マーフィーは唇に指を当てて、しばらく考えこんでいた。「驚いたな。だけど、話はわかった。それで、僕を呼びだした理由はなんだい？　この話のどこに僕が関係してくるのかな？」

「先に言っておくけど、とんでもなく無理なお願いなの」

マーフィーはその無理なお願いに対して心の準備をするように息を吐いた。「わかった、聞くよ。君とは長いつきあいだ。僕にできることなら力になる」

シェーンは周辺を見渡した。どこにも異変はない。

「お願い。弟を診察して、傷の処置をして」ベッカとシェーンはチャーリーが傷を負った経緯の説明は最低限にとどめながら、傷の状態を詳しく伝えた。マーフィーの質問にもかわるがわる答える。

「つまり、チャーリーには外科手術が必要なんだ」望むところをはっきり伝えなければ何も始まらないと考え、シェーンは端的に言った。「君には執刀してもらうだけでなく、救急車を手術室として使わせてもらえたらと思っている」シェーンが説明するにつれ、マーフィーの顔が青くなった。

「そいつは大ごとだな」マーフィーは視線をいったん歩道に落とし、ふたたびあげた。

その目は疑問でいっぱいだった。「どうして別の病院に連れていかないんだい?」

「どう見ても怪しい傷だからよ」ベッカは答えた。「それにこのひどい状況の中で誰を信用すればいいのか、正直言って見当もつかないから」理由はまだまだたくさんある。

「だけど、僕のことは信用すると?」マーフィーがきく。

ベッカはほほえんだ。「ええ。でも、無理なお願いだっていうのはわかってる……とうてい無理なお願いだって。でもほかにどうすればいいかわからなかったし、チャーリーはどんどん悪化していて……」それは本当だった。チャーリーには彼らがここでぐずぐずとただ話しあっているのを待つ時間はない。

マーフィーは腕組みして、視線を遠くに向けた。

ニックを見たシェーンは、親友が自分と同じく悲観的な結果を予測しているとわかった。「君は僕にきちんとした対価を払わないまま病院の装備を使い、自分が訓練を受けている範囲を超える医療行為をしてくれと頼んでいるんだね。しかも手術を行うのにふさわしいとは言えない場所で」

「まあ、つまりそういうことだ」ニックが認め、シェーンもうなずいた。

ベッカがため息をついた。「やっぱり無理かしら。私だって、弟がこれほどひどい状態に陥っていなければ――」

「どうしようもないな。やるよ」マーフィーが首を振りながら言う。

シェーンは思わずマーフィーの顔を見た。試合で味方側に予想外の得点が入ったかのような喜びが胸に広がる。

「なんですって?」ベッカが思わずきき返し、目を丸くした。「やってくれるの? 本当に?」

マーフィーはジェットコースターでのぼっていき、頂点を越えたところで初めて下りの深さを目にしたかのように、曖昧な笑みを浮かべた。「もしかして、やめろと説得しようとしているとか?」

「まさか!」ベッカはマーフィーに飛びついて、首に腕をまわした。皆が笑う。「ありがとう」

「まだ感謝するのは早いよ、ベッカ。やってみることに同意したからって、手術がうまくいくとは限らない」マーフィーが釘《くぎ》を刺す。シェーンは彼が大口を叩かないところが気に入った。医療にかかわった経験のある者なら、絶対という保証はありえないとよくわかっている。正直なマーフィーに、シェーンは敬意を抱いた。

「わかってるわ」ベッカが言う。

シェーンはマーフィーに鋭い視線を向けた。「俺も君を説得してやめさせたいわけじゃない。だがさっきまで俺は、君が絶対に拒否すると確信していた。だから聞かせてくれないか？　どうして同意した？」

マーフィーはシェーンに険しい目を向けられ、ぶしつけな質問をされても気を悪くしなかった。「僕は助けを必要としている人のために、自分にできることをするだけだ。チャーリーがそんなにひどい状態で、ほかに治療を受けられる見込みがないなら、自分に何ができるか見てみるのが義務だと思った。ときには正しい行為をなすために、ルールを破らなければならないこともある」肩をすくめ、足を踏み替える。彼も見かけほど冷静ではないことが、初めて垣間見えた。反論されると思っているのかもしれない。

シェーンたちを自分とはまったく違った論理に従って生きている人間だと思っているのだろうか。

「そう言ってくれるといいと思ってたんだ」シェーンはマーフィーの手を取って握手した。腕時計をちらりと見る。出発しなければならない時間だ。遅れてクリスタルが怖《お》じ気《け》づく危険は冒したくない。「じゃあ、ふたりでマーフィーをチャーリーのところに案内してくれないか？　彼だって自分で診察するまでは、はっきりしたことは言えないだろう」

「ああ、そのとおりだ」マーフィーが言い、ベッカとニックもうなずいた。

「幸い、今日の仕事は七時からだ。時間はある」

「わかった。俺はこれから別の用事があるんだ」シェーンは言った。「そっちを片づけてから合流するよ」

皆に声をかけて、シェーンは公園をあとにした。街を横切り、クリスタルのアパートメントに向かう。彼女に会える期待と、電話をかけてきたあとで彼女の気が変わったかもしれないという恐れで、そわそわと落ち着かない。

アパートメントに着くと、今回は駐車場内の訪問者用スペースに車を停めた。ただしクリスタルが住んでいる棟ではなく、隣の棟の駐車スペースだ。シェーンはすばやく見まわして確認したが、あたりは静まり返っている。彼は駆け足で駐車スペースを抜け、建物の裏へまわると、森の縁をゆっくり歩いていって小道を見つけた。

人影はなく、しんとしていた。

場所を間違えたのだろうか。もしかしたら、別の小道があるのかもしれない。しばらくあたりを歩きまわってみたが、ほかにクリスタルが言っていた条件に当てはまる場所はなかった。

彼は腕時計を見た。約束の時間を三分過ぎている。だが、クリスタルの姿はどこにも見えない。

ちくしょう。シェーンは心の中で毒づいた。チャンスを失ってしまったのだろうか。

10

クリスタルはベッドルームの窓辺に立って、シェーンが黒いピックアップトラックから降りて森のほうに走っていくのを見つめた。彼の姿が目に入ったときから、喉から飛びだしそうなほど心臓が激しく打っている。なぜなら、これからまたシェーンに会い、ブルーノやチャーチと敵対する彼を助けるからだ。そう思うと、胃がひっくり返りそうになった。

自分がしようとしていることが信じられなかったが、窓の横の壁に額をつけると、ひんやりとした漆喰《しっくい》の感触に少し心が落ち着いた。怖じ気づいてはならないと自分に言い聞かせる。これは正しいことなのだから。

早く行かないと、彼は待ちぼうけを食わされたと思うだろう。今すぐ行かなくては。クリスタルは深く息を吸い、心を励まして足を踏みだした。部屋を出て玄関の外に向かい、裏階段をおりていく。

小道の入り口で待っていると思っていたのに、シェーンの姿は見えなかった。どこに行ったのだろう。彼がここに戻ってくるのを待つことになるなんて、想像もしなかった。

振り返って、建物に沿って続いている緑の部分に目を走らせる。

「怖がらなくていい」男の声が背後からした。

クリスタルは耳の奥にどくどくと響く音を聞きながら、振り返った。「シェーン」息をのみ、彼の姿を探るように見る。「そこにいたの？　わからなかったわ」シェーンは昼間の光の下で見ても、すばらしくハンサムだ。夜に見たときよりも、もっとかもしれない。

昨日の夜とは違い、シェーンの髪はジェルで固めておらず、ブロンドの毛先を自然におろしている。無造作に指を通したようにちょっと乱れた様子がひどくセクシーで、クリスタルは両手を彼の髪に差し入れて引き寄せたくて指先がうずうずした。一度だけでいい。どんな感触か試して、シェーンがどう反応するか見てみたい。

クリスタルの視線は彼の口に向かった。正確に言うと、下唇の端にある昨日はなかった黒っぽいかさぶたに。それに右目の下にはうっすらと痣のようなものが見えるが、気のせいだろうか。昨日別れてからの十五時間のうちに、何があったのだろう。

で学んでいた。
彼女はききたくてたまらなかったが、他人に干渉するべきではないとこれまでの人生で学んでいた。

シェーンの着ている黒のジャケットは、昨夜と同じものだ。あの下には、やはり昨夜と同じく銃をおさめたホルスターが隠されているのだろうか。クリスタルはいい感じに着古されたブルージーンズに目を留めた。彼が着ると、とてつもなくかっこいい。

こんなふうに相手をまじまじと見つめているのは、シェーンも同じだ。彼もクリスタルから目を離せないでいる。シェーンの目から放たれる強い視線が、どんな細部も見逃さないというように彼女の顔から体へと這っていく。

クリスタルは息が吸えなかった。やがてシェーンがほほえみ、低い声で言った。

「やあ」

「ハイ」クリスタルは静かに返した。彼のせいで息ができなくなった自分を、少しばかみたいに感じる。高校時代の憧れの人をデートに誘おうとしているわけではなく、冗談ではすまされないくらい危険な恋人を裏切ろうとしているところなのだ。クリスタルは突然、緊張感に耐えられなくなった。誰かに見られるのではないかという心配とは別に、シェーンを前にするとなぜか無防備で心もとない気分になる。「こっちに来て」ぶっきらぼうに彼を促す。

クリスタルはシェーンの横をすり抜けて先に立ち、森の中に分け入る小道を歩きはじめた。この道を通って森を抜け、その先にある公園の周囲をまわるランニングコースを走る人たちもいるが、クリスタルは普段この道を使わなかった。森に入ると、なぜか怖くてたまらなくなる。外界から切り離される感じがして、道路を走るときとは違って不安になる。けれども今は、いつもの行動パターンとは違うこの道を使うほうが安全だという気がした。クリスタルがここへ来るとは誰も思わず、見張っている者もいないだろう。

そうだといいけれど。

クリスタルは振り返って、シェーンがすぐ後ろをついてきていることを確認した。誰に見られているかわからないアパートメントの敷地から早く離れたくて、軽く走りはじめる。

やすやすとついてくるシェーンの足音が背後から聞こえた。クリスタルは、シェーンがジーンズにブーツという走るのには適していない格好をしているのを無視して走り続けたが、彼は文句を言わなかった。

奥に行くにしたがって、クリスタルはいつもの外界から切り離される感覚に包まれた。いつもは不快なこの感覚を、今は求めていた。

アパートメントと公園のちょうど中間あたりまで来たとき、小さな空き地に出た。間に合わせの炉のようなものを倒木やコンクリートブロックが取り囲み、端のほうに空のビール缶が二、三本転がっている。聞こえるのは、あたたかい風が木々のあいだを吹き渡る音だけだ。

クリスタルは走るのをやめて歩きだすと、両手を腰に当てて振り返った。「ここまで来れば大丈夫だと思うわ」

すぐ後ろにいたシェーンが手を伸ばして彼女の顎を包み、上を向かせる。クリスタルは石鹸《せっけん》と革と男性の清潔な香りに包まれた。「大丈夫かい?」シェーンが尋ねる。

クリスタルはうなずいたが、実際はびくびくしていた。一度踏みだしたら決して引き返せない一線をこれから越えようとしているのだ。

シェーンが目を細め、さらに体を寄せて彼女の頰を親指で撫でた。「君は自分のアパートメントで俺と会うのを安全ではないと感じてるようだが、気に入らないな」グレーの目を光らせる。

クリスタルは肩をすくめた。「しょうがないのよ。今は」

「俺にできることがあったら言ってくれ。教えてくれるだけでいいんだ。わかったかい?」彼女を裁くわけでも、頼んでもいない助言をするわけでもない。ただクリスタルのために無条件に力になると宣言してくれている。その声にクリスタルは誘惑された。シェーンの目に彼女への興味があからさまに浮かんでいるのを見て、心臓がどくどくと音を立てて打ちはじめ、彼に体を寄せたくてたまらなくなる。そんなことをするために会っているわけではないのに。ふたりとも、ここへは別の目的で来たのに。

でもそれは、クリスタルにそういうものを求める気持ちがないということではない。初めて経験する激しい欲望に、パニックが体じゅうを駆けめぐり、クリスタルは何も考えられなかった。

「ジェナはどうだい?」シェーンがクリスタルの頰から手を離して尋ねた。彼女がうろたえているのを見て、少し距離を置いてくれたようだ。

「消耗しているわ。なんとか起きあがれるようにはなったけど。あの子、徹夜したみたいで……」クリスタルは途中で言葉を切った。どうしてシェーンに発作の原因を打ち明けているのだろう。彼にはどうでもいいことなのに。

シェーンが顔をしかめた。「じゃあ、少なくとも発作の原因はわかっているわけだ」

「ええ。だから――」

シェーンが一歩近づいたので、クリスタルは彼と目を合わせているために、顔をさらに上に向けなければならなかった。普段はこんなふうに男性に近寄られると、やみくもに抵抗するか逃げだすかしてしまう。でも今、シェーンといると、パニックのような恐怖の気配をかすかに感じはするが、彼なら安心していいと本能的に信頼する気持ちもあった。根拠のない信頼ではあるけれど。

「電話をくれてありがとう」シェーンが言った。

「私がなんのために電話をかけたのか、まだわかってないでしょう?」

一瞬、彼の目を何かがよぎった。でもそれはすぐに消えてしまい、クリスタルは自分が見たものを分析する暇がなかった。おそらくびくびくしているから、何か見えたような気がしただけだろう。それに、クリスタルは顔や目の表情だけを見て心の動きを読めるほど、シェーンをよく知らない。ブルーノの場合とは違って。

「たしかに。それでも、君が危険を冒してくれているのはわかってる。そのことを俺がちゃんと理解して感謝していると、君には知っておいてもらいたいんだ」シェーンが風で顔に吹き寄せられたクリスタルの髪を耳の後ろにかける。

クリスタルは胸が締めつけられた。彼はさりげない言葉で大切にされていると感じさせてくれる。もう何年もこんなことはなかった。ふたりのまわりで風が巻き起こり、低いところでまとめたクリスタルの髪がさらにほつれて顔にかかる。どうして、こういう男性と出会えるような場所で生きていけないのだろう。でも来年になったら、新しいスタートを切ったら、そうできるかもしれない。そこにシェーンはいないけれど……。

しかたがない。

それに、私と妹は逃亡するのだ。だからそのあとも、嘘をつかずには生きていけないだろう。そんな中で、男性とちゃんとした関係を築けるのだろうか。

シェーンの視線の激しさから逃れたくて、クリスタルは彼の胸に視線を落とした。シェーンは黒のジャケットの下に黒のTシャツを着ている。着古されたTシャツはやわらかくて、着心地がよさそうだ。こういうTシャツを着た男性と体を寄せあったら、気持ちがいいだろう。あるいは彼から奪って、自分が着て寝てもいいかもしれない。

クリスタルはほほえみそうになった。

「君は心に壁を張りめぐらせていないときは、とても表情が豊かだ」シェーンは軽く握った拳の背で、彼女の頬をそっと撫でた。彼はささやかながら本当にさまざまなやり方で、クリスタルに触れてくる。そんなふうに触れられると恐怖は感じず、ただシェーンの優しさに自分が特別な存在になったような気分になる。こんなふうに感じるのは初めてだ。

それでも、クリスタルは慎重に表情を抑えた。どんな感情を読み取られてしまったのかわからないが、いいことであるはずがない。

シェーンが声を立てて笑った。「君に心を開いてほしいなら、黙っていなければだめだったな」

クリスタルはシェーンを見あげた。「どうして私に心を開いてほしいの？」

シェーンはしばらく彼女を見つめていた。「理由はいろいろあるよ、ダーリン。だが言えば逆効果になるかもしれない」彼の言葉は約束のようでもあり、脅しのようでもある。

「たとえば？」クリスタルは腰に両手を当ててきいたが、シェーンは首を振った。

「言わないなんてずるいわ。教えて」

シェーンがふたりのあいだの距離を詰めたので、彼のジャケットの開いた前身頃の端が、彼女の着ている淡いブルーのタンクトップに触れた。「本当に知りたいのか？」

いいえ、知りたくない。知りたくないわよね、クリスタル。彼女はそう思いながらも、うなずいた。心臓が胸から飛びだしそうなほど激しく打っている。

「じゃあ言うよ。たとえば、君がきれいだから。俺は君に惹かれているから。君や君の妹が心配だから。手始めに、こんなところでどうかな？」

手始めに？　まだほかにもあるっていうの？

心臓が跳ねてさらに激しく打ちだし、クリスタルは体じゅうが熱くなった。これは日の差す午後に、森の中をジョギングしたせいではない。何が一番うれしかったのだろう。シェーンが私をきれいだと思ってくれていること？　私がシェーンを求めるのと同じくらい、彼も私を求めてくれていること？　それとも彼が私とジェナを心から気にかけてくれていること？　どの気持ちもめまいがするくらいうれしいのに、クリスタルは怖くてたまらなかった。男性にこんなふうに思われることを、ずっと望んでいた。けれども彼女の背中には傷跡がある。それを見たら、シェーンの気持ちは変わるだろう。もしかしたらひと目見ただけで、彼はこの傷がどんなふうにしてできたか見抜いてしまうかもしれない。クリスタルは目をそらした。「まあ」

シェーンがにやりとした。この魅力的な笑みで、これまで多くの女性を虜《とりこ》にしてきたのだろう。「そうだ、〝まあ〟だろう？」

クリスタルはさりげなく後ずさりした。午後の日差しは弱まり、どんよりと曇ってきている。春の嵐が近づいているのだ。早く家に戻れるように、そろそろ伝えるべきことを伝えなければならない。「ええと、昨日の夜に聞いた情報を伝えたくて、電話をかけたの」クリスタルは急いで言った。シェーンの真摯な言葉や彼女に持ってくれている関心から、気持ちをそらしたかった。絶対に手に入らないとわかっているものを、これ以上もてあそぶのはつらい。

クリスタルのむきだしの腕に、シェーンがそっと両手を置いた。「クリスタル、さあ、息をして。力を抜くんだ」シェーンが優しく手に力をこめる——。

彼の左手の指が昨日の晩ブルーノに強くつかまれた部分をちょうどとらえて、クリスタルは思わず鋭く息を吸った。

「どうしたんだ？」シェーンが慌てて手を離した。すぐにクリスタルの手を取り、腕をひっくり返して調べる。右腕の外側に残っている痣に気づいた瞬間、シェーンの表情が変わった。そんなに濃い痣ではなかった。ブルーノが本当はどんな男かを、ジェナに知られたときとは違って。けれどもシェーンの顔に浮かんだ怒りを見ると、この痣がどうやってついたのか彼がすぐに見抜いたことがわかった。「やつはまた、君に痛い思いをさせたんだな」声に強い憤りがこもっている。

クリスタルは恥ずかしさに頬が熱くなった。きっと、燃えるように赤くなっているだろう。「なぜか彼は、あなたが昨日の夜アパートメントに来たことを知ってたの。だから今日は、ここまで来てもらったのよ」

「そいつは何者だ？」シェーンが眉根を寄せ、うなるように詰問した。遠くで雷が鳴っているが、その音は低く、今はまだ遠いようだ。

クリスタルは握られている両手をそっと引き抜いて、自分の体にまわした。「名前はブルーノよ」

「なるほど、ブルーノか」シェーンがあざけるように言う。「クリスタル、こんな関係を続けていちゃいけない」

ジェナの言葉が耳の奥に響いて、クリスタルは狼狽《ろうばい》した。「わかってるわ」かっとなって、嚙みつくように言う。「なんとかしようとしているところよ。それにどっちにしても、あなたには関係ないから」彼女はシェーンを押しのけて歩きはじめた。彼に電話をかけたのは、ひどい間違いだった。

「待て、行かないでくれ。悪かった」シェーンが声をやわらげて、後ろから呼びかけてくる。

心からの後悔がにじむ真剣な声に、クリスタルは足が動かなくなった。

「君を批判するつもりはなかった。俺はただ、女性に対する暴力に我慢できないだけなんだ。自分の知っている女性ならなおさらだ」シェーンはしばらく口をつぐんだあとにつけ加えた。「好きな女性の場合は、絶対に許せない」

クリスタルは父親が死んでからのさまざまな出来事を思い返して、彼の言葉に心が癒やされるのを感じた。

背後から足音が近づいてきた。一瞬で逃げだす野生動物に近寄るように、慎重にゆっくりと。実際、クリスタルは野生動物みたいなものだ。

よく知っている危険と未知の危険のどちらを選べばいいかわからず、クリスタルは迷った。シェーンこそこれまでに出会った中でもっとも危険な男性だと、彼女の心が告げている。手に入らないものを欲しいと思わせ、希望を抱かせ、夢を見させるからだ。シェーンのほうを向くのが賢い行動かどうか確信が持てないまま、クリスタルはゆっくりと振り返った。

シェーンが目の前に立っていた。彼は荒れ狂う海をものともせずに水面から突きだしている岩のようだ。クリスタルに戦う強さと意志と度胸があれば、シェーンなら受け止めてくれるだろう。クリスタルは自分の体に腕をまわした。

「どうした?」シェーンが大きな両手で彼女の顔を包み、指を首の後ろに滑らせて優しくもむ。

クリスタルは首を振って、木の上に視線を向けた。目の奥がちくちくして、そうでもしなければ泣きだしてしまいそうだ。なぜ今、彼と出会わなければならなかったのだろう。クリスタルには計画がある。もう何カ月かこのまま耐えたあと、何があっても実行しなければならない計画が。「あなたは私のことを何も知らないじゃない」

「ああ、何もかも知っているとは言えない。だが、まったく知らないわけでもない。そして、これからもっと知りたいと思っている」シェーンの指が彼女の首をなだめるように優しく撫でる。

シェーンの言葉は完璧だ。完璧すぎるほど。現実とは思えないくらいすてきだ。「手に入れた情報は伝えると言ったでしょう。わざわざそんなことを言ってくれなくていいのよ」

シェーンが顔をしかめた。「いいかい、よく聞くんだ、美しい人《スイートネス》」言葉は断固としているが、その声は必死と言ってもいいくらい切羽詰まり、南部訛りが強くなっている。「俺は完璧じゃない。これまで生きてきて、たくさんの間違いを犯してきた。だがこれまで一度だって、情報を手に入れるために女性の感情をもてあそんだことはない。そういうやり方は、好きじゃないんだ。信じてほしい」

スイートネス。シェーンはクリスタルをそう呼んだ。彼女はシェーンの言葉を、一言一句もらさず聞いていた。言葉にこめられた真剣な気持ちも、視線にこめられた情熱も、すべて感じ取っていた。けれども愛情を表すたったひと言が、彼女の胸に届いて心をわしづかみにした。ふたりは長いあいだ、じっとその場に立ちつくしていた。体を触れあわせ、顔を寄せあって。シェーンは優しいけれどもしっかりと、彼女の両手を握っている。

雷がふたたび鳴った。今度はさっきよりも近い。クリスタルの心臓は、普段の二倍の速さで打っていた。たとえ握った手からシェーンがクリスタルの脈動を感じ取れなくても、脈打つ音は聞こえているだろう。彼女の耳の中にこんなに大きく響いているのだから。タンクトップとスポーツブラの下で、胸の頂が固くなった。シェーンが少しでも視線をおろせば、悟られてしまう。それでもクリスタルは恥ずかしくなかった。こんなふうに、むさぼるような視線を受け止めている今は。

シェーンの視線が、クリスタルの唇に落ちる。

クリスタルは身を震わせた。ほんの少しだけ残っている理性を除いて、彼女のすべてが彼にキスをしてほしいと叫んでいる。一度だけでいいからと。

「キスするなと言ってくれ」シェーンの声はかすれていた。

「言えないわ」クリスタルが震える声でささやいた。「言いたくないもの」

切迫した本能に突き動かされて、シェーンは動いた。今この世界にいるのは自分たちだけだ。あとはどうでもいい。クリスタルを引き寄せ、キスをする。むさぼるように唇を合わせ、舌を深く差し入れて抑えていた感情を解放し、すべてをさらけだす。

昨夜の殴り合いで負った唇の傷が開いてもかまわない。その価値は充分にある。

クリスタルがシェーンに両腕を巻きつけた。彼女の体は震えていて、シェーンにはそれがアドレナリンのせいなのか恐怖のせいなのかわからなかった。無理強いされたとクリスタルが思っているかもしれないと思うと耐えられずに体を離す。

クリスタルがうめいてシェーンにしがみついた。シェーンが離れたことで、彼女の中で何かが切れてしまったかのようだ。キスが深まる。しなやかに体をくねらせて必死に体を押しつけてくるクリスタルに、彼は頭がどうにかなりそうだった。

〈コンフェッションズ〉でクリスタルがシェーンとぶつかった瞬間に生まれた熱に、ふたりはとうとう屈し、互いをむさぼった。唇や歯を繰り返しついばみ、その合間にゆっくりと舌を這わせて絡める。シェーンは息ができなくなり、下腹部があっという間に硬くなった。唇の傷の痛みも、肩の銃創のうずきも、ニックとの殴り合いの名残である体のこわばりも、すべて頭から消えた。クリスタルに触れられたとたん、どこかに行ってしまった。

これまで彼女はひどくガードを固め、ためらいがちでびくびくしていた。最初にキスをしたときも。だが今、目の前にいるクリスタルは情熱にあふれ、感じているものを躊躇なく分け与え、受け取っている。恐れを知らない女性が姿を現していた。そしてこれこそ本物のクリスタルだと思うと、シェーンの心は切り裂かれた。それはクリスタルがいつも本当の自分を否定し、心の奥深くに隠していることを意味する。そうすることを彼女が望んでいるからではない。そうしなければならないからだ。

いや、誰かが彼女にそうさせている。

シェーンはクリスタルの腕についていた痣を思いだした。彼女を知ってまだ三日なのに、彼女はすでに二度もほかの男に傷つけられた。二度とも彼のせいだ。

空が割れたかと思うような雷の音に、クリスタルが飛びあがってシェーンの口にあえぎをもらした。

「俺がいる」シェーンはキスの合間にささやいた。

クリスタルに言葉を尽くして、自分が守るときちんと伝えたい。でも今は、熱く甘く飢えたように求めてくる彼女を離したくない気持ちが勝った。そこで、心の中でクリスタルに約束する。

二度とやつには君を傷つけさせない、クリスタル。俺が見張っている。

シェーン・マッカランはかつて間違いを犯した。その結果モリーが行方不明になったことはつらいが、クリスタルの身に起ころうとしている事態はある意味さらに恐ろしい。なぜなら、シェーンはそれが起こると知っているからだ。モリーの件について彼がひとつだけ言い訳を許されるとしたら、シェーンが事前に何も知らなかったということだ。だからといってみすみす誘拐事件の発生を許してしまった罪が許されるわけではないが、シェーンに知りようがなかったというのはたしかな事実でもある。だがクリスタルの場合は、ブルーノとかいうくそ野郎がいつどうやって彼女を痛めつけるかはわからなくても、それが起こること自体はほぼ確実だ。女性に暴力をふるう男とはそういうものだ。いつかは極限までやってしまう。そしてやつにそんな真似を許すくらいなら、シェーンは死んだほうがましだった。大切に思っている女性をふたたび助けられないのなら。

そう、彼はクリスタルを大切に思っている。知りあってからの日の浅さからは考えられないくらいに。それにタイミングも最悪だ。でも、そうなってしまった。

クリスタルを守りたい、彼女のために復讐《ふくしゅう》したいという燃える思いが、血液とともに体じゅうをめぐっている。彼女にもっと近づき、もっと深くまで感じたくてたまらない。シェーンはクリスタルの頭の後ろに手を当て、まとめてある髪のシルクのような手触りを楽しんだ。もう片方の手を彼女の背中にまわし、力いっぱい引き寄せて何度も唇を吸いあう。

クリスタルがうめくのが聞こえた。シェーンを求め、悦《よろこ》びを感じているのだ。

シェーンは彼女のそんな声を何度でも聞きたかった。クリスタルに肩や首や髪を握られ、引っ張られ、しがみつかれると、頭がどうにかなりそうだった。

ふたりのまわりで風が吹きあがり、雨が静かに降りだした。不規則にポツポツと落ちてきた雨は次第に量が増え、やがて森が木々や枝を叩く水の音でいっぱいになる。

「降ってきたな」シェーンはしかたなく言った。もちろん、自分は気にならない。十年も軍隊という過酷な状況に身を置いていたのだ。ちょっとした雨くらいで動じるはずがない。とりわけ、美しい女性と頭の中が真っ白になるような熱いキスをしている最中なのだから。

クリスタルがシェーンの口に向かってほほえむ。「そうなの?」

「ああ、クリスタル」シェーンはうめき、彼女の顎や耳や首に唇をつけた。クリスタルが頭を後ろに傾けると、シェーンは長い髪に指を通したくてたまらなくなった。彼女の首に鼻をすりつけながら髪を縛ってあるゴムを取り、やわらかな赤い巻き毛の感触を楽しむ。たっぷりとした巻き毛に両手をうずめ、ふたたび唇と唇を合わせた。

頭上で雷が空を引き裂くような大きな音で鳴り響き、ひんやりとした雨が一気に激しく降りだした。

クリスタルは息をのむと、グリーンの目を開いて彼を見あげた。雨の粒が彼女のまつげにたまり、美しい顔に次々に転げ落ちる。シェーンはそのすべてを舌で受け止めたかった。

雨がふたりの髪や服をぐっしょり濡らす。一瞬、クリスタルは圧倒されてどうしていいかわからないように見えた。けれどもやがて小さな笑みを浮かべ、それが次第に満面の笑みに変わっていく。

まるで雲の後ろから太陽が顔をのぞかせたようだ。穏やかで明るく、あたたかい。それまでもクリスタルを美しいと思っていたが、笑顔の彼女は光り輝いていた。シェーンはなんとか気を取り直して、武器を隠すために着ていたジャケットを脱いだ。「これを着てくれ」

「あなたが着ていて。私は気にならないから」クリスタルは笑みを浮かべたまま言い、空に顔を向けて目を閉じた。

シェーンはひたすらクリスタルを見つめていた。雨が滝のように彼女の顔に落ち、首から胸へと流れていく。コットンとスパンデックスに隠されていたクリスタルの体の曲線が、すべてあらわになっていた。シェーンはこんなふうに降り注ぐ水の下に立つクリスタルを想像したことがある。だがそれはあたたかい湯の降り注ぐシャワーの下で、完璧な素肌をさらしているところだった。

シェーンの下腹部に全身の血が集まり、痛いくらいにこわばる。甘い拷問のように。だが、それは耐える価値のある拷問だった。

普通ではない状況の合間に突然訪れたひそやかなふたりだけのひとときは、かけがえのない特別な時間だった。シェーンは彼女の名前を知りたくてたまらなかった。本当の名前を。だが今、正面からきけば、クリスタルはまた心を閉ざしてしまうだろう。そんな危険を冒す価値はない。どんなに知りたくても。どんなに本当の彼女を知りたくても。

長いあいだ雨がクリスタルの喉を流れ落ちる様子を見つめていたシェーンは、そこに舌を這わせたいということしか考えられなくなった。クリスタルの腰に置いた両手を上に滑らせながら、親指で胸の横の感触を楽しむ。シェーンはそうしながらほっそりと伸びた彼女の喉に舌を這わせ、キスをし、唇のあいだに挟んで吸った。クリスタルのもらすうめき声に、こわばったものがいっそう硬くなる。シェーンは彼女の顎を越えて唇を滑らせると、ふたたび口を合わせ、両手であたたかな胸のふくらみをつかんだ。

クリスタルが鋭く息を吸って、グリーンの目を大きく開いた。「だめよ」体を引きはがし、激しく息をつきながら後ろを見る。四百メートルもの木々の連なりを通して、誰かに見られるのを恐れるように。「戻らないと」

　急ぎすぎたんだ。まったく――。「悪かった……」

「明日の夜九時に、マリン・ターミナルで」シェーンの言葉が聞こえなかったかのように、クリスタルは口早に言った。「取引について、彼がそう言ってたわ。たぶんダンドーク地区の海沿いのどこかだと思う」

「マリン・ターミナルのどこだかわからないか？　それじゃあ範囲が広すぎる」シェーンは質問したが、クリスタルの答えはわかっていた。

　クリスタルは首を振った。すっかり落ち着きを失い、取り乱す寸前だ。「それしかわからない。なんとか役に立つといいんだけど」

　シェーンは心の中で毒づいた。このままでは、彼女が行ってしまう。「クリスタル――」

　クリスタルは落ち着きなくあたりを見まわしながら肩をすくめた。シェーンとは目を合わせようとしない。「それじゃあ……」言葉を切って、向きを変えた。

「待ってくれ」シェーンは呼びかけた。彼女が足を速める。「クリスタル、お願いだ」

　クリスタルが振り向いた。「私が行って、しばらく経ってから歩きだして」懇願の表情を浮かべている。「きっとよ」雨に負けないように声を張りあげて言うと、彼女は行ってしまった。

「くそっ」シェーンは苦々しい思いで自分を罵った。降りしきる雨の下、森の小道にこわばった小さな体と濃い色の赤毛が溶けこんで消えるのをじっと見守る。彼はうなり声をあげると、ジャケットを木に叩きつけた。

もちろんそんなことをしても、胸の中にふくれあがった自身に対する怒りを鎮めるのには、まったく効果がなかった。

「ちくしょう」ジャケットを拾いながら、ふたたび毒づく。

まったく、マッカラン。おまえときたら、なんでもめちゃくちゃにしてしまう。シェーンは空を見あげ、顔で雨を受け止めた。どうしてこんなことになったのかはわかっていた。自分の欲望にとらわれ、大切にすべきものをおろそかにしたからだ。もっとクリスタルの気持ちを考えるべきだった。

小声で悪態をつき、目についたものを蹴飛ばしながら、雨で滑りやすくなった小道を背中を丸めて歩いた。何分か行くと、アパートメントの裏に出た。もちろん、クリスタルの姿はどこにもない。性急に事を進めて、彼女を怖がらせたからだ。

本当は今すぐ階段を駆けのぼって玄関のドアを叩き、クリスタルを心から思っていると伝えたい。だがそんな真似をするのは大きな間違いだと、シェーンの勘が告げていた。とてつもない間違いだと。無理に自分を押し通せば、彼女は二度と心を開いてくれないだろう。

今はおとなしく引きさがり、またチャンスが訪れるのを待つしかない。

来たときの道順を逆にたどって隣の棟まで行ったところで、シェーンは足を止めて駐車場を見渡した。怪しい様子はないが、ブルーノとかいうくそ野郎がどうやって昨日、シェーンがクリスタルのアパートメントに入ったことを知ったのかわからないのだから、警戒しすぎるということはない。とはいってもここは隣の棟なので、たとえクリスタルに監視がついていたとしても、さほど注意は向けられていないに違いない。

それにしても、どうしてこんなにも彼女に振りまわされてしまうのだろう。最初は、かよわいところが魅力だと思っていた。そんなクリスタルを守れば、自分の過去の失敗を少しは埋めあわせられるのではないかと考えた。取り返しのつかない過去を抱えているシェーンは、償いの行為をひとつひとつ積み重ねていかなければならない。だが、クリスタルをそのためだけの存在だとほんの一瞬でも思うなんて愚かだった。ただしそれは、クリスタルがどんな女性かということとはまったく関係がない。シェーンの抱えている個人的な問題ゆえの行動だ。

だが、もうそれだけではすまなくなっている。

どうしてこんなにクリスタルに惹かれるのかわからない。彼女が助けを必要としているだけでなく、惜しみなく人を助ける女性だからだろうか。ジェナに対しても、シェーンに対しても。

それに、強くて勇敢で賢い女性だからでもある。それから……ああ、ちくしょう。

絶え間なく雨が落ちてくる音以外に物音がしないのを確認すると、シェーンは駐車場を横切って車まで走った。乗りこんで座席の後ろからタオルをつかみ、髪や顔をこすって拭く。

クリスタルの気持ちが落ち着くように、ひと晩待とう。明日になったら連絡する。謝るのだ。彼女を怖がらせるつもりなんかなかったのに。くそっ。

シェーンはギアを入れて、車を出した。急に、まったく別の考えが頭に浮かぶ。

たぶん、こうなってよかったのだ。クリスタルを助けたいと思うのはいい。だが、彼女と感情的にかかわるのは別の問題だ。クリスタルと会うたびに感情を介入させていたら、頭がまったく働かなくなってしまう。今は、そんなことになっては困る。チームが、仲間たちと進めている作戦が、シェーンの名誉が、もっと多くを求めている。最高の状態の彼を。

そしてシェーンには、仲間たちのために自分のすべてをささげる義務がある。

その義務を果たしたうえで、できればクリスタルを助ける。だがもうダンスはしないし、彼女に触れたりキスをしたりしない。クリスタルに手を出すのはやめる。彼女に二度と触れられないと考えると、腹に一発食らったような気分になった。けれども、犠牲を払うとはそういうものだ。

だから、そうしよう。今後はクリスタルと距離を置く。今はほかにすべきことがたくさんあるのだから、それほど大変なはずがない。

11

「やっと帰ってきたか！」シェーンがジムに入るや否や、マーツが大声を出した。何かあって興奮しているのだ。マーツはしょっちゅうこうなる。

シェーンは部屋の奥のコンピュータのところにいるマーツとベケットとイージーに加わり、金属製の折りたたみ椅子に座った。

「泳いできたのか？」ベケットがにやにやしながらきく。

シェーンはにらんだ。濡れたジーンズがこすれて気持ち悪いのに、ベケットにからかわれるとは。「おもしろいことでも言ったつもりか？」ぶつぶつ言いながら、濡れたTシャツを引っ張って、肌から浮かせる。

「何をそんなにいらだってるんだ？」ベケットは楽しそうに目を輝かせている。

シェーンは椅子の背を前に向けて、またがった。「自分の愚かさに腹が立ってるんだよ」

「彼女に会ったはいいが、首尾よくいかなかったのか？」イージーが淡々と質問する。椅子を反対向きにして背もたれに両腕をのせている格好は、シェーンとまったく同じだ。

シェーンはイージーを見つめた。目が充血し、隈《くま》もできている。自分たち全員が同じようなものだ。除隊せざるをえなくなってからの日々と、この何日間かの劇的状況が相まって、こうなっている。「イエスでもあり、ノーでもある。クリスタルは俺が昨日の夜、盗聴器で聞いた会話の情報を自分から話してくれた。つまり、信頼できると証明された」

ベケットが眉をあげる。「じゃあ、ノーというのはなんだ？」

シェーンは濡れた髪に手を差し入れて息を吸った。「マリン・ターミナルについて、詳しいことは何も知らなかった。それに無理に押しすぎて、怖がらせてしまったんだ」彼は手を振った。どんなふうに押しすぎたかを仲間たちに話すつもりはない。「だが、大丈夫だ。あとでうまくなだめる」たぶんできるはずだと自分に言い聞かせ、それ以上考えるのをやめてマーツに目を向けた。「なんで俺が戻ってあんなに喜んだんだ？　イケてる俺の顔を見てうれしかったのはわかるが、ほかにも理由があるのか？」

マーツは椅子を押しやって立ちあがると、にやりとして両手を差しだした。「実は、結婚するんだよ！」

シェーンはため息をついた。ほかのふたりの顔を見て、彼らもすでに同じやり取りをしているのがわかった。「わかったよ、聞かせてくれ」

「〝おめでとう〟って言うべきだと思うな」マーツが腕組みをして、侮辱されたような顔をしてみせた。

「いいから、早く吐いちまえよ」シェーンは言った。

マーツは腰をおろしたが、体じゅうから興奮がにじみでている。「〈コンフェッションズ〉の奥のスペースをどうやって監視すればいいのかが問題だっただろう？　それを解決する方法を思いついたんだ」

「結婚するのか？」

「結婚するふりをするんだよ。で、そのふりの花婿には何が必要だと思う？」マーツのにやにや顔は期待に満ちている。

「花嫁か？」シェーンは尋ねた。

マーツはぐるりと目をまわし、両手を振った。「たしかにな。だが、ほかには？」

シェーンは三人の顔を順に見たあと、ひらめいた。「独身お別れパーティー《バチェラー・パーティー》だ！」

マーツが拍手する。「大当たり！ シェーンに葉巻をやってくれ」

間違いなくいいアイデアだ。すばらしいと言ってもいい。「たしか、奥にパーティー用の個室があったな？」

「それだよ」マーツが言い、コンピュータのモニターを仲間たちのほうに向けた。〈コンフェッションズ〉のウェブサイトと、〝どんなに好みのうるさい男性にも、ボルティモア一セクシーでエキゾティックな女性たちが忘れがたい一夜をお約束します〟という謳《うた》い文句が映しだされている。

つまり、クリスタルみたいな女性たちがもてなしてくれるというわけだ。

シェーンは思わずうなり声をあげそうになって、慌ててページを読み進んだ。「部屋は前もって予約する必要があると書いてるぞ」

ベケットがスマートフォンから視線をあげ、小さく笑みを浮かべる。とにかく、この男にしてはほほえんでいると言えるような表情だ。「そんなことは、やつはとっくに心得てる」

「当たり前だ」マーツはゆったりと椅子に寄りかかり、頭の後ろで両手を組んだ。「君が女を追いかけに行っているあいだ……」眉を上下に動かした。「僕はプランB、すなわちバチェラー・パーティーの準備にいそしんでたんだ。今夜八時に、個室の下見に行く予約を取ってある」小さな箱をポンと叩いて続ける。「どういうものが使えるかわからないから、盗聴器は何種類か作っておいた」

「抜かりないな。パーティーの日取りは具体的に決めて問いあわせたのか？」

マーツは笑った。「日程に余裕がないと思わせるために、土曜に結婚すると店には言った。だから、パーティーは金曜の夜だ」彼は手を振った。「あとでキャンセルすればいい」

「で、メンバーは？」シェーンは重ねてきいた。

「四人で行く。友人同士でつるんで来たように見せかけるんだ」マーツの言葉に、ベケットとイージーが賛成の意を示す。「ニックはこの作戦には加わらないだろう。チャーリーの容態がどんどん悪化していて、ベッカが心配してるから。彼女は頑張って持ちこたえているが、ニックがふたりを置いて出かけたがるはずがない」

くそっ。シェーンはクリスタルにばかり気を取られていて、チャーリーのことが頭から飛んでいた。忘れていいような状態ではないのに。「ベッカの友人はチャーリーを診てどう言ってた？　彼と話したか？」

「マーフィーと？　ああ、話した」イージーが答えた。「信用できる男のようだな。急がないとまずいと言っていた。必要なものを全部揃えて、救急車で十一時頃に戻ってくるそうだ」

必要なもの。つまり、手術をするのだ。なんてことだ。彼らがしようとしている行為は、冷静に考えればとんでもなく大それたことだ。手術がうまくいかなくてチャーリーの容態がさらに悪化したら、どうすればいいのだろう。だが目の見えないブタだって、ときにはドングリを見つける。きっとうまくいくはずだ。

「手術までには、君がここに戻ってこられるようにするよ」マーツが請けあう。

当然、シェーンも行くというわけだ。くそっ、予想外のなりゆきだ。クリスタルは今夜、出勤しているだろうか。シェーンは両手で顔をこすり、彼女が勤務スケジュールについて何か言っていなかったかどうか思いだそうとした。

「なんだ？」マーツが尋ねる。

「クリスタルだ。彼女に警告しておくべきだと思う。俺たちが突然行って、驚いたクリスタルが俺を知っているそぶりを見せてしまったら、俺たちにとっても彼女にとってもまずい」クリスタルの気持ちが落ち着くように、ひと晩置くつもりだった。だがたった三時間留守にしているうちにマーツが結婚を決めるなんて、誰が予想できるだろう。ただのふりとはいえ。

「じゃあ、早くなだめておいたほうがいいぞ」ベケットが真面目な顔で言う。

シェーンは濡れたジーンズのポケットから、苦労して携帯電話を取りだした。ボタンを押して、耳に当てる。

すぐに留守番電話サービスにつながった。

「ちくしょう」彼は毒づいた。そういえば、今朝もジェナの様子をきこうと電話をかけて、同じ結果になった。だがもしクリスタルが携帯電話を使わないときはどこかに隠しているなら、そのあいだは電源を切っているだろう。シェーンも彼女と同じ状況ならそうする。「マーツ、クリスタルのアパートメントに仕掛けた盗聴器の音声を出してくれないか？」腕時計を見た。五時を過ぎている。

キーボードのキーをいくつか叩いたあと、マーツがうなずいた。何分間かクリスタルのアパートメントは静まり返っていて、盗聴器からはほとんど何も聞こえなかった。ときおりかすかな物音がするので、誰かがいることだけはわかる。四人の男たちは映像が映っているかのように、スピーカーをじっと見つめていた。真剣な表情は、正体のばれた情報提供者がどんな運命に見舞われる可能性があるかよくわかっているからだ。

ノックの音がした。「ジェナ？　入っていい？」クリスタルだ。やっぱり家にいた。しばらく沈黙が続いたあと、ふたたびノックの音がする。「ジェナ？　お願い」

シェーンは顔をしかめた。クリスタルは動揺しているようだ。彼女が突然帰ってしまう直前に見せた表情が頭に浮かんで、シェーンは胸が締めつけられた。

「ジェナ、アパートメントは七十平米もないのよ。永遠に私を避けてはいられないわ」

マーツが眉をあげ、どういうことか問いかけるように両腕を広げる。シェーンは首を振った。

ガタガタいう音に続いて、ドアが開く音がした。「あら、永遠に避けようと思えばできるわよ。だから、そうしたい気分にさせないで。いったいなんの用？」ジェナだ。おそらく。

「あなたの具合がどうか知りたかっただけ」なだめるようなクリスタルの声。

「大丈夫よ」女性が実際はまったく大丈夫でないときに使う声で、ジェナが返す。

「お願いだから、私に腹を立てないで」

後悔に満ちたクリスタルの声はまっすぐシェーンの胸へ届き、一瞬心臓が縮んだ。彼女がどれほど妹を大切に思っているか、彼は見ている。妹に対する愛情は、こうしてジェナに怒りをぶつけられている今もクリスタルの声にありありと現れている。沈黙が続き、シェーンは身を乗りだした。

「今夜、姉さんが仕事のとき、あいつも店にいるの？」ジェナがようやくまた声を出す。
「知らないわ。いるかもしれない」

「それって、いるってことよね。今夜〈コンフェッションズ〉に行って、あいつに言ってやろうかな。もしまた姉さんに手をあげたら、私が警察に通報してやるって」

シェーンは心の中で毒づいた。そんなことをされたら、作戦がめちゃくちゃになる。

「だめよ」クリスタルが声を荒らげた。明らかにシェーンと同じ意見のようだ。「聞いてるの？　どんな理由があろうと、絶対にあそこへ行ってはだめ。私がどう思っているか知ってるでしょう？　安全じゃないのよ」

「へえ、姉さんは安全なのに？」

「もう、ジェナ、子どもじみたことを言うのはやめて。私にはほかに選択の余地がないのよ！」絶望のあふれたその声に、シェーンは強烈な一撃を食らったように息ができなくなった。ほかに選択の余地がない？　いったいどういう意味だ？

はっと息をのみ、鼻をすする音がする。

「ああ、ジェナ、こっちへ来て。ごめんね。怒鳴るつもりじゃなかったの」

誰かが泣いている。「ううん、自分で自分の面倒を見られるようにならないと。そうよ、今すぐ始めるべきだわ」ジェナがこわばった声で言う。

「ジェナ——」

「このままじゃ、姉さんを失うことになる。わからないの?」

「いいえ、そんなことにはならない。約束するわ」姉妹が言い争っているのを聞きながら、シェーンは胸が苦しくてならなかった。彼にはジェナの気持ちが痛いほどよくわかった。だがクリスタルの声からうかがえる罪悪感と心の痛みには、胸をえぐられる。

「そんな約束ができるはずないじゃない。あんな場所で働いて、あんなやつとデートしてるんだから。父さんが憎いわ。心から。父さんのせいだもの」「父さん?　彼女たちの父親が、いったいなんの関係があるんだろう。

「しいっ、大丈夫だから」

「いいえ、全然大丈夫じゃない。父さんが殺されたりしなかったら、姉さんはこんな世界に身を落とさなくてすんだんだもの。でも、姉さんのせいでもあるのよ。そうしようと思えば抜けだせるのに、しないんだから。姉さんはあそこで流されるままになってる。父さんと同じだわ!」しゃべればしゃべるほど、ジェナの言葉は激しくなった。ジェナにもクリスタルと同じ戦士の資質がある。けれどもシェーンは、その闘志が姉に向けられるのは気に入らなかった。妹の言葉はクリスタルの心を切り裂いている。

クリスタルが息をのんだので、彼の思ったとおりだとわかった。ジェナの放った言葉は的を外さなかった。

しばらくクリスタルはジェナの説得を続けたが、成功する気配はなかった。クリスタルの気持ちを考えるとジェナの態度は嘆かわしいものではあったが、ジェナの主張は伝わった。シェーンだけでなくジェナも、クリスタルが危うい状況にあるとわかっている。クリスタルを心配する気持ちもシェーンと同じだ。ジェナがこんなふうに攻撃的な態度を取っている理由の少なくとも一部は恐怖だ。彼は自信を持ってそう言える。

ドアを叩きつけるように閉める音がして、唐突に会話が終わった。

「もうっ」クリスタルが小声で毒づいている。「上出来な話し合いだこと」皮肉っぽい口調はその裏にある悲しみをまったく隠せていない。「帰るのは夜中の二時過ぎになるわ、ジェナ。起きて待っていないでね。今夜は少し寝て。わかった？」

沈黙。

しばらくごそごそと小さな物音が続いたあと、別のドアが閉まる音がした。おそらくクリスタルが出かけたのだろう。

つまりシェーンは、今夜彼女と〈コンフェッションズ〉で顔を合わせるということだ。

なんてすばらしいなりゆきだ。

シェーンは足元の地面が揺れているような気分で、マーツにうなずいた。マーツが盗聴器の音声を切る。クリスタルはどうやって〈コンフェッションズ〉で働くことを強制されたんだろう。誰に？　ブルーノという野郎にか？　それともチャーチに？　なんてことだ。彼女を心配する気持ちが、前とは比較にならないほど大きくなった。クリスタルの言葉は、彼女がシェーンの恐れていたよりもさらに悪い状況にあることを裏づけた。

「僕と同じことを、君も考えてるのか？」マーツがきく。

まだ衝撃から立ち直れないまま、シェーンはマーツの心配そうな視線を受け止めた。

「俺は今までまったく知らなかった」

マーツが口をきつく引き結んで首を振る。「人身売買に関係しているストリップクラブで働いているという事実と、クリスタルのさっきの言葉を考えあわせると、彼女が自由の身じゃないのは明らかに思えるな」

「借金のかたに働かされているんじゃないか？」ベケットが凍りつくような冷たい声で意見を述べる。

仲間たちが意見を言えば言うほど、彼らが正しいことがわかった。シェーンは腹が立ってしかたがなかった。クリスタルがどれほど深刻な状況にあるかを理解するにつれ、ガラスの破片の混じった空気を吸いこんだように胸が痛んだ。それなのに、クリスタルと感情的にかかわらないで距離を置けると思っていたのだ。

どんどん落ちこんでいきそうな気持ちを懸命に立て直して、シェーンはもうひとつの情報に集中した。姉妹の会話には、ふたりの父親が登場した。「マーツ、電話の記録を調べられないか？クリスタルの本名が知りたいんだ。それがわかったら彼女の父親が何者か、彼がこの件にどうかかわっているのかも調べてほしい」

「やってみよう」

「どうやらクリスタルはこれから出勤するらしいな」ベケットが傷跡の残るこめかみをさすりながら言う。

「ああ」チャーリーを救出した翌日にふたたびクラブに現れたシェーンを見たとき、彼女がどれほどうまく対処したか思い返す。怯えて挙動不審になったり、悲鳴をあげたり、シェーンの正体を明かしたり、走って逃げたりといった行動を取る可能性はいくらでもあったのに、クリスタルはうまく驚きを隠し、騒ぎを起こさず、ただ彼に出ていくよう命令した。誰にも怪しまれずに、うまく演じきったのだ。今回も同様にうまくやらないと考える理由はない。

この前と違うのは、シェーンがクリスタルをさらに知り、気にかけるようになっていることだ。今回こんなに不安なのは、クリスタルではなく自分が冷静でいられるかどうかわからないからだ。シェーンはそう悟って、渋い顔になった。

イージーが咳払いをして、スキンヘッドを手でこする。彼はそうしようと思ったときには、皆が会話している片隅にひっそりと座り、そこにいることすら忘れられてしまうくらい存在感を消すことができる。再会してからのイージーは、この傾向に拍車がかかっているようだ。「おまえのウエイトレスの友達にとって、妹が問題の種になるかもしれない。かっとなる性格のようだからな。クリスタルのすぐに手を出す恋人が来たときに、ジェナが後先を考えずに癇癪を爆発させたりしたら……」イージーは最後まで言わなかった。だがそのあと何が起こるにせよ、いいことであるはずがない。

「彼女はたまっていたものを発散しただけに思えたが、おまえの言うとおりかもしれない」シェーンは認めた。

イージーがうなずく。「今すぐ何か手を打ったほうがいいわけじゃないが、目は光らせておくべきだろう」

三人とも低い声で口々に同意し、シェーンはクリスタルと妹に関して仲間たちの協力が得られるとわかってうれしかった。

「出かける前に、シャワーを浴びて着替えてくる。このジーンズは気持ち悪くてかなわないからな」おもしろそうに見ている仲間たちに、シェーンは言った。そのまま出口に向かいかけたが、急に思いついて振り返る。「ところで、マーツ」

「なんだい？」

「クリスタルの本名がわかっても、俺には言わないでくれ」

「なんだって？」マーツが驚き、イージーとベケットもシェーンを見る。

シェーンはさりげない口調を装いながら説明した。「彼女から直接聞きたいんだ」

マーツが頭を傾けてじっとシェーンを見る。その目の表情から、マーツが理解したことをシェーンは見て取った。シェーンがクリスタルに個人的な感情を抱いていると、マーツにはわかったのだ。「僕はかまわない。君の言うとおりにするよ」

シェーンはうなずいてふたたび出口に向かったが、余計なことを言わなかったマーツに感謝した。チームメイトには、自分がクリスタルを好きになって冷静な行動を取れなくなっていると思われたくない。

彼女を好きになってしまったのは本当だが。

そしてシェーンは、皆の前でその事実をあからさまにさらしてしまった気がしてならなかった。

胸が空っぽになっただけでどうしてこんなに苦しいのか、クリスタルはわからなかった。心臓が打つたびに、胸がズキズキ痛む。

ジェナのあんなに怒った姿を見たのは初めてではないだろうか。

腕についている痣を最初に見つけたときでさえ、これほどではなかった。あの日もかなりひどかったけれど。ジェナはただ心配してくれているだけなのだと、クリスタルは心の底ではわかっていた。妹は父の気性を受け継いでいるが、父と違って怒りを引きずらない。それなのに今回は違う。クリスタルはどうすればいいのかわからなかった。

罪悪感と身の安全に対する不安という恐ろしい重荷を、妹には絶対に負わせられない。そんなストレスが、ジェナの癲癇にいいはずがないからだ。

ジェナにすべてを打ち明ければ、そのあと妹は秘密をもらさないように口を閉じ、何も知らないふりをしなければならなくなる。それにジェナの医療費をブルーノが払っていることや、こっそり逃げださなければならない理由を明かせば、クリスタルが父の借金の返済を承知させられた経緯も妹に説明しなければならないだろう。そうしたら、四年間必死で隠してきた背中の傷も明るみに出てしまう。

クリスタルは一瞬、すべてが始まった夜に引き戻された。あの夜、前日に家財道具とともに競売にかけられてほとんど空っぽになっていた家に、チャーチの手下たちがやってきた。競売で得たお金では、死んだ父の借金を返すには足りないと知らせに来たのだ。クリスタルはもちろん突っぱねた。結局、父の借金は彼女の責任ではないのだから。すると手下たちは、クリスタルを無理やりワゴン車に押しこんで拉致した。気がつくと、彼女は〈コンフェッションズ〉の地下室に閉じこめられていた。壁一面にさまざまな道具がぶらさげられている、真っ暗な部屋に。あの頃のクリスタルは、それらの道具が何に使われるのか知らなかった。

そのあとは、男たちがかわるがわる地下室を訪れた。

ひとつだけ救いだったのは、高校一年生だったジェナが春休みの校外学習でフィラデルフィアに行っていて、家にいなかったことだ。最初ジェナは行くのを渋っていたが、妹に家や家財道具が売られていくところを見せたくなかったクリスタルが無理に行かせたのだ。そうしておいてよかったと、クリスタルはあとで神に感謝した。もしあの晩ジェナが家にいたら、チャーチの手下たちはきっと一緒に連れていっただろう。ジェナがまだ十五歳で病気を抱えていると知っても、彼らが気に留めたとは思えない。

クリスタルは寒けがして身を震わせた。クリスタルを地下室から救いだし、ジェナが同じ境遇に引きずりこまれないようにしてくれたのはブルーノだった。父が刑務所に送られる前にかつて命を救ったブルーノに恩を返すよう求め、娘たちの面倒を見るよう約束させたのだ。ブルーノは約束どおりクリスタルを助けだし、ジェナが手出しをされないように盾となった。けれどもさすがに借金を帳消しにするのは無理で、彼はクリスタルが〈コンフェッションズ〉で〝別の仕事〟をできるように段取りをつけた。そうしてクリスタルはウエイトレスとして働き始め、しばらくするとブルーノとデートするようになった。

当時のほっとした気持ちとブルーノへの感謝を、彼女は今でも覚えている。あの頃は、ブルーノがすべての問題を解決してくれる頼りがいのある男に思えてならなかった。それは間違いではなかった。彼は実際にクリスタルを救い、ジェナを守ってくれた。殺されたり、どこか遠くに売り飛ばされたりする運命から。〈コンフェッションズ〉の深部に消え、二度と噂も聞かなくなったほかの女性たちのたどった運命から。

だからクリスタルは、にぎやかなストリップクラブという〈コンフェッションズ〉

の表の顔の裏にどんな危険が潜んでいるのか、身をもって知っている。危険は根も葉もないものではなく、現実のものだ。だからジェナが〈コンフェッションズ〉に一歩でも足を踏み入れることを絶対に許すつもりはない。妹がクリスタルの職場に来てブルーノと対決すると脅したときは、危うくパニックに陥りそうになった。なぜならブルーノは最初に暴力をふるったとき、ジェナの運命など簡単に変えられると脅したからだ。ブルーノが電話を一本かければ、チャーチはジェナをとらえるだろう。

だから、クリスタルはシェーンを助けたのだ。あそこの恐ろしさを知っているから。今はただ、そのことが今になって自分に跳ね返ってこなければいいと願うばかりだ。妹にこういうことをいつかほんの一部でも打ち明けられるとは思えなかった。打ち明ければ、ジェナは二度と同じ目で見てくれないだろう。

やっぱりジェナには過去の出来事も現在の状況も、知らせないでおくほうがいい。クリスタルは自分が本当はどういう状態なのか、何年ものあいだジェナには慎重に隠してきた。ジェナの前では絶対に着替えなかったし、シャワーを浴びるときは必ず鍵をかけた。ふたりで使っているバスルームなので、ジェナにさんざん文句を言われているが。それからブルーノの許しを得て、制服のトップスは自分で縫った。みんなが着ているものとそっくりだが、傷跡をうまく隠せるものを。

なぜなら男たちはストリップクラブに、すべてが完璧な夢のような世界を求めてやってくるからだ。毎晩通ってきてはいやらしい目つきで女たちを見ている変態男たちの中には、彼女の背中に残る鞭《むち》の跡を見て興奮する者もいるかもしれない。だが〈コンフェッションズ〉は、そういったたぐいの趣味に対応していることを大っぴらに宣伝していない。後ろ暗い嗜好《しこう》は、陰になった場所でひっそりと満たすものなのだ。

たとえば、クラブの地下室で……。

更衣室の鏡に映る自分の姿に視線を戻して、クリスタルは震える息を吐いた。あの頃の記憶をよみがえらせても、いいことは何もない。このめちゃくちゃな人生をうまく切り抜けていくための戒めになるくらいだ。クリスタルは自分の人生はトランプのカードで作った家のようなものだという思いに一瞬とらわれた。ほんのひと吹きすればばらばらになり、無に帰してしまう。

「やめるのよ」彼女はそっとささやいた。しっかりしなければ、今夜の仕事をうまくこなせず困ったことになる。けれどもシェーンと交わした、頭がくらくらするようなすばらしいキスとジェナとの言い争いが相まって、クリスタルはひびの入ったガラスのように不安定な気持ちでいた。ジェナはクリスタルを父と同じだと言って責めたのだ。

最後にもう一度、鏡を見る。カールさせてスプレーで固めた髪。華やかに仕上げたメイク。なくしても気にならないコスチュームジュエリー。いつもと同じ、最低限の布地で作られた露出過剰な制服。彼女は尖《とが》ったハイヒールに足を滑りこませると、かがみこんで小さなシルバーのバックルを留めた。これから店で、違う自分を演じなければならない。

店は昼の十二時から営業しているが、クリスタルがフロアに出た七時にはまだ客が少なかった。それでその日の客足の予想がつく。あまりの忙しさに、十分間代わってもらえるならもらったチップを全部差しだしてもいいと思うような夜は、ずっと忙しい。逆に余計なことを考えてしまうから忙しくなってほしいと切実に願ってしまう暇な夜は、いつまで経っても時は這うようにしか進まない。

今夜は、自分の犯した失敗をひとつひとつ思いだしてしまうような暇な夜には絶対になってほしくない。

〈コンフェッションズ〉のシフトマネージャーであるダーネル・パーソンズが、クリスタルをバーに呼び寄せた。「金曜の夜にバチェラー・パーティーを開きたいって客たちが、個室の下見に来る。案内したいか?」彼はクリスタルをじろじろ見た。あたたかいブラウンの肌と明るい色の目を持つ彼はなかなか魅力的だが、ユーモアのかけらもない堅苦しい男でもある。「どうするんだ?」ダーネルがいらだった声を出した。

「ええ、案内したいわ。ありがとう」客たちはパーティー用のウエイトレスを指名できる。下見のときにいい印象を与えればパーティーに呼ばれる可能性が高くなるし、そうなったらそこでもらえるチップはメインフロアでもらえるチップよりずっと多い。

ダーネルがうなずいた。「じゃあ、客たちが来たらすぐに案内できるよう、部屋の準備をしてきてくれ」

「わかったわ」クリスタルはさっそく奥のスペースへと向かい、カーテンで仕切られた出入り口を抜けた。ところが足を踏み入れたとたん、シェーンに壁に押しつけられた記憶がどっとよみがえった。熱い彼の体の力強さにとらわれ、その魅力にうっとりしてしまった記憶が。

あれからほんの二、三日しか経っていないなんて、信じられない。彼の香りやそれにどんなふうに包まれたかを、こんなにもはっきり覚えているのに。今日の午後、彼と一緒に雨の中で過ごしたあと、クリスタルは長いあいだシャワーに打たれた。けれどももしかしたら、それでも落としきれなかったシェーンの一部が、彼女の肌に残っているのかもしれない。どちらにしても、ひとつだけたしかなことがある。シェーンが完全にクリスタルの頭に居座ってしまったおかげで、何をしても彼を思いだすし、そわそわと落ち着かない。

クリスタルはいらいらしながら息を吐き、薄暗い廊下を歩いていった。シェーンには近づかないようにすべきだ。彼はクリスタルをまともに頭が働かない状態にしてしまう。今の彼女には望むべくもないことを望み、警戒心を投げ捨てて人生でただ一度だけ、欲しいものをつかみ取りたい気持ちにさせる。

尻込みせず、自分を解放して、奔放になりたいという気持ちに。

そんなことをしたら、恐ろしい事態が待っているに違いないのに。

裏の駐車場に出るドアの前を過ぎ、黒いカーペット敷きの廊下に出た。そこから詰め物をした赤い壁が一本の長い腕のように伸びていて、パーティー用の個室が両側に並んでいる。

クリスタルは左側の最初の部屋に入って、明かりをつけたり、サウンドシステムの電源を入れたりしはじめた。パーティールームは広さや内装はさまざまだが、どの部屋も基本的な造りは一緒だ。壁の一面と天井は鏡張りで、天井まで届くポールが立った中央の小さな四角いステージのまわりに革張りのソファや椅子やテーブルが並べられている。どの部屋にも専用のトイレと、シンク付きのバーカウンターがあるが、バーテンダーは別料金だ。

客が来たときにすぐに案内を始められなければダーネルに怒られるとわかっていたので、クリスタルは部屋をあとふたつ、同じように手早く準備した。幸い何分か時間を残して、しなければならないことは終わった。

バーカウンターの横に立って待っていると、すぐに四人の男たちが入り口のドアを抜けて入ってきた。そのうちのふたりには見覚えがある。ひとりはこの前の晩、シェーンと一緒だった男。そしてもうひとりはシェーン。彼はカウボーイハットを勢いよく脱いだ。

シェーンと友人たちは、クリスタルの横にあるバーカウンターに向かって歩いてくる。

信じられない。いったいここで何をしているのだろう。

クリスタルは四人に向かって、初めて会ったかのようにほほえんだ。懸命に体から力を抜き、彼らのうちふたりが〈チャーチ・オーガニゼイション〉のお尋ね者リストの筆頭にいることなど、知らないふりをする。クリスタルはさりげなく目をそらした。「そこのあんた」四人のうちのひとりが、カウンターの内側で常連客たちとくだらない話をしていたバーテンダーのウォーカーに呼びかける。クリスタルは目を伏せたまま、彼らをうかがった。「ダーネルって男と約束したんだが、いるかい?」しゃべっている男は背が高く、肩ががっちりしている。ブラウンの髪は長めで、なんとなく笑っているような顔つきだ。

「今、呼びます」ウォーカーは言い、クリスタルを手で示した。「よろしければクリスタルがテーブルにご案内して、ドリンクのオーダーをうかがいますよ」

クリスタルは仕事モードをオンにして色っぽさを前面に出し、笑みを浮かべてまつげをしばたたいた。「皆さん、こちらへどうぞ」

鳴り響いている音楽の低音のリズムと同じくらい心臓が激しく打つのを感じながら、彼らをカーテンで仕切られた出入り口のそばのテーブルに連れていった。クラブ内があまりこんでなくてうるさすぎないときは、ダーネルは顧客をまっすぐ個室へ案内せず、先にメインフロアの設備について説明するのを好む。

「ドリンクは何をさしあげましょう？」クリスタルは笑顔のまま尋ねた。そして初めて彼らの姿をちゃんと見て驚いた。なんという格好をしているのだろう。揃いも揃ってチェックのシャツとブルージーンズに、巨大なバックルのついたベルトとブーツを身につけている。アフリカ系アメリカ人の男など、農業機械ブランドのジョン・ディアというロゴの入ったくたびれた野球帽を額が隠れるまで引きおろしてかぶっているし、シェーンはたくましい片方の腿の上にカウボーイハットをのせてバランスを取っている。

　クリスタルはシェーンを見ているうちに、男たちのいでたちの理由がわかってきた。変装なのだ。思い返してみると、シェーンは会うたびに印象の違う格好をしている。最初に会った夜はひどく急いでいたので別だが、翌日またクラブに現れ、そのあと彼女のアパートメントまで追ってきたときは、眼光が鋭く危険な雰囲気をまとっていた。今日の昼間に会ったときは、もっとリラックスした感じだった。だがそれでも、ありきたりでどこにでもいるというのとは違う。シェーンが普通に見えることはない。それが今は……なんというか、彼は田舎者をとても上手に演じている。ウイスキーを注文したときの、間延びしたしゃべり方まで。

　クリスタルは目を合わせられなかった。もし合わせれば、彼女の中で争っているいくつもの感情のどれが表に出てしまうかわからない。ヒステリーや怒りだけではない。彼らの服装がおかしくて、噴きだしそうにもなっている。

　男たちが注文したドリンクを持って彼女がバーカウンターから戻ると、ダーネルが自己紹介をすませ、ひとりひとりと握手していた。クリスタルはできるだけ控えめに、それぞれの前にドリンクを置いた。

「それで、花婿になる方はどなたでしょう?」ダーネルがきく。

「俺だよ」フレンドリーな顔をした男が言い、手を差しだした。「ダレン・モリソン。土曜日に結婚する」ふたりは握手をした。

「自由を謳歌《おうか》できる最後の夜をお祝いなさるんですね？」ダーネルが言うと、クリスタルは思わず目をぐるりとまわしたくなった。

男がうなずく。「ああ。そういう会には〈コンフェッションズ〉が最高だってダチが言うんで、俺もその気になってね」シェーンを含め、全員がにやりとする。目の前にいる男たちは見かけどおりの人間にしか見えないと、クリスタルは認めざるをえなかった。ひと晩のお楽しみを求めている、典型的な気のいい田舎者たちだ。

自分も彼らのように、うまく演技しなければならない。

ダーネルが顧客向けのセールストークに入ったので、クリスタルはシェーンからなるべく離れた横のほうに移動して立った。ほどなくマネージャーは一同をクラブの奥へと案内し、長い廊下を進んで最初のパーティー用の個室に入った。中に入ると男たちはうろうろ歩きまわり、トイレをのぞいたり、ソファに座ってみたりしはじめた。そのあいだダーネルは、個室でのパーティーの通常の進行を説明している。給仕担当がひとりで、ダンサーはふたり。主役となる男性をもてなすためのさまざまなオプション。部屋は三時間使用できること。

クリスタルはドアの近くに立って、男たちが部屋を調べてまわるのを眺めていた。どこからどう見ても、彼らはパーティーを企画している普通の男たちだ。参加者の人数、用意してほしい食べ物や飲み物の形式、花婿になる男性の女性の好みといったダーネルの質問がことのほか楽しい話題らしく、夢中になって答えている。

それを聞いているうちに、彼らは何をしに来たのだろうとクリスタルは考えこんだ。もし本当にダレン・モリソンと名乗った男がバチェラー・パーティーを開くのだとしても、わざわざこのクラブでする意味がわからない。シェーンも仲間の男たちも、チャーチがとらえていた男の救出にかかわったのだから。いくら頭をひねっても、クリスタルには彼らがここへ来た理由を思いつけなかった。

「トイレを使わせてもらっていいかい？」花婿になる予定の男がダーネルに笑顔できいた。

「もちろん、かまいませんとも」

男がトイレに行ってしまうと、マネージャーはリモコンをつかんでビデオデッキの使い方を実演してみせた。壁の一面にスクリーンが静かにおりてきて、画面に見たい映画の分野を選択するメニューが現れる。スポーツ、アクション、サスペンス、戦争、そしてもちろんポルノ。

男たちは趣味の悪いタイトルを見つけると大笑いし、ジョークを飛ばしあっている。トイレに行った男が戻ってくると、ダーネルは次のふた部屋へと順に移動した。途中でクリスタルは飲み物のお代わりを勧め、たまに質問されると答えたが、そうでないときはなるべく目立たないように静かにしていた。

「今、見た中で、気に入ったお部屋はございましたか？」最後の部屋を見せ終わると、ダーネルが尋ねた。

シェーンが主導して、男たちはそれぞれの部屋の長所と短所を話しあった。そして結局、最初に見た一番広い部屋を予約することで落ち着いた。クリスタルは彼らと一緒に個室用の廊下を表側に向かって戻りながら、その話し合いに退屈すら覚えていた。するとと突然裏口のドアが勢いよく開いて、ブルーノが入ってきた。「よお、ベイビー」彼がいきなり腕をつかんで引き寄せたので、クリスタルは転びそうになった。

「ハイ」クリスタルはまばたきをして、緩みかけていた気持ちを引きしめた。きっと退屈だなんて考えていたから、こんな事態を引き寄せてしまったのだ。

そのときシェーンが振り返って、クリスタルが男につかまっているのを見つけた。シェーンの見ている前で、ブルーノが彼女を壁に押しつけて顎をつかみ、激しく唇を重ねる。クリスタルにはそのキスがスローモーションのように感じられた。

だが、ぼうっとしているわけにはいかない。ブルーノに応えなければならない。彼女は涙がこみあげて目の奥がちくちくするのを感じながら、ブルーノの首に腕を巻きつけ、キスを返した。

シェーンの視線に肌を焼かれるかに思えた。ブルーノに舌を差し入れられながら必死で息をしようとしても、絡みつくシェーンの怒りに息が吸えない。

しかも本当に求めている男性の前で別の男にキスされるだけでもつらいのに、ブルーノの両手はクリスタルの体の上をさまよいだした。脇を撫でおろし、胸のところでいったん止まったあと、さらにおりてヒップをつかむ。

クリスタルは自分をこんなにも安っぽく感じたのは初めてだった。

ゆっくりと吐き気がこみあげる。

クラブのメインフロアへと向かう男たちの足音が廊下を遠ざかっていき、やがて聞こえなくなった。

シェーンと距離を置かなければならないとクリスタルは何度も自分に言い聞かせていたが、ブルーノはその決断を容易にしてくれた。こんな場面を目にしたあとで、シェーンが彼女を求めるなんてありえない。森の中で雨に打たれながらシェーンの香りに包まれ、夢中でキスをしていたときから六時間も経っていない。

それなのにこうして、別の男とキスをしている。シェーンにはクリスタルが喜んでそうしているように見えているだろう。

ブルーノがクリスタルのヒップをポンと叩く。「もう行かなきゃならないんだ、ベイブ」自分の行為で彼女が打ちのめされているなんて、まるで気づいていない。クリスタルは必死で笑みを作った。「わかってるわ。じゃあね」彼女はブルーノが気取った足取りでオフィスエリアへと向かい、ドアの向こうに消えるのを見送った。

今にも吐きそうになり、クリスタルは走った。勢いよく開けた更衣室のドアが跳ね返るのもかまわず、トイレの個室に直行してひざまずく。

彼女は胃がうねるのを感じながら、古くてしみのある便器の内側の静かな水面を見つめた。額と制服の下に冷や汗が噴きでたが、吐き気が引いたのでほっとする。

そのままトイレの床に座りこんで、傷やへこみのある淡いブルーの壁に背中をつけた。少なくとも、こんなみっともないところを誰にも見られずにすんでよかった。

のろのろと立ちあがりながら、何回か深呼吸をして、胃がすっかり落ち着いたかどうか確かめた。それからパウダーとブラシを使ってメイクを直す。「完璧な仕上がり！」気分をあげようと、明るく言ってみる。たいして効果はなかったけれど。

まったく、今のでよくわかった。こんなふうになってしまうから、シェーン・マッカランは危険だと彼女の理性はずっと言い続けていたのだ。クリスタルには自分がどう思われるか気になる人はほとんどいない。はっきり言って、シェーンが現れるまではジェナだけだった。

今のクリスタルには、ほとんど知りもしない男に心をかき乱されている余裕などない。あまりにも多くのものが危険にさらされてしまう。

最後にもう一度大きく息を吸って、クリスタルは更衣室のドアを開けた。足を踏みだしたとたん、大きな男の体とぶつかった。

クリスタルは息をのんだ。「こんなところに来ちゃだめじゃない！」シェーンのシャツを両手でつかんで更衣室に引き入れ、ドアを閉めて鍵をかける。「いったい何をしてるの？　あなたのせいで、心臓が止まるところだったわ」その言葉はもちろん比喩のつもりで言ったのだが、ここではそれが文字どおりになる可能性もある。

シェーンが鋼のように鋭い視線を向ける。「君がここに走りこむのを見た」

「だから？」憤るあまり、クリスタルの忍耐はすっかり尽きていた。

「心配だったんだ」

彼は……心配してくれていた？　あんな場面を見たのに？「どうして？」

シェーンが拳を握ったり開いたりしながら小声で言う。「あれがブルーノなんだろう？」

クリスタルは視線を床に落とした。床が真っぷたつに割れて、自分をのみこんでくれたらいいのに。彼女はうなずいた。

「やつが君を乱暴につかむのを見たんだ、クリスタル。また痣ができそうな勢いで……」シェーンは髪に指を差し入れ、きちんと梳《と》かしつけたブロンドを乱した。

クリスタルはシェーンの両手をつかんだ。「やめて、せっかく整えた髪が台なしよ」指を櫛《くし》代わりにして、シェーンの髪を撫でつけた。クリスタルがブルーノにキスを返すところを目撃したのに、シェーンは怒っていない。ブルーノが乱暴なキスをしたことに怒っているだけだ。

クリスタルが触れると、シェーンは静かになった。顔を赤くしている彼女を、燃えるような激しい目で黙って見つめている。クリスタルは手を引っこめた。「早く出ていって――」

「まだだ」シェーンは頑として引かず、首を振った。「君に言わなければならないことを言うまでは、出ていかない」ぐいと身を寄せてくる。

「でも、シェーン――」

「だめだ。やつがあそこでしたキスを君は喜んでいなかった。わからないはずがないだろう？　君の目にも体の反応にも出ていた。君の手は震えていた」シェーンは気持ちを鎮めるように、大きく息を吐いた。「君がいやだと思うことは、俺もいやなんだ」彼がどんどん身を寄せてきて、胸と胸が触れるくらい近づく。「男が女を力で従わせるのは、絶対に許せない」シェーンの目は溶けた銀のようになっている。「だが、それだけじゃない。正直に言って、あんなふうにやつが君にわがもの顔でキスをしているのを見ると、むかっ腹が立つ。たとえ君が喜んでいたとしても。だから結局、俺の気持ちはちっとも高潔なものじゃない」唇を引き結び、首を振った。「俺は君が欲しい。欲しくて欲しくて、息ができないくらいだ」

クリスタルのまわりで、部屋がぐるぐるまわりはじめた。おなかの中で蝶が飛びまわっているような、くすぐったい感じがする。「シェーン」彼の宣言に圧倒されて、クリスタルはささやいた。どうしたらいいのかわからず、もどかしさに体がはじけ飛んでしまいそうだ。「お願い、あとで話しましょう」急いで言った。「早く行かないとだめよ」

「約束してくれるかい？　このままでは満足できない。まだまだ言いたいことがある」

熱いシェーンの言葉に、クリスタルの体も熱くなった。けれども恐怖がどんどん募って、ほかの感情を押し流すくらい大きくなった。「ええ、約束するわ。だから行って」

シェーンがうなずいた。彼の顔から怒りが消え、ほかのものが取って代わる。欲望だ。

シェーンが身をかがめ……クリスタルの額に唇をつけた。

クリスタルは唇にキスをしてほしかった。それでも額へのキスは何よりも完璧だった。自分の欲望が第一に来るブルーノとは正反対の行為だ。シェーンは言葉を並べるだけでなく、きちんと実行する。クリスタルにとってそれはあらゆるものに匹敵した。ただの言葉なんて、甘っちょろくて安っぽい。

シェーンがドアの外をのぞいて出ていった。

クリスタルはふたたび閉まったドアを見つめながら、胸に両手を押しつけた。胸の中に突然広がった感覚を失いたくなかった。もう何年も空っぽのまま凍え、うずいていた胸に、新しいものが満ちている。今まで感じたことのない新しい感覚が。クリスタルは怖くてたまらなかった。

こんなものは無視しなければ。

振り払って、忘れなければならない。

シェーンはブルーノやチャーチとはまったく別のやり方で、彼女を傷つけるかもしれないのだから。

それなのにクリスタル——サラ——はシェーン・マッカランを愛してしまいそうになっていた。

12

シェーンは頭をかがめてカーテンをくぐると、見張りに立っている幸い有能とは言えない用心棒に向かって、携帯電話を持ちあげてみせた。「あったよ」男は愛想なくちらりと目をくれただけだったが、シェーンはそんなことはどうでもよかった。クリスタルが今度、彼と話すと約束してくれたのだ。

その約束は、クリスタルがブルーノに手荒く扱われて更衣室に駆けこむのを見て以来、彼の胸の中で荒れ狂っていた怒りをいくらか鎮めてくれた。

あのとき廊下を戻ってあのでかいだけのろくでなしを彼女から引きはがさないように自分を抑えるには、ありったけの自制心が必要だった。そんな真似をすれば彼らの作戦もクリスタルもひどいことになるだけだとわかっていたので、なんとか我慢した。

ここで働く以外に選択の余地がなかったのだとクリスタルが言うのを聞いてから、シェーンは彼女とあのろくでなしとの関係を単なる恋人同士とは見なさなくなっていた。尊重すべき関係とはとうてい言えない。

人の増えてきたバーを縫うように進むと、仲間の座るテーブルが見えてきた。だが、彼以外にもうひとり足りない。「Eはどこだ?」シェーンは座りながらきいた。

「まったく、退屈する暇もないな」ベケットがバーカウンターを頭で示す。

シェーンはベケットの視線をたどって、イージーを見つけた。どうやらバーカウンターで誰かと話しているようだが、大柄なイージーの陰に隠れて相手は見えない。クリスタルの様子を見に勝手な行動を取ったシェーンが文句を言うのもなんだが、彼らにはほかの常連客とおしゃべりを楽しんでいる時間はないはずだ。イージーが向きを変え、話していた相手を連れてテーブルのほうに歩いてくる。

常連客じゃない。ジェナだ。

「ちくしょう!」シェーンは声を潜めて罵った。髪が逆立ちそうになる。クリスタルがあれほどはっきりクラブには近づくなと言ったのに、なんだってここにいるのだろう。本当にブルーノと対決しに来たのか? ジェナのような女の子が、若くて無防備な娘たちを売買する拠点となっているストリップクラブにひとりで来たと知って、シェーンは吐き気がした。

「チャーリー・マイク」マーツが言う。当面このまま冷静に作戦を続けるようにというコールサインだ。もちろん、シェーンはそれに文句はなかった。ジェナがブルーノを見つけたり、クリスタルがジェナを見つけて度を失ったりする前に、なんとかここから連れださなければならない。どちらの事態が起こっても、大変な騒ぎになるのは確実だ。

ジェナの肩に腕をまわしたイージーは後ろから物欲しげな目つきを向けている男に身の縮むような視線を浴びせ、彼女をさりげなく彼らのテーブルへと導いている。ジェナはおとなしくついてきているが、ブルーの目は警戒心でいっぱいだ。

シェーンはクリスタルの妹を初めてじっくり見た。つまり、意識を回復してから。着古したライブTシャツにブラックジーンズと黒のコンバース・オールスターを履いたジェナは、大学生らしいグランジルックと隣の家の女の子みたいな親しみやすさという、〈コンフェッションズ〉にはあまりにもそぐわない組み合わせで人目を引いている。それに彼女はクリスタルにそっくりだ。もう少し小柄で、曲線が豊かで、赤毛の色が濃い以外は。

「友達かい、E?」シェーンは戻ってきたイージーに、興味津々なふりをして声をかけた。

「ジェナだ」イージーは自分の席に彼女を座らせた。ジェナはおとなしく座ったが、好奇心を覚えつつもどうしていいかわからないようだ。「この店で働いている姉さんを待ってるだけだそうだ」ここ何日か彼らの前にいた、いるかいないかわからないようなエドワード・キャントレルは姿を消していた。今いるのは、一見静かに見えるが積極的に行動する男だ。彼に、いや、より正確に言えばジェナにちょっかいをかける者がいれば、容赦なく叩きのめすというオーラが、誰が見てもわかるくらい出ている。

シェーンはイージーに全面的に賛成だった。人身売買の可能性についてはすでに把握しているが、それ以外にクリスタルがあれほどジェナをここに来させたがらない理由がわからない。万全の警戒態勢を敷く必要がある。

「そうか」シェーンはテーブル越しに手を差しだした。「俺はシェーン・マッカラン。知りあえてうれしいよ」実は前にも会っているが。

彼女は握った手を振り返し、弱々しい笑みを向けた。「よろしく。ジェナよ」どんな人物か値踏みするように、シェーンを見つめる。

「僕も自己紹介させてもらおう。マーツだ」マーツも手を差しだした。「そしてこの、やたらでかくて醜い間抜けはベケット」

「こいつは無視してくれ」ベケットが小さく手を振る。「やつのジョークは顔ほどおもしろくないんだ」

しばらくジェナは男たちをきょろきょろ見まわしていた。「エドワードが、あなたたちはみんな姉さんの友達だって言ってたわ」そう言ったあと、シェーンに視線を戻した。「あなたとは前に会ったことがある?」

「ああ、会ってるよ」シェーンが答えるとジェナが顔をしかめたので、彼は下手に隠さず正直に話すことにした。ジェナが現れたせいで悪いほうに転がるかもしれない状況をいろいろ思い浮かべると、いたたまれなかった。「君は意識があるとは言えない状態だったが」カウボーイハットを握って続ける。「君さえかまわなければ、はっきり言わせてもらうよ、ジェナ。君は自分が今、座っている場所が安全ではないとわかってると思うし、お姉さんが知ったらどんなにいやがるか理解もしていると思うからね」

ジェナの顔から血の気が引いた。「姉さんはあなたに喧嘩のことを話したの?」話の糸口としては完璧だと、シェーンは考えた。「ええと、そうだ。それで君が現れた場合に備えて、俺たちが目を光らせておくと言ったんだ」

ジェナがまた顔をしかめた。今度は居心地の悪さと後悔、それに抑えた怒りが伝わってくる。「私は――」鋭く息を吸ったジェナの顔が、さらに白くなった。カーテンを払ってブルーノが入ってきたのだ。

シェーンはジェナの顔にパニックがよぎるのを見て、ブルーノに思い知らせてやりたくなるのを懸命に抑えた。ジェナはブルーノと対決するために来たのではないようだ。誰かに立ち向かう準備ができているようにはまったく見えない。ではクリスタルにどうしても伝えたいことがあって、帰宅するまで待っていられなかったのか？　そんなに重要なこととはなんだろう。

「髪をまとめて、このキャップで隠せ」イージーがかぶっていた野球帽を取って、ジェナに渡した。

「いや、E、こっちのほうがいい」シェーンはカウボーイハットを差しだした。

ジェナは急いで髪をポニーテールにまとめ、帽子の下に押しこんだ。イージーがつばをさげ、彼女の顔を隠す。

「さてさて、みんな、もう充分すぎるほど楽しんだのではないかな」うるさい音楽の中でかろうじて聞き取れる声でベケットが言うと、男たちは静かに同意した。

彼らが立ちあがると、どこからともなくマネージャーが現れた。「ミスター・モリソン？」マーツがクレジットカードに書いた偽名で呼びかける。「では、金曜の夜にお待ちしています。木曜の五時までに、電話で最終的な人数をお知らせください」

「ああ、わかった」マーツがマネージャーと握手した。「今夜は楽しく過ごさせてもらったよ」

マネージャーは笑みを浮かべて残りのメンバーにも別れを告げ、現れたときと同じようにすばやく立ち去った。シェーンは長々と息を吐いた。出口までの十メートルほどを、バーのまわりの人々をかき分けて進みはじめる。

マーツが後ろにいることを確認しようと振り返ったシェーンは、ちょうどメインフロアに戻ってきたクリスタルを見つけた。最後尾にいたマーツも同時に気づく。

クリスタルは呆然として、シェーンと彼の前を歩いている女性を交互に見つめた。服装やバッグのせいだろうか、それとも生まれたときから一緒に暮らしているからだろうか、クリスタルはシェーンがかぶっていた帽子の下に誰が隠れているのかをひと目で見抜いた。

クリスタルが今すぐ妹に駆け寄って抱きしめたいと思っているのを、シェーンはひしひしと感じた。クリスタルは、妹が彼らと一緒にいる理由を知るよしもない。いまいましいが、クリスタルの目に今の状況はとんでもなく怪しく映るだろう。

だが、マーツがすばやく口の前に指を一本立てた。クリスタルがその動きを理解したのを確認してから、手を軽く握って親指と小指を耳と口に当てる。あとで電話をかけるという仕草だ。

クリスタルが小さくうなずいて、懸命に表情を緩めた。ぎりぎりのタイミングだった。次の瞬間、バーにいたブルーノが彼女に向かって歩きはじめる。ブルーノがクリスタルの体に両手を置くのを見て、シェーンは全身の筋肉が緊張した。

「冷静になれ、マッカラン。歩き続けろ」マーツがシェーンの背中に手を置いて言った。彼らはそのまま入り口を抜け、涼しい夜の外気へと踏みだした。

「歩き続けるんだ」シェーンはマーツに言われた言葉を、左側からジェナに伝えた。彼女の右側はイージーが固めている。なんてめちゃくちゃな夜だ。クリスタルがブルーノのキスにいやいや応じているのを黙って見ていなければならなかったと思ったら、いきなりジェナがストリップクラブに現れた。シェーンの張りつめた神経は今にも切れそうだった。

「でも、私の車はあっちよ」ジェナが通りの先を指さす。

「どんな車だ?」シェーンは彼女を歩道に導き、逆の方向に歩きだした。

「なんですって?」ジェナが落ちてきた髪をカウボーイハットの下に押しこみながら、顔をしかめる。

「どんな種類の車か、きいたんだ」

ジェナは彼らの姿をクラブからさえぎる塀まで到達したところで、歩調を緩めた。

「どうして――」

シェーンはジェナの前にまわると、目を合わせられるようにカウボーイハットのつばを少し持ちあげた。「俺は君が安全に家までたどりつくのを、この目で確認したい。君のお姉さんにとって、君は何よりも大切な存在だとよく知っているからだ。だから俺が見ているときには君に絶対に何も起こってほしくないし、そのためにはまず、ここから君を無事に連れださなければならない」

腕組みをしたジェナの目が少しやわらいだが、警戒するような表情は完全には消えていない。「私はあなたを知らないわ。だからあなたとはどこへも行かない」

あたりを警戒しつつ、シェーンも腕組みして一歩も譲らなかった。「俺は君を知っているよ、ジェナ。君に癲癇の持病があることも、発作が最近ひどくなっていることも。大きな発作を起こしてからまだ二十四時間経っていないことや、たったひとりで街の危険な地区をうろつくべきじゃないことも。君はお姉さんと一緒にイーストサイドのアパートメントに住んでいるし、ご両親は他界している。お姉さんはトラブルに巻きこまれていて、君は心配でしかたがない」シェーンは語りかけながら、ジェナが反抗的な表情からあやふやな表情に変わっていくのを見つめた。「俺もクリスタルが心配なんだ。俺と君は同じ側にいる。俺は彼女を安心させたい。だから君を無事に家まで送り届けさせてもらえるなら、心から感謝する」

「そうね……」ジェナは男たちを見まわしたあと、最後に横に立っているイージーを見た。彼がうなずく。

「じゃあ、お姉さんに電話をかけてくれないか?」クリスタルが電話に出ることを祈りながら、シェーンは頼んだ。「クリスタルは俺たちが出口に向かっているときに、ちょうど奥から出てきたんだ。それでマーツが、電話をかけると身ぶりで伝えた」本当はジェナがあの恐ろしい場所に足を踏み入れたことを、クリスタルに知られたくなかった。クリスタルは今日、シェーンのために受け渡しの情報を教えるという危険を冒してくれたのだ。これ以上負担をかけたくはない。

「まさか、姉さんに見られてたの?」ジェナが目を見開く。

「ああ。だが、彼女は落ち着いていた」シェーンはまたしてもクリスタルに感心せずにはいられなかった。今夜、彼女は事前に警告を受けず、心の準備のないまま、職場でシェーンと顔を合わせた。シェーンがチャーリーの救出に果たした役割を知っているクリスタルは、相当警戒心を抱いただろう。クリスタルはシェーンについてほとんど何も知らず、彼を信用する理由はない。チャーチの根城に忍びこめるような男なのだから、なおさらだ。それなのに彼女は冷静に振る舞い、どこまでも魅力的だった。まるで暑い夏の日に飲むレモネードのように。

シェーンは昼間、あんなふうにクリスタルを怯えさせてしまった。そのあとブルーノの押しつけがましいキスやシェーンの更衣室への侵入などいろいろ重なって、彼女には途中でキレてヒステリーを起こす権利が充分にあった。それなのにクリスタルは持ちこたえた。シェーンがこれまでに知ったすべてが、彼女はタフな女性だと示している。

こうやってクリスタルの妹を見おろしていると、同じ素質を持っているのがありありとわかった。

「ジェナ、クリスタルに電話をかけてくれないか？」シェーンは声をやわらげた。「彼女に心配させたくない。あそこにいるときに、気を散らしたりもしてほしくないんだ。君もそう思うだろう？」

シェーンはジェナのブルーの目を見て、彼女が理解したのがわかった。ジェナが小さなバッグからスマートフォンを取りだしてボタンを押す。いたたまれないほど長い時間が経った気がしたあと、ジェナが言った。「姉さん、私」ジェナは黙って聞いている。緊張していたシェーンの体から少し力が抜けた。ジェナの声を聞いたら、クリスタルの懸念がやわらぐとわかっていたからだ。後ろの通りを車が走り過ぎ、シェーンはふたたび左右を確認した。ベケットも同じようにしている。「わかってる、わかってるってば。ごめんなさい」ジェナが続けた。ふたたび沈黙。「私はただ……どうしても……謝りたかったから」声が急にこわばり、悲しみがあふれる。ジェナは目を何度もしばたたいて、シェーンをちらりと見あげた。「本気じゃなかったのよ」ささやくような声だ。シェーンはクリスタルの気持ちを思い、ジェナが謝っているのがうれしかった。ただジェナにはあんな場所へ行くのではなく、姉の帰りを家で待っていてほしかった。ジェナがふたたびシェーンを見あげる。「姉さんの友達だっていう人たちと一緒よ。私を家まで送りたいんだって」眉をあげ、シェーンにスマートフォンを渡した。「あなたと話したいって言ってる」

昼間に起こったことに加えて、今夜のことでクリスタルの彼への信頼がさらに損なわれていないよう祈りながら、シェーンはスマートフォンを耳に当てた。「クリスタル」

「いったいどうなってるのよ？」クリスタルが声を潜めて詰問した。

「長い話なんだ。君さえよければ今この電話で説明するんじゃなくて、君の妹を急いでアパートメントまで連れて帰りたいんだが」

「ええ、そうして。ああ、もう信じられないわ。ありがとう。あの子を早くここから遠ざけたいの」クリスタルの声には、かすかにパニックの気配がある。「あとで会えない？ つまり……あの子についていてもらえる？」

シェーンは腕時計を見て、ふたつの感情に引き裂かれた。ひとつはクリスタルが彼に頼みごとをしたことに対する深い満足感。今日の午後の出来事を思えば、とてつもない進歩だ。そしてもうひとつは、心がかきむしられるくらい残念な気持ち。あと一時間もしないうちに、〈ハード・インク〉に戻らなければならない。チャーリーの手術がある。「無理なんだ。あとちょっとしたら、どうしても外せない用がある。だけど、どうしてだい？ ジェナは危険なのか？」

「いいえ。どうしてって言われても、わからない。たぶん、少し動揺しているんだわ」

いつになく弱々しい声を聞いて、シェーンは心が痛くてならなかった。「じゃあ、こうするのはどうだろう。別のやつを残していくよ……」仲間たちを見まわした。「俺がついている」イージーが言った。「もしジェナがそれでいいと言うなら」ジェナはイージーをしばらくじっと見ていたが、やがて小さく肩をすくめた。「心配しなくていい。君は俺がいることにさえ気づかないよ」

シェーンはイージーに向かって親指を立ててみせた。「友人のエドワードを残していく。いいやつだ。君が戻るまで、やつが見張っていてくれる」

「でも、帰りは夜中の二時を過ぎるわ」

シェーンは皆に背を向けると、ひびの入った歩道の上を数歩進んで離れた。「君とジェナを助けると言っただろう？　この申し出は二十四時間有効で、期限はない。わかったかい？」

クリスタルが息を吐いた。「ありがとう」

「かまわない。さあ、そうと決まったらしゃきっとして、いつもの君に戻ってくれ。こっちは大丈夫だから。いいね？」

「ええ。それから、シェーン、ええと……あの……ありがとう」電話が切れた。

ジェナにスマートフォンを返して、シェーンはきいた。「これでいいかな？」ジェナは彼に協力する気になったらしく、うなずいた。だがシェーンは、果敢に抵抗したジェナを責める気にはなれなかった。だいたい、見知らぬ男たちについてクラブの外に出たことを説教したいくらいなのだ。だがそれはジェナに対してあまりにも不当な仕打ちなのでやめておいた。「よし。じゃあ、君は俺たちの車に一緒に乗って、イージーが君の車を運転してついてくるのと、俺が君の車に一緒に乗って、残りのやつらはあとからついてくるのと、どっちがいい？」

ジェナは自分を取り囲んでいる男たちを見た。「ええと、そうね——」

「クラブの表で、何か動きがある」ベケットが低い声で言った。

「さあ、選んでくれ、ジェナ。でないと、俺が君の代わりに決める。どっちにしても君を無事にアパートメントまで送り届けるまで、俺は君の横を離れない」

ジェナがあきれたように目をぐるりとまわした。「じゃあ、あなたたちの車に乗ることにしようかな」彼女は自分の車のメーカーと車名と駐車してある場所を告げた。

バッグの中をかきまわしてキーを探しだすと、イージーに放った。

シェーンはイージーにうなずいた。「駐車してある場所には何か監視システムがあるだろうから、気をつけろよ、E」

イージーもうなずく。「了解。幽霊みたいにひっそり動くことにする」

ジェナはイージーが歩み去るのを見送ると、シェーンに向き直ってにらんだ。「あなたたって人に命令するのが好きなのね。自分でわかってる？」

シェーンは大声で笑うと、ジェナを連れて通りの少し先に停めてあるベケットのSUVに向かった。振り返ってジェナにほほえみ、ウインクをする。「ああ。そんな自分が気に入ってるんだ」

13

〈ハード・インク〉に戻ると、シェーンはベケットのSUVから飛び降りた。すでに、チャーリーの手術のことで頭がいっぱいだった。これから何時間か、ほかに気持ちを向ける余裕はない。チャーチにも、メリットにも、チームメイトにも。彼自身にも、クリスタルにさえ。

なぜなら、これから行う手術で生死が決定する。

ベケットとマーツを振り返りもせず、シェーンはブーツで砂利を踏んで駐車場から〈ハード・インク〉の裏口へと向かった。クリスタルが仕事から帰るまで、イージーがジェナのいるアパートメントを見張ってくれている。だから彼女たちはとりあえず大丈夫だと安心して、シェーンはこっちに集中できる。

三人とも階段を駆けあがったが、シェーンはひとり右に曲がり、リクシー兄弟のアパートメントへ向かおうとした。

シェーンは肩に手が置かれるのを感じて、ドアの手前で立ち止まった。

「君は僕の命を助けてくれた。チャーリーのことも救える。それを疑うな」マーツがいつもとは違った真面目な表情で言う。

ベケットのしかめっ面を見れば、マーツが脚を失ったときのことを思いだして落ち着かない思いをしているのは明らかだ。だが、それでもベケットは手を差しだした。

「俺もそう思う。おまえならできるよ」

シェーンはふたりの手を握ってうなずいた。「今回は失敗は許されない」

「失敗なんかするはずがない。マーフィーが着く前にしばらくひとりになって、心を落ち着けるといい」マーツが言った。

マーフィーが着いて……とんでもない事態が現実になる前に。「わかった」シェーンは仲間たちに背を向け、中に入った。戦場での衛生兵としての任務と今夜することとは、どこが違うのだろう。ひとつ言えるのは、戦場では危機的状況に対して準備をする時間はなかった。覚悟を決める時間も、逆に自信をなくして尻込みする時間も。日常のなんてことのない普通の時間が、次の瞬間には突然混乱のきわみへと変わり、ほかに選択肢がない中で必死に対処しなければならなくなる。仲間の命を助けられるか助けられないかの瀬戸際にあって、銃弾は次々に飛んでくるし、時は容赦なく過ぎていく。

リビングルームとキッチンは薄暗く静かだったが、廊下の先のチャーリーの部屋からは明かりがもれていた。シェーンはソファに帽子を放ると、まっすぐそこに向かった。室内では、ベッカとニックとジェレミーがチャーリーを見守っていた。言うまでもなくアイリーンもいて、マットレスの足元で黒い毛玉のように丸くなっている。

皆は抑えた声でシェーンを迎えた。シェーンはベッド脇に座っているベッカの隣に行ってしゃがみこんだ。熱のために頬が赤く、髪が汗に濡れているチャーリーの様子は、前とほとんど変化が見られない。「どうだい？」シェーンは静かにきいた。

「変わらないわ」ベッカはすでに手術着に着替え、毅然とした表情になっている。手術が終わるまでは、姉としてのベッカの出る幕はない。だが看護師としてのベッカは？　答えははっきりしている。彼らにはベッカが必要だ。何があろうと動じない彼女が。そして目の前にいるベッカの表情や凜《りん》とした目の光を見ると、彼女には耐えられないのではないかと心配する必要はまったくないとわかった。

「俺たちでチャーリーを元気にする。そうだろう？」それ以外の結果など、シェーンははなから考えなかった。彼は悲観的にくよくよする性格ではない。自分の両手に人を助ける力があると信じるためには自信がなければならないし、相当な傲慢さも必要だ。人を癒やす行為を、神を演じていることだとは思わないが、そこには何か神聖なものが介在しているとシェーンは信じていた。一度止まった心臓を動かしたり、意識を回復させたり、人を永遠の死の淵《ふち》から引き戻したりするのは奇跡のようなものだ。

ベッカはうなずいて、小さく笑みを浮かべた。「マーフィーはもうすぐ来るはずよ」

「わかった」シェーンは立ちあがった。ニックが頭を傾けて廊下を示したので、あとについて出る。

「どうだった？」ニックが低い声で尋ねた。

「奥のスペースの音と映像を拾えるようになったよ。マーツが配管に盗聴器を仕込んだんだ。少なくとも、周囲に位置するいくつかの部屋の音を拾えるだろうと言っている。それから何台かの監視カメラの無線周波数も割りだした。詳しくはマーツにきいてくれ」

「よし、それならよかった」ニックは両手を髪に差し入れて梳《す》いた。「俺も、おまえやベッカと一緒に手術に立ちあいたいよ。何もできずにただ待っているしかないのは、いやなもんだ」

シェーンもニックの立場だったら、同じように感じるだろう。「わかるよ。だが、冷静でいるのが大事だ。手術が終わったら、ベッカにはおまえが必要になる。結果にかかわらず、彼女が抑えていたストレスと感情を解放するのは、全部終わってからだろうからな」

シェーンがわざわざ説明しなくても、ニックにはわかっているはずだった。アドレナリンが噴出する場面に何度も身を置いてきたニックとシェーンは、アドレナリンが切れたあとにどうなるか身をもって経験している。そういうときの対処の仕方をふたりとも心得ているが、いくら心の準備をしても最初の何回かは本当にきつい。

「ああ、わかってる」ニックが短く答えた。

ニックはチャーリーやベッカやチームメイトを心配し、神経をすり減らしている。そんなニックの心にのしかかっている重みを自分がほんの少し軽くしてやれると、シェーンは知っていた。昨日の夜はベッカがいて言えなかったが、ニックに謝るのだ。

「なあ、俺は――」

玄関のほうで物音がしたかと思うと、マーツがマーフィーと一緒に入ってきた。もうひとり別の男もいて、その男とマーフィーは救急救命士の制服を着ている。マーフィーのパートナーにも手伝ってもらうと、ニックとベッカが決めたのだろうか。

「ちくしょう」ニックが罵るのが聞こえ、そのしかめっ面からシェーンは疑問に対する答えがわかった。ニックがチャーリーの部屋に顔を突っこむ。「ベッカ？　マーフィーが来た。もうひとり連れてきているぞ」

「まあ」ベッカが立ちあがった。皆を従えて進み、ニックがあとから明かりをつけていく。

マーフィーが両手をあげ、自分が悪いのはわかっていると示した。「君の言ったことは忘れてない。だけど僕たちはふたりでひと組なんだ。エリックなしじゃ、この手術はうまくやれない」

ベッカが振り向いて、ニックの胸に手を置いた。「大丈夫、私が保証するわ。ふたりとも大丈夫。私がチャーリーやここにいる仲間たちを危険にさらすような真似をするはずがないのはわかってるでしょう?」

ニックはベッカから視線を外し、エリックとマーフィーを見つめた。

マーフィーが肩をすくめる。「平気で嘘をつける相手と、そうじゃない相手がいるんだ」

予想外の男の出現にシェーンは緊張が高まったが、それでもマーフィーの気持ちはよくわかった。仕事の途中で抜けだすためには、かなり創造的な言い訳が必要になる。だが、毎日信頼しあって仕事をしているパートナーに嘘をつくのは、できる限り避けたいものだ。そう考えて、シェーンはニック・リクシーに言わなければならないことがあるのをふたたび思いだした。できるだけ早く。

シェーンは新しく登場した男を見つめた。シャツにつけている名札には、ロドリゲスと書いてある。黒髪と黒い目の持ち主で、がっちりした体格だ。リラックスした姿勢で、シェーンが視線を向けると、そらしたりせずに目を合わせる。マーフィーは責められると予想してすぐに身構えたが、パートナーのほうが緊張しておらず、特に隠すこともないといったふうだ。それに状況を充分に理解していて、なぜ皆がこれほど緊迫した様子なのか承知しているらしい。シェーンはこの男なら信用できる気がした。

「まあ、そうだろうな」ニックがようやく口を開いた。彼もシェーンと同じ結論に達したようだ。それに、エリックはすでに来てしまった。受け入れて先に進むしか、選択肢はない。

「マーフィーが説明してくれた。俺は手術で彼の補助をする。喜んで手伝うよ」エリックはニックからベッカに視線を移した。「弟さんがこんなことになって、残念だ。それに君が巻きこまれたことも」

「ありがとう、エリック。来てくれてお礼を言うわ。私たちにあなたが必要なのは明らかだもの」

ニックがベッカの肩を強く握り、ベッカが彼に寄りかかる。「まず、何から始める？」ニックが質問した。

それから四十五分かけて、マーフィーは持ってきたノートパソコンにパワーポイントで作った資料を映しだして、手順を説明した。それから医療訓練を受けた四人は、手術の詳細と役割分担について話しあった。狭いスペースで限られた時間内に終わらせなければならないので、なるべく準備をしておくことが成功の鍵になる。チャーリーを生者の世界へと引き戻すための。

この打ち合わせで成功の見込みが充分あるという感触をシェーンは得たが、それでも手術は実際にやってみるまでわからない部分がある。

彼らは手術着に着替えると、チャーリーをストレッチャーに移した。チャーリーはすっかり意識を失っていて、身動きもしない。ストレッチャーをアパートメントから運びだし、階段をおりて〈ハード・インク〉の裏口のすぐ外に停めてあった救急車に運び入れるあいだ、一度もぴくりともしなかった。

ストレッチャーを固定すると、チャーリーをまず車内のさまざまなモニターにつなぎ、抗生物質の点滴を新たに始めた。それから手術の途中で突然意識を回復した場合に備えて、胸と腿の部分をベルトで固定して動けないようにする。シェーンは手順をひとつ進めるたびにベッカに目をやったが、彼女は終始冷静で、その意志の強さに彼の気も引きしまった。

全員が手術用の身支度をすませ、手を洗い、手袋をはめると、マーフィーはチャーリーの肘から先に局所麻酔を施した。

シェーンは救急車の後部ドアのすぐ外に立っているニックにうなずいた。ニックの後ろにはジェレミーとマーッとベケットがいるが、表情は一様に重く険しい。シェーンの心の中と同じだ。「準備ができた。始めるから、ドアを閉めてくれ」彼らに向かって言う。

ドアが音を立てて閉まり、間に合わせの手術室に手術に携わる四人と患者だけが残された。〈チャーチ・オーガニゼイション〉に殺されるところだったチャーリーをせっかく助けだしたのだ。みすみす死なせるわけにはいかない。

そんなことになったら、ベッカは立ち直れないだろう。それに、せっかく再結成したチームも崩壊に向かうに違いない。この何日間かで、彼らのあいだには特別な絆が生まれかけていた。血のつながりではなく、自らの選択で家族になろうとしていた。

マーフィーがマスクをつけ、口と鼻を覆った。「じゃあ、いいかな、みんな。僕たちや救急車の行方を誰かが捜しはじめるまで、二時間だ」

シェーンは彼と目を合わせ、うなずいた。「君を全力で補佐するよ、ドクター」

シェーンとエリックが助手につき、ベッカがチャーリーの生命兆候《バイタル》に目を配る。マーフィーはまず、傷の前処理を手早く終えた。次に露出した骨をペンチのような骨カッターを使って、ミリ単位で少しずつ除去していく。それが終わると、シェーンとマーフィーは繊細な作業の必要な皮膚移植に取りかかった。麻酔は局所にとどめたかったので、移植する皮膚片はチャーリーの腕から採取する。

ようやく手術を終えると、シェーンはきれいに縫いあわされた傷口を感嘆の目で見つめた。彼らのしたことは明らかに違法であり、倫理的にも許されない。それでも、どう考えても必要だった。そして奮闘は実を結び、手術は成功した。

あとはチャーリーに感染のダメージから回復するだけの強さがあるよう祈るだけだ。

彼らはすばらしいニュースをニックとベケットに伝えるために、後部ドアを開けた。するとふたりは、およそ一時間半前にドアを閉めたときとまったく同じ場所にいた。ニックが手を伸ばして、ベッカを抱き寄せる。「よくやったな」ニックがベッカの髪にささやくと、ベッカは彼の首に抱きついた。

「私たちみんなでやったのよ」ベッカがかすれた声で言う。シェーンがベッカの背中をポンと叩いて笑みを向けると、彼女は今度はシェーンを抱きしめた。「ありがとう」

彼女の全身から伝わってくる感謝の念に、シェーンは自分の背がぐんと伸びたような気がした。「礼なんて言わなくていいんだよ、ベッカ」

ニック、ベケット、ベッカでチャーリーを慎重に二階の部屋まで運んでいくあいだ、シェーンはマーフィーとエリックと一緒に残って、救急車の中を念入りに片づけて清掃した。それがすむと、三人はチャーリーの寝ている部屋まで行って、容態を確かめた。

全員で静かに成功を祝った。そのあいだもベッカの目は眠っている弟の顔を一瞬も離れない。そのときふたりの救急救命士の持っている無線機から、同時に呼び出しが聞こえてきた。「完璧なタイミングだ」マーフィーが笑みを浮かべる。

連れだってチャーリーの部屋から出ると、ニックは手を差しだした。「君たちがしてくれたことは、絶対に忘れない。ありがとう」彼はふたりの救急救命士と握手をした。全員から感謝の言葉を受け、別れの挨拶を交わしたあと、マーフィーとエリックは帰っていった。彼らは自らがよき友人たりうる人物だと証明しただけでなく、予想外の事態が起こったときに協力を仰げる信用できる人物だとも証明したのだ。警察に頼れず病院にも行けないとなれば、彼らには手に入るだけのあらゆる助けが必要だ。

「マーツとジェレミーはどうした？」シェーンはきいた。

「ジムで調査を続けている。成功したって伝えてやらなきゃな」ニックが答える。

「あなたたちふたりで行って。私はチャーリーについているから」

ニックはベッカの手を握った。「君も一緒に来て、祝わないと。ほんの二、三分だけいて、すぐに戻ればいい」

ベッカはほほえんでうなずいた。「いいわ。ほんの二、三分ね」

三人はジムに入っていった。シェーンは顔がにやけるのを抑えられなかった。

コンピュータの前の椅子から、マーツが飛びあがるようにして立った。「終わったのかい？　どうだった？」

「うまくいった」シェーンがベッカの肩に腕をまわして抱き寄せた。「俺たちはうまくやったんだ」

男たちと一緒にマーツのデスクを囲みながらベッカはすばやくうなずき、目の隅を何度もぬぐった。「あとはチャーリーが熱に打ち勝って、目を覚ましてくれるのを待つだけだわ」

ジェレミーはファイルの入った箱を床に置いた。「彼なら大丈夫だよ、ベッカ。心配しなくていい」

マーツが大きな笑みを浮かべる。「そのとおりだ。まったく、本当によかった」

シェーンはうなずいた。「ああ。ありえないくらい幸運だった」

マーツが首を振る。「一年前のあの日に生き残ったのはただの幸運じゃないし、今夜うまくいったのだって単なる運じゃない。君らは言ってみればロックスターだ。本物の」

「それにありえないけどうまくいったのなら、それはもうありうるってことだ」ベケットが両手をジーンズのポケットに突っこんで言うと、皆はにやりとした。

「それで、こっちの運はどうだったんだ?」シェーンは話題を変えた。

マーツが音を立てて座った。「いろいろやってる最中だ。〈コンフェッションズ〉に仕掛けた監視カメラの映像は、ちゃんと全部送られてきている。クラブに流れてる音楽や雑音から人の話し声に相当する周波数帯の音を抜きだして分離できたから、映像だけじゃなくて音声付きだ。それからちょっとした暇つぶしに、マリン・ターミナルを使っている会社で、アフガニスタンやシンガポールや、陸軍用の武器や装備と少しでも関係ある会社を、港湾局の登録データをコンピュータにかけて検索させてる」

「忙しかったようだな」ベケットが言う。

マーツは肩をすくめ、腿をこすった。「ただじっと座って待つってのができないんだ」

そのとき、物音がすることにシェーンは気づいた。デスクのまわりを見渡すと、アイリーンが大きなテディベアを箱から取ろうとしてもがいている。子犬は首尾よく取りだしたものの、仰向けにひっくり返った。おなかの上にのったテディベアを見て、アイリーンは興奮してうなっている。シェーンは思わず笑ってしまった。

「ああ、だめだ」ジェレミーがテディベアに手を伸ばした。「そいつはだめだよ、アイリーン」

アイリーンはテディベアの首をくわえると、慌てて逃げだした。

ジェレミーがベケットとニックのあいだをダッシュで抜けて、ジムに置いてある器具をよけながらアイリーンを追いまわしはじめた。アイリーンはすばやく身をかわしてジグザグに走りながら、うなったりテディベアを振りまわしたりしている。それでもジェレミーは、とうとうアイリーンを追いつめた。「悪いやつめ、もう逃げられないぞ。そいつはベッカのクマだ」テディベアごと子犬を抱きあげる。「さあ、行くぞ」

ジェレミーがそう言うとアイリーンが彼の顔をなめたので、皆はくすくす笑った。ここにいる全員がアイリーンをかわいがっているが、アイリーンのほうはジェレミーとチャーリーがお気に入りなのだ。

「テディベアはそのままでいいわ、ジェレミー」ベッカがにっこりした。

「おい、白状しろ。おまえとマーツはずっとぬいぐるみで遊んでたんじゃないのか?」ニックが真面目な顔で口を挟む。

「おもしろいことを言うじゃないか」ジェレミーが言い、兄に向かって中指を立てて挑発した。

シェーンは兄をにらんでいるジェレミーの顔がおかしくて、忍び笑いをもらした。

「そのクマは陸軍の兵士の格好をしているのか?」ベッカに尋ねる。

「そうなの。父がアフガニスタンから私に送ってきたのよ」

「ほら」ジェレミーがフットボールか何かのように、勢いよくテディベアをシェーンに投げる。

シェーンはおなかにぶつかる前に手でつかんだ。「危ないだろう」笑いながら言うと、何か金属製のものが床に落ちる音が聞こえた。

「おっと」ジェレミーはアイリーンを床におろし、コンクリートの床の上から細いチェーンを拾いあげた。おもちゃの認識票だ。「ほら、自分が何をやったか見てみろ、アイリーン。なんて悪いやつなんだ」

子犬は頭を傾けて哀れっぽく鳴き、腰を落として座った。尻尾をゆっくりと振っている。今までこんなにかわいい三本脚のジャーマンシェパードは見たことがないと、シェーンは確信した。とはいっても、三本脚のジャーマンシェパードなんてほかに見たことがない。というより、三本脚の犬を見たことがない。

「すまない、ベッカ。代わりのチェーンを用意するよ」ジェレミーが謝った。「その認識票には、何が書いてあるんだ？」

ジェレミーは笑みを浮かべた。「マクスウェル・ベアって名前。こいつの社会保障番号。それから〝Bプラス〟と」

シェーンは手を伸ばした。「そいつはなかなかよくできてるな。ちょっと見せてくれ。俺が直せるかもしれない」テディベアをデスクに置き、ボールチェーンを調べる。「ああ、コネクターがなくなっちまってる」床の上を捜したが、コネクターは見当たらなかった。認識票を裏返し、低く笑う。「マクスウェル・ベアとはね」

突然、シェーンは身をこわばらせた。

この社会保障番号には見覚えがある……。

「なんてことだ」シェーンは言い、もう一度見た。「こいつは社会保障番号じゃないぞ。数字の分かれ方を見てみろ」彼の頭は目まぐるしく回転した。認識票をマーツに差しだすと、皆がまわりに集まってくる。

マーツが目を見開いた。「三つ、ふたつ、四つに分かれているはずなのに、三つ、

「三つ、三つだ」デスクの上の紙の山から一枚取り、認識票を置いて全員に見えるようにした。

ニックが顔を寄せる。「こいつは驚いた」

「信じられない。これって……母のロケットの内側に彫ってあった数字じゃない？」ベッカがきく。

シェーンはふたたび数字を見た。彼の脳が幻を見せたのではないことを確認するためだ。だが、やはり幻ではなかった。認識票には754・374・329という数字の組み合わせが刻まれている。彼らがここ何日も懸命に調査している数字のひとつ、シンガポールの銀行の口座番号だ。この口座には、メリットが後ろ暗い活動で得た千二百万ドルの金が入っている。その活動のせいで、彼らの特殊部隊チームは非名誉除隊に追いこまれたのだ。

「同じだわ」ベッカがささやく。「どうしてこの数字がテディベアの認識票に記してあるの？」

マーツはシェーンがデスクに置いたテディベアをつかんだ。帽子、ジャケット、ズボン、ブーツ。マーツがテディベアが身につけているものをひとつひとつ脱がせて、何か書かれていないかどうか、秘密の隠し場所がないかどうか丁寧に調べるのを見て、シェーンの心臓は激しく打ちはじめた。しかし、何も見つからない。テディベアが完全に裸になると、マーツはひっくり返して、今度は本体を調べた。けれども、やはり何もない。

ベッカの目は皿のように丸くなっている。「これってどういうこと?」

マーツはテディベアを見つめながら首を振った。

シェーンはベッカの疑問について考えこんだ。偶然ということはありえない。ベッカに何を伝えようとしたんだ、フランク? どうして暗証番号や口座番号やメッセージを、こんなふうにさまざまなものに潜ませる必要があったんだ? 最初はブレスレット。今度はクマだ。

「僕たちはこれまでの出来事をまったく違う角度から見なければならないってことだよ」マーツはテディベアを頭のてっぺんから爪先まで、少しずつねじってみている。「それに、君のクマは死ななければならないってことだ、ベッカ」彼女を見あげた。

ベッカは息をのみ、しばらくテディベアを見つめていた。それからようやく口を開く。「その中に何かが隠されていると思ってるの?」

おそらくベッカの言うとおりなのだと思うと、シェーンは髪が逆立つかのように頭皮がチリチリするのを感じた。

マーツが笑みを浮かべる。「ああ、たぶん何か入っているだろう」

ベッカはうなずいた。「それなら、いいわ。でもしそれを殺さないといけないないなら、アパートメントでしない？　私がチャーリーの様子を見ていられるように」


十分後、彼らは眠っているチャーリーの様子を確かめたあと、オープンキッチンの真ん中にあるアイランドのまわりに集まった。各々ビールやウイスキーを手に持っている。

シェーンはチャーリーの手術の成功の余韻がまだ体を駆けめぐっていて、もう夜中の一時をまわっているというのに、とてもすぐには眠れそうになかった。それにテディベアの認識票の数字を発見して、アドレナリンがさらに出ている。

「ベッカとシェーンに」ニックが言ってグラスを掲げ、皆も続いた。

「チャーリーに」シェーンは仲間の注意を自分からそらすためにすぐさまチャーリーへの乾杯に移って、ふたたび全員とグラスを打ちあわせた。シェーンはただ、自分の仕事をしただけだ。ウイスキーを一気にあおって、舌を刺すあたたかい刺激を楽しむ。

「これ以上飲んだら、日曜まで眠っちゃうわ。これから朝まで、チャーリーについていなければならないのに」ベッカが言って、ビールのボトルを遠ざけた。

「君ひとりでついている必要はないよ。俺も手伝う」ベケットが静かに言い、アイスブルーの目をベッカに向けた。このブロンドの巨漢もシェーンと同じで、ベッカに対して埋め合わせをしようとしているみたいだった。ベケットは初めて会ったベッカにほとんど冷淡とも言える態度を取り、しかもそのあとすぐに、ニックと殴り合いの喧嘩をしている。ベッカはそれに対していい顔はしなかったし、そのことを彼らにきちんと思い知らせた。

ベッカが断固としてニックを擁護したことを思いだして、シェーンは顔がほころびそうになった。ベケット・マルダと対決して無事にすむ者は多くない。だが、彼女はそのひとりだ。

「俺もやる」ニックが言った。「俺たちみんなでやるんだ」

ベッカが笑みを浮かべ、ニックに身を寄せた。「ありがとう、みんな」

ニックは彼女に腕をまわして、髪にキスをした。「さてと、ではクマ殺しに戻ろうか」マーツの前のぬいぐるみを指さす。

「まったくスパイ小説ばりだな」シェーンは言い、もう一度認識票を調べた。

「メリットはいつだって卓越した戦略家だった。この件でもそうだったってわけだ。俺たちが知りたいのは、やつがこんなふうに戦略をめぐらせた理由だ」ベケットがたくましい両腕を組む。ベケットの言うとおりだ。メリットは戦争というものをよく理解している有能な軍人で、手元にあるものを活用し、弱点をカバーするすべを知っていた。シェーンはずっと上官のそんな部分を尊敬していたし、だからこそ裏切られたことがあんなにもつらかった、仲間たち全員がそうだ。

マーツがうなずく。「そのとおりだ。どうしてやつは特別な認識票を作らせて、社会保障番号の部分に銀行口座の番号を刻印させたんだろう。それをベッカに送りつけた理由はなんだ？」

「信じられないわ」ベッカが刻まれた番号を親指で撫でながら言う。「最初はブレスレット。そして今度はこれ」

「まったくだ」マーツはひとりひとりと目を合わせていった。「だから僕は、クマの中に何か隠されていると思う」

シェーンは期待が体を駆けめぐるのを感じて、両手をカウンターについた。「じゃあ、何をぐずぐずしている。さっさとこいつを殺《や》っちまえ」

ニックはカウンターを離れ、引き出しからキッチンバサミを取りだした。「本当にいいのか？」ベッカにきく。

「ええ、どうぞ」彼女はマーツがハサミを受け取るのを見つめた。「父が理由もなくこんなことをしたとは思えないもの」

「そうだな。だめでもともとだ。思いきってやってみるしかないな」マーツは同意して、ハサミの先をぬいぐるみの背中の縫い目に刺し、ゆっくりと切り開いていった。体と、脚と、頭を。

シェーンは光をさえぎらないように気をつけながら、マーツの肩越しに作業を見守った。何が隠されているのか知りたくて待ちきれない。どんなものかは見当もつかないが、何か意味のあるもの、重要なもののはずだ。そうでなければメリットは、思わせぶりなおもちゃの認識票をつけたテディベアを娘に送りつけたりはしない。「今夜もう一件、手術をすることになるとは、思いも寄らなかったな」冗談めかして言う。

「マーツが医者じゃ、患者の先行きは暗いが」ベケットが言った。ベケットはマーツを種に冗談を言うのを聞いて、シェーンはうれしかった。ベケットがマーツが片脚を失った事実をうまく受け入れることができず、以前にもまして無口になっている。

部屋の中に、いくらかこわばった笑いが広がる。

「だめでもともとだ」マーツがふたたび言い、白い詰め物を少しずつ取りだして指で探った。シェーンは心臓が早鐘を打つのを感じながら、それを見守った。「君も確認してくれ」マーツが言い、詰め物の山をシェーンのほうに押しやる。

シェーンは喜んで作業に参加した。何が隠されているのか知らないが、探り当てたくて指がうずうずする。詰め物はシルクのようにやわらかくふんわりとふくらんでいて、確実に確かめるためには、少しずつちぎっていかなければならない。

胴体部分には何もなかった。脚も腕も同じ。

マーツは頭に取りかかった。「さあ、パパのところに出ておいで」声には期待と興奮が満ちている。しかし……。マーツは何も発見できないまま、最後の詰め物を取りだした。何もない。確認したシェーンも、同じ結論に達した。

テディベアの中には何も隠されていない。

「冗談だろう？」マーツが言う。失望で、みるみる部屋の空気が沈んだ。

「生地もよく調べろ」シェーンは偽の手がかりだったと信じたくなかった。メリットはどうしてこんな真似をしたのだろう。彼らは詰め物のなくなったテディベアのパーツをそれぞれ手に取り、内側も外側も調べた。だが、やはり何もない。「ちくしょう」

「意味が通らないわ」ベッカの声はこわばっている。彼女が涙を抑えようとしているのを見て、シェーンは胸が痛くなった。とうとうこぼれ落ちた涙をベッカが乱暴に払うと、ニックが自分のほうを向かせて胸に抱き寄せた。「ちょっと疲れただけ」ベッカがかすれた声でささやく。

ニックはうなずいたが、心配そうな顔だ。シェーンも同じ気持ちだった。「わかってるよ。明日になったら、また運が向く。みんな、今日は長い一日だった。そろそろ休んだほうがいい」ニックはひとりひとりと目を合わせた。「さあ、行こう、サンシャイン」彼はベッカの髪にささやいた。

ベッカがうなずき、皆に涙の浮かぶ目で笑いかけた。「みんなありがとう」ふたりはキッチンを出てニックの部屋に向かった。

「俺もそろそろ寝ようかな」ジェレミーが言った。「ところでマーツ、明日は昼までは客の予約が入ってるけど、午後は暇なんだ。手伝いが欲しかったら言ってくれ」

マーツがテディベアの残骸から目をあげた。怒っているような表情だ。「そいつはありがたいな。必ず頼ませてもらうよ」ジェレミーはうなずき、仲間たちに声をかけて出口に向かった。マーツは詰め物の山をすくいあげた。「僕はこのままじゃ、とても眠れそうにない。監視カメラの映像と音声のチェックでもするよ。あいつらが受け渡しの情報を何かもらすかもしれない」

「そうだな」自分たちは何か見逃しているに違いないという気がしてならなかったが、シェーンは疲れすぎていて頭が働かなかった。

「そいつは捨てちまったらどうだ？」マーツの両手にあふれんばかりの詰め物を見て、

ベケットが顔をしかめる。

マーツは首を振った。「これはベッカのものだ。彼女にどうするか決めてもらおう」

ベケットはマーツと一緒にアパートメントの入り口まで行き、そこで振り返った。

「おまえも来るか？」シェーンに声をかける。

シェーンは両手で顔をこすった。今の彼に必要なのは睡眠だ。だが体じゅうの筋肉が疲労で痛み、銃で撃たれた傷がうずき、頭がズキズキしていても、シェーンの心は睡眠ではなく別のもので占められていた。

クリスタル。

もうすぐ彼女の仕事が終わる……。

クリスタルはシェーンと話すと約束した。ちゃんと話すと。

チャーリーの手術を無事終えた今、シェーンはクリスタルのことしか考えられなかった。ブルーノが汚い手で彼女の体じゅうを触っていた場面が頭に浮かぶ。もう一度クリスタルに会うまで、シェーンの頭はまともに働かない。それだけはたしかだ。

「いや、俺はイージーのところに行く。あっちは大丈夫か確かめたいんだ」

「わかった。じゃあ、今度はレインコートを着ていけよ」ベケットが無表情なままで言う。

マーツは一瞬、固まった表情になったが、そのあとすぐに破顔し、大声で笑いだした。

「うるさい」シェーンはそう言いながら、自分がむっとしているのはベケットに図星を指されたからだとわかっていた。最初がマーツ、次がベケット。残りの仲間にもそう長くは隠し通せないだろう。だが、それならそれでしかたがない。

ベケットもゆっくりと笑みを浮かべる。

シェーンは目をぐるりとまわし、足早に自分の部屋へ向かった。まずチャーリーの様子を見に行こう。それから手早くシャワーを浴びて着替える。そのあと出発するのだ。クリスタルに会いに。

14

ジェナを心配して疲れ果てていたクリスタルは、露出過剰なクラブの制服を着替える気にもなれなかった。そこでただハイヒールをビーチサンダルに履き替え、ロッカーにしまってあった古いフード付きのスウェットシャツを上に着た。もう夜中の二時を過ぎているのだから、格好をつける必要はないだろう。

アパートメントに向かって車を走らせながら、どうにも落ち着かなくて、車のハンドルを指先でトントン叩く。ほかにほとんど車は走っておらず、ラッキーにも赤信号に一度も引っかからなかったが、それでも家への道のりがこんなに長く感じられたことはなかった。

どうしてジェナは〈コンフェッションズ〉に来たのだろう。

クリスタルがいてもいなくても、あそこへは絶対に行くなと何度も言い聞かせていたのに。せっかくブルーノが、ジェナが〈コンフェッションズ〉にかかわりを持たずにすむようにしてくれたのだ。今後ジェナがギャングの目に留まらないまま安全に過ごすためには、絶対にあそこへ近づいてはならない。一度の例外もなく。組織の誰かがジェナになんらかの興味を持ったらと思うと、クリスタルの全身に悪寒が走った。

シェーンが代わりに残すと言っていたエドワードは、ジェナを任せても安心できる男なのだろうか。それはエドワードを推薦したシェーンを信頼できるかどうかという問題でもある。シェーンもそのうちブルーノと同じように本性を現すかもしれないと、心のどこかで不安に思っている。シェーンは大丈夫だと信じる気持ちが大半ではあるけれど。こんなふうに誰かを信用するのは、いつもほとんどすべての人や物を疑ってかかるクリスタルには、本当に珍しい。そのシェーンが請けあっているなら、エドワードはいい人に違いない。

頭ではそうわかっているのだから、激しく打ち続けている心臓や今にもひっくり返りそうな胃にも、おとなしく鎮まってほしい。

アパートメントの入り口が見えてくると、クリスタルはほっとして大きく息を吐いた。家に着いて、すべてがいつもと変わらず、ジェナもぐっすり眠っていると確認したら、こんなに気をもんだ自分がばかみたいに思えるだろう。

そのとき、光が点滅するのが見えた。一回、二回、三回。

クリスタルは通り過ぎる街灯の光に目を細めた。

アパートメントの敷地に入る私道を越えた角に、シェーン・マッカランが立っていた。光っている携帯電話をおろし、手を振っている。

クリスタルは彼が待っていてくれたという事実に心が躍り、思わず胸にうれしさがこみあげた。けれども、かすかな疑念も感じた。シェーンはなぜ彼女を待っていたのだろう。

もしかして、何かあったのだろうか。

うれしさと疑念が入りまじり、鼓動が速くなる。クリスタルはシェーンの前に車を停めると、窓をさげた。「何かあったの？」

肩や胸にぴったり張りついた杢《もく》グレーのシャツを着たシェーンが、いつものセクシーで魅力的な笑みを浮かべる。「何もないよ、ダーリン。平穏無事だ。十五分くらい前にイージーに……エドワードのことだが、彼に確認したところ、君の家はしんと鎮まり返ってるそうだ」

「よかった」アイドリング状態のピックアップトラックのエンジンが大きな音を立てる。「じゃあ、なぜここにいるの？」

シェーンは頭をかすかに傾けると、熱く情熱的な視線をクリスタルに向けた。「君があとで話そうと約束してくれたからだ」

クリスタルの胃が跳ねあがった。シェーンは何について話したいのだろう。君が欲しくて息ができないくらいだと更衣室で言った彼の声がよみがえり、鼓動がさらに速さを増した。「でも、ジェナが――」

「彼女は大丈夫だ」シェーンが眉をあげた。「約束を破ったりしないだろう？」

クリスタルはうなずいた。「ええ。でも、いったいどこで……」

「あそこに車を停めたらどうかな」シェーンが平屋の家が連なっている前の、路肩が広くなっている部分を指す。「君の車の中で話せばいい。それでかまわなければ」

「そうね」クリスタルはきちんと閉まらなくて開きっぱなしのグローブボックスに目をやった。運転席の隣のベンチシートは、ビニールカバーに亀裂が入っている。アパートメントの中もそうだが、この年代物のピックアップトラックも、これまで見かけを気にしたことはなかったけれど……。

「なんなら俺の車でもいい。もう少し先に停めてある」

「ええ。そのほうがいいわ」クリスタルはうなずき、車を停めた。ぶるりと体が震える。これから彼と一緒の時間を過ごすのだと思うと、興奮が体を駆け抜けた。今回は密閉空間で完全にふたりきりになる。彼女はエンジンを切ってキーを抜き、静かになった車内で深呼吸をした。ただ話をするだけなのに、もっと大きな意味があるように感じるのはなぜだろう。

ドアを開けかけて、自分の格好を思いだした。たった一度ちゃんと着替えなかっただけなのに、そんなときに限ってすてきな男性とふたりきりになるチャンスが来るなんて。セクシーな男性の前に、売春婦も同然の格好で出ていくはめになってしまった。

コンコン。

はっとして横の窓を見ると、シェーンが立っていた。どうかしたのかと尋ねるように、クリスタルを見ている。しかたがない。どうせもう、制服姿は見られているのだ。

クリスタルがうなずくと、少しだけ開いていたドアをシェーンが大きく開けた。クリスタルは恥ずかしさをこらえ、ほぼ腿の付け根からむきだしになっている脚を外におろした。「あの、着替える暇がなかったから」

シェーンがクリスタルの手を取った。「別に気にならないよ、スイートネス。さあ、こっちだ」

シェーンはまた、恋人でも呼ぶように〝スイートネス〟と言った。それに彼はまた、クリスタルをそのまま受け入れてくれた。大きくてあたたかいシェーンの手で握られていると安心できるし、親指で指の関節を繰り返し撫でられていると二度と離してほしくないと思ってしまう。

彼に心を奪われてはいけない。うまくいくはずがないとわかっている。

それはそうかもしれない。でもこうして一緒にいるあいだは、楽しんでもいいのではないだろうか。クリスタルは自分が火をもてあそぶような真似をしていると知りながら、興奮に身を震わせた。

「寒いのかい?」シェーンがきき、彼女を引き寄せる。静かな通りの片側にはほとんど明かりのついていないテラスハウスが立ち並び、反対側にはクリスタルの住んでいるアパートメントの敷地と通りを隔てる塀や生け垣が続いている。

「いいえ、平気よ」クリスタルはシェーンに小さくほほえんだ。シェーンはいつも、そのとき彼女が何を感じているか気にかけてくれる。ブルーノにキスをされたときも、いやがっていると気づいてくれた。当のブルーノは、クリスタルの心の動きにまったく気づかなかったというのに。それとも、彼女の気持ちなんか最初から気にしていないのかもしれない。

「この車だ」シェーンは大型の黒のピックアップトラックにリモコンのキーを向けた。車が反応して、ライトが二度光る。「さあ、どうぞ。そこにブランケットがある」彼は二列目の座席のドアを開け、ゆったりとほほえんだ。

クリスタルはシェーンのあたたかい手に背中の下を支えられて、車内に入った。腿の裏に感じる革張りの座席がやわらかい。シェーンはドアを閉め、反対側にまわって同じ二列目の座席に乗りこんだ。そのときになってクリスタルは、なぜシェーンが前の座席ではなく後部座席を選んだのか悟った。前の座席は真ん中にコンソールがあって、隔てられている。つまりシェーンは、彼女と離れていたくないのだ……。

クリスタルはふたたび体が震えるのを感じた。緊張と興奮で、じっと座っていられない。

「ほら、これを使ってくれ」シェーンがフリースのブランケットを振って広げ、彼女の膝にかけた。

「あなたってほかの人たちと……ひどく違う」クリスタルはいつの間にか、心の中で考えていることを声に出していた。ブランケットをいじりながら、横目でちらりと彼を見る。

シェーンがほほえんだ。「いいほうに違うといいんだが」

頬がかっと熱くなり、クリスタルは窓の外に視線を向けた。車二台分前に街灯があるが、シェーンの車は生け垣の横にあって、ほとんど光が届かない。こんなふうに彼と座っていると、とても……安らいだ気持ちになる。心臓が高鳴り、そわそわと落ち着かなくても。

「今夜はどうだった?」シェーンが尋ねたので、クリスタルは視線を彼に戻した。

彼女は肩を片方すくめた。ズボンの前を突っ張らせながらこそこそとクリスタルの肌に触れてくる男たちの手の感触を必死で無視しながら、何時間も食べ物や飲み物を運んでいた。つまり相も変わらぬ夜だった。「別にいつもと同じ。あなたは? どうしても外せない用があるって言ってたけど、うまくいった?」

シェーンはうなずき、疲労の漂う笑みを小さく浮かべた。「ああ、ありがたいことにうまくいった」

どうしても外せない用というのがなんなのかききたい気持ちもあったが、クリスタルは自分には関係のないことだと思い直して短く言った。「よかったわね」しばらく沈黙が落ち、シェーンが黙ったまま彼女の全身に視線をさまよわせる。クリスタルは身じろぎしたくなるのを懸命にこらえた。「それで、なんの話をしたいの?」

シェーンはゆったりとした態度を崩さなかったが、躊躇なくストレートに疑問をぶつけてきた。「どうしてブルーノみたいなやつに我慢しているんだ?」

我慢しているという表現はあまりにも的を射ていた。クリスタルの守っている秘密にこれほど肉薄した質問でなかったら、笑っていたかもしれない。「ずいぶんはっきり言うのね」

シェーンがうなずき、眉をあげた。「ああ、そうだ。君はあとで話そうと言った。だから俺は話している。今度は君の番だ」

クリスタルは質問に答えるべきかどうか、しばらく迷った。わざわざ答える必要があるだろうか？　どうせ何も変わらないのだから、無駄だと思える。けれども今までひとりで抱えてこなければならなかった信じられないほどの重荷を、一緒に支えてもらうことはできないとしても、せめて話を聞いてもらえたらという気持ちもあった。クリスタルの心に寄り添ってくれる誰かに、本当の彼女を理解してくれる誰かに打ち明けたい。クリスタルは咳払いをした。「ブルーノは私がほんとに助けを必要としていたときに助けてくれたの」それ以上詳しく説明しなくてすむように祈りながら答える。

シェーンがいぶかしげな顔になり、クリスタルの頬と腕に鋭い視線を向けた。特にスウェットシャツの袖に覆われている、指の跡がついた部分に。彼は苦笑した。「俺は軍で何年も諜報《ちょうほう》関係の仕事をしていたが、君はそのとき一緒に仕事をしていた工作員たちに負けないくらい、尋問の切り抜け方を心得ている」

生き残れるかどうかがそれにかかっているからだと、クリスタルは心の中で答えた。〈コンフェッションズ〉に身を置き、〈チャーチ・オーガニゼイション〉の男たちやブルーノを刺激しないように過ごしながら磨きをかけてきた技だからだ。「今のは褒め言葉なのかしら。それから、あなたは衛生兵だと思っていたわ」

「両方の訓練を受けたんだ」シェーンはクリスタルと向きあえるよう背中を車のドアにつけ、頭を傾けた。「どうして〈コンフェッションズ〉で働いてるんだ？　〝食べていくため〟っていう答えはなしだからな」

食べていくためというより、借金を払うため。それも父が作った借金を。月々の返済分を差し引くと、彼女の手元に給料はほとんど残らない。「無理よ。だって、それが理由だもの」シェーンが口を引き結ぶと、クリスタルは降参するように両手をあげた。「ほんとよ」

シェーンは大きく息を吐き、考えこむような目を彼女に向けた。「君の年は？」

予想もしていなかった質問に、クリスタルは思わず笑みを浮かべて首を振った。「百四歳」シェーンがおもしろそうに眉をつりあげたので、彼女は肩をすくめた。「ときどき、それくらいに感じるの。ほんとは二十三歳」

シェーンが目を見開く。クリスタルの返事に驚いているのだ。「もっと年上に見えるな」

それを聞いて、クリスタルは落ち着かない気分になった。「がっかりした?」

「クリスタル、君に失望することは絶対にない。それだけははっきり言っておく。君は責任を引き受けて真剣に生きているから、大人びて見えるんだ。俺はそういうところが好きだよ。とてもね」心のこもった熱い視線に、彼女は動けなくなった。

自分の体に腕をまわした。「だから百四歳だって言ったでしょう? それで、あなたはいくつ?」今まで考えてみたことがなかったが、たぶん二十代後半というところだろう。ブルーノは三十代だし、年上の男には慣れている。

シェーンは笑みを浮かべた。「あとほんの何カ月かで、三十の大台だ」

「あら、あなたってお年寄りだったのね」

シェーンがのけぞって笑った。「まいったな、ダーリン。一本取られたよ」クリスタルとの会話を楽しんでいるシェーンの様子に、彼女は惹きつけられた。ブルーノはちょっとからかわれただけでも侮辱されたと受け取るので、うっかり冗談も言えない。それは彼とつきあいはじめてすぐに学んだ。

しばらくして、シェーンが笑みを消して尋ねた。「ジェナが〈コンフェッションズ〉に現れて、どうしてあんなに動転したんだい?」

年齢についてのやり取りが楽しくて油断していたクリスタルは、彼が尋問に長けた元軍人であることを思いだし、追いつめられた気分になった。「待って。もうひとつ質問があるの」ブランケットの端をねじって結び目を作りながら、急いで言う。

シェーンが腿の上に置いていた両手をあげて促した。「なんだい？」

彼を見つめながら、クリスタルは一瞬迷った。薄暗い車内で目の前に座っているシェーンは、とてつもなく魅力的だ。広くてたくましい肩、シャツの袖を通してもわかる上腕二頭筋の曲線、ジーンズに包まれたたくましい腿。「ええと、つまり私がききたいのは、どうしてそういうことを気にするの？　あなたは私のこともジェナのことも知らないでしょう？」

シェーンが首を振った。にやりとしたその顔はいらだたしいが、同時にひどくセクシーでもある。「その質問は無駄だったな。答えは前に言ったからね。君が好きだからだよ。それから君たちを知らないのにって言うけど、どんどん知っているところだ」

シェーンの答えに彼女は舞いあがりかけて、すぐにわれに返った。シェーンが興味を持ってくれるのはうれしいが、彼との関係が実を結ぶことはない。それに、シェーンはクリスタルのすべてを知っているわけではない。もし知れば、興味は一気に失せるだろう。「いいわ。じゃあ、別の質問。あなたたちはどうしてあのストリップクラブで、バチェラー・パーティーをするつもりなの？」

彼は平らなおなかの上で両手を組み、見るからにくつろいでいる。そのゆったりとした感じが、本当にセクシーで魅力的だ。こういう姿を見ると、女性はどうにかしてシェーンを動揺させてみたいと思ってしまう。

クリスタルはシェーンの体に視線を這わせた。力強い腿、引きしまった平らな腹部、広い肩。最後に顔を見ると、彼は眉をあげ、おもしろそうに笑っていた。気づいていたのだ。

「正直に答えてよ」シェーンをなめるように見ていたことがばれてしまい、クリスタルは急いで警告した。彼女の気持ちを簡単にそらすことができると、シェーンに思わせてはならない。本当は、百八十センチを超える長身で、こちらの頭がどうにかなりそうなほどセクシーなシェーンに、気持ちをそらされないわけはないのだが。

「わかった。明日の晩に行われる取引について、もっと情報を集めるために行ったんだ」シェーンがクリスタルと目を合わせた。「そのための措置をいくつか講じてきた」

「まあ」クリスタルは思わずぽかんと開けてしまった口をすばやく閉じた。シェーンがこれほど率直に答えたのが信じられない。それにしても、〝措置〟とはなんだろう。

彼らに変わったことをしている様子はまったくなかった。

「また俺が質問する番かな?」

クリスタルは耳の後ろに髪をかけた。「ええ、いいわ」

「どうしてジェナが〈コンフェッションズ〉に現れたのを見て、あんなに動転したんだ? 正直に答えてほしい」

最初に正直な答えを求めたのはクリスタルなのだから、きちんと答えないわけにはいかない。「あの子にとって、〈コンフェッションズ〉は安全な場所ではないからよ。あそこにいる人とかかわりを持ってほしくないの」

「ジェナには安全でなくても、君にとっては安全なのか?」声のトーンは変わっていないが、組んだ両腕から彼の緊張が伝わってくる。

クリスタルは既視感に襲われた。ジェナが今日、これとよく似た質問をクリスタルに投げつけた。もう十二時を過ぎているから、昨日と言ったほうがいいのかもしれない。「正直に言うと、答えはノーよ。私にとっても安全とは言えないわ」シェーンの眉があがる。たぶん、彼女の率直さにシェーンも驚いたのだろう。「でも私はすでにあそこにとらわれてしまっているけど、ジェナはそうじゃない。あの子はもうすぐ大学を卒業して、ちゃんとした仕事につくわ。私が生きている世界とはまったく関係のない人生を送るのよ。ストリッパーや、それに……」ジェナから遠ざけたいあらゆるものがいっぺんに頭に浮かび、クリスタルは言葉が出なくなった。さまざまな思いがこみあげる。

シェーンが張りつめた表情で身を乗りだした。街灯の光の中に浮かぶ彼の目は、熱く溶けた銀のようだ。「それに？　続けてくれ、クリスタル。話してほしいんだ」彼女の膝に手を置いて、ぐっと握る。その手はあたたかくて、ずっしりと重かった。一瞬、クリスタルは本名のサラと呼んでほしいと頼みたくなった。たった一度でいい。シェーンの口から自分の名の響きを聞きたい。

今の彼女は、自分の名前すら好きに使えない。この暮らしを続けているうちは、昔の自分に戻ることはできない。

クリスタルはそんな選択をしなければならない現実や心の葛藤に、ジェナを立ち向かわせたくなかった。欲求不満、切望、恐れ、怒り。すべてが絡みあい、胸の中でふくれあがって喉を締めつける。「あなたって人は……」ようやく声を絞りだし、視線を膝の上に落とす。その瞬間クリスタルは、自分の感じている恐怖や夢を打ち明けられる人は、シェーンよりほかにこの世にひとりもいないのだと悟った。鋭く息を吸って、言葉を押しだす。「あの子には、まったく関係のない人生を送ってほしいの。ストリッパー、ドラッグの売人、ギャングの男たち、人殺し、それに……拉致され、男たちに利用されたあげくに売り買いされる女たち。そんなものでいっぱいの世界とは──話し続けるうちに、どんどん早口になった。クリスタルがまた心を閉ざしてしまう前に、ためこまれた言葉がわれ先に外へと飛びだしているかのようだ。彼女は身を震わせた。自分の行動にパニックがふくれあがり、頭皮がチリチリする。

「クリスタル──」

彼女は小刻みに首を振った。「もう言わない」頑《かたく》なな声で言う。

シェーンがため息をついて、両手で顔をこすった。

クリスタルは気持ちを鎮めるために深呼吸をして、シェーンを見つめた。「何？」声になるかならないかの声でささやく。

シェーンは両手を腿の上に置いた。「今、君を抱きしめたいと言ったら、怯えさせてしまうかな？　君がつらい状況にいるのはわかっているんだ。でも、どうやって助けたらいいのかわからなくてつらいんだよ──」

「いいわ」クリスタルはシェーンに抱きしめられる感触をまた味わいたくてたまらなかった。それに、これ以上彼と話すのは無理だ。自分の手には負えない。普通の二十三歳の女性たちと違って、彼女は映画や、テレビ番組や、週末に友達としたあれこれを話題にしたおしゃべりなんてできない。映画には行かないし、テレビはほとんど見ないし、友達はいないのだから。クリスタルに提供できる話題といえば、ひどく表面的で意味のないことか、死と隣り合わせの世界の暗くて重い話だけだ。

「いいのかい？」シェーンがとてつもなく幸せそうな顔をした。まるでクリスタルに特別すばらしいものをもらったかのようだ。実際は、彼女のほうこそそんなふうに感じているのに。

　クリスタルはうなずいたが、何をすればいいのかわからなかった。男性に優しく抱きしめられたことなどない。これまで一度も。

「さあ、ダーリン、こっちにおいで」シェーンが両手を伸ばして、彼女を背後から抱き寄せる。クリスタルはシェーンの両脚のあいだに入って背中を彼の胸につけ、膝を立てた。やわらかく冷たいクリスタルの体を包みこむシェーンの体は、どこもかしこも硬くてあたたかい。あまりの心地よさに、クリスタルは彼にすり寄った。

　シェーンは彼女のおなかに腕をまわすと、満足そうにため息をついた。一分後にはクリスタルは体から力を抜いて頭をシェーンの肩にのせ、片方の腕を彼の腕の上に置いていた。シェーンが手と手を絡める。

　クリスタルは目に涙がこみあげた。こんなふうに手を握られるまで、これがどんなに親密な行為か気づかなかった。ばかみたいに思えるが、こんなふうに誰かと心を通わせることに、クリスタルはまったく慣れていなかった。

シェーンはもう一方の手でクリスタルの髪に触れ、顔にかからないよう耳にかけてくれた。長い髪を指に巻きつけて外したあと、彼女の腕をなでおろす。クリスタルをあたためようとするような、優しい仕草だ。

慈しまれるとはこういうことなのだと、彼女は初めて知った。慣れてはいけないと思うのに、どうしても体を引けない。シェーンの行為は、砂漠で行き倒れた人に与えられる水のようなものだ。どうしたらひと口だけでやめられるかわからず、クリスタルは途方に暮れた。

「どうしたんだい？」シェーンが彼女の耳にささやいた。

「なんのこと？」

「今、一瞬体を固くしただろう？　いやな気持ちにさせてしまうようなことをしたかな？」彼が腕を外す。

すぐにシェーンの感触が恋しくなって、クリスタルは彼の手を取っておなかの上に戻した。「いいえ、全然。とっても……いい気持ち」

「じゃあ、どうした？」

彼女は首を振った。「なんでもないわ。ばかみたいなことよ」

「君の顔が見えるように、少しだけ向きを変えてくれないか？」クリスタルは緊張して胃が引きつりそうになりながら、左肩がシェーンの右脇の下に入るように体を少し回転させた。それにつれて、腿が彼の腿の上に少し重なる。シェーンがクリスタルの顎をそっと持ちあげ、目を合わせた。「君が何を考えようと、何を言おうと、ばかみたいなんてことはない。絶対に。そんなふうに自分を卑下しないでくれ」

クリスタルは喉がつかえた。シェーンは本当に善良で高潔な男性だ。そんな彼に出会えたのは信じられないほど幸運なことなのに、恐ろしい悲劇でもある。「どう言えばいいのか、わからないわ」彼女はかすれた声で言った。

シェーンがあたたかく力強い手でクリスタルの腕をそっと撫であげ、頬を包む。

「大丈夫だとだけ言ってくれ」

「大丈夫よ」クリスタルはささやいた。今この瞬間、彼女はシェーン・マッカランの前で完全に無力だった。彼が何を頼んでも、何をしても、すべて受け入れただろう。シェーンの唇に視線を落とすと、それが自分の唇に重なったときの感触がよみがえった。シェーンの舌のさわやかなミントの味や、彼女をむさぼりながら彼が喉の奥で立てた信じられないくらい官能的な音を、一瞬で思いだす。

腰に当たっている彼のものが大きくなるのを感じて、欲望がクリスタルの体に波のように押し寄せた。

「そんな目で見るな、クリスタル」シェーンがきしるような声で言う。それは要求でも脅しでもなく、懇願だった。これほど大きくて強くて力に満ちあふれた男性に懇願されていると思うと、彼女はぞくぞくした。

「そんな目ってどんな目？」視線をあげてシェーンの目を見ると、街灯から届くかすかな明かりの中でも、激しい欲望に駆られて強い光を放っているのがわかった。それを見て、クリスタルは彼が欲しくてたまらなくなった。

「もしかしたら、俺が君を求めているのと同じように、君も俺を求めているんじゃないかと思ってしまう目だよ」シェーンはクリスタルの顔に鼻をすり寄せ、そっと頬をなぞった。シェーンの息が、彼女の口にかすかにかかる。「もしかしたら、君にキスをしたり触れたりさせてもらえるんじゃないかと思ってしまう目だ」彼がクリスタルのこめかみと耳にすばやく唇を滑らせた。「もしかしたら、君が僕を受け入れてくれるんじゃないかと思ってしまう目だ」

クリスタルは心臓があまりに速く激しく打ちすぎて、息をするのも苦しかった。シェーンの胸に当てていた手を首筋まで滑らせる。彼が必要だ。彼が欲しい。心がジリジリと焼けるくらいに。一度だけでいいから。

クリスタルはシェーンと目を合わせたまま、身を寄せていった。彼の顔に期待と満足が浮かぶのを見て、うっとりする。自分にシェーンを驚かせ、喜ばせる力があることが、うれしくてたまらなかった。

彼に唇を押し当てる。

シェーンのもらしたうめき声は、切迫した欲望とほとんど勝利の喜びと言えるものが満ちていた。彼がクリスタルに優しく腕をまわして引き寄せる。けれどもクリスタルは、そんなものでは足りなかった。もっと近づき、もっと深く感じたい。シェーン・マッカランのすべてを知りたい。

こんなチャンスは二度とないかもしれないのだから。

突然、感じたくもないパニックが体を駆け抜けた。この四年間で、体を許したのはブルーノだけだ。それも何カ月か時間をかけて信頼をはぐくみ、彼に触れられることに少しずつ慣れたあとだった。あの頃のブルーノはまだ本性を現していなかったし、クリスタルも簡単に人を信じる純真さを捨てていなかった。でも四年経った今、ブルーノもクリスタルもすっかり変わってしまっている。もしかしたら、シェーンも変わるのかもしれない。そうではないと誰にわかるだろう。

ブルーノのことを考えるのはやめなければ。そもそも、いろいろ考えすぎだ。今、感じているものだけに集中すればいいのに。彼女にはその権利がある。そうすることが必要だ。だいたい何かが起こる前からうじうじ考えていても、どうにもならない。

シェーンが体を引き、額をクリスタルの額につけた。「こうなることを期待して来たわけじゃないんだ。もちろん、そうなったらいいとは思っていたよ。たぶんね」彼は笑みを浮かべた。「だけど本当に、ただどうしても君に会いたくて来てしまったんだ」

「来てくれてうれしい」クリスタルはシェーンの顔を両手で包んだ。指先を彼の髪に差し入れる。

「どうしてほしい、スイートネス？ 君のためなら、なんだってする」シェーンがフード付きのスウェットシャツ越しに、彼女の背中を腰から肩まで撫であげた。

クリスタルは言葉が出てこなくて、黙って顔をあげ、彼の唇を求めた。今度のキスはふたりの体に火をつけた。シェーンは両脚のあいだで膝立ちになったクリスタルを引き寄せ、自分の上にのせた。開いた脚のあいだに硬くそそりたったものが当たって、クリスタルは思わず息をのんだ。シェーンを求めて濡れている場所のすぐそばに、彼のものがある。

ふたりはきつく抱きあって、むさぼるようにキスを交わした。クリスタルの頭の中が、次第に真っ白になっていく。シェーンと彼女以外のあらゆるものが消え、彼と過ごしているこの瞬間がすべてとなる。

シェーンの両手はクリスタルの体の上を休みなく動きまわった。髪を握りしめ、胸を優しく包んでもみほぐし、むきだしの腿を撫でている様子から、クリスタルに触れずにいられないという思いが伝わってきて、彼女はうれしくてたまらなかった。人の手はなんて大きな力を持っているのだろう。人はこんなふうに人に触れられることが必要なのだ。人は人に触れるだけで命を与え、勇気づけることができるのだから。人の手は奪うだけでなく何かを与えられるものなのだと、傷つけるだけではなく癒やせるものなのだと、人を支配するだけでなく慰められるものなのだと知って、クリスタルは心から驚いた。ブルーノとうまくいっていたときでさえ、一度もこんなふうには感じなかった。

彼女が今までまるで知らなかった基本的なことを、シェーンは教えてくれた。あるいは知ってはいても信じていなかったことを。

今のクリスタルはもう信じている。シェーンのおかげで。ほんのわずかなあいだしか一緒にいられなくても、シェーンには一生感謝し続けるだろう。自分とぴったり合う男性と一緒にいると、どんなふうに感じるのか教えてくれたのだから。

シェーンがクリスタルの髪を握ってそっとのけぞらせ、あらわになった喉にうやうやしく唇と舌をつける。そのまま唇と舌で肌をたどられると、その部分が火をつけられたようにかっと熱くなって、クリスタルは一気にめまいがするような興奮の波にさらわれた。腰を引き寄せられると脚のあいだに彼のものがこすれ、思わずうめき声がもれる。ずっしりと大きく硬い感触に、クリスタルは我慢できなくなって体をすりつけた。シェーンがスウェットシャツのV字に開いた胸元にキスをするために、彼女の上半身をさらに倒す。ファスナーを引きおろしながら、あらわになっていく肌に次々と唇をつけ、やがてストリップクラブの制服が見えたところで、薄い布地越しに胸の頂に熱い息を吹きかけた。

シェーンはクリスタルの上半身を、倒したときと同じようにゆっくり起こした。クリスタルは彼の胸や腹部に両手を滑らせたが、服が邪魔でしかたがない。そこでキスをやめてシェーンのシャツの端を引っ張り、無言で脱がせていいかと尋ねた。

「なんでも好きにしていい」シェーンがささやくと、彼女の胃と心臓が跳ねた。

クリスタルは彼のシャツをほんの少しだけ持ちあげて両手を差し入れ、くっきりとした筋肉を包むなめらかで男らしい肌の感触を楽しんだ。あばら骨をなぞり、やわらかい毛に指をくぐらせる。その毛は下は細く筋になってジーンズの腰まわりの中へと消え、上は胸に薄く広がっている。クリスタルがどんどん手を滑らせてシャツを持ちあげていくと、シェーンは男たちがよくやるように片手でシャツの上部を引っ張って頭から抜き、そのまま車の床に落とした。

シェーンは座席とドアの合わさっている隅に背中をもたせかけ、彼をまじまじと見つめているクリスタルを見ている。彼女はシェーンから目をそらせなかった。シャツを着ていても彼のしなやかなたくましさはわかったが、服を脱いだところは比べものにならないくらいすばらしい。ほっそりと引きしまった体がとてつもなくセクシーだ。ブルーノみたいにステロイドで過剰にふくらませた偽物の筋肉に包まれた体と違って、隅々まで力強さがあふれている。

クリスタルはシェーンの心臓の上に彫られているタトゥーに気づいて、指先で触れた。暗くて細かいところはよく見えないが、短剣のようだ。「これは何?」もっとよく見たいと思いながら尋ねる。

シェーンがクリスタルの手を取って、てのひらにゆっくりと唇をつけた。「昔の悲しい記憶だ」

悲しみがあふれるシェーンの声を聞いて、クリスタルは彼を抱きしめ、守ってあげたくなった。「ごめんなさい」もっと詳しくききたかったが、自分のことをきかれるのは避けたいので、不公平だと思ってあきらめる。

「いいんだ」シェーンはクリスタルを引き寄せて、ふたたびキスをした。今度はクリスタルの両手は邪魔なものにさえぎられることなく、どこもかしこもあたたかくて硬い彼の体に思う存分触れることができた。シェーンと素肌を合わせ、胸とおなかに彼を感じたい。でも自分は絶対に、服を脱いで体を見られるわけにはいかない。ブルーノでさえ、後ろからクリスタルを抱くときはシャツを着せたままにしておく。大丈夫、これだけで満足だ。このつかの間のありえない逢瀬《おうせ》は、今のままでも頭がくらくらするくらいすばらしいのだから。こんなふうに身も心もとろける熱いキスをされていると、自分に制約があることを忘れてしまう。「ああ、クリスタル、君は本当にきれいだ」シェーンがつぶやいた。

背中を見たらそんなふうに思わないはずだと、クリスタルの中で小さな声がささやいた。

シェーンが両手で彼女の腰をつかみ、一回、二回、三回と揺すって高ぶったものをこすりつける。クリスタルの頭からわずらわしい理性の声が消え、代わりに純粋な官能の悦びがいっぱいに広がった。シェーンの手の動きも、キスも、こすりつけられるものも、切迫感にあふれているのに優しい。それは彼女にとって最高の組み合わせだった。彼に求められているのだという自信と、自分は安全なのだという安心感を、両方手にすることができる。

これ以上ない完璧な組み合わせ。彼ほど完璧な相手はいない。

でも、シェーンにとってはそうではない。

クリスタルは彼の首筋に顔をうずめて、両脚のあいだで増している熱いこわばりに集中した。最後にクライマックスに達したのはずいぶん前で、今も達する能力があるのかどうかわからない。でも、こうしてそれを試している気分は本当にすばらしかった。シェーンに速く激しく揺らされながら、クリスタルは抑えきれない声をあげた。

「君にイってほしい」彼が耳にささやく。「俺の腕の中で砕け散る君を感じたい。俺のためにそうなった君を見たいんだ」

「シェーン」クリスタルはかすれた声で彼を呼んだ。シェーンの肩の筋肉をきつく握る。

「そうだ、スイートネス、俺につかまっていろ」シェーンがクリスタルの首にキスをしながらヒップをつかむ手に力をこめ、彼女が前後に揺れるリズムに合わせて繰り返し腰を打ちつける。

「ああ、いいわ」快感が体の中で激しく渦巻き、脚のあいだの突起に集中していった。クリスタルはシェーンにクライマックスへと押しあげられようとしているのだと悟った。

その瞬間は、まるで爆発が起こったかのようだった。彼女は砕け散って無数の小さなかけらとなり、星の彼方《かなた》まで飛んでいった。クライマックスの余韻が次々に波となって押し寄せ、息を止めてもうめき声がもれる。シェーンがクリスタルの口に火のように熱いキスをして、わずかに残っている彼女の息をのみ干した。ようやく余韻が引いていくと、クリスタルは自分がシェーンにきつくしがみついていることに気づいた。大丈夫だろうか。彼とまた離れられるだろうか。

とはいっても、クリスタルのほうは離れられなくてもまったくかまわなかった。

何時間か前には、シェーンを愛してしまいそうだと心配していた。でも今は、あのときの自分が間違っていたとわかる。愛してしまいそうなのではない。すでに愛してしまっていた。

クリスタルはシェーンにぐったりと体を預けた。シェーンもクリスタルと同じくらい離れたくないと思っているように、彼女に両腕をまわす。

今、胸の中に広がっているあたたかい感覚は愛に違いない。クリスタルは人を愛したことがほとんどなかった。ロマンティックな愛に限って言えば、皆無だ。でもこんなふうに誇らしいと同時にひどく無防備になった気がするものは、ほかに考えられない。

クライマックスに達したことはまるで奇跡だが、それだけが重要なのではない。シェーンが彼女を心から大切にし、守り、気にかけてくれている事実が何より大きい。彼の高潔さや心遣い、クリスタルを安心させてくれる優しくて官能的な手の動き、スイートネスと呼ぶときの声、魅力的な笑顔。そういうものが愛をもたらしている。シェーンが百八十センチを超える長身のすばらしいルックスの持ち主だという事実は、単なる最後の仕上げだ。

彼とこうしているのがあまりにも心地よく幸せで、クリスタルは彼の両手がスウェットシャツの中に入りこみ、制服の下の素肌を気だるくもみほぐしながら這いあがってくるまで、気づかなかった。

ああ、いや！　だめ！　彼女は慌ててシェーンの手から身を引きはがした。ひっくり返りそうになって、後ろに両手をつく。

けれども、シェーンの険しい顔が遅すぎたと告げていた。彼は傷跡に触れてしまったのだ。クリスタルは喉が詰まり、屈辱と失望の涙がこみあげた。もちろん、こんな幸せなときが続くわけはないとわかっていた。自分には望めるものではないと知っていた。シェーンの上からおり、座席の反対の端まで体を滑らせてドアに手を伸ばす。

「クリスタル、待ってくれ」シェーンが彼女の肘をつかんだ。

「離して」彼の前では絶対に泣きたくないのに、一日のうちにあまりにもさまざまなことが重なって、とても耐えられなかった。神経が崩壊寸前で、体が震えている。今すぐシェーンの前から逃げださなければならない。

「今のはいったいなんなんだ？」シェーンが嫌悪感に満ちた声を出す。彼がどんな表情でそんな声を出しているのか、クリスタルは見たくなかった。

シェーンがクリスタルを追って体を滑らせたのか、革の座席がきしむ。

さあ、シンデレラ、十二時を過ぎたわ。馬車はカボチャに変わってしまった。

シェーンが優しく彼女の背中に触れる。

クリスタルは何も考えずにつかまれた肘を引き抜き、ドアを開けて車から飛びだした。勢い余ってつんのめり、地面に両手をつく。てのひらに砂利が食いこんですりむけ、燃えるような痛みが走った。

「クリスタル！」

彼女は全速力で駆けだした。歩道を越え、通りを横切る。小石や何かのかけらが足の裏に突き刺さって、ビーチサンダルをシェーンの車に置いてきてしまったのだと気づいた。

靴を置いてくるなんて、これでは本当にシンデレラだ。

ただし、彼女の人生はおとぎばなしではない。ハッピーエンドにはならないのだ。

「クリスタル！」必死で叫んでいるシェーンの声が近づいている。

ようやく自分の車にたどりついてドアを開けると、クリスタルは急いで乗りこんでロックした。手がぶるぶる震え、ポケットからキーを出してイグニションに差すのに、三回目でようやく成功する。そのときにはシェーンは運転席の横まで来て、窓を叩いていた。

「お願いだ、行かないでくれ」ガラス越しであるうえに、耳の奥をどくどくと流れる血の音で、シェーンの声がくぐもって聞こえる。「クリスタル、頼む」彼は平手でガラスを叩いた。「何か言ってくれ」

大きなうなりとともに、エンジンがかかった。クリスタルがアクセルを踏みこむと車がよろよろと走りはじめ、シェーンは飛びのかざるをえなくなった。

たっぷり三十秒ほど、シェーンは走って車を追ってきた。ミラーで彼の姿を見つめながら、クリスタルは自分が泣いていることに気づいた。涙が次々に流れ、目の下にマスカラの筋ができる。

彼女がふたたびミラーを見ると、シェーンは立ち止まっていた。両手を腰に当て、頭を垂れている。やがて彼は途方に暮れたように、ゆっくりと向きを変えた。その背中には、図柄はよくわからないが、大きなタトゥーが見える。クリスタルのせいで打ちひしがれているシェーンを見るのは、つらかった。

彼はあれほどのことをしてくれたのに。

15

「話したいか？」助手席からイージーがきいた。

「いや」シェーンはそっけなく言った。ひどくつれない口調だとわかっていても、それを気にしていられないほど疲れ果て、腹が立っていた。クリスタルにではない。自分自身に対してだ。

ちくしょう。軍用ジープほども大きな怒りの塊に胸が押しつぶされ、まともに息ができない。

指がクリスタルの背中に触れたのはほんの数秒にすぎなかったかもしれないが、服の下の肌がどうなっているのか、理解するには充分だった。

幾筋もの傷跡。

浅いものもあれば、縁が盛りあがった深い傷もあった。

いろいろな事情が考えられる。

ただ、シェーンは海外のさまざまな場所で任務についていた際に、鞭で打たれた男たちの背中を目にする機会があった。鞭が残す跡は独特で、まっすぐな線が斜めに走るのだ。指先に触れたクリスタルの素肌にあったのは、まさにそういう跡だった。

彼女の腫れた頬や痣がついた腕を目にしたときをしのぐ衝撃だ。

シェーンは心の底から、自分の勘違いであることを願った。空想をたくましくしてしまっただけで、何もかも間違いだったとわかれば、大いにほっとするだろう。しかし本能と直感で胃がむかついていた。少し前に飲んだウイスキーが体内で燃えてでもいるかのように熱く、胃壁に穴が空きそうだ。傷跡があることを彼に気づかれたとわかったときの、クリスタルのあの反応。やはり間違いなどではない。

それはシェーンが考えずにいられない、もうひとつの問題にも結びつく。彼女はなぜ、あれほどうろたえたのだろう？　どうして逃げだした？　彼のピックアップトラックから転げ落ちる勢いだった。転倒しかけるほど慌てて裸足《はだし》で逃げだして、きっと手も足も傷ついたはずだ。クリスタルのピックアップトラックのところでようやく追いついたものの、彼女は激しく泣いていて、とても車を動かせる状態ではないだろうと心配になった。情熱的なひとときを分かちあう幸運に恵まれたあとだけに、クリスタルの苦しみを目の当たりにして、シェーンの胸は張り裂けそうになった。

座席の横に置いた白いビーチサンダルに視線が向かう。先端部分のストラップの上に布製の小さな花がついている。そういえば、ジェナを抱えて階段をのぼったあの夜も、クリスタルはこのビーチサンダルを履いていた。彼女をひどい目に遭わせたろくでなしのブルーノにはどんな死がふさわしいか考えながら、シェーンは静まり返った真夜中のボルティモアの通りに車を走らせた。

射殺するか？　あっという間に片がついておもしろくない。じゃあ、毒殺？　あの卑劣な男は、自分が死にかけている事実に気づかないかもしれない。それなら溺死は？　いや、もっと苦しませてやらなければ。両手と股間のモノを切り取る？　手は汚れるが、なかなか独創的だ。

「クリスタルのことが好きなんだな」イージーの声が、空想にふけっていたシェーンの意識を現実に引き戻した。

そういうことか。感づいたチームメイトはこれで三人。はぐらかしたところで意味はないだろう。シェーンは友人をちらりとうかがった。「ああ」

イージーがうなずき、片手で側頭部を撫でつけた。「それなら彼女をあそこから連れださないとな」

胸にわき起こる激しい怒りにあおられながらも、シェーンはハンドルを握る手に力をこめ、深く息を吐いて、少しでも冷静になろうと努力した。彼が感情的な一線を越えたと皆に知られてもかまわないが、反応まで感情的になってはならない。「わかってる。だが、複雑なんだ。それに、最近ようやく状況がわかってきたばかりだし」

「その点に関して異論を唱えるつもりはない。だけどたいていの場合、正しいことと、たやすいことは別物だ。彼女を〈ハード・インク〉へ連れてくることを考えるべきかもしれないぞ」

シェーンが前方の道路から視線を外して横を見ると、イージーは疲れた表情で彼を見つめていた。「クリスタルを説得できるかどうかわからない。それにニックも」

イージーが腕組みして首を振った。「俺だってわからない。だが、これ以上人が死ぬことがあってもいいのか？」

まったくそのとおりだ。ゼイン、ハーロウ、エイクストン、ケマラー、エスコバル、ライムズ。あの日、待ち伏せされて命を落とした六名のチームメイト。自ら悲劇を招いたとはいえ、メリットも死んだ。手術がうまくいかなければ、チャーリーも犠牲者のリストに名が載っていたかもしれない。いや、術後の経過によっては、まだその可能性は消えていない。

モリー。

今回の騒ぎに関連して命を落としたわけではないが、妹のことは、シェーンが絶対にクリスタルを次の犠牲者にするまいと決意するもうひとつの理由でもあった。クリスタルだけでなく、ジェナも守らなければならない。妹を失えばクリスタルは徹底的に打ちのめされてしまうに違いないと、シェーンにはよくわかっていた。しかし、彼女たちを無理やり〈ハード・インク〉へ引きずってくればいいというものでもない。クリスタルの〈コンフェッションズ〉での立場やブルーノとの関係を考えれば、なんであれ彼女のいやがることをすると思うだけで、シェーンは尖った石をのみこんだように不快な気分になった。

「ジェナと話したんだろう?」彼は胸がむかつく考えから意識をそらして尋ねた。

「少しだけ。今回の件では何が起こるかわからないから、送っていったときにアパートメントをチェックしたんだ。それがちょっとばかりお気に召さなかったらしい。クリスタルが帰るまで俺が建物を見張ってるつもりだと知ると、ジェナの機嫌はさらに悪くなった。しばらくして俺を捜しに外へ出てきたんだが、すぐに居場所を見つけられなくて不満そうだった」

シェーンは片方の眉をあげた。交差点の赤信号を目にして車のスピードを緩める。ほかに車は一台も見当たらない。「なんの用だったんだ?」

イージーの顔にゆっくりと笑みが浮かんだ。「俺が何をしてるか見たかったらしい。こちらの行動に疑問があるのかと尋ねたら、背を向けて憤然と引き返していったよ。建物の中に入る直前に振り返って、トイレか何か必要なものはないかときかれた」

「なんて答えた?」シェーンはくすくす笑いながら尋ねた。ジェナと過ごした時間はまだそれほど多くないが、どうやら威勢のいいタイプらしい。せっかちで衝動的な面と、闘志あふれる面を併せ持っている。

「俺が無言で見つめていたら、彼女はあきれたように目をぐるりとまわして戻っていっちまった」イージーはかすかに笑みの浮かぶ唇を指でこすった。

シェーンは〈ハード・インク〉のある通りへ車を進めながら、イージーがジェナに向けたと思われる表情を想像した。悪いことをしていなくても謝りたくなるような、厳しい顔つきだったのだろう。新兵なら、思わず口ごもって後ずさりするに違いない顔つき。だがジェナの場合は、あきれただけだったらしい。

イージーが小さく笑う。「まあ、彼女はいい感じだよ」

シェーンはにやりとした。形勢を逆転できるのはうれしい。「興味深い言葉の選択だな」

「なんだって?」イージーがきき返す。「ああ、いいかげんにしてくれよ。おまえ、頭がどうかしたみたいだな。そんなつもりで言ったんじゃない」

ゲートが開いて〈ハード・インク〉の敷地内へ入る許可がおりるのを待つあいだに、シェーンはうなずいて言った。「わかった、わかった。もちろん、そうだろう」だが、チームが再結集してから、ほかのどんな話題よりイージーの口数が増えたのがジェナのことだという事実には、なんらかの理由があるはずだ。

腕に拳を打ちこまれ、シェーンは痛みにうめきながらも笑わずにいられなかった。

「いてて、このくそったれ。深い意味はなかったのに」車を停めてエンジンを切った。

イージーが満足げな笑みを浮かべ、ドアに手をかける。

「なあ、E?」

「なんだ?」イージーの顔から笑みが消えた。

シェーンは自分が知った事実、あるいは間違いないと確信していることを口に出す覚悟を決めた。仲間たちに味方になってほしかった。クリスタルを取り巻く状況が悪化したとしても、もはや彼女にひとりで対処させるつもりはない。クリスタルがシェーンを受け入れ、かかわらせてくれるなら、彼女をそばに置いておきたい。今のところ、その場所は〈ハード・インク〉しかなかった。

「どうした、シェーン?」イージーが真面目な声で言った。

「彼女は……」指先に触れた、めちゃくちゃになった肌の感触を思いだし、シェーンは音を立てて唾をのみこんだ。「背中じゅうに傷があった」

イージーが動きを止める。「どんな傷だ？」

「見たわけじゃない。触れただけだ」ようやく視線を向けると、イージーは目を細め、眉間に皺を寄せていた。「だから、たしかとは言えない」

「でも？」

本当は確信している。「鞭で打たれたんだと思う」

イージーの表情が陰り、見間違えようのない強い怒りが浮かんだ。「それなら、おまえがなんとかしてやらなきゃならないな。俺は百パーセントおまえの味方だ。言ってくれさえすれば、俺にできることはなんでもする」

シェーンはうなずいた。この件に関しては、自制心を失わず、慎重に動く必要がある。クリスタルを怖がらせたくない。チームメイトにも、自分が客観性をなくしていると疑われたくない。もちろん、クリスタルやジェナをさらなる危険にさらす可能性があることはしたくなかった。

「みんなに何もかも打ち明ける必要があるな」イージーが言った。「前に進むにはそれしかない」

「ああ」シェーンは全身に疲労が広がり、夜遅い時間だと実感した。「了解だ」チームメイトを信頼して、すべてを明らかにするのが正しいやり方だ。皆が助けてくれるだろう。これまでずっとそうしてきたように。「話すよ。朝一番に」

イージーがうなずき、ふたりはピックアップトラックを降りた。決意したことによってシェーンの心にある種の平穏がもたらされ、クリスタルの傷に気づいてからずっと感じていたすさまじい怒りがいくらか鎮まった。

〈ハード・インク〉の建物に入って階段をのぼっていくと、驚いたことに、深夜にもかかわらずジムのほうから低い話し声が聞こえてきた。

シェーンは暗証番号を打ちこみ、イージーを先に通した。

「おい、俺たち抜きでパーティーを開いているようだぞ」部屋を横切りながらイージーが言った。

いったいどうして全員が集まっているのだろう。ニック、ベッカ、ジェレミー、そしてベケットが、マーツを取り囲むようにして座っていた。マーツだけが今夜早い時間に出かけたときのままの格好で、コンピュータに向かって何やら作業をしている。ベッカはパジャマ姿で、ニックとふたり、床に敷いたブルーのジムマットの上に脚を伸ばして座っていた。ジェレミーはマーツに近い椅子に腰をおろし、ベケットは椅子のひとつに寄りかかるように座りながら、もうひとつの椅子に足をのせている。アイリーンまでもが輪に加わり、ベッカが足にかけたブランケットの上で丸まる姿は、まるで毛玉に見えた。

「やることが多すぎるんだ」マーツが片方の耳からイヤフォンを外して言った。モニターから顔をあげ、疲れた笑みを浮かべる。

「チャーリーに問題は？」シェーンは尋ねた。

ニックの脚のあいだに座っているベッカがうなずいた。「ないわ。ありがとう。私が心配で眠れなかっただけなの」

「みんな同じだ」ニックが口を開いた。「アパートメントにいるとチャーリーの眠りを邪魔する恐れがあるから、結局ここに集まることになった」

シェーンはうなずいた。「意識は戻ったのか？」

ベッカがほほえむ。ふたたび幸せに輝く彼女の顔を見ることができて、本当によかった。「ええ。熱もさがっているわ」

ベケットがうなずいた。「俺たちにとって、久々にいいニュースだな」

そのとおりだ。シェーンは肩越しに親指で背後を示した。「そろそろチェックする頃かな？　チャーリーの様子を見てこようか？」

「いや」マーツが言う。「トランシーバーを設置してあるんだ。何か必要になれば、叫ぶだけでいいように」

「それはそうと、おまえはみんなに話があるんじゃなかったのか？」イージーが仲間たちを顎で示し、厳しい表情で言った。

そうだ。全員が起きて集まっているのだから、朝まで待つ理由はない。シェーンは折りたたみ椅子を引き寄せて腰をおろした。膝に両肘をついてうつむく。頭がひどく重く感じられた。疲労と心配、そして怒りが混じりあっているせいだろう。

「どうしたんだ？」明らかに気遣いの感じられる声でニックがきいた。

シェーンは視線をあげてニックと目を合わせた。チームのほとんどがすでに知っているのだから、遠まわしに言ってもしかたがない。「クリスタルが好きなんだ」全員の視線が同時に向けられるのを感じたが、シェーンは身をよじったり顔をそむけたりしたい衝動を懸命にこらえた。プライベートな問題を他人の目にさらすことには慣れていない。特に、愛だの恋だのというたぐいの問題は。だが公表せざるをえなかったとはいえ、その内容自体を恥じているわけではない。

ニックは眉を片方あげただけだった。しかしベッカは即座に満面に笑みを浮かべ、周囲に座るほかのメンバーを順に見た。シェーンも彼女の視線を追う。マーツは軽くほほえみ、賛成だと言わんばかりにうなずいている。ジェレミーは難しい顔つきだ。なぜシェーンがわざわざ皆の前でそんな話題を持ちだしたのか、疑問に思っているのだろう。ベケットはいつもと変わらず慎重で真面目な表情で、何を考えているのか読み取れない。イージーは数分前にピックアップトラックの中で約束したとおり、シェーンのすぐそばに立ち、態度で支持を表明している。

「それで？」ニックが尋ねた。この話には続きがあると気づいたようだ。別に驚くべきことではない。ニック・リクシーの直感は外れたためしがない。だからこそ、メリットにだまされたことでは自分を責め続けていたのだろう。しかし、それを言うならチームの全員が見抜けなかったのだから、ニックだけのせいではない。

「それで……複雑な問題なんだ」シェーンは両手を髪にくぐらせた。クリスタルの手に髪を撫でられ、引っ張られたときの感覚がよみがえる。「俺にわかってるのは、誰かが彼女を虐待していることだ。おそらくブルーノという男が――」

「ああ、それなら」マーツがキーボードの横に積みあげた印刷物の中から一枚の紙を取りだした。「みんなが出かけているあいだに、あの男について調べてみたんだ。ブルーノ・アッシュ。三十四歳。〈チャーチ・オーガニゼイション〉では名の知れた使徒《アポストル》のポジメンバー。犯罪歴あり。先週ベッカの友達に借りた報告書によれば、

ションにいるらしい」

くそっ。まあ、そう聞いても驚きはしないが。シェーンはうなずき、指を折って数えながら言った。「わかった、こういうことだ。〈チャーチ・オーガニゼイション〉の上級メンバーがクリスタルを虐待し、コントロールしている。彼女は自分のアパートメントで人と会うことも、話をすることも恐れている。今日俺たちはクリスタルが妹に、〈コンフェッションズ〉で働く以外に選択の余地がないと言っているのを耳にした。ブルーノの地位を考えるとますます、クリスタルがなんらかの理由で無理強いされているらしいと思えてくる」シェーンは首を振った。「そして今夜、彼女は少しだけ話してくれた。〈コンフェッションズ〉にギャングのメンバーやドラッグの売人や殺人者があふれていると認めたんだ。それから、〈コンフェッションズ〉では、拉致され、男たちに利用されたあげくに売り買いされる女性たちがいると話してくれた」

「まあ、そんな。恐ろしいわ」ベッカが言った。「その人は、このあいだの夜にあなたたちを助けてくれたウエイトレス？」

「そうだ」ニックがベッカを引き寄せた。シェーンを見たニックの目には、今聞いた情報を見きわめる冷静さに加えて、同じくらいの割合で同情が混じっていた。「みんなに話しておかなきゃならない、シェーン。そうする必要があるからだ。俺はとやかく口出しするつもりはないし、クリスタルが悲惨な状況に陥っているのは明らかで、それを軽視するつもりもない」

次に何を言われるか察し、シェーンはうなずいた。部屋の空気が濃くなったかと錯覚するほど息苦しい緊張感が高まっているのは、皆が、少なくとも昔から行動をともにしていたチームのメンバーはニックの話が行き着く先を知っているからだ。

「モリーか」シェーンは先に口にしてニックの手間を省いた。

「モリーだ」ニックがうなずく。

ジェレミーが眉をひそめてまわりを見た。「モリーって？」

「俺の妹だ」ニックに視線を戻し、シェーンは説明した。「ごまかすつもりはない。頭から離れたことがないんだ。今回の件も最初は、昔うまく対処できなかった代償として、正しいことをするチャンスに思えたのかもしれない。だが、今はそうじゃないんだ」チームメイトひとりひとりの目を見て訴えかける。偽りのない気持ちだと理解してほしかった。「ニック」喉が締めつけられ、何度か咳払いしなければ声が出なかった。「俺はクリスタルが好きだ。そして彼女はこれまでに……いつかわからないが、鞭で打たれたことがある」

ベッカが息をのむ音が男たちの低い悪態と重なった。

「このまいくと、クリスタルは面倒なことに巻きこまれるかもしれない。その前にここへ連れてきたいんだ。本人が了承すればの話だが」シェーンは両手の指を組みあわせ、否定的な反応が返ってくることを覚悟して待った。

ニックが何か言おうと息を吸いこんだが、ジェレミーのほうが早かった。「ここは俺の家だ、シェーン。状況をすべて理解しているわけじゃないけど、あんたの友達は歓迎すると言っておくよ。荷造りや、ここへの引っ越しに人手が必要なら、時間と場所を指定してくれれば手伝う。とんでもなくひどい話だからな。誰にだって、そんな人生を送らなきゃならないいわれはない」グリーンの瞳を燃えあがらせて腕組みすると、異論があるなら言ってみろとばかりにニックを見据えた。

その瞬間、ジェレミー・リクシーはシェーンにとってあらゆる意味で本当の弟のような存在になった。

ニックがうなずく。怒りのせいで顔つきが鋭くなっていた。「賛成だ」彼はこわばった声で言った。

部屋に満ちていた緊張が、割れた風船がしぼむより速く引いていった。シェーンは全身に安堵が広がった。意見が衝突するかもしれないと覚悟していた。ここに人が増えれば増えるほど必要なものも増え、脆弱性《ぜいじゃく》も高まる。まったく理にかなった反対理由を突きつけられたら、しかたがないと思ったはずだ。

しかし皆はシェーンに、そしてクリスタルに味方してくれた。

「気づいているだろうが、彼女はひとりじゃない」かたわらからイージーが低い声で言った。「ジェナとセットだよな？」

「ああ、そうだ」シェーンは言った。クリスタルを説得するうえで、ジェナが争点になるだろう。だが、まずは重要な問題を優先させなければ。ふたりを安全な場所に移動させる。事態を収拾する方法はあとで考えればいい。もちろん、クリスタルとジェナが同意した場合はだが。それが大きな障壁になるのではないかと心配だ。

「ねえ、私とチャーリーも同じ状況だったわ。でも、みんなは受け入れてくれた」ベッカが言った。「私たちのときと違いがあるとは思えない。この建物にはまだ充分に余裕があるでしょう？」

ジェレミーがうなずく。「俺たちのアパートメントの上の階は電気も水も使える。バスルームもあるし、壁もほとんど仕上がっているんだ。床はコンクリートで……」彼は肩をすくめた。「見栄えはよくないけど、ベッドを二台買って、少し部屋割りを考え直せばすむ話だ。どうせほかに使う予定のないスペースだし——」

「待ってくれ」マーツが静かにするよう手で合図した。片方だけ外していた黒い小さなイヤフォンを耳に戻して指で押さえると、話のあいだもときどき目を向けていたモニターに向かって身を乗りだす。「もっと大きな声で話せよ、くそ野郎」キーを叩きながら小声で悪態をついた。目を閉じ、ふたたび両手で耳を押さえる。「十三番埠頭《ふとう》」ひとり言のようにつぶやいた次の瞬間、マーツは興奮に目を見開いてはじかれたように顔をあげた。「〝今夜は十三番埠頭にいる〟と話す声を拾ったぞ」

なんてことだ。マーツの声は空耳じゃないだろうな？「受け渡しの場所を突き止めたのか？」シェーンはマーツの椅子の後ろへまわりこみながら尋ねた。イージーとベケットが加わる。それからニックとベッカ。ついには全員が集まった。

マーツの両手が、脇に寄せていたノートパソコンのキーボードの上を飛ぶように動く。〈コンフェッションズ〉の映像と音声の監視用に使っていない、唯一のパソコンだ。マーツは〝十三番埠頭　ボルティモア〟と入力した。モニターに検索結果のリストが現れる。どれもすべて、マリン・ターミナルの北西の端の、ニューゲート・アヴェニューにある同じ住所に関連していた。

最後にもうひとつ検索して、マーツは椅子の背にもたれた。モニターに現れた十三番埠頭の衛星画像を全員が見つめる。

「僕たちが向かうのはここだ」マーツが勝ち誇った口調でモニターを指さした。「疑問の答えを見つけるための、まさにここが始まりの場所なんだよ」

「ああ、どうしよう、どうしてこんなことに？」ぐつぐつと音を立てているラザニアをのぞきこみながら、クリスタルはつぶやいた。あと五分でできあがりだ。つまり、ブルーノが夕食をとりにやってくるまで十五分しかない。数時間後にマリン・ターミナルで行われる大きな取引について、彼女は先日ブルーノから情報を引きだそうとした。そのとき、なりゆきで彼を夕食に誘ったのだ。

質問したことで疑いを抱かれたくなかったから。クリスタルがブルーノと一緒に過ごしたがっていると、信じさせる必要があったから。そして、アパートメントに男性を入れたことに対する彼の怒りをなだめたかったから。

いったんは断られたものの、昼食のあとで電話をかけてきたブルーノにやっぱり行くことにしたと言われ、クリスタルとしては承知するしかなかった。

あの会話をしたのは本当につい先日だったのだろうか？　遠い昔に感じる。

両手に持った鍋つかみをひねりながら、クリスタルはこの一週間を振り返った。外見上はなんの変化もなかったと思う。同じ姿。同じ仕事。同じ恋人のような存在。同じみじめな現実。けれども内側では、まるで洪水が起こって水が引いたあとに何もかもが作り変えられ、すっかり別の景色になってしまったような感覚があった。

オーブンのブザーが鳴った。はっとしたクリスタルは思考を切り替え、ワイヤーラックから耐熱ガラスの器を慎重に取りだして、少し冷ますためにこんろの上に置いた。

ラザニアはブルーノの好物だ。彼女自身も好きなので、その点では残念だった。うまく逃げだした暁には、ブルーノを思いださせるこの料理を二度と食べることがないかもしれない。

狭いアパートメントの中にチーズとスパイシーなソースやガーリックブレッドのにおいが満ちるにつれ、今のクリスタルの人生そのものである荒れ狂う嵐のような感覚が、形を変えてひとつの名前に集約された。シェーン・マッカラン。

危険を冒してまでブルーノに質問したのは、まさに彼のためだ。

クリスタルが愚かにも心を奪われてしまった相手。

絶対に手に入らない男性。

ずたずたになった背中に触れたあとでは、もう彼女を欲しいとは思わないだろう。以前は違ったとしても、今ではクリスタルのことを意気地のない負け犬と思っているに違いない。

後悔と悲しみで目の奥が痛む。クリスタルはきっかり一分だけ、その感情に溺れることを許した。こんろについているLEDの時刻表示が四時五十八分から五十九分に変わったところで自分を奮いたたせ、気持ちにふたをして遠ざけた。永遠に。

ブルーノの望みどおりの、彼を熱愛する恋人の役をもっともらしく演じる必要がある。どんな期待にも応えなければならない。だから彼女はぴったりしたスキニージーンズをはき、彼が好きな、胸元がV字に深く開いた黒いシャツを着ている。今夜はブルーノを楽しませることがすべてだ。それが何を意味するか考えたとたん、喉の奥から苦いものがせりあがってきて、クリスタルは冷蔵庫から取りだしたスプライトを喉を鳴らして飲んだ。

できるわ、クリスタル。もっとひどい状況も乗り越えてきたじゃないの。

たしかにそのとおりだ。だが、あれを基準に人生を生きなければならないのはひどくつらい。

あと八カ月。ふと、ニューヨーク七番街の雑踏が目に浮かんだ。大学に入った年に訪れて長い週末を過ごして以来、あの街の活力はクリスタルの心にずっと刻みつけられている。あれほど大きく、たくさんの人でにぎわっている場所なら、彼女とジェナも安全だろう。

鍵を開ける音に続いて、ドアが開く音がした。

クリスタルは頭を切り替えた。ショータイムの始まりだ。

満面に笑みを浮かべてキッチンを出ていく。「あら、来たのね」

ブルーノが笑って両手でクリスタルの顔をとらえた。「ああ、来たぞ、ベイビー。いいにおいがするな」そう言って荒々しくキスをすると、彼女を後ろ向きに歩かせてキッチンへ向かった。

舌がベタベタしてるし、しつこいし、アルコールのにおいがする。これまで見たことがないほど魅力的なほほえみの持ち主である元兵士を比較対象にしていると自覚しながら、クリスタルは思った。だが今のところ、それはどうでもいい。目の前の問題に専念しなければ。カウンターに体を押しつけられたクリスタルは、笑い声をあげた。

「私のこと?」

ブルーノが容器の角からチーズをつまんで口に放りこんだ。「ああ、おまえもまあまあだな」

クリスタルは笑みを浮かべた。彼はおもしろいことを言ったと思っているらしいので、それに合わせた反応をしなければならない。「おなかがすいているの? 準備はできてるから、すぐ盛りつけるわね」

ブルーノが後ろへさがり、革のジャケットを脱いだ。ダブルホルスターがあらわになる。「ああ、ぺこぺこだ」そう言うと、彼はキッチンから出ていった。ジャケットと銃が重たげな音を立ててソファに投げだされる。ブルーノは小さなダイニングテーブルに腰をおろし、携帯電話のメッセージを打ちはじめた。料理を待っているのだ。

クリスタルの胃は本気で激しく抵抗していたが、彼女はラザニアとガーリックブレッドをふたり分用意して、すでにセッティング済みのテーブルへ運んだ。「飲み物は何がいいかしら?」そう口にしたとたん、いつの間にかウエイトレスの口調になっていたと気づく。不思議でもなんでもない。彼女は給仕で生計を立てているのだから。

ブルーノは画面を親指で操作しながら肩をすくめた。「俺の好みは知ってるだろう」顔もあげずに言う。

クリスタルはキッチンへ向かい、冷蔵庫からナショナル・ボヘミアン・ビールと自分用のスプライトの缶を取りだした。テーブルに戻ると笑顔で飲み物を置き、二脚しかない椅子の残りのひとつに腰をおろす。

ブルーノはすぐにフォークを手にし、ラザニアをたっぷりすくって口に入れた。ソースがまだ熱すぎたらしく、口を開けて空気を吸いこみ、ビールを勢いよく流しこんだ。

「おいしい、ベイビー?」クリスタルは尋ねた。自分の皿には手をつけていない。

彼は肯定のうなりをあげ、フォークでまたパスタとソースをすくった。食べ方まで攻撃的だ。どうして今まで気づかなかったのだろう? ブルーノが夢中で食べる音が部屋じゅうに満ちる。クリスタルは取り分けたラザニアの端にフォークを入れ、少しだけすくって口に運んだ。

ブルーノが猛スピードで食べているところをみると、きっとうまくできているのだろうが、彼女にはまるで厚紙を食べているようにしか思えなかった。

「今日はどうだった?」クリスタルはきいた。

「うーん」のみこみながらブルーノが答える。「まあまあだな。今夜の準備で忙しかった。どんなふうか、わかるだろう」

「ええ。あなたはいつも、やるべき仕事を山ほど抱えているものね」

ブルーノが親指についたソースをなめた。「だからおまえが必要なんだ。憂さ晴らしのために」

そのとおり。クリスタルはまさにそのために存在する。少なくとも、ブルーノに言わせれば。彼女はにっこりしてラザニアをもうひとすくい口に押しこんだが、頭の中は別のことでいっぱいになっていた。シェーンが自分と話したがっている。彼女について知りたがっている。一瞬、シェーンのために夕食を作るのはどんな感じだろうと考えた。彼をこのアパートメントに呼び、ふたりでデートに出かけるのだ。また手を握ってくれるだろうか？　もう一度抱きしめてくれるだろうか？　ひと晩じゅう話をしたり、互いの腕の中で安心して、ただ静かに座っていたりするのだろうか？

「クリスタル？　クリスタル？」目の前で指がパチンと鳴った。「ぼんやりして、いったいどうした？」

「ああ、ごめんなさい」頬がじわじわと熱くなった。

「お代わりだ」ブルーノが皿を差しだす。

クリスタルは急いで立ちあがって皿を受け取った。「もちろんあるわ。すぐに持ってくるわね」動揺のあまり、カウンターのところで座りこみそうになる。しっかり集中しなさい、クリスタル。彼女は深呼吸をすると皿にお代わりを盛りつけ、小走りで戻った。「さあ、どうぞ。気に入ってくれてうれしいわ」

ブルーノが食べながらうなり声をあげた。ひどく間が抜けて感じられる。彼はいつもこんなふうだっただろうか？

きっとそうだ。間違いなく。今になって際立つのは、彼女が何か――誰か――比較する対象を知ったからだ。

その考えを頭から追い払い、クリスタルはブルーノがまた携帯電話に送られてきたメッセージに返事をするあいだに、なんとか自分の皿のラザニアを半分以上食べた。ブルーノの注意を引きたくない。様子がおかしいと疑われるようなことは何ひとつしたくなかった。

「ジェナはいないのか？」ブルーノは紙ナプキンで口をぬぐい、空になった皿の上にそれを放った。

「遅くなるわ」クリスタルは答えた。この会話がどこへ行き着くかはわかっている。「図書館で調べものがあって、大学に残ってるの」それはある意味、都合がよかった。ここ数日ずっと喧嘩をしている妹には、ブルーノを相手にした今夜の演技を絶対に見られたくない。

「うーん」ブルーノが口元に運んだ缶を傾けて、たっぷりとビールを飲んだ。その間もクリスタルから目を離さない。

「デザートは？」クリスタルはブルーノの考えていることに気づかないふりをして尋ねた。腰を浮かせ、皿をさげようと手を伸ばす。その手首をつかまれたかと思うと、テーブルをまわりこまされ、ブルーノの広げた膝のあいだに立たされた。

ブルーノがクリスタルの胸をつかんでもみしだく。「もちろん、デザートは必要だ」

乱暴すぎて怖い。やりすぎだ。いつものことだが。優しく慈しむように触れてきたシェーンの手を思いだし、彼のそういうところが好きなのかもしれないと思う。だから今ブルーノに荒々しく探られて、耐えがたく感じるのだ。「ねえ」クリスタルは咳払いをした。とりわけきつく胸をつかまれ、顔をしかめそうになるのをこらえながら言う。「いいことを教えてあげましょうか。ケーキもあるのよ」

ブルーノが手を止め、視線をあげてクリスタルの顔を見た。「作ったのか?」

彼はケーキに目がない。クリスタルは笑みを浮かべた。「ええ」

「どんな?」

「クリームチーズのアイシングをかけた、レッド・ベルベット・ケーキ」ブルーノが眉をあげる。クリスタルは四年前のブルーノの誕生日に、初めてそのケーキを作った。〈コンフェッションズ〉の地下の一室からブルーノに引っ張りだしてもらった、わずか二カ月後のことだ。彼に脚を開いた初めての夜でもある。だがブルーノが体重をかけてのしかかろうとしたところで、彼女はパニックを起こしてしまった。彼となんとかセックスできるようになるまで、さらにひと月かかった。そしてそのあと一時間、クリスタルは泣き続けた。ブルーノがそばにいてくれたのは、最初の十分だけだった。

ブルーノ・アッシュとかかわったせいで、大好きだったものがあまりにもたくさん損なわれてしまった。

だが、ジェナだけは失いたくない。絶対に。

「ああ、ケーキをもらおうか」ブルーノが言った。「ありがとう、ベイビー」クリスタルのヒップをポンと叩いてから、彼女を解放した。

クリスタルは息を吐きだして初めて、自分が呼吸を止めていたことに気づいた。汚れた皿を片づけてシンクへ運ぶ。ケーキの覆いを取り、渦を巻く白いクリームを凝視した。それから気を取り直して、四分の一をブルーノのために切り分けた。

クリスタルは砂糖の塊のようなケーキと新しいビールの缶を運び、彼がむさぼる様子を向かいに座って見つめた。

「おまえは食べないのか?」ブルーノが口いっぱいにケーキを頬張ったまま尋ねた。

「あなたのために作ったの。それに、私は体型に気をつけなきゃいけないでしょう?」

「ああ、そうだな」ブルーノの目が胸に引き寄せられるのを感じ、クリスタルは体を丸めて視線をさえぎりたくなった。

皿の上のケーキがどんどん少なくなるにつれて、彼女の鼓動は速まり、胃がキリキリと痛んだ。まるで絞首台へ向かっている気分だ。これから起こることは避けられないとわかっているものの、心が抗議して泣きわめくのを止められない。

そのとき、空になった皿にフォークを置く音が響いた。

「お代わりは？」クリスタルは明るい声で尋ねた。

ブルーノが唇をなめて首を振る。「いや、ケーキはもう充分だ。次は別のデザートがいい」両手をあげ、彼女に近くへ来るよう促した。

クリスタルの筋肉はブルーノの命令に従うことを反射的に拒んだ。けれどもすぐに生存本能が働いて、彼女は椅子から腰をあげてテーブルをまわり、ブルーノの前に立った。ブルーノは自分の膝にクリスタルをまたがらせると、彼女のぴったりしたジーンズと自分の腿ができるだけくっつくように引き寄せた。クリスタルの髪に両手をくぐらせ、ゆっくりと頭をさげさせる。

次の瞬間、唇をとらえられ、隙間から舌が侵入してきた。クリスタルは甘いケーキの味に溺れ、息苦しさを感じた。脚のあいだでブルーノが硬くなっていくのがわかる。彼はもっと密着するように、椅子の上で体をずらした。クリスタルのヒップをきつくつかみ、高ぶったものの先端にこすりつけて、キスを続けながらうなり声を発している。

クリスタルは喉が詰まって目がちくちくしたが、いつもどおりブルーノの望む反応を示した。キスを返す。うめき声をあげる。身をよじる。けれども内側では、彼の手に、味に、においに、全身が抵抗していた。鳥肌が立ち、口の中に不快感が広がって鼻に皺が寄った。どんなに努力しても頭を切り替えられない。たいていは我慢できるのに。心と体を切り離して合理的に考えられるのに。長くはかからないはずだ。こんなのはたいしたことじゃない。前にもやった。以前は彼を求めていた。

だが、今回はうまくいかなかった。どの言葉も効かない。どんなに言い聞かせても、〈コンフェッションズ〉の地下室で、まったく知らない男がベルトを外し、彼女の意思などおかまいなく好きにしようといやらしい目を向けてくるのを、なすすべもなく見ていたときのことを思いだしてしまう。あのときにいた場所から、クリスタルは今もまだ逃れられていない。

「立てよ、ベイビー。あまり時間がないんだ」ブルーノが言い、彼女を押して膝からおろした。「おまえの中に入りたい。ずいぶん久しぶりだ」

クリスタルは膝に力が入らず、体重を支えられるとは思えなかったが、なんとか立った。四方の壁がぐるぐるまわっている気がする。

ブルーノはクリスタルをつかんでキスをすると、服を引っ張った。シャツをたくしあげ、ブラジャーを引きさげる。熱くて大きな手が、至るところを荒々しく探った。

ブルーノがクリスタルのジーンズのボタンを外す。それからファスナーも。そしてデニムの生地をヒップの下まで押しさげた。肌がピリピリする。

「後ろを向いて壁に手をつけ」ブルーノがかすれた声で命じた。

そのとき、クリスタルの頭は考えることをやめた。実際に意識が体から離れたのだ。宙に浮いているような奇妙な感覚がしたかと思うと、彼女はどういうわけか部屋の反対側にいた。少なくとも、そう感じた。目の前に見えるのは漆喰塗りのくすんだ白い壁ではなく、壁にもたれて今にも交わろうとしている男女の姿だ。その行為の当事者ではなく、単なる傍観者であるかのように。女のヒップと腿はむきだしで、同様にあらわになった腰から、背中の傷の一番下の部分がちらりとのぞいていた。

男が自分のジーンズをさげ、厚い筋肉に覆われた臀部《でんぶ》と腿が現れた。ふたりの体のあいだに手を伸ばした彼が不満げにうなった。女の体がこわばっていて、侵入できないのだ。男は女の腰を荒々しく引き寄せた。だが二度目の試みも失敗に終わり、ますますいらだちを募らせる。女の体が反応しないせいだ。応じるのを拒んでいる。男が彼女のヒップを強く叩くと、白い肌に赤い手形がついた。

「ちくしょう、どうしたんだよ？」手に唾を吐き、男がもう一度ふたりの体の隙間に手を伸ばした。

ドアのほうから鍵をまわす音が聞こえた。

傍観者のほうのクリスタルは、まだその音に気づいていないらしいふたりから、視線を外した。ゆっくりとドアが開く。

ブルーノが息をのんだ。「どういうことだ？」急いでジーンズを引きあげた。「くそっ、ジェナ、ここでいったい何をしてる？」

クリスタルの意識がすうっと体に戻った。ああ、そんな。どうしよう、嘘でしょう。あらゆる悪夢が一度に現実になったかのようだ。

ジェナは愕然としている。眉をひそめて口を開け、怒りに頬を染めて。「私はこの家に住んでるのよ。あなたこそ、ここで何をしてるの？」目にブルーの炎を燃やし、前が開いたままの彼のジーンズから、クリスタルの乱れた服に視線を移した。

ああ、だめよ、ジェナ、やめて。クリスタルは慌ててジーンズを引っ張りあげたが、指が震えてうまくボタンを留められなかった。「ごめんね、ジェナ。ちょっと調子にのりすぎたみたい。そうよね、ブルーノ？」ジェナの発言や口調から気をそらそうと、クリスタルは笑顔で彼を見あげた。「またの機会にしてもいい？」ブルーノの首に腕をまわして尋ねる。

ブルーノがかすかに目を細めた。「ああ、わかった、それなら明日。金曜になるかもしれないな。確認しておく」凍りそうに冷たい声だ。「料理を包んでくれ」

「ああ、そうね。もちろん」

部屋を横切ろうとしたところで、にらみつけるジェナの視線を感じたクリスタルは、目で妹に懇願した。あと数分だけ、なんとか怒りをこらえて。ブルーノがいなくなれば、好きなだけ私にぶちまけていいから。

神経がピリピリしてこわばる手で、クリスタルは食器棚からプラスティック製の容器を取りだし、ひとつにはラザニアをたっぷり、もうひとつには厚く切ったケーキを数切れ入れた。シンクの下から持ち手のついた茶色いバッグを引っ張りだして、ふたをした容器を詰める。

「何か文句でもあるのか？」リビングルームからブルーノの声が聞こえてきた。

クリスタルは胃がよじれた。ふたりは無言でにらみあっているらしく、それきりどちらの声も聞こえてこない。状況が悪化していないことを必死で祈りながら、クリスタルはリビングルームに戻った。「さあ、どうぞ」ジャケットを身につけたブルーノに声をかける。

「私が何に文句があるかききたいの？」ジェナが言った。

クリスタルは顔から血の気が引くのがわかった。部屋がまたぐるぐるまわりはじめたからだ。長いトンネルの中を通ってくるように音が響き渡る。「もう充分よ、ジェナ」できるだけ厳しい口調で言った。

ブルーノがクリスタルの手からバッグを引ったくり、ジェナのほうへ歩いていった。顎をつかんで言う。「ああ、もうたくさんだ、ジェナ。餌をくれる人間の手を嚙んではいけないと学ぶんだな」彼はジェナを突き放した。よろめいて後ろへさがるジェナを押しのけ、乱暴にドアを開けて出ていく。ブルーノの背後で大きな音を立ててドアが閉まった。

ジェナは青ざめて震えながら、長いあいだ呆然と姉を見つめていたが、やがてドアにチェーンをかけた。「今のがなんだったか説明したい、サラ？　どうして自分の家であんなことを言われなきゃならないの？」

クリスタルは答えようとした。どんな力が働いて、この十五分間まっすぐ立っていられたのかわからないが、まさにこの瞬間、その力が消えてなくなってしまった。

部屋が揺れ、肌がじっとりしてきたかと思うと膝の力が抜けて、クリスタルは一気にくずおれた。

ジェナの声が変わる。怒りからパニックへ。「サラ！」彼女はクリスタルのそばへ、ソファの前で倒れこむ姉のもとへ駆けつけた。

クリスタルはボールのように丸まり、自分の体にきつく腕をまわした。

「サラ？　サラ、お願いよ」髪や顔、腕をさすりながらジェナが声をかける。「どうしたらいいか教えて」撫でさすられているうちに、クリスタルは妹の指が濡れていることに気づいた。クリスタルの頬に触れたせいらしい。誰かが、失ったものを嘆いてむせび泣くように、長く低く悲しげな音を発している。「サラ？　あいつは……姉さんをレイプしたの？」

いいえ、していないわ。ジェナの腿に頭をつけて首を振りながら、クリスタルは思った。何もかもがめちゃくちゃな中で、それだけがプラスの出来事だった。クリスタルの体はどうしてもブルーノを受け入れようとせず、彼は貫くことができなかった。だが、あのときジェナが帰ってこなければ、その抵抗も長くは続かなかっただろう。いつものことだが、ブルーノはそれくらいであきらめない。

「緊急番号《911》に電話するわ。すぐ戻る」ふたたび姉の髪を撫でて、ジェナが言った。

「だめ！」クリスタルは声をあげた。ジェナが立ちあがる前に、なんとか体をひねって妹の手首をつかむ。「やめて。私なら大丈夫だから」ひずんで張りつめた声が出た。

「大丈夫なんかじゃないでしょう」ジェナの眉間には深い皺が刻まれている。怒りではなく、恐怖と不安のせいだ。

クリスタルは首を振った。「レイプはされてない。傷つけられてもいない。ほんとよ」彼女はかすれる声で言った。

ジェナがそっと床に座り直した。「でも、大丈夫にはとても見えないわ。私が部屋に入ったとき……ああ、サラ、姉さんはパニック発作を起こす寸前に見えた」

「わかってる」クリスタルは息を切らしながら言った。「わかっているの」両手をついて体を起こしたが、急に動いたせいでめまいがした。

「慌てないで」ジェナが声をかける。「私と一緒に、もう少しここで横になっていて」

クリスタルが妹の膝に頭を戻すと、背中をさすってくれた。「いつもは私が面倒を見てもらっているんだもの」

「そうね、気にしたことなんてないけど」クリスタルは息が震えた。泣いたせいで疲れ果て、頭が痛む。なんとかして気持ちを落ち着けなければならない。

「私も気にしてるわけじゃないの。ただ、姉さんのこんな様子を見たくないだけ。誰であろうと、これほどひどい目に遭わせていいはずがないわ」大きな円を描くようにクリスタルの背中をさすりながら、ジェナはできるだけ冷静に話そうと努力しているようだった。その手の動きがゆっくりになり、やがて完全に止まった。「サラ？」声の調子が高くなっている。

クリスタルはきつく目を閉じた。自分のことに精いっぱいで忘れていた。慰められるのが心地よくて、思わず許していた。そしてジェナは気づいた。見てしまったのだ。コットンシャツの裾がほんの数センチ、滑るように引きあげられて、背中をのぞきこまれたのがわかった。

ジェナが息をのむ。「ああ、サラ。信じられない。いったいどうしたの？　ひどいわ」

クリスタルの目からまた涙があふれはじめた。妹の膝に顔をうずめ、ぎこちない動きで腰に手をまわす。ジェナは身をかがめて抱きしめ返してくれた。長いあいだ、姉妹は一緒に泣いた。

しばらくして涙が涸《か》れると、クリスタルはジェナの脚に頭をのせて、ゆっくり仰向けになった。「あなたには知られたくなかった……」かすれてざらついた声で言う。「私のことを……軽蔑してほしくなかったの」

「軽蔑？　どうして軽蔑なんてできると思うの？」ジェナが首を振った。「姉さんのせいだなんて、絶対に考えなかったはずよ。だって、実際に違うんだもの。ありえない」

「わかってる」クリスタルは喉が締めつけられる感覚が戻ってきた。「恥ずかしくてたまらなかったの」片手で口を覆うと、汗ばんだ額をジェナのてのひらが撫でてくれた。

「話してくれる?」

それこそ、クリスタルが何よりしたくなかったことだった。こういうことからジェナを守っていたはずだったのに。醜い現実を知らずに人生を送らせたかった。父との約束のひとつでもある。少なくとも、クリスタルは自分にそう言い聞かせてきた。だが、もう遅い。失敗したという事実が、重しのように心にのしかかる。クリスタルは自分でも気づかないうちにうなずいていた。結局のところ、こうするのが正しいのだ。

「ええ」彼女はささやいた。「ほんとは言いたくないけど、あなたが知りたいことはなんでも話すわ」

16

日が沈み、チームが持ち場についてからほぼ二時間が経過した頃、最初の車が十三番埠頭へやってきた。巨大な工業用倉庫に沿った道路から、ボルティモア港の暗い海へつながる埠頭まで、コンクリート舗装が長く続いている場所だ。グレーのバンが一台、ガラスにフィルムを貼った黒のステーションワゴンが二台、そして箱型トラック一台が、円を描くようにして倉庫の裏手の敷地に入ってきた。

「みんな、それぞれの位置につけ。向こうから攻撃してきた場合のみ応戦すること。俺たちの目的は実情調査だ」耳につけたイヤフォンを通じてニックの声がした。

シェーンが埠頭の片側に停泊している古い平底船の隠れ場所からうかがっていると、車から男たちが降りてきて、防御態勢を取りながら扇形に広がった。全部で十人。全員が武装している。

対するこちらは六人。

集団の中心近くにいるのは、〈コンフェッションズ〉でクリスタルにキスをしていた男だ。ブルーノ・アッシュ。彼の右側にはしゃれたスーツを着た、痩せて背が高い黒人の男がいる。シェーンは本能的に、あれがジミー・チャーチに違いないと思った。組織内で自らを救世主《メシア》と呼ぶような男以外に、全身からあれほどの自信を放ち、手下たちを当然のごとく服従させる雰囲気を持つ人物がいるだろうか？

シェーンは白いトラックをじっと見つめながら、今夜チャーチは荷物を渡す側なのか、それとも受け取る側なのかと考えた。両方かもしれない。だが正直なところ、それはどうでもよかった。受け渡しの内容や、チャーチが取引している相手を知ることで、メリットが何をたくらんでいたのか突き止められればそれでいい。その情報を利用してチームの汚名をすすぎ、信用と名誉を取り戻すことができさえすれば。

シェーンは右から左へ視線を百八十度動かしてあたりをうかがった。仲間の姿は見えないが、位置はわかっている。ニックとマーツは倉庫の反対端で、チームの目となって上から見た光景を伝えられるように、二階の割れた窓ガラスの奥にスタンバイしているはずだ。ベケットは地上にいて、オフィスとして使っていたと思われるトレーラーの背後に身を隠すことになっていた。イージーは埠頭の向こう側で、コンクリート製のタラップの下にしゃがんでいるだろう。原子力を動力源とした最初の貨客船で、ずいぶん前から埠頭のその場所につけられているらしいサヴァンナ号の陰になって見えない場所だ。ニックの友人の私立探偵ミゲールは自分の釣り船を港内に出し、船でやってくる相手をそこから見張っている。ジェレミーは四百メートルほど離れた場所に停めたベケットのSUVで待機することになった。撤退する必要が生じた場合に、海からでも陸からでも逃げられるようメンバーをサポートするためだ。

ジェレミーを現場へ連れだすことに関して、ニックはかなり渋っていた。シェーンにはチームのほかの誰よりも、弟の安全を守りたいというニックの気持ちがよくわかる。けれども現実問題として、今回の作戦を遂行するためには、どうしても人手が必要だった。そして何よりジェレミー自身が、どんな形であれ手助けしたがった。

「みんな、海上に目を向けることを忘れないでくれ」マーツが言った。「海からの接近に警戒を怠るな」

「了解」ミゲールが言った。

埠頭の反対側のほとんどをサヴァンナ号が占めている点を考慮に入れると、正体のわからない敵はおそらく、シェーンの潜む平底船と同じ側に船をつけるだろう。つまり対決する必要が生じた場合、彼がもっとも近い場所にいるということだ。

この作戦の準備に一日かける猶予があって、本当によかった。

マーツが〈コンフェッションズ〉の監視音声を通じて受け渡しの場所をつかんだあと、チーム全員がひとまず数時間の睡眠をとった。それから一日を費やし、埠頭について可能な限りの情報を頭に入れた。ミゲールとニックとイージーはミゲールの釣り船で、複数の埠頭からなるウォーターフロント全体をめぐった。十三番埠頭が現在は使われていないらしいと判明すると、彼らはイージーを降ろし、作戦が失敗した場合にうまく逃げられるように、ちょっとした爆発が起こる仕掛けをいくつか設置しておいた。

そのあいだベケットとシェーンが陸から近づく方法を詳しく調べた結果、マリン・ターミナルのこの地域に出入りする道路はひとつしかないとわかった。ふた手に別れたチームはそれぞれ周辺の写真を大量に撮り、マーツがウェブサイトから入手した航空写真と組みあわせて、ホワイトボードサイズの画像を用意した。それを使って戦略を練り、あらゆる事態を想定して準備を整えた。

そういうわけで、シェーンはクリスタルに会いに行く時間が取れなかった。連絡もできないことが気になってしかたがない。あの傷のせいで自分がクリスタルを避けているとだけは、絶対に思われたくなかった。実際は正反対だ。彼女をそばに置いて、二度と傷つかないよう守りたいと願っている。

「頼むぞ、みんな」通信システムを通じてミゲールの声がした。「南東から二艘《そう》のモーターボートが君らのほうへ向かっている」シェーンは右側を向き、平底船越しに見える暗い海をうかがった。水平線に目を凝らしていると、問題のボートのものと思われる、グリーンと赤と白の航海灯を発見した。

「人数がわかるか？」ニックが尋ねる。

「だめだ、遠すぎる」ミゲールは言った。

すぐにエンジン音が聞こえはじめ、その音はボートが近づくにつれて大きくなった。待ち構えるシェーンの筋肉は張りつめ、あらゆる感覚が研ぎ澄まされていく。長年、戦場で同様の状況に身を置いた経験によって身についた、本能的な反応だ。彼は呼吸と鼓動を一定に保ち、ついに答えが得られるかもしれないと期待してはじけそうになる興奮を抑えつけた。チームの存在を隠したままで、マーツが身元を突き止めるのに必要な情報をカメラにおさめ、全員が無事に帰宅するためには、すべてを定石どおりに進めなければならない。

埠頭の端の照明が投げかける金色の光の輪の中に、二艘のモーターボートが入ってきた。キャビンクルーザーだ。船内にギャレーや寝台を備えたタイプで、長さはゆうに十メートル以上あるだろう。シェーンは両方のボートに視線を走らせた。「敵はそれぞれに少なくとも三人ずつ」低い声で告げる。「大量の武器」

「了解」ニックが応答した。

向こうは合計十六人で、こちらは六人。ほぼ三対一の割合は理想的とは言えないが、何もかもが計画どおりに運べば、心配するような事態にはならないはずだ。

ボートがシェーンの横を通り過ぎていくと、チャーチの手下たち数人が水辺に移動した。埠頭にボートをつけて上陸する様子は秩序だっていて、今回が初めてではないとわかる。

「各ボート四人ずつに訂正」それぞれの船内からもうひとり男が現れ、デッキで見張りの位置につく姿を見て、シェーンは言った。ボートのそばにふたりがとどまり、残りはチャーチに近づいていく。

チャーチやその手下と、ボートでやってきた男たちが一連の挨拶を交わした。全体的に親しげで、かなりの信頼関係が存在するようだ。問題は、やつらがいったい何者かということだ。チャーリーが監禁中に耳にしたアジズという名の男は、この中にいるのだろうか？　メリットとなんらかのかかわりがあるのか？

「聞こえているか、マーツ？」シェーンは尋ねた。

「ああ」集中しているらしい、硬い声が返ってくる。

それから数分間、明らかにリーダーだとわかるふたり――チャーチと、誰かはわからないがボートで現れた男たちのトップ――は、互いのファミリーやビジネスについて世間話をした。平底船にいるシェーンには、会話の大半を聞き取ることができた。そしてようやく、あとから来たリーダーが言った。「望みのものは用意できているか？」アメリカ英語で、訛りはない。

チャーチがそっけなくうなずいた。「もちろんだ。そちらにも同じことが言えるんだろうな？」

「いつもどおりだ」男が答えた。黒髪をした背の高い白人。取りたてて印象に残らず、注目すべき特徴もない。だが凄腕《すごうで》のスパイほど、人の記憶に残らないようにできるそうだ。この男もそういう技を身につけているのかもしれない。

チャーチが片手で合図すると、トラックがエンジンをかけてバックしはじめた。ボートの近く、埠頭の縁から三メートル足らずの場所で停まる。チャーチの手下がその両側に集まり、ボートで来た男たちの一部がボートに戻った。

「トラックの後ろがよく見える者はいるか？」マーツが尋ねた。「こっちからは暗くてだめだ」

「一部だけだな」トレーラーの背後にいるベケットが答えた。

「見える」シェーンは言った。「俺が撮るよ」チームの中でも写真を撮影しやすい位置につくことになり、彼は念のために高性能のオートフォーカスカメラを準備していた。ポケットを探ってそれを取りだし、ファインダーをのぞく。

片方のボートから、車輪付きのスーツケースふたつが出てきた。シェーンは連続してシャッターを押しながら、彼らがケースを開けて中身をあらためることを願った。そうなれば、もっと情報が得られる。

やったぞ。

男たちがスーツケースを地面に置いて、ファスナーを開けた。ビニールで包まれた煉瓦状のものが、二十個ほど入っているようだ。チャーチはしゃがんでそのひとつを手に取った。ナイフで切れ目を入れ、中身を味見してうなずく。手下たちがふたたびスーツケースを閉じた。あの包みに何が入っているのか、断言はできない。メタドン、コカイン、ヘロインのいずれも、ああいった形にして運ぶことがあるからだ。けれども世界のヘロインの少なくとも九十パーセントがアフガニスタン産であることを考えると、あれがヘロインだった場合、シェーンたちの部隊が急襲された件にチャーチがかかわっていた可能性は排除できなくなる。

チャーチが立ちあがって脇に寄ると、ブルーノがトラックの後ろを二度ノックしてからドアを引きあげた。ロールアップ式のドアがカタカタと音を立ててあがっていく。彼は荷台から黒いスーツケースを四つ取りだし、ボートの男たちの前に置いた。シェーンは取引の一部始終をカメラにおさめた。

「いいね」特徴のない男が笑みを浮かべた。「ということは、品物に満足したんだな」

「ああ」チャーチが言う。「今後もこれくらい純度の高いブツを運んでくれるなら、うちの売り上げは最高額に達するだろう」

チャーチ側が差しだしたスーツケースには、おそらく現金が詰まっているに違いない。ありふれたドラッグの取引だ。シェーンはさらに数名の顔のアップを撮影して、カメラをおろした。

「よし、渡せ」トラックの後ろに立つブルーノが声をかけた。六名のチャーチの手下がトラックから埠頭の縁まで、中央を開けて背中合わせで二列に並んだ。銃口は外へ向けている。

なんだ、これは？　ふたたび写真を撮りながら、シェーンは思った。

頭皮がチリチリしたかと思うと、次の瞬間、彼は心の底まで凍りついた。ずっとトラックの荷台部分にいたらしい男がふたり現れ、意識のない女性たちの体を、残りのチャーチの手下たちに渡しはじめたのだ。女性たちはそこからさらに、ボートの男たちへと運ばれていく。

「ああ、なんてことだ」どうなっているとニックに問われて初めて、シェーンは自分が実際に声に出してささやいていたことに気づいた。嘘だろう。まさかそんな。

「トラックの後ろから人を運びだしてるんだ」ベケットが言った。「女性を」彼が説明してくれてよかった。今、シェーンが口を開けば、内心で燃えあがっている激しい怒りをぶちまけてしまいかねない。

「なんとかしないと」三人目のブロンドの女性が列に沿って運ばれていくときになって、シェーンはようやく声を出すことができた。喉が締めつけられる。モリーの身にもこんなことが起こったのだろうか？　これがあの子の結末なのか？

「落ち着け、シェーン」ニックが言った。「命令だ」

四人目。小柄な黒髪の女性。「黙って見てはいられない――」

「シェーン、聞くんだ」ニックがもう一度言った。「俺たちには人手が足りない。充分な武器もないんだ。介入するときじゃない」

シェーンの胸は押しつぶされそうになった。「ニック――」

「だめだ。彼女たちも俺たちも、両方死ぬはめになるぞ」ニックの声は冷静さを失っていた。怒りと分別、そして恐怖がうかがえる。シェーンがわれを忘れ、指示に従わないのではないかという恐怖。

ひとりまたひとりと女性たちが船内へ運ばれていく。シェーンは手が震え、心臓が激しく跳ねていたが、全員の姿を写真に撮った。まるで自分の体を真っぷたつに裂かれたかのように痛みを感じる。目の前で起こっていることを、流れ作業のように人身売買が行われ、合計九人の女性たちがボートの奥へ連れ去られるのを止められず、黙って見ているしかないせいで、彼の心の一部は死にかけていた。

赤毛の女性はいなかった。ちくしょう。それを気にする自分がいやでたまらない。この場にクリスタルがいなくて安心したが、今この瞬間にも九つの家族が感じているに違いない、喪失の悲しみがなくなるわけではない。

シェーンはその感情をよく知っていた。十六年もの長いあいだ、ずっと抱えて生きてきたのだから。

トラックの中で〝荷物〟を見張っていたふたりが、荷台から降りてドアを閉めた。そのうちのひとりがシェーンのいるほうに向き直り、明かりの中に足を踏みだす。

シェーンは驚愕して思わず二度見した。チャーチの手下の中に知った顔を見つけるとは、予想もしていなかった。シェーンは立て続けにシャッターを押した。「信じられないだろうが、目の前にマニー・ガーザがいる」努めて普通の声で報告した。ガーザも陸軍特殊部隊のメンバーで、シェーンとニック、ベケットは、アフガニスタンで何度か彼と同じ作戦に加わった経験があった。あの待ち伏せ事件が起こる、少なくとも三年くらい前のことだ。そのあと、ガーザは何かでしくじったと聞いた。

そんな男が、いったいここで何をしているのだろう。

「くそったれ」ニックが吐きだすように言った。「たしかなのか?」

シェーンはガーザの動きを目で追った。癖のある髪は以前より長くなっているが、淡褐色の肌の色や顔の表情、そして体の動きは、シェーンが知っていた兵士のものと完全に一致している。「間違いない」

シェーンの怒りにもうひとつ別の理由が加わった。仲間だと思っていた者がまたひとり、汚れた側に身を置いていることが判明したのだ。最初はメリット、今度はガーザ。軍はどこまで腐っているのだろう。

チームのほかのメンバーからぴんと張りつめた空気が伝わってくるのは、シェーンの思いすごしではないに違いない。姿は見えないかもしれないが、気持ちで通じあっている仲間たちは、シェーンと同じく今夜の展開に憤りを感じているはずだ。

「別件に関してだが、仕入れ先は確保できているのか?」特徴のない男がきいた。

「よければ紹介してもいい」

チャーチが首を振った。「申し出はありがたいが、こちらのビジネスとあちらは分けておきたいんだ。わかるだろう？」〝こちら〟がドラッグと人身売買を指すのは明白だが、チャーチの言う〝あちら〟は何を意味しているのだろう？　銃かもしれない。犯罪組織がかかわる三大ビジネスの残りのひとつだ。

「もちろんだ。さて……」ボートの男たちのリーダーは手を差しだし、チャーチと握手をした。「いつもどおり、いい取引だった」彼の手下たちがボートに戻っていく。

「ああ、そうだな」チャーチがうなずく。「神のご加護を」メシアを自称する男はきびすを返し、二台のステーションワゴンのうちの一台へ急ぎ足で向かった。ブルーノともうひとり、アメフトのラインバッカーのような体格の男が両脇を固めている。

「おまえは残るのか、G？」特徴のない男が尋ねた。

ガーザは残りのチャーチの手下たちから離れ、男と固く握手した。「ああ」かなり親しい間柄であることは明らかだ。「金曜の夜に別の受け渡しがある。知ってのとおり、こちらで起こることにはすべて目を光らせておけというのが彼の望みなんだ。俺としては、あんたたちといるほうがいいんだが」

彼？　彼とは誰のことだ？　チャーチ？　アジズとかいう男？　それとも、まったく別の人物だろうか？　ガーザはチャーチの仲間なのか？　それともボートの男たちの側か？　シェーンの頭の中に、答えのわからない疑問がいくつも浮かぶ。ずっとこんな調子だ。やっとのことで謎をひとつ解明したかと思うと、新たに複数の謎が生じる。

「そうか」特徴のない男が言った。「気をつけろ」

「わかっている」ガーザがうなずく。トラックの助手席に近づき、ドアを開けてすばやく飛び乗った。

最後のひとりがボートに乗りこむと、係留索が解かれた。ボートが暗く広い海に紛れるべく向きを変える。

陸では四台の車のエンジンがかかった。ボートが埠頭の端を離れるのを待ち、一台ずつ車列を組んで動きだした。

シェーンは銃を抜いて身を低くし、ボートを追いかけて平底船の中を横切った。

「モーターを撃てば、やつらを止められるかもしれない」

「だめだ。だめだぞ。やめろ」ニックの声がする。「チャーチたちはまだ射程圏内だ。交戦するわけにはいかない」

シェーンが肩越しに後ろをうかがうと、倉庫に沿って進むテールランプの明かりの列は、かろうじて敷地を出るところだった。

最後の一瞬まで、シェーンは女性たちを救えるかもしれないという希望にしがみついていた。その希望を手放すのは、自分の心臓にナイフを突きたてるようなものだ。苦しみのあまり、胸をつかんで息を吸いこむ。シェーンは銃を握っていた手の力を抜き、両膝をついてうなだれた。長いあいだ、そうやってとどまっていた。あの感覚を確かめるために。

失敗がどんな思いをもたらすのか、もう一度自分に感じさせるために。

それから空を見あげて誓った。今回の犠牲者たちを救えないとしても、彼女たちの敵を討つ方法を見つけてみせる。なんとしてでもチャーチの息の根を止めてやる。どんな形でも、どんなやり方でも、自分の手でそれを実現させてみせる。

先に目を覚ましたのはクリスタルだった。彼女はそっと仰向けになり、早朝の日の光が模様を描いている天井を見あげた。つりさげた蝶のモビールがゆっくり回転して、まずは黄色い蝶が、次にブルーの蝶が近づいてくる。

顔を横に向けると、ジェナは彼女のそばでまだぐっすり眠っていた。真夜中まで話をして一緒に泣いたのだ。やがて、クリスタルは喉が痛くなった。ふたりとも脱水症状を引き起こしそうになるほど、悲しみの涙が次から次にあふれでた。

ジェナにはすべてを打ち明けた。何も隠さなかった。隠しても意味はない。妹はあの傷跡を見たのだ。ブルーノの暴力の証拠も目撃している。クリスタルがなぜ耐えていたのか、今はその理由も知った。

そうしているうちに、一緒に眠ってしまったらしい。互いに離れたくなかった。秘密を共有してクリスタルの孤独は終わりを告げ、ぬくもりを感じられるようになった。しかし心のどこか別の部分では、そのために妹にも苦しみを与え、重荷の一部を背負わせる結果になったことを悔やんでいた。

ジェナがまばたきをして目を開け、鮮やかなブルーの瞳が現れた。「おはよう」声がかすれている。

「おはよう」クリスタルも言った。「私と同じ気分みたいね」

ジェナが乾いた笑い声をもらしてうなずいた。それから真面目な表情になって尋ねる。「大丈夫？」

「ええ。私の言ったことを覚えてる？」クリスタルは尋ねた。どうしても、もう一度ジェナの口から聞く必要があった。

「覚えてる」ジェナの目がうつろになる。

クリスタルは横向きになってふたりの体を近づけた。「何ひとつあなたのせいじゃないの。絶対に自分を責めないで。わかった？」

ジェナが唇を震わせてうなずく。「わかってる。でも、やっぱり申し訳ないわ。私がいなければ――」

「いいえ」クリスタルは胃がキリキリと痛んだ。何をしたか知られたら妹に軽蔑されるかもしれないと、ずっと不安だった。だが何より恐れていたのは、ジェナがそれを自分の病気と治療費のせいだと思い、責任を感じることだった。「私たちがここにとどまらざるをえないのは父さんの借金のせいよ。癲癇は関係ない。お願い、お願いだから私を信じて」

「わかった」ジェナが上半身を起こしてベッドの上に座った。「わかったわ」赤い髪の長い房を耳の後ろにかけて姉の目を見つめた。「それで、計画は？」

クリスタルもだるい体をなんとか起こした。「どういう意味？」

「つまり、私たちはこれからどうするの？　ここから抜けださなきゃ」ジェナが向き直り、乱れたベッドカバーの上で脚を交差させた。

「しいっ」クリスタルはささやくと、ｉＰｏｄに手を伸ばし、会話を聞き取りづらくするために音楽をかけた。念のためだ。「声を低くして」

クリスタルが同じように用心を促した昨日の夜に続いて、ジェナはおとなしく従った。ブルーノが手下にこのアパートメントを見張らせていて、それでシェーンのことを知った可能性は高い。たとえ本格的な妄想症だと思われようと、気をつけるに越したことはない。

クリスタルは妹の手を握った。「まだ無理よ。言ったでしょう、あなたが卒業して、私がもっとお金を貯めるまで待つの」

「そんなの、正気とは思えないわ、サラ」ジェナがささやく。「ブルーノの気分はころころ変わる。危険よ」

「あなたはいい大学に、全額支給の奨学金を受けて通ってるわ。今、ここを離れたら卒業できない。お給料がよくて、ちゃんとした健康保険にも入れる仕事につくためには学位が必要よ。大丈夫、待てるわ」

ジェナは首を振った。「課程を終えるのはどこででも、いつでも可能よ。今学期の残りと、夏期講習と、来学期だけだもの」

「そのとおりよ。だからこそ残らなければならないの。あなたは今、無料で教育を受けている。ほかの場所では無理だわ。それに今すぐ出ていったら、今学期に費やした時間がすべて無駄になってしまう」逃亡計画は念入りに、慎重に立てなければならないと、クリスタルは心の底から信じていた。ジェナはブルーノやチャーチをよく知らない。途中で失敗した場合の危険を、本当の意味で知っているのはクリスタルなのだ。けれどもクリスタルの言い分が正しいとジェナに納得させるのは、ティーンエイジャーに親の意見に従うのが賢明だと信じさせるくらい難しい。

ああ、まるでうんと年を取って、百四歳にでもなった気分だ。

ジェナが長い息を吐いた。「いいわ、妥協案がある」

クリスタルは妹を見つめた。聞いてもいいが、納得できるとは思えない。クリスタルは手を振り、続きを話すよう促した。

「授業はあと二週間で、それから期末試験がある。そのあとすぐに出発すればいいわ。それなら残りは、受けるつもりでいた夏期講習と、丸々一学期分だけよ。ほとんどが選択科目なの。どこででも修了できる」

つまりあと四週間。「そんなにすぐ準備ができるかどうか、わからないわ」ジェナの提案を真剣に考えてから、クリスタルは言った。これまでずっとニューヨークに逃げることを思い描いていたものの、そこへ行ったとして、仕事もなければ住む場所もない。だから、もっと資金を貯めておきたいと考えていた。何よりも、偽の身分証明書や書類を手に入れる方法を、まだ見つけられていなかった。そういう手配をしてくれそうな相手はみんな〈チャーチ・オーガニゼイション〉に忠実で、危険すぎて依頼できない。だがそれでも、あと四週間という響きはひどく魅力的に感じられた。だけど、それだけすぐにシェーンと決別することにもなる。

想像するとつらかった。とても。だがそもそも、ずっと彼といられるわけではない。ジェナの安全が確保できるなら、犠牲を払う価値はある。それになんらかの奇跡が起こってシェーンがクリスタルの背中に嫌悪感を抱かず、彼と一緒に過ごす時間をもっと得られたとしても、セクシーな元兵士に惹かれる気持ちが強くなるだけだ。シェーンを失ったときの痛みはさらに増すだろう。

「考えてくれているのね」ジェナが笑みを含んだ声で言った。

クリスタルは目をぐるりとまわした。「たぶんね」

「何よ、わかってるんだから。ねえ、エドワードや、彼の偉そうなお友達に頼んでみたらどう?」ジェナが続けた。「あの人たち、以前も助けてくれたじゃない」

クリスタルの脳裏に一瞬、スマートフォンを通じて聞いたあの夜のシェーンの声がよみがえった。〝君とジェナを助けると言っただろう? この申し出は二十四時間有効で、期限はない。わかったかい?〟どうやってクリスタルを助けたらいいのかわからなくてつらいと言ったときの彼の声は、悲しみといらだちに満ちていた。ジェナの言うことは正しいのかもしれない。

「そうね。たしかに」

「きっといい人たちよ、サラ。そう思わない？　間違いなくなんとかしてくれるわ」

ジェナのブルーの瞳に懇願の色が浮かんでいる。

クリスタルもそう思ってうなずいた。もう一度シェーンに会うことを想像すると、おなかのあたりがざわめいた。とりわけ先日の夜、あんなふうに彼のもとから逃げだしたあとでは。「わかった、シェーンと話して、彼の意見を聞いてみるわ」

ジェナがにっこりした。「シェーン？　ふうん」そう言われただけなのに、どういうわけかクリスタルは頬が熱くなった。妹が目を見開いている。「いやだ、嘘でしょう！」

「しいっ」クリスタルはふたたび注意を促した。

笑いながらジェナが身を乗りだしてきた。「彼のことが好きなのね？」

鋭い洞察力に、クリスタルは不意を突かれた。「私……あの……」

「やっぱり！」

思わず妹の両手をつかむ。「はいはい、勝手に言ってればいいわ」クリスタルは平静を装った。決して手に入らない男性のことを、女同士のおしゃべりの話題にしてもしかたがない。「今回の件で一番重要なのは、何も変わっていないように振る舞うことよ、ジェナ。約束してほしいの。授業に出て、友達と出かけて、買い物に行きなさい。それから次にブルーノに会ったら、絶対に愛想よくして」

ジェナが座り直してうなずいた。「わかった。そうする」

「約束よ？」

「うん」ジェナが言った。「八カ月も待たないと約束してくれるなら」

クリスタルは長い息を吐きだし、決意に満ちた妹の目と視線を合わせた。ジェナはもう幼い子どもではないのだ。数週間もすればティーンエイジャーですらなくなる。クリスタルが感心せざるをえない、勇敢で賢くて、強い女性。それに、今は正論を言っている。「約束するわ。これで決まりね」

「私たち、きっと大丈夫よ、姉さん。心配しないで」ジェナがほほえんだ。

「ええ、そうね」クリスタルは久しぶりにその言葉を信じられそうな気がした。

17

ついに来たか。シェーンが予期していたとおり、ベッドルームのドアがノックされた。昨夜チームが〈ハード・インク〉に戻ってきてからというもの、彼が口を開いたのは、金曜にまた受け渡しがあるというガーザの発言について仲間と情報を共有したときだけだった。シェーンはカメラを渡し、今日はもう切りあげると告げた。ほかの皆は今夜の作戦を振り返るために残ったが、シェーンはそんな気分になれなかった。感情がひどく不安定なうえに頭の中もぐちゃぐちゃで、とても何かを分析できる状態ではなかった。

夜もかなり遅い時間になってようやく、胸の内で荒れ狂う嵐を、なんとか数時間ほど眠れるくらいには落ち着かせることができた。だがそのあいだに見た夢は容赦なく恐ろしく、胸がつぶれる内容だった。必死になってモリーを捜すのだが、いつも間に合わなかったり、行きづまったりした。

目が覚めると、ベッドに入ったときより疲れ果てていた。それで高い窓から早朝の淡い光が差しこむ部屋で横になったまま、頭をしゃんとさせようと努力していたところだった。

まだうまくいってはいないが。

ふたたびドアにノックの音がした。

シェーンはため息をついて上体を起こし、ヘッドボードにもたれて座った。そのとき、まだモリーの蝶のネックレスを指に絡めていることに気づいた。昨夜、心の平安を求め、分別や洞察力が得られないかと何度もチェーンを指に巻きつけたのだ。「どうぞ」彼は部屋の外に向かって呼びかけた。

ドアがゆっくりと開いて、ニックが姿を現した。シャワーを浴びたばかりらしく髪がまだ濡れ、黒のTシャツもところどころ湿っている。わざわざ髪を乾かすまでもないと思ったのだろう。「どうだ?」

シェーンは首を振った。「何か用か?」

「いや、そういうわけでもないんだが」ニックは中に入ってドアを閉めると、そこにもたれかかって腕組みした。「昨日の夜の――」

「やめてくれ」シェーンは嚙みついた。思ったよりきつい声になったが、かまっていられなかった。女性たちがボートへ運ばれていく光景がよみがえり、自分に触れるものすべてが、着ている服もベッドカバーも室内の空気でさえもが、むきだしの神経をこするように感じられて苦しかった。

ニックはドアから離れて部屋を横切り、ベッドの縁に腰をおろした。「いや、やめない。おまえには必要なことだから」

シェーンは汗ばんだ膝を引き寄せて両腕をのせた。右手の指からネックレスがぶらさがった。「ちくしょう、ニック。言っただろう、俺は――」

「俺たちにできることは何もなかった。おまえにできることは何もなかったんだ」ニックがシェーンに向き直って続ける。

「わかってる」シェーンは言った。本当にわかっているのだ。理性では、ニックの言い分が正しいと理解していた。だからといって、胸の内で心臓が引き裂かれるのを止めることもできない。

「シェーン？」

シェーンは小さなシルバーのチェーンから顔をあげ、ニックの鋭い視線を受け止めた。「なんだ？」

淡い色合いのせいで冷たく見られがちだが、ニックがその気になりさえすれば、思いやりのこもったあたたかいまなざしを向けることのできる目だ。そして、どうやら今がそのときらしい。ニックが次に何を言うつもりなのか、少し考えればシェーンには予測できたはずだった。「モリーがいなくなった日に何があったのか、そろそろ話してくれてもいいんじゃないか？」

いきなり強く腹部を殴られたように、シェーンは息ができなくなった。吐き気がうねりながらこみあげてくる。チームの皆はシェーンが十代の頃に妹が行方不明になり、彼がそのことに責任を感じているのは知っていた。だが、シェーンは詳細まで教えていない。実際、特殊部隊に入隊する際に軍の精神科医に話したのが最後だ。

「どうして？」シェーンはささやいた。今の彼に出せる精いっぱいの声だった。

ニックは片方の手で湿った髪を梳いた。一度。二度。「彼女に起こったことが今も、まるで癌《がん》のようにおまえをむしばんでるからだ。打ち負かそうとすればするほど、攻撃的に刃向かってくる。ただでさえ張りつめていた糸が、今回のことで切れてしまうんじゃないかと思えてならないんだ」彼は首を振った。「メリットの件で俺は自分の直感を信じず、大事なことを見逃してしまった。その直感が今まさに、おまえが危うい状態だと告げてる。ゆうべのことが起こる前から感じていたんだが、こうしておまえを見ていると、やはり俺の直感は正しいとわかった」

　思考が頭をぐるぐる駆けめぐり、鼓動が痛いほどに激しさを増した。シェーンは両肘を膝についてネックレスを掲げた。モリーがいつからこれを持つようになったかシェーンは覚えていないが、妹は小さな女の子向けのアクセサリーでないところが気に入っていた。たしかに大人びたネックレスでモリーには長すぎて、ペンダントトップの位置が胸の下のほうにまできていた。だがそれでもモリーは気にしなかった。実のところ、それをつけた自分は〝おしゃれ〟に見えると思っていた。モリーの言葉だ。蝶のペンダントトップを手に取り、紫と白のラインストーンでできたハート形の羽を親指でなぞる。

「俺はこれを……」話しはじめたものの、声が詰まった。「俺はこれを、家からすぐの通りで見つけたんだ。歩道の縁石の上に落ちていた」シェーンは蝶を何度もひっくり返した。「あの子は絶対にこれを……わざと落としたはずがないんだ」

　どのような状況で落ちたのか？　それを考えると悪夢を見る。

　一瞬、シェーンの意識はあの暑い夏の日に引き戻された。七月の終わりだった。彼は野球チームで一番仲のよかったヘンリー・ウォーラーとケヴィン・ライアンと三人で、自室でテレビゲームをしていた。父はゴルフに、母は近所で開かれる結婚式の前祝いパーティー《ブライダル・シャワー》に出かけていて不在だった。ほんの数時間のことだ。それにシェーンは十三歳で、それまでにもときどきモリーの子守を任されていた。

最初にモリーが部屋をノックしたのは、おやつを食べる許可をもらうためだった。だからシェーンは、魚の形のクラッカー《ゴールドフィッシュ》と紙パックのジュースならいいと言って、妹を部屋から出ていかせた。

二度目のノックでは、モリーは自分もゲームに加わりたいと頼んできた。見ているだけでもいいからと。だが十代の少年が、友人がいる部屋で八歳の妹をうろつかせたがるだろうか？　シェーンはだめだと言い、モリーを立ち去らせた。

三度目にノックの音が聞こえたときには、頻繁に邪魔されていらつくあまり、勢いよくドアを開け、ほっといてくれと告げた。そしてはっきりわからせるために、あっちに行けと言い放った。

一時間近く過ぎた頃、また部屋のドアがノックされた。ブライダル・シャワーから戻った母が、モリーがいないかどうか見に来たのだ。シェーンはあちこち妹を捜しまわりながらも、ひどく不機嫌だった。モリーはゲームをさせてくれなかった仕返しに兄を困らせようとして、どこかに隠れているに違いないと思っていた。しかしそれからさらに数時間が経過し、捜索範囲が広がると、両親の目は恐怖とパニックでいっぱいになり、シェーンもモリーが遊んでいるわけではないと気づいた。

そしてその午後遅く、彼はネックレスを見つけた。調べるために警察に渡さなければならなかったが、結局のところ不審な指紋はついていなかった。数週間後、ネックレスは家族のもとに返され、それ以来シェーンがずっと持っている。

「なんてことだ」ニックが言った。

そこで初めて、シェーンはモリーがいなくなったいきさつを声に出して話していたことに気づいた。頬を何かが転がり落ちる感覚がある。流すつもりのなかったそれをこすってぬぐい取り、まぶたをつまむと、また少し指先が濡れるのがわかった。モリーのことで最後に涙を流したのは、モリーが十三歳になるはずだった誕生日の夜だ。妹を失ったときのシェーンと同じ年齢。十三歳のときに、彼はモリーを追い払った。そしてモリーの姿は消え、いまだに行方がわからない。

「おまえは子どもだったんだ、シェーン。妹に悪いことが起こるよう願ってはいなかった。何かしたわけじゃないんだ。予測できなかった。おまえのせいじゃない」精神科医にも言われた言葉だ。両親からも。だが、シェーンの心に届くことは決してなかった。「でも、俺が――」

「違う。責められるべきはモリーを連れ去った社会病質者《ソシオパス》だ」ニックが身を乗りだした。「こっちを見ろ。おまえに息子がいて、同じ状況に陥ったとする。そのときおまえはなんて言う？」シェーンは首を振ったが、ニックは引きさがらなかった。「息子になんて声をかけるんだ？　その子の目を見て非難するのか？」

「それとは話が違う」シェーンは言い返した。声は張りつめ、心が揺れていた。

「どんなふうに？」

「だから、違うんだよ」

「誰に責任があるのか、その子の目をのぞきこんで言ってみろ、シェーン」ニックは両手でシェーンの顔をとらえ、無理やり視線を合わせた。「言えよ」声が優しくなっている。

「わからない」息が震えた。「その子じゃ……ない。その子どものせいじゃない。彼に責任はない」

「そうだ、彼は悪くない」ニックはそう言って手を離した。「おまえは悪くないんだ」

ニックが床に視線を落としたのは、シェーンの気持ちがわかったからだろうか。感情的になって涙を流す弱さを露呈してしまい、あまりにも無防備に自分をさらけだしすぎたことに困惑するシェーンの気持ちが。

シェーンは息を吸いこみ、顔をそむけて壁のほうを向いた。どういうわけかまたしても頬を濡らしていた涙の痕跡を手早くぬぐい去る。

「ゆうべ女性たちが連れ去られたのも、おまえのせいじゃない。俺たちの誰にも責任はないんだ。悪いのは誰か、わかるな?」ニックが横目でシェーンをうかがった。

考えるまでもない。シェーンは冷たく険しいまなざしでニックを見つめた。

「チャーチ」

ニックがうなずく。「チャーチだ」それ以上の言葉は必要なかった。シェーンにはわかっているからだ。チャーチに打撃を与え、亡くなった者を含めてチームのメンバーに対して行われた不正を糺すためには、悩むのをやめて腰をあげなければならない。「みんなが起きて集まり次第、マーツが話したいそうだ」ニックはベッドから離れた。

シェーンもなんとか立ちあがった。「待ってくれ。おまえに言わなきゃならないことがある」彼はモリーの思い出として入れた、羽のついたハートのタトゥーをさすった。今すぐこの場で言っておく必要がある。親友を取り戻すために、これ以上は一秒たりとも待っていられない。

ニックが眉をひそめて、首を振った。「俺は——」

「去年、俺はずっと、消息を絶ったおまえを責めていた。帰国したあと、俺とかかわることを拒んだおまえを責めてたんだ。連絡がないのを、もうひとつの裏切りと見なして——」

「わかってる。俺はひどく——」

「違う。間違っていたんだ、ニック。おまえを見捨てたのは俺のほうだった。俺が長年知っているニック・リクシーなら、理由もなく音信不通になったりしないと、わかっているべきだった。それなのに俺は、どうなっているのか突き止めようと努力する代わりに、間違った憶測を立てた。おまえはそんなやつじゃないのに。俺はおまえに対して、もっといい友人でいるべきだった」

ニックが首の後ろをこすってうなずいた。「わかった」シェーンに視線を向ける。「ありがとう」

「俺たち、大丈夫だよな？」シェーンは片方の手を差しだしながらきいた。

「ああ、もちろんだ」握手を返したニックは、唇を引き結んで目を細めた。「お互い、しくじったみたいだな」

シェーンは声をあげて笑うと、両手で顔をこすった。「たっぷりしくじったよ、兄弟」

ニックはドアへ向かい、腕時計で時間を確かめた。「とっとと起きろ。俺たちにはすべきことがあるんだ」それきり振り返らずに部屋を出ていった。

シェーンは目を閉じ、深く息を吸ってうなだれた。消耗しきって疲れ果て、むなしさもいくらか感じている。けれども頭の中は穏やかで、心も少し軽くなっていた。なんてことだ。誰かが一部を負担しようとしてくれて初めて、それまで自分がいかに重い荷物を背負っていたかに気づくとは。それだけではない。ニックとの問題が解決したことで、心のほかの部分がずいぶん楽になった。

もっと楽になれる方法がある。クリスタルに会うのだ。そして自分が何を望んでいるか告げよう。彼が欲しいもの、それはクリスタルだとはっきりさせるのだ。

シャワーを浴びてすっきりしたシェーンは、バターをたっぷり使った焼きたてのパンケーキのにおいに引き寄せられて、キッチンに足を踏み入れた。ニックとベケットとイージーが朝食用カウンターに座り、コーヒーを飲みながら話をしていた。ベッカがパンケーキを皿に盛っている。

「おはよう」シェーンは部屋の隅から声をかけた。

「あら、シェーン」ベッカがほほえんだ。「おなかがすいてる?」

「ありがとう。でも、今はコーヒーだけでいい」彼はカップにコーヒーを注《つ》ぎ、カウンターの端に立った。

「調子はどうだ？」ベケットが低い声できいた。

シェーンは緊張したが、ごまかしてもしかたがない。昨夜、彼がもう少しで勝手な行動に走るところだったのは事実だ。「やっとまともにものが考えられるようになったよ。ゆうべはすまなかった」

ベケットが首を振って自分のブラックコーヒーに視線を落とした。「そう言ってくれるのはうれしいよ、シェーン。だが、謝る必要があるとは考えるな。昨日の夜の光景は、俺だって見ているのがつらかった。それに、俺には行方不明の妹もいなければ、名の知れた密売人のために無理やり働かされている恋人もいない。もしおまえの立場なら、同じように自分を見失いそうになったと思う」

シェーンは喉につかえた塊をのみこんでうなずいた。「ありがとう」それしか言えなかった。

そのとき、深刻な空気を破るようにベケットのスマートフォンが鳴った。ありがたい。

「マーツの野郎だ」そう言うベケットの声は楽しそうだった。彼はスピーカーフォンにして応答した。「廊下ひとつしか隔ててないってのに、電話をかけてくるやつがいるか？」

「僕がいるよ、くそったれ。みんな、いったい何をしてるんだ?」

「ベッカがパンケーキを焼いてる」ベケットは珍しくにやりとして、そこにいる面々を見渡した。

「ベッカが……なんだって?」マーツがいきなり通話を切った。

「あいつがどれぐらいでここに来るか、五ドル賭けよう」ベケットはストップウォッチ機能をセットした。「俺は二十五秒」

「四十秒」シェーンも加わる。

「三十」イージーだ。

ニックがくすくす笑う。「一分だな」

ドアが開いたとたん、マーツがまだ中へ入ってこないうちから、どっと笑い声があがった。

ベケットがiPhoneを掲げた。「三十八秒だ」彼はにやにやした。「ちくしょう」

「ああ、俺が一番近いな。さあ、支払えよ、おまえら」シェーンは全員から五ドルを集めた。

「僕で賭けをしたのか?　ひどいやつらだな」マーツは首を振り、カウンターでひとつだけ空いていた席に近づいた。

ベケットがうなずく。「食い物の話を聞いたおまえがここへ飛びこんでくるまで、どれくらいかかるか賭けたんだ」

マーツが背の高いスツールに腰かけると、ベッカが湯気の立つ熱々のパンケーキをのせた皿を彼の前に置いた。「ありがとう、ベッカ。なんて優しいんだ」そう言ってウインクする。

「どういたしまして。みんな、あなたを呼びに行こうとしていたのよ」ベッカがほほえんだ。

「ああ、そのとおりだ。嘘じゃない」ニックがマーツを肘で小突き、パンケーキにかぶりついた。

「なるほどね。全部食べ終わったあとで呼ぶつもりだったな」マーツはパンケーキの山にたっぷりシロップをかけた。「君たちがどんなにろくでなしか、わかってるんだぞ」やわらかいパンケーキにフォークを入れ、大きく切り取って口に運ぶ。「うーん、うまい。ベッカ、ありがとう」

「いいのよ。みんな昨日は忙しくて、外で適当に食事をしたでしょう。だから今朝は、何かあたたかいものを食べて一日をスタートさせるほうがいいと思ったの」

マーツが次のひと口を頰張りながらうなずいた。「ああ、そうだ」のみこんでから言う。「マットレスが届いたよ。ジェレミーが対応してる」

「手伝いが必要かどうか、見に行ってくる」カウンターにもたれていたシェーンは口を開いた。

「落ち着けよ、マッカラン」マーツが言った。シェーンを見る目つきからして、彼を心配しているのだろう。「アイクが手伝ってる。配送業者もいるし」

シェーンはうなずいた。それならコーヒーをもう一杯飲んでもいいだろう。

「顔認識の作業に進展はあったのか?」ニックがマーツに尋ねた。彼らが昨夜、何百枚も写真を撮ったのは、オンラインの逮捕歴データベースの画像と比較するためだ。幸い、逮捕の手続きの際に撮った写真も含め、それらの情報はすべて公開されている記録だった。

「ゆうべの作戦で入手した写真のうち、身元のわからない者は十五名。ジェレミーがその写真を、僕が設定した顔認識システムにかけてくれてる。結果が出るまでしばらくかかるだろう」

「ガーザについて何かわかったか?」シェーンは尋ねた。あの男の姿を見たことがいまだに信じられない。犯罪集団の中に元特殊部隊の隊員が交じっていた事実は彼を苦しめていた。名誉はどこに行ったのだろう。高潔さはどこに消えてしまったのか。兄弟同然のチームメイトが、仲間に殺されたかもしれないのだ。シェーンは首を振った。

マーツがパンケーキをのみこんで答えた。「短く言うと、ゼロ。長く言うなら、ガーザはまるでいまいましい幽霊みたいだ。電話番号もなければ、ウェブサイトも、ソーシャルメディアのアカウントもない。特殊部隊関連の集まりや、元隊員のグループを調べたけど、やつはどこにも属してない。残る手段は軍と退役軍人省の個人記録のハッキングだけだが、ちょっと厄介なんだ」

「チャーリーがやったと言ってなかったか？」ニックが自分の皿を押しやった。

「ああ。でも、快方に向かっているとわかるまでは、彼をわずらわせたくなくてね」マーツは言った。「だけど、できればチャーリーの知恵を借りたいな。どうやって軍警察に気づかれずにやってのけたのか」コーヒーに口をつけて首を振った。「港湾局の登録データの検索も、設定し直さなければならない。強制終了してばかりなんだ」

「壊れたわけじゃないと思うよ」部屋の反対側からかすれた声がした。チャーリーだ。手術着のズボンと白のTシャツを身につけ、包帯を巻いた腕を胸に当てている。皆がにぎやかに歓声をあげて彼を出迎えた。

シェーンはざっとチャーリーの様子をうかがった。顔色が少し悪く、かなりやつれた感じだが、三十六時間前のような熱っぽさは見られない。手術は大成功をおさめ、危険な段階は過ぎたと考えていいだろう。

「ここに座れよ」ベケットが席を空け、自分の皿を脇に寄せた。

「ありがとう」チャーリーは一番端のスツールに座った。

ベッカがカウンターをまわってチャーリーのそばに立ち、弟の額に手を置いた。

「具合はどう?」

「誰かに指を切り落とされたみたいな気分だよ」チャーリーが答える。青白い顔には、疲れてはいるものの、おもしろがるような表情が浮かんでいた。

男たちは一様に笑いを押し殺した。日常的に生死にかかわらざるをえない者が、非常に深刻な状況でユーモアを発するのはよくあることだ。自分に突きつけられた新しい現実と正面から向きあうチャーリーの能力に、シェーンは敬意を抱いた。シェーンだけでなく、チームの全員がそう感じているはずだ。

ベッカは弟の髪をくしゃくしゃに乱し、あきれた顔で言った。「私は真剣にきいてるの」

「俺だって真剣だよ」チャーリーは姉に肩でぶつかった。「まだ残ってる?」

ベッカの表情が明るくなった。「ええ、もちろん」彼女はキツネ色に焼けた大きなパンケーキを二枚皿にのせた。マーツがカウンターにあったシロップのボトルをチャーリーのほうへ滑らせる。

「起きて元気に動けるようになってよかったよ」チャーリーの様子をよく見ようと、マーツが身を乗りだした。

チャーリーがうなずく。「ずっと寝ているのが退屈になったんだ」

「そうか。君さえよければ、ちょっと知恵を貸してほしいことがあるんだが」

「まずシャワーを浴びさせてくれ」チャーリーは小さく笑みを浮かべた。「そのあとでも立っていられるようなら……」

パンケーキを食べ終えたマーツがうなずいた。「それでいいよ」スツールからおり、自分の皿をシンクに運ぶ。「ありがとう」体の横にベッカを引き寄せ、きつく抱きしめて礼を言った。「僕たちにはもったいない人だな」

ベッカが首を振る。「チャーリーと同じよ。何もせずに座っていられなかったの。食事を用意するのはたいした手間じゃないし、少なくとも忙しくしていると気が紛れるわ」

ニックも席を立ち、カウンターをまわりこんでシンクに皿をさげた。「どんな兵士も空腹じゃ行軍できないからな、サンシャイン。みんな、感謝してるよ。この作戦に君が資金を出していることも忘れちゃいけない。君のサポートがなければ、何ひとつ実現していなかっただろう」彼はベッカを抱き寄せた。ベッカは最初から、父親の生命保険金を無条件で提供すると申しでてくれていた。銃弾も、コンピュータも、このパンケーキも、勝手に木になっているわけではない。金が必要だ。「それに、この状態はいつまでも続かない」

「ああ」イージーが口を開いた。「だが、どのくらいかかるかも定かじゃない。長引いても、みんな大丈夫なのか？」

「俺の場合、召喚状の配達の仕事は二、三週間は受けられないと職場に伝えてある」ニックが言った。

「二週間の休暇届を出した」シェーンも続けて言った。「必要なら延長するつもりだ」

ベケットはチャーリーのそばでカウンターに両肘をついた。「俺は可能なものは下請けに出して、他人に任せられない分に関しては先送りにした。新しい依頼は当分引き受けないと表明してある」彼はワシントンDCで民間軍事会社を経営している。

マーツはフリーでコンピュータ・セキュリティのコンサルタントをしていた。「僕も同じだ」マーツが言った。「先日の夜、今抱えている案件の中でもっとも急ぎの二件を片づけて、それ以外にはしばらく対応できないと知らせた」

チャーリーが包帯をしていないほうの手で乱れたダークブロンドを撫でつけた。

「ちぇっ、俺はいったいどこへ行ったのかと思われているんだろうな。今日にでも何件かメールを送っておかないと。ああ、そうだ」集まった仲間を見まわす。「姉貴の家の地下に置いてある、俺のノートパソコンが必要なんだけど」

ニックが眉をひそめた。「場所を教えてくれれば、あとで俺が取りに行こう。だが世間的には、君は失踪者ということになってる。俺たちがもっと詳しい状況を突き止めるまでは、知り合いには連絡せず、行方不明のままにしておくほうがいいかもしれない」

「そうなんだ」チャーリーはてのひらで額をこすった。「じゃあ、行方不明でいるよ」

「私の家へ行っても安全かしら？」ベッカがニックを見あげた。

「長くとどまるのはよくないだろうな」何しろこの一週間で二度も荒らされた場所だ。

「でも、急いで出入りするくらいなら大丈夫なはずだ。気をつけるよ」ニックは彼女の髪にキスをした。

「君はどうなんだ、E？」マーツが尋ねる。

シェーンはイージーをうかがった。彼もまた、世の中の重荷を一身に背負っているように見えるのは、シェーンの思い違いではないだろう。

「ああ、まあ。俺は親父《おやじ》のところで働いてるから問題ない」イージーは手にした紙ナプキンをねじりながら言った。

「へえ、家業を手伝ってるのか？」ベケットがきいた。「なんの仕事だ？」

「フィラデルフィアで最大の自動車部品の販売業者だよ」イージーが抑揚のない声で答えた。

自動車部品？　チームの武器と爆薬のスペシャリストがそんな仕事をしているとは予想もしていなかったが、他人がとやかく言う権利はない。

「さて、みんな、少なくともしばらくのあいだは調整できたみたいだな」マーツが言った。「僕は仕事に戻るよ。君たちもダベり終わったら来てくれ。計画を練ろう」

「ダベる？」ベケットがにやにやしながら言った。「今どきそんな言葉を使うやつがいるのか？」

「僕が復活させるんだよ」マーツは肩越しに中指を突きつけた。

マーツがドアにたどりついたちょうどそのとき、ジェレミーが現れて告げた。「配達完了だ」結局、マーツは出ていくのをやめ、ジェレミーと一緒にカウンターに戻ってきた。「新しいベッドを三台、上の階に設置し終わった。いつでも使えるよ」ジェレミーはキッチンへ行ってマグカップにコーヒーを注いだ。

「ありがとう」ニックが言った。「マーツに聞いたんだが、アイクが手伝ってくれたらしいな」

「ああ、そうなんだ」ジェレミーがうなずいた。「俺がハーレムでも始めるつもりなのかどうか、知りたがってた。家具付きでアパートメントを貸したいとだけ言っておいたよ。いいやつなんだ」

「ねえ」ベッカがジェレミーのTシャツの裾を引っ張った。「なんて書いてあるの？」

〝ペニスは長いのがいい〟「いやだ、ジェレミーったら」顔を赤くするベッカのまわりで、皆がくすくす笑った。

ニックが彼女の肩に腕をまわす。「こいつのせいじゃないんだ。許してやってくれ。赤ん坊の頃、両親が頭から落っことしたせいで、どうにかなっちまったんだよ」

ジェレミーはコーヒーをたっぷり飲んでから言った。「ベッカ、君みたいに優しい人はくそ兄貴にはもったいないよ」

ベッカが首を振った。「私を巻きこまないで、ふたりとも」ジェレミーに笑みを向ける。「まだパンケーキのたねが少し残ってるの。二、三枚でよければ焼くわよ」

「いや、もうシリアルを食べたんだ。みんなと違う、この女の子っぽい体型を見ればわかると思うけど」

マーツがカウンターに両手をついた。「なあ、ジェレミー、前からききたいと思ってたことがあるんだが。アイクと、彼が入っているモーターサイクル・クラブについて教えてくれないか?」最初の日にアイクのバイクを見て感心して以来、シェーンも知りたかったことだ。

「どうして?」ジェレミーが尋ねた。

「率直に言っていいか?」マーツがきく。

「もちろんだ」ジェレミーは眉をひそめた。「どういうことだい?」

「モーターサイクル・クラブには親睦を目的とした愛好家のクラブと、無法者《アウトロー》の集まりの二種類が存在する。そうだよな?」マーツは言った。「ほとんどのアウトロー《O》・モ《M》ーターサイクル・ク《C》ラブは六〇年代に結成された、反体制的な集団だ。たいていの場合、メンバーはなんらかの犯罪行為によって生計を立ててる。ドラッグ、銃、売春、ギャンブルなど、ありとあらゆる犯罪だ」マーツの言葉に、シェーンは胃が重くなるのを感じた。今の彼らには〈チャーチ・オーガニゼイション〉以外の集団と争っている余裕はない。

マーツの言いたいことがわかったのか、うなずくジェレミーの表情が暗く沈んだ。

「〈レイヴン・ライダーズ〉は、先週ベッカの友達から借りた、メリーランド州のギャング調査報告書に名前が載っているんだ、ジェレミー。つまり、アウトローのほうなんだよ。だから〈ハード・インク〉内でアイクの存在が障害や脅威になりうるのかどうか、知っておかなきゃならない。〈レイヴン・ライダーズ〉が〈チャーチ・オーガニゼイション〉とつながっている可能性もあるんだ」マーツの視線はジェレミーからニックへ移り、ふたたびジェレミーに戻った。

くそっ、そんなことになったら厄介だ。

ジェレミーが腕組みする。「アイクはすごくいいやつだ。知りあって七年になるが、店にトラブルを持ちこんだことは一度もない。クラブの仲間にも何人か会ったことがあるけど、みんな悪いやつには見えなかった」

ニックもうなずいて同意した。「俺もそう思う」

マーツが足を踏み替えて重心を移動させた。脚が気になるのかもしれない。非常に有能でなんでもこなしてしまう男なので、義足をつけていることを忘れてしまいそうになる。だが顔をしかめてまた足を踏み替えたところをみると、見た目ほど順調ではないのかもしれない。ふと浮かんだその考えが、シェーンの胸に重くのしかかった。

「たしかに、いいやつなんだろう、ジェレミー。そこは疑わない。ただ、僕たちの存在を誰に知られているか、大いに気にしておくべきだと言ってるんだ」

「わかった」ジェレミーが言った。「妥当な判断だ」

「実際に、ちょっと調べてみよう」マーツがポケットからiPhoneを取りだし、しばらく操作してから言った。「〈レイヴン・ライダーズ〉は街の西にある、グリーン・ヴァレー・スピードウェイと関係があるようだな」

ジェレミーも画面をのぞきこんだ。「ああ。クラブの本部はそこにあるんだ。俺も何度か、改造車《ストック・カー》のレースを見に行ったことがあるよ。直線距離の走行タイムを競うドラッグレースや、モトクロスもやってる」

「〈レイヴン・ライダーズ〉はレース場を持ってるのか？」シェーンは尋ねた。ビッグ・ビジネスだ。問題は、彼らがギャングの調査報告書に名が載るような、どんな活動をしたのかだ。

「ああ、すごいだろう？」ジェレミーがうなずく。

「クラブの本拠地がここから三十キロ以上離れた場所にあるなら、アイクはなんで街にいるんだ？」なおも画面をスクロールしながら、マーツが疑問を口にした。

ジェレミーは肩をすくめる。「わからない。アイクは俺のところで働いてる。アイクがクラブに入っていようと、ここの仕事の邪魔にはならない。でもまあ、そこまで言うなら、もうちょっと調べてみるよ。アイクのために慎重を期す」

「そうだな」マーツがうなずいた。ジェレミーとニックが大丈夫だと言うなら、アイクに問題はないのだろう。だがシェーンとしては、マーツに賛成せざるをえなかった。現状では、用心するに越したことはない。

それから三十分、彼らは詳細に議論し、わかっていることとわからないことを列挙した。そのリストは明らかに偏っていた。わからないことのほうが圧倒的に多い。現時点でひとつわかっているのは、明日の夜にまた受け渡しがあることだ。つまり、今回もその時間と場所を調べなければならない。そこで、マーツがまた監視任務に戻ることになった。

「詳細を知るのに、今度もクリスタルが役に立ってくれるんじゃないか?」マーツはシェーンを見て提案した。

ああ、ちくしょう。どうやって情報を入手すればいいのだろう。最後に会ったとき、クリスタルは逃げだしたというのに。だが、シェーンはチームメイト――現在まわりに立っている者たちと、土の中で冷たくなっている者たち――のために、最大限の努力をする義務がある。「何か耳にしていないか、きいてみるよ」

「よし。それで――」

そのとき、携帯電話が小さく鳴った。

「俺だ」シェーンはポケットを探った。発信者の名前を目にしたとたん、安堵と興奮が全身を駆け抜ける。肩のこわばりが解け、心拍数が増した。「噂をすれば……クリスタルからだ」およそ三分間の短くぎこちない会話のあと、シェーンはどうやって情報を入手すればいいのかという自らの疑問に答えを得た。「三十分後に会うことになった」

シェーンは多くの望みを託さずにいられなかった。〈ハード・インク〉へ移ってくるようクリスタルを説得して、彼女の安全をたしかなものにしたい。チームの目的達成の助けとなるよう、二回目の受け渡しについての情報を手に入れたい。その受け渡しでより多くの手がかりを得て、仲間を苦しめてきた不正を糺したい。

くそっ、俺たちにもそろそろ、少しばかりの幸運が訪れたっていいじゃないか。

18

小型ショッピングモールの片隅にあるコーヒーショップの外で、クリスタルは体を縮こまらせて立っていた。ブルックリン・パーク周辺の、ブルーカラーが多く住む地域まで来るのは初めてで、上に張りだした日よけを支えるセメント製の柱の後ろに半ば隠れて立っているにもかかわらず、みんなに見られているような無防備な感じがした。だがそれは彼女が自分の安全地帯を出て、命をかけた一度きりの行動に出ようとしているからに違いない。

助けを求めるのだ。シェーン・マッカランに。

朝の曇り空を見あげ、クリスタルは無理やり深呼吸をして気持ちを落ち着かせようとした。

私は大丈夫。ジェナも大丈夫。何もかも大丈夫。

時間を確認するために、シェーンに渡された携帯電話をバッグから引っ張りだした。

持ち歩くのは初めてだ。だが、ふたりで会うことになり、もし何かあった場合に彼と連絡がつくよう、持ってくることにしたのだ。たとえば約束の時間に遅れそうだとか。シェーンから連絡はない。今のところはまだ。クリスタルはこの三分で三回目のため息をついて、携帯電話をバッグに戻した。

大きな黒のピックアップトラックが駐車場に入ってきて、奥へ進んでいった。シェーンだ。安堵と興奮が体を満たす。クリスタルは柱の陰から出て、二列目に駐車するピックアップトラックを見つめた。フロントガラス越しにシェーンがほほえみ、手を振るのがわかった。

つい、同じように手を振り返してしまう。彼女は花柄のシャツを両手で撫でつけて皺を伸ばした。これも自分で縫ったものだ。このシャツを着ると女らしく、少しかわいらしくなったようにさえ感じた。シェーンと会うのに何を着ていけばいいか、決心がつくまでに四回も着替えた。そんなに悩むなんてばかばかしい。これはデートでもなんでもないのに。

シェーンが車のあいだを縫うようにして駐車場を横切ってくるあいだ、クリスタルはただ彼を見つめることしかできなかった。セクシーで力強く、決意がみなぎる足の運びを。引きしまった腰から、紐を緩く結んだ茶色のブーツまで続くジーンズを。広い肩幅のせいで、胸のところで生地がぴんと引っ張られている、グレーがかったブルーのボタンダウンシャツを。両手をポケットに入れたシェーンに笑みを向けられると、おなかのあたりがそわそわして頬が熱くなった。

「やあ、ダーリン」シェーンが歩道にあがって言った。

「ハイ」

その言葉が口から出るか出ないかのうちに、シェーンがクリスタルの背中に腕をまわし、彼女を抱き寄せた。クリスタルも何も考えず、腕をまわし返す。シェーンはあたたかく、たくましく、彼女を安心させてくれた。

「君に会いたかった」シェーンが言った。

ジェナのほかに、こんなことを言ってくれた人は初めてだ。満たされる感覚が胸の内に広がっていく。「そうなの?」クリスタルは口を開き、彼の肌の男らしくスパイシーな香りを吸いこんだ。

シェーンがわずかに体を引いて彼女と視線を合わせた。「ああ、会いたかったよ」大きな手でクリスタルの頬を包み、明るいグレーの瞳で彼女の目をのぞきこむと、ゆっくりと身をかがめて彼女にキスをした。一度。二度。三度。軽く押し当てられる唇のぬくもりに、クリスタルは息をのみ、もっと欲しくてたまらない気持ちになった。

シェーンが彼女の背中の傷跡に嫌悪感を抱いていたら、こんなキスをするだろうか。そのときシェーンが後ろにさがり、クリスタルは現実に引き戻された。彼がクリスタルの手を取って尋ねる。「コーヒーを飲む時間はあるかな?」

思いやりのある優しい言葉に、クリスタルは感謝してほほえんだ。でも、クリスタル、そんなことのためにここへ来たんじゃないでしょう。何度でも言うわ、これはデートではないの。心の声が戒める。そのとおりだ。「ええ、ちょっとだけなら」

「ぜひ」シェーンはクリスタルの手を取ると、コーヒーショップの入り口へ導いた。彼女の背中のくぼみに手を当ててカウンターへ向かい、持ち帰りの飲み物をいくつも注文している男性の後ろに並ぶ。

「君は何がいい?」シェーンが尋ねた。

「コーヒーを」そう答えたクリスタルは、彼がペストリーの陳列ケースをじっと見ていることに気づいて笑い声をあげた。「あなたは何がいいの?」

ペストリーからクリスタルの顔に視線を移したとたん、シェーンの瞳が燃えあがった。「今、俺が見ている人がいい」クリスタルの心臓は一瞬止まったかと思うと、猛烈な速さで打ちはじめた。彼は……私を……欲しがっているのだろうか? シェーンがウインクした。「とりあえずは、あの大きなピーチマフィンで手を打つか」胃のあたりをさすって続ける。「朝食を抜いたから、馬一頭でも食べられそうだ」

「じゃあ、ふたつ食べれば？」クリスタルは提案した。

「そんなことを言って、俺を甘やかしてだめにするつもりだな」シェーンは笑みを浮かべ、彼女の肩に腕をまわして脇に引き寄せた。

「いらっしゃいませ」カウンターの向こうから、かわいらしいブルネットの店員がふたりに声をかけた。にこやかで、コーヒーを注文したクリスタルへの応対も丁寧だが、シェーンに興味津々なことを隠そうともしない様子は見ていておもしろいほどだった。

シェーンのほうは、待っているあいだにクリスタルをからかったり、彼女にもペストリーを勧めたり、支払いは自分がすると主張したり、彼女の肩をさすったりしながらも、若い女性店員のあからさまな称賛の視線にはまったく気づかないようだ。何か特別なことをしているとは思ってもいないのだろう。けれどもシェーンの行動はクリスタルに、尊重されていると感じさせてくれた。ブルーノといるときには経験したことのない感覚だ。ふたりで出かけても、ブルーノはクリスタルに悪いとも思わず、平気でほかの女性に露骨な視線を向ける。もっとも、一緒に出かけること自体、めったになかったけれど。

ブルーノなんて忘れて、この瞬間を楽しまないと。いつまでも続くわけではないのだから。

コーヒーと、大きさがソフトボールほどもあるシェーンのマフィンを受け取ると、ふたりは端にある小さなカウンターへ行った。クリスタルはミルクと砂糖をふたつずつ、シェーンは砂糖だけ三つ。手元に視線を感じ、シェーンがクリスタルのコーヒーの好みに注目していることに気づいて、彼女は笑みを浮かべた。

こんな調子では、男性から大切に扱われることに慣れきってしまいそうだ。ただ、この男性の優しさに慣れてはならない。

シェーンは小さなコーヒーショップの奥へ進み、突き当たりのテーブルの横で足を止めた。「ここでいいかい？」

「ええ」クリスタルはブースに滑りこんで腰をおろした。シェーンが向かいに座る。テーブルの下で、シェーンの長い脚は彼女のほうまではみだしてきていた。クリスタルはコーヒーに口をつけ、カップ越しにちらりと彼をうかがった。

ああ、とんでもなくすてきだ。親切。優しい。遊び心がある。シェーンの好きなところなら延々と列挙できる。彼女は胸がいっぱいになった。このままでは破裂してしまうかもしれない。

「そのシャツ、似合うね」シェーンが言った。思いやりのこもった言葉と優しいまなざしに、クリスタルは落ち着かない気分になった。

「あら、あの、ありがとう」自分で作ったとは言わなかった。ブルーノと出会っていろいろなものをあきらめたが、裁縫は今も続けている数少ないことのひとつで、なんとしても守らなければならないと感じていた。おそらく、過剰なまでに。話題を変えようとして、クリスタルはよく考えずに口走った。「ゆうべはどうだった?」だがシェーンの顔が曇り、苦しげな表情がよぎるのを見て、失敗したかもしれないとたちまち心配になった。

「いいこともあったし、よくないこともあった」シェーンは首を振り、マフィンに視線を落とした。「〈チャーチ・オーガニゼイション〉が金曜に、また受け渡しをすることが判明したんだ。それを調べれば、事態が好転するかもしれない」

「そう」やはり昨夜の話題を持ちだしたのは間違いだった。何をしているのと、自分を叱りつける。質問したせいで怒らせたわけではなさそうだが、彼の心を乱したのは明らかだ。金曜の夜の予定を、ブルーノは何か言っていただろうか? たぶん、何も言っていなかった。「今度も私が助けになれるかもしれない」シェーンを喜ばせたくて、クリスタルは思わず口にしていた。

シェーンが顔をあげて彼女を見た。この角度からだと、まつげが長いのがよくわかる。もし恋人だとしたら、とびきり魅力的。本当にそうだ。「情報があるというなら、とても助かるよ。だけど、自分の身を危険にさらすようなことは絶対にしないでくれ。俺たちでなんとかするから」

クリスタルはうなずいたものの、頭では自分にできるかもしれないことを必死で考えていた。そうするのがフェアだと思った。なんといっても、彼女はシェーンに助けを求めようとしているのだから。「どうぞ」マフィンの上の部分を大きく割って言う。「口を開けて」

シェーンの顔が輝き、笑みが浮かぶ。「かしこまりました」彼は唇をなめ、口を開いた。

その舌の動きを目にしたとたん、彼女の脳はまともに働かなくなった。神経質な笑いをもらし、おもしろがっているふうを装うが、心臓は早鐘を打ち、手は震えていた。テーブルに身を乗りだして、彼女はシェーンの舌の上にマフィンをのせた。まるでクリスタル自身を味わっているかのように、ゆっくりと咀嚼《そしゃく》しながらこちらを見つめる彼の目が熱く感じられるのは、おそらく気のせいではないだろう。シェーンは喉の奥で満足げに小さな音を立ててマフィンをのみこんだ。

「もっと」シェーンが言った。

あきれたように目をぐるりとまわしてみせながらも、クリスタルはひそかにこのゲームを楽しんでいた。もう一度マフィンを割ってシェーンの口元まで運び、彼が開けた口にポンと放りこむ。ところがシェーンは前かがみになり、口を閉じるときにわざと唇で彼女の指先をとらえた。クリスタルは声をあげて笑った。

先日の夜の、ブルーノとの夕食を思いだす。あれは……あれとは比べものにならない。ブルーノのそばにいて心地よく感じたり、素の自分自身でいられるほど自由な気分になったりしたことは、この四年で一度もなかった。そう考えれば考えるほど、本当のクリスタ――いや、本当のサラがどんな人間か、もはやわからなくなってきていることに気づかされる。

彼女にわかるのはただ、シェーンといるときに現れる自分のほうが、はるかに好きだということだけだ。声をあげて笑い、冗談を言い、ときには勇気を出して、したいことをしたり欲しいものを受け取ったりする自分のほうが。

「君はおいしいな」シェーンが言った。コーヒーを飲んでいるあいだも、顔から笑みが消えなかった。

「あなたってやになるほど口がうまいのね」不満なのではない。クリスタルにはそんな彼がセクシーでおもしろく、とても好ましく思えた。

シェーンがウインクする。「君が俺の長所を最大限に引きだしてくれるからだよ」

クリスタルは慌てて顎を引いてうつむいた。かっと熱くなった頬は、きっとピンクに染まっているに違いない。彼女はため息をつき、スマートフォンのボタンを押して時刻を確かめた。思ったとおり。時間が過ぎるのが早い。

「ちょっとだけならコーヒーを飲む時間があると言ってたね。このあと、どこかへ行かなきゃならないのか？」

クリスタルはうなずき、両手をジーンズにこすりつけた。「残念ながら、そうなの。ビジネスランチの給仕に呼ばれたのよ。二十分以内にここを出ないと」

シェーンが唇をゆがめた。まるでがっかりしているように。「わかった。それで、話したいことってなんだい？」もうひと口マフィンを食べながら、彼は尋ねた。

「そのことなんだけど」クリスタルはほつれた髪を耳の後ろにかけた。どう話せばいいか、うまい言葉が見つからない。結局、もっともシンプルで直接的な表現でいくしかないと決断する。「あなたの助けが必要なの」

シェーンがテーブル越しに手を伸ばし、クリスタルの手を包みこんだ。「どうすればいいか言ってくれ」

こんなに簡単なことなのだろうか？　たしかに、彼は以前から申しでてくれていた。

何度も。しかしクリスタルは他人が味方になってくれることに慣れていないあまり、この瞬間までシェーンが本気だと信じていなかった。「ええと、わかったわ。ゆうべ、あることが起こって――」

「何があった？　君は大丈夫なのか？　ジェナは？」激しい感情をむきだしにして、シェーンは彼女の顔や、シャツの下からのぞく腕に視線をさまよわせた。

クリスタルは空いているほうの手を彼の手に重ねた。「私たちはふたりとも大丈夫よ。だけど、逃げる方法を考えはじめなければならないと気づいたの」本能的に声を低くし、肩越しに背後をうかがう。「すぐにでも。まだ待てると思ってたんだけど……」彼女は首を振った。

シェーンのまなざしがなぜか激しさを増した。「そうするのが賢明だと思う」

彼に頼むのは愚かかもしれない。けれども〈チャーチ・オーガニゼイション〉と対決できるほどのスキルや知識があり、クリスタルが何をすべきか教えてくれる人物を、シェーンのほかに思いつかなかった。「こんなことを頼んでも無理だと承知しているの。それに、あなたは私たちの状況を何も知らないだろうし」

「何をすればいいんだ？　言ってくれ。俺にできることなら助けになるよ。もし無理だったら、君と解決法を考える」

君と？　君のためにではなく、君と？　まるでふたりで一緒に協力するみたいに。まるでふたりがパートナーであるかのように。クリスタルは希望に満ちた考えを追いやった。「私とジェナのために、偽の身分証明書を手に入れる方法を知ってる？　ほかにも書類をいくつか」

彼女には読み取れない感情がシェーンの顔をよぎった。「新しい身分を手に入れるための書類か？」

「そうよ。まさしく。その手続きに必要なもの全部」

シェーンが眉をひそめた。「君が逃げる方法を考えているのは、すばらしいことだと思う、クリスタル。間違いない。だが……」シェーンは言葉を探すのに苦労しているようだ。「俺は願ってた……」目を閉じて悲しげに笑うと、片方の手で乱暴に髪を引っ張った。ほかの部分より明るい色の先端がくしゃくしゃになる。ひどくセクシーだ。「これじゃあ、女の子を高校の卒業記念ダンスパーティー《プロム》に誘おうとして、まともに口がきけなくなったティーンエイジャーだな」

クリスタルはほほえんだものの、彼の発言にすっかり困惑していた。「よくわからないんだけど」

シェーンが身を乗りだしてクリスタルの両手をつかんだ。「俺と一緒にいてくれ。

君たちふたりが来ても充分なスペースがある。このあいだの夜に君が〈コンフェッションズ〉で会ったのは、特殊部隊の生き残りだ。今、みんなでひとつの建物に住んでいる。あそこなら君たちの安全を確保できるんだ。君とジェナの。どこへも逃げる必要はない」

しばらくのあいだ、クリスタルの脳は耳にした情報を処理できずにいた。シェーンと一緒にいる？　そして彼の……待って、特殊部隊の生き残り？　そのほうが安全だから？　たしかに。クリスタルは首を振った。「あなたにも、あなたの仲間たちにも、無理強いするわけにはいかないわ。しなければならないことがたくさんあるんでしょう？　それに、どこか仮住まいじゃない場所を見つけて、ジェナを本格的に落ち着かせたいの」

シェーンがクリスタルの手を握りしめた。「無理強いだなんて思わない。女性は君とジェナだけじゃないんだ。それを気にしているなら心配無用だ。俺の親友の恋人もそこで暮らしてる。ベッカはすばらしい人だ。きっと君のことが好きになるよ」彼のまなざしがさらに強くなった。「これは……君に知っておいてほしいんだが……俺はなんの見返りも期待してない。君たちが避難できる安全な場所を、無条件で提供しようとしてるだけなんだ」

クリスタルはどうしていいかわからず、再度、首を振った。彼の申し出はあまりにも魅力的で、文句のつけようがなく、とても……言葉にできない。ブースにじっと座っていられない気分だ。こんなによくできた申し出は、きっと信じた次の瞬間にはふっと消えてしまうに違いない。それで、見捨てられた彼女はがっかりするという結末を迎える。そもそも、信じること自体が愚かだ。

シェーンを信頼していないわけではない。その反対で、信頼している。そうでなければ、ここへは来ていない。けれども自分の父親さえ信用できないとわかったのに、出会って一週間足らずの男性がどれほど心優しい人に見えようとも、自分のためにここまで気前よくすばらしいことをしてくれるとはとても信じられなかった。

ブルーノだって、かつては一緒にいれば安全だと思えた……。

理性では、リンゴとマシンガンを比べるようなものだとわかっている。それでも、頭に浮かんだその考えは脳内に広がり、クリスタルの心に深く根差した。

突然、おなかの底からパニックがわき起こった。相談などしなければよかった。

「ごめんなさい。あなたをわずらわせるべきじゃなかったわ」クリスタルはバッグをつかみ、ベンチシートの端まで移動してから立ちあがった。偽の身分証明書や書類に関しては、別の方法を探そう。

シェーンがすぐさま席を立ち、大きな体で通路をふさいだ。「もう逃げないでくれ。頼む」ゆっくりした動きで彼女の手を取った。クリスタルが自制心を失う瀬戸際にいると気づき、刺激して限界を超えさせる真似はしたくないと思っているのだろうか。「プレッシャーをかけるつもりはなかったんだ。助けたい。なんとしてでも。俺のところへ来てくれという申し出に有効期限はないと、それだけは知っておいてほしい。いいね？」

クリスタルは彼の青みがかった濃いグレーの瞳をのぞきこんだ。そこには誠実さしか見えない。彼女は震える息を吐いた。「わかったわ」

「もう少し話す時間はあるかい？　ほんの二、三分でいいんだが」

クリスタルは体から力が抜け、ふたたび腰をおろした。シェーンももとの席に戻る。

「ペンを貸してくれないか？」シェーンが壁際に備えつけられたホルダーから茶色の紙ナプキンを何枚か取って尋ねた。クリスタルがボールペンを渡すと、シェーンは彼女とジェナについて、矢継ぎ早に質問をした。希望する偽名――ジェナはジェシカ、クリスタルはアマンダ。彼女はまた別の偽名が必要だ――や、誕生日、髪の色、目の色、出生地、血液型、社会保障番号など。それが終わると、彼はナプキンを折りたたんでジーンズのポケットに入れた。「きき忘れていることがあったら連絡する。だが、この情報があれば取りかかれるはずだ」

「わかったわ。ありがとう。どれくらいかかると思う?」

「確実なことは言えない。それほど長くはないだろうが。消息筋を見つけて、もっと詳しい状況が判明してからだな」

「もちろんそうよね」シェーンの言っていることはすべて正論で、彼はクリスタルを助けようとしてくれている。それなのになぜか、自分のせいで彼を浮かない気持ちにさせているように思えてならなかった。あるいは悲しい気持ちに。石でものみこんだように胃が重く感じられ、コーヒーを飲んでもすっきりしない。「ごめんなさい、今日はもう時間がないの」

「遅い時間なら?」シェーンが期待のこもった声で言った。

「ビジネスランチの給仕をしたあとは、五時に店に戻って、十一時まで仕事があるわ」

重い沈黙が広がる。先ほどまでの、ふざけあうような雰囲気が恋しい。

シェーンがうなずく。「車まで送るよ」コーヒーショップの外へ出ると、クリスタルの手を取り、古びた赤いピックアップトラックまで連れていった。隣の車が曲がって停めてあるために運転席側のスペースが狭く、ふたりの体は自然と近づいた。

シェーンがさらに一歩前に出る。後ずさりしたクリスタルは、四月の日差しにあたためられたピックアップトラックのぬくもりを背中に感じた。「君を助けるという申し出に条件はつけない。覚えておいてくれ」鼓動が速まるのを自覚しながら、彼女はうなずいた。シェーンがキスをする。優しいと感じたのはつかの間で、次の瞬間、シェーンの中で何かがはじけた。いや、シェーンだけではなく、クリスタルの中でも。彼がクリスタルの頬を愛撫して、舌を差し入れた。口の中を探り、味わい、舌と舌を絡めながら、もう片方の手で長い髪を撫でる。クリスタルの両手はいつの間にかシェーンのウエストに向かい、シャツの裾から中に入りこんで、腹部の硬い筋肉に触れていた。口づけたままシェーンがうめき声をあげ、彼女の唇をついばんだり、吸いあげたりと、何度も繰り返し求め続けた。激しいけれども優しいキスは、彼が飽くなき欲求の持ち主であると同時に、それに見合う忍耐の持ち主でもあると示している。おなかにシェーンの硬くなったものが当たり、クリスタルの心臓が早鐘を打ちはじめた。

ただキスをしているだけだ。しかし求められていることを実感させ、自分には力があると思わせてくれるキスだった。興奮させながら、安心も与えてくれる。もしクリスタルがやめてと言えば、彼はすぐさま離れてくれるだろう。シェーンがそういう男性であることに疑いの余地はない。清潔な香り、引きしまった筋肉、そして優しく触れてくる手。それらが相まって、シェーンの腕に抱かれているのだと強く意識する。クリスタルは生まれて初めてこの行為を楽しんでいた。もっとしたい。胸の頂が張りつめ、体の芯が締まる。午後の時間を自由にできたら、曇り空のもと、駐車場の真ん中で始めたことを彼と一緒に続ける勇気が持てたら、なんでも差しだすのに。

シェーンが体を離して彼女と額を合わせた。濡れた唇に彼の荒い息がかかる。「もう行ったほうがいい」言葉とは裏腹に、クリスタルを見つめるまなざしは、彼女を行かせたくないと告げていた。シェーンは一歩さがり、脇に寄るようクリスタルに合図すると、彼女のためにドアを開けた。

クリスタルは離れたくないと思いながら、ピックアップトラックの運転席に乗りこんだ。彼女はドアに手を伸ばしたが、シェーンがすかさず身を乗りだして閉めてくれた。

「クリスタル、俺はいつでも君のことを考え、君のことを心配してる。ただ君を助けたいからじゃない。守りたいからだけでもない。君が大切なんだ。とても。何があろうと、そのことを忘れないでくれ」

私も同じように感じている。おそらく、あなたよりもっと強く。だが、彼女は思いを口に出せなかった。言葉にすれば現実になってしまう気がした。何年も自分の感情を押しこめて目をそむけてきたクリスタルは、それを感じるのが下手になり、認めるのが怖くなり、表に出すのはもっと苦手になった。

「さよなら」代わりにささやく。ピックアップトラックを発進させ、歩み去るシェーンの姿をサイドミラーで見ながら、一生に一度きりのチャンスを失ってしまったような感覚にとらわれていた。ばかばかしい。また会う予定なのに。それに、彼が助けると約束してくれたのだから、喜ぶべきだ。

本当に？　当たり前だ。それなら、どうして素直に喜べないのだろう？


ビジネスランチといっても、酒を飲みながら雑談する集まりにすぎなかった。三つ揃いのスーツを着たビジネスマンたちが、ストリップクラブのようないかがわしい場所で開催することによって、お偉方に印象づけようとしたのだろう。男たちは無害で、チップは高額。クリスタルにとっては完璧な組み合わせだ。

食事は三十分前に終わり、クリスタルはダンサーたちが踊るあいだ、上等で値段もトップクラスの酒を運び続け、客たちの喉を潤しているところだった。

九人のビジネスマンたちは比較的扱いやすく、新しく飲み物を注文するたびにチップの額も増えていったが、クリスタルは早く帰ってほしいと願わずにいられなかった。詳しい理由は知らないものの、ブルーノと残りの使徒《アポストル》たちは、今日の午後遅くなるまで戻ってこない。これは、彼女を助けようとしてくれているシェーンにお返しをするチャンスだ。クリスタルがひとりでブルーノのオフィスにいることはよくあるので、姿を見られても誰もなんとも思わないだろう。

めったにない、とても貴重な時間。

だが、この客たちがストリップクラブ体験を満喫して、街の反対側のアッパーミドルクラスの暮らしに戻ろうと思うまで、彼女は何もできない。

二十分後、テーブルの上座にいる上司らしき男が、ようやくプラチナカードを取りだし、支払いのためにクリスタルに渡した。ありがたい。

バーカウンターの近くのレジに行くと、ウォーカーが笑みを浮かべた。「いやなことをされてないかい？」

「みんな、子猫みたいにおとなしいわ」クリスタルもにっこりして答えた。ふと、ウォーカーに会えなくなるのは寂しいだろうと思う。今の暮らしで彼女がそんな気持ちを抱く人はあまり多くないが、彼はそのひとりかもしれない。いつも親切で、クリスタルを気にかけてくれた。実際、クラブの女性全員に目を配ってくれる。ウォーカーにとっては当然なのかもしれないが、クリスタルには決まりだからというより特別扱いに感じられた。

　シェーンと出会うまでは。

　クレジットカードのレシートが印刷されるのを待ちながら、クリスタルはこの街を出たらほかに誰のことが恋しくなるだろうかと考えた。料理と飲み物担当マネージャーのハウイーも、可能な限り彼女に気を配ってくれた。そうできないときでも、気をつけるようにと忠告の言葉をかけてくれる。だが……それくらいだ。この店で知っている残りの人たちに対しては、何も思わないか、否定的な感情しかない。ここ数年、彼女がいかに寄る辺なく生きてきたかがわかる、悲しい証《あかし》だ。

　けれども、そんな人生が変わりはじめている。

　プリンターがけたたましい音を立ててレシートを吐きだした。クリスタルはそれを客のクレジットカードと一緒に革のホルダーに挟み、テーブルへ戻った。「ありがとうございました、皆さん。ぜひまたいらしてくださいね」笑みを浮かべ、ウインクしながら言うと、楽しそうにくすくす笑う声があがった。

　ビジネスマンたちが帰り、クリスタルはいつもどおりテーブルの後片づけに取りかかった。慌ててはいけない。のろのろしすぎてもいけない。レジのところでホルダーを開いた彼女は、うれしさのあまり叫びそうになった。今の客はチップをたっぷりはずんだだけでなく、現金でくれていたのだ。午後をシェーンと過ごせなかったが、そのわずかな後悔の気持ちがあっという間に消えていく。少なくとも、仕事をする価値はあった。三枚の五十ドル札の一枚をすばやく折りたたんでスカートの内側に滑りこませ、ショーツのゴムの部分で留める。それからホルダーをウォーカーのところへ持っていった。チップを現金でもらったときの通常の手順で、そうやってチャーチに一部を渡すのだ。ウォーカーがホルダーを受け取って静かにうなずく。クリスタルは憤りをのみこんだ。いつものことだが、自分で作ったわけでもない借金のために、必死で稼いだお金を奪われるのは腹立たしい。

「またあとでね、ウォーカー」彼女は普段どおりの声を心がけた。ようやくビジネスランチの給仕の仕事が終わり、いよいよシェーンを手伝う計画を実行に移すときが来た。心臓がフルスピードで打ちはじめているのはそのためだ。「五時に戻るわ」

ウォーカーが黒髪をかきあげた。「そうだな。じゃあ、また」

クリスタルは深呼吸をしてまず更衣室へ行き、手早く私服に着替えた。今朝は時間がなかったので、夕方のシフトが始まる前に薬局へ行ってジェナの処方薬を受け取り、家に届けておかなければならない。店の制服ではできない用事だ。

忘れものがないことを確かめ、更衣室を出た。だが、廊下を右に曲がって裏口へ向かう代わりに、左へ曲がって幹部用のオフィスエリアへ行き、施錠されているドアに暗証番号を入力した。

カチッという金属音を耳にするなり、鼓動がさらに速まった。血液が耳の後ろをどくどくと音を立てて流れていく。うつむいて、歩くスピードは普段どおりに。クリスタルはこれまで何度もしてきたようにブルーノのオフィスを目指した。仕事のあとで家まで送ってもらうのに、オフィスで彼を待つことがしばしばある。だから彼女がそこにいても不審には思われないはずだ。よくあること。なんでもない。少なくとも、クリスタルの動きを追っているかもしれない監視カメラにはそう映っていてほしい。素直で、従順で、信用できるクリスタルが、長くつきあっている恋人のオフィスへ行こうとしているところだと。

ブルーノのオフィスに入ってドアを閉めたとたんに緊張が解けた。使徒《アポストル》たちのオフィスには監視カメラが設置されていないと知っているからだ。彼らはドラッグや女や、そのほか自分たちの異常な性癖をそうやって内密にしておく。長年〈チャーチ・オーガニゼイション〉に貢献してきたことで手に入れた特権だ。信頼と尊敬のしるし。

ブルーノが予想より早く戻ってきた場合に備え、二時にはここを離れたかった。あまり時間はない。五分くらい。長くても十分。問題は、何を捜せばいいのか、クリスタルにはさっぱりわからないことだ。

デスクをまわりこんでブルーノが座る側へ行くと、デスクに置かれた書類に触れる前にまず位置を観察してから、慎重に調べはじめた。スケジュール、スプレッドシート、在庫リスト。興味深いものはなさそうだ。だがそれを言うなら、ブルーノが機密書類をデスクの上に出しておくだろうか?

デスクチェアに座り、引き出しをひとつずつ開ける。右側には、上からふたつの引き出しにオフィス用品、三つ目にキーホルダー付きの鍵が、横に渡した小さなバーにいくつもぶらさがっていた。次は左側の引き出し。一番下の大きなものはほとんど空だったが、真ん中にはさまざまな種類の薬が、そして最上段の引き出しには書類が詰まっていた。それらにざっと目を通していたクリスタルは、一冊のファイルに貼られたラベルに注意を引かれた。

チャールズ及びベッカ・メリット

ベッカ。シェーンは、友人の恋人をベッカと呼んでいなかっただろうか? 偶然の一致ということもありうる。さほど珍しい名前ではないのだから。それでもクリスタルは抜いた場所がわかるように上の書類をずらしておいて、そのファイルを引っ張りだすことにした。

情報を記した書類が、おそらく十ページ以上はあるだろう。自宅と職場の住所、隠し撮りしたと思われる写真……。クリスタルは、肩越しに振り返るダークブロンドの男性のクローズアップ写真で手を止めた。見たことがある。痣があって血まみれで、包帯を巻いているが、間違いない。先週末にシェーンが〈コンフェッションズ〉から救出した男性だ。

このファイルの書類全部を調べる必要があるが、詳細を見ている時間はない。クリスタルはiPhoneを取りだそうとバッグを探った。急ぐあまり手荒になり、バッグが床に落ちてしまったが、今はそんなことを気にしていられなかった。彼女はカメラアプリを起動させ、ファイルの中身を一枚残らず写真に撮った。同じく〝メリット〟というラベルがついたもう一冊のファイルにも、同様の手順を繰り返す。三冊目の〝Nunya〟というファイルにも。意味はわからないが、二冊のファイルのあいだに挟まっていたからだ。写真を撮るごとに噴きだすアドレナリンのせいでひどく手が震え、最後のほうはピントがずれて、何度か撮り直さなければならなかった。それが終わると、何もかももとどおりに戻す。

時間切れだ。

役立つものを見つけたとはとても思えないし、金曜の夜の件に関しては何もわからなかったが、とにかく努力はした。残念だが、あとは祈るしかない。クリスタルを助けようとしてくれているシェーンに恩返しができる何かがここに入っていることを。急いでデスクの反対側にまわった彼女は、思わず悪態をついた。バッグの中身が床じゅうに散らばっていたのだ。

クリスタルは両膝をつくと、落ちたものを手当たり次第につかんでバッグに放りこんだ。最後にもう一度、すべてがあるべき場所に戻っているかどうかを確認し、気持ちを落ち着かせるために深呼吸をしてからドアを開けた。部屋の外は静まり返っていた。まだ誰も帰ってきていないらしい。

何気なさを装って歩くのは苦痛にほかならなかった。走って逃げだしたくて、全身の筋肉が今にも悲鳴をあげそうだ。だが、そんなことをすればすぐさま疑いを抱かれる。どこであれ、ここ以外の場所へ行けるようになるまで、あと四週間。それまでは自分の役柄を演じ続けなければならない。

やっとのことで建物の外へ出ると、空気まで自由の味がするように感じられた。ブルーノのオフィスから離れ、誰にも見つからなかった確信が強まれば強まるほど、普段どおりのふりをするのではなく、本当に素の自分でいることが楽にできるようになった。

それはいいことだ。店に戻るまでこれから三時間、すませなければならないいつもの用事がたくさんあるのだから。まず薬局へ、次に食料品店、それから買ったものを置きに家へ。その途中のどこかで、撮った写真をEメールでシェーンに送るのに、十分か十五分くらいかかるだろう。そうすればスマートフォンから消去してしまえる。あんな画像が入ったままのスマートフォンを持って〈コンフェッションズ〉へ戻るわけにはいかない。きっと不安でひと晩じゅうそわそわしてしまうに違いなかった。これまでブルーノはときどき、クリスタルのテキストメッセージ（相手はブルーノかジェナだけ）やEメール（ほとんどが広告や詐欺メールや、ペニスを増大させる治療について）に目を通すことがあった。

だから用心しておくほうがいい。

シェーンはひどく動揺していた。安全な〈ハード・インク〉へ来てくれとクリスタルに頼むのに、彼がへまをして台なしにしてしまったのだ。

この九十分というもの、マーツのデスクに座りながら、頭の中で自分の発言を何度も繰り返し思い起こした結果、唖然《あぜん》とする結論に達した。一緒にいてほしいという気持ちを、一度も明らかにしなかったと気づいたのだ。クリスタルが苦境に陥っているからではなく、自分なら彼女を守れるからでもなく、ひとりの男として彼女を求め、そのためのチャンスを欲していることをはっきりと告げなかった。

とんでもない愚か者だ。

マーツは何日もほとんど徹夜で作業を続けていたので、少し眠るよう皆で説得した。眠る前にマーツは、港湾局の登録データを検索にかけて情報を引きだす方法をシェーンに教えた。マリン・ターミナルで、何か今回の件と関連性のある興味深いことが行われていないかどうか突き止めようとして、マーツがずっと取り組んでいたものだ。シェーンは喜んで手伝うことにしたものの、しばらくすると退屈で頭がぼんやりしはじめた。

隣ではジェレミーが、逮捕写真の照合結果が出るのを待つあいだ、大きな紙にスケッチをしている。シェーンは身を寄せて彼の手元をのぞきこんだ。ジェレミーには才能がある。それは間違いなかった。彼が描いているのはよく茂った一本の木だったが、頂上部分で葉が徐々にブラックバードの姿に変わっていくデザインになっていた。

飛びたとうとしていたり、一番上の枝に留まっていたりする鳥たちは生き生きとしていて、全体的には力強く、どこかもの悲しい雰囲気だ。

「依頼があったのか？」シェーンは尋ねた。

「ああ」ジェレミーはデザイン画から顔をあげずに答えた。

「いつか、俺も頼もうかな」新しいタトゥーはしばらく入れていなかったが、シェーンは針が肌を這う感覚が好きだった。

ジェレミーの顔にゆっくりと笑みが浮かぶ。彼は唇の片側のピアスを舌でなめた。

「本気かい？」

「本気だとわかってるくせに、この野郎」シェーンはくすくす笑った。そのとき電話の音が鳴り、彼はデスクに置いてあった携帯電話を急いでつかんだ。クリスタルからだ。もしかすると、気が変わってここへ来ることにしたのかもしれない。「やあ。大丈夫かい？」

応答がない。

「クリスタル？」

電話はいきなり切れた。

シェーンはすぐさまリダイヤルしたが、留守番電話サービスに直接つながった。受信状態が悪い場所にいるのかもしれない。数分もすれば、かけ直してくるだろう。

「何か問題でも？」ジェレミーがきいた。

「いや。クリスタルから連絡があったんだが、切れてしまった」

それから五分が経過した。やがて十分になる。緊張で肩の筋肉が張りつめ、関節がこわばった。シェーンは治りかけの銃創があるほうの肩をまわしてほぐそうとしたが、効果はなかった。

もう一度かけてみる。やはり留守番電話につながった。

携帯電話の画面を凝視する彼に、直感が危険信号を点滅させる。

マーツに〈コンフェッションズ〉やクリスタルのアパートメントの音声の聞き方を教えておいてもらってよかった。シェーンは四十二パーセントまで進んでいる登録データの処理画面を最小化した。もうすぐ三時。クリスタルはおそらくビジネスランチの給仕の仕事を終えているだろうが、夕方からのシフトに入るまでにはまだ時間がある。どこにいるのだろう？

「スピーカーをオンにしてもかまわないか？　それともヘッドフォンをつけたほうがいいかな？」

「かまわないよ」ジェレミーが言った。シェーンのコンピュータを見て眉をひそめる。

「それは?」

「クリスタルのアパートメントの音声だ」背後に音楽が流れていた。音を拾う装置がセットされた部屋とは、ドア一枚隔てた場所から聞こえてくるようだ。声はしない。人の動く気配も感じられなかった。

十分が過ぎ、シェーンはもう一度電話をかけた。結果は同じ。直感がこれは大問題だと叫んでいる。

何かまずいことが起こったに違いない。どうしてクリスタルのiPhoneの番号を聞いておかなかったのだろう。彼女が電話で時間をチェックしたときに、そのことが頭に浮かんだのに。だがクリスタルは臆病になっていて、会話のあいだもずっと神経をピリピリさせていた。電話番号を教えてほしいと頼んで、彼女のストレスを増大させたくなかったのだ。

シェーンはスピーカーをちらりと見て、きつく腕組みした。このままでは頭がどうにかなってしまう。彼は勢いよく立ちあがった。「彼女を捜しに行ってくる」

ジェレミーがペンを持つ手を止めた。心配そうな表情だ。「本当に何かあったと思うのか? それなら俺も一緒に行けるけど」

「ありがたいが、残ってこれを続けておいてくれ。このデータが必要になる。ほかの誰かをつかまえるよ」

一瞬、顔に落胆がよぎったものの、ジェレミーはうなずいた。「幸運を祈る。何も問題がないことを願ってるよ」

どう動くか作戦を考えながら、シェーンはジムを横切った。まず〈コンフェッションズ〉へ行って、クリスタルのピックアップトラックを捜すべきだろうか？ ちくしょう、どうして彼女の車に全地球測位システム《GPS》の発信機をつけておかなかったのだろう。まるで初心者のようなミスだ。そう考えたところで、彼は百八十度方向転換してマーツのデスクに戻った。たしかベケットが追跡装置を持ってきていたはずだ。数分もしないうちに装置を入れた箱を見つけ、ふたたび歩きだす。

「シェーン？」ジムの反対側からジェレミーが呼んだ。「待って。こっちに来てくれ」

ジェレミーの声に高まる不安を感じ、シェーンはコンピュータの音声を流すスピーカーのところへ戻った。

「この場所を徹底的に調べさせろ」苦々しげな男の声がした。それが誰のものか、シェーンにはすぐわかった。ブルーノだ。シェーンがあのアパートメントへ行った日に聞いたのと同じ、偏執的なまでに疑い深い声。

はらわたがよじれた。

何かが割れる音がする。続いて悲鳴。

「いったい何をするつもり――」また悲鳴があがった。「離してよ――」誰かを叩くか殴るかする不快な音が響く。声は恐怖と怒りでひずんでいて、クリスタルのものかジェナのものか判別が難しかった。だが、それはどうでもいい。

「なんてことだ」ジェレミーが言った。「どうなってるんだ?」

シェーンは答える間もなく動きだした。彼は気づいた。先ほど受けた電話はクリスタルからではなかった。シェーンが彼女に渡した使い捨ての携帯電話が、どういうわけかブルーノ・アッシュの手に渡ったらしい。そしてかけた電話にシェーンが出たことで、あの卑劣な男はクリスタルに疑いを抱く材料を手に入れた。だが、なんの疑いだというのか。背信? 浮気? 嘘? そのいずれか。いや、すべてだろう。

シェーンはジムを出て、リクシー兄弟の居住スペースに入った。いらだちと焦燥でどうにかなりそうだったが、それと同じくらい切実に援護を必要としていた。ブルーノはひとりではないからだ。突然飛びこんでいったシェーンに、全員がはっと動きを止めて彼を見た。

「クリスタルの家でまずいことが起こってる。手伝ってくれ」シェーンは仲間を見渡した。

皆がいっせいに動きだす。三分もしないうちに、チームは武装してベケットのSUVに乗りこんだ。そして四分以内にはクリスタルのアパートメントへ向かって走りだしていた。

「ジェレミーに連絡して、何が聞こえているか確認してくれ」シェーンは肩越しにニックに向かって言った。

ニックはすぐさま電話をかけた。「ジェレミーか？　おまえの電話をコンピュータのスピーカーに近づけてくれ」こわばった声で告げる。一瞬の静寂に続き、ニックの携帯電話から音が流れでてきた。怒鳴り声。ぶつかる音。悲鳴。泣き声。

シェーンは体の奥から吐き気がこみあげてきた。クリスタルを失うわけにはいかない。二度とあんな思いをするのはごめんだ。

ベケットはまるで自宅が火事に見舞われているかのような勢いで車を走らせた。ほかの者たちは念を入れて武器を何重にもチェックしている。

最短でも十五分かかる距離だ。現在の時刻は三時過ぎで、クリスタルは街の東側に住んでいる。早めのラッシュアワーにつかまる可能性が高かった。ちくしょう。

どうして今朝クリスタルと会ったときに、はっきり伝えておかなかったのだろう？　あのとき会話をうまく運べていれば、彼女と妹は今頃シェーンと一緒にいたはずだ。

ふたりとも無事に。

クリスタルもシェーンが彼女を愛していることを、彼女に心を奪われていることを知っただろう。けれども、クリスタルがその事実を彼の口から直接聞くことはもうないかもしれない——だめだ。そんな可能性は考えることすら耐えられない。

甲高い悲鳴に続いて、うめき声が聞こえた。そして低く残忍な笑い。

姉妹のうちのどちらかが、シェーンが素手で殺したくてたまらない男に恐ろしい目に遭わされている。ブルーノと直接顔を合わせた暁には、あのろくでなしの血を全身に浴び、粉々に砕いたやつの骨の上でダンスを踊ってやる。

ふいに、ニックの携帯電話からの音が途切れた。シェーンは振り返ってきいた。

「通話が切れたのか?」

ボタンを押して画面を確認したニックが首を振った。「いや、静かになったんだ」

そのとき、シェーンの血を凍りつかせるせりふが聞こえてきた。「この女を運べ。少しばかり楽しませてもらおうじゃないか」

19

アパートメントの駐車場にピックアップトラックを乗り入れながら、クリスタルは電話のボタンを押して時間を確認した。ダッシュボードの時計は、ずっと前に止まってしまっている。四時まであと十五分。ジェナの処方薬と三袋分の食料品を置き、シェーンに写真を送ってスマートフォンの画像を消去するには、ちょうどいい時間だろう。

トラックを停めたそのとき、フロントガラスにパラパラと雨粒が落ちてきた。クリスタルは灰色の空を見あげ、建物の中に入るまで本格的に降らないでいてくれることを願った。片方の手首に買い物袋を引っかけ、もう片方で薬とバッグをつかんでピックアップトラックを降りる。

こういうときは、一階に住んでいたらよかったのにと心から思う。クリスタルは荷物を持って階段をあがった。鍵を開けるのがまたひと苦労で、荷物を落としそうになりながら開錠し、足でドアを押し開けた。「ジェナ、ただいま」クリスタルは呼びかけた。「薬を取ってきたわ」ぎりぎりセーフだ。錠剤はあと一錠しか残っていなかったはず。

玄関前の通路から中に入ったとたん、彼女は凍りついた。

アパートメント内はめちゃくちゃに荒らされていた。

「ジェナ！」買い物袋も薬も何もかも取り落として、クリスタルは叫んだ。床を覆う残骸のあいだを走り抜ける。本。割れたガラス。引き裂かれて中身が出ているやわらかいクッション。「ジェナ！」何かに足を取られ、彼女はつまずきながら妹の部屋に入った。

そこも、床一面に壊されたものが散乱していた。本棚が倒れている。

ああ、そんなまさか。嘘でしょう。いやよ、信じられない。

めまいと吐き気に襲われた。ジェナの姿はない。クリスタルはきびすを返して自分の部屋へ向かった。被害はさらにひどい。上掛けがびりびりに切り裂かれていた。マットレスは放りだされ、やはり裂かれている。ドレッサーの位置は変わっていなかったが、引き出しという引き出しが抜かれ、ひっくり返されていた。クローゼットはほとんど空だ。

ジェナはいなかった。

ブルーノだ。ブルーノがやったに違いない。確かめようはなくても、クリスタルにはわかった。

「ああ、大変。どうしよう。どうしたらいいの？　考えなさい」彼女はつぶやき続けた。

シェーン。シェーンに連絡しなくては。

耳の奥をどくどく流れる血の音を聞きながら、クリスタルはリビングルームに戻った。放りだされた買い物袋のあいだにバッグが落ちている。彼女は震える手でバッグを開けた。財布、ｉＰｈｏｎｅ、メイク用品、リップクリーム。シェーンにもらった携帯電話はどこだろう？　床の上を捜しても見つからない。

ピックアップトラックに忘れてきた？

突然、クリスタルの脳裏に、バッグの中身がブルーノのオフィスの床に散らばっている光景がよみがえった。

彼女は鋭く息をのんだ。全身に鳥肌が立つ。「そんなばかな。だめ。だめ。だめ」そこまで運が悪いわけない。私のせいでこんなことになるなんて、ありえない。しかし、考えれば考えるほど、原因は自分だという不安が、いや、確信が増した。こみあげてきたすすり泣きを、クリスタルは手で口を覆って抑えこもうとした。涙がこぼれて顔を濡らす。

そのとき、足音が聞こえた。

はっとしてアパートメントの玄関をうかがう。入ってきたときに両手がふさがって閉められなかったので、ドアはまだ数センチ開いたままだ。

ブルーノがピックアップトラックを見張っていたのだろうか？　私が家に帰るのを待っていた？　始めたことを最後までやり遂げるために戻ってきたのだろうか？

クリスタルがドアに突進したそのとき、向こう側で動くものが見えた。全身の力をこめて思いきりドアを閉めたものの、チェーンがかけられない。誰かが向こうから押している。

クリスタルは叫んで足を踏ん張り、さらに力をこめてドアを押し返した。少しでも力を弱めたら、とたんに相手は部屋の中に押し入ってくるだろう。そうなれば、きっとのしかかられてしまう。

「クリスタル。クリスタル？　俺だ、シェーンだ」

その言葉が、耳鳴りの音を突き抜けて彼女の耳に届いた。「シェーン？　シェーンなの？」心臓がとどろき、クリスタルはドアから手を離して後ろにさがった。

本当にシェーンがそこにいた。四人の男性とともに。全員が武装して銃を抜き、用心深い顔つきで戦闘態勢を取っている。クリスタルにまわされたシェーンの腕はあまりに力強く、今の彼女に必要なすべてを備えていた。「くそっ」シェーンはほかの男性たちが入れるように、クリスタルを脇へ引っ張った。

クリスタルは目に涙がこみあげてきて、シェーンの胸に顔を伏せてむせび泣いた。背後から人の動く気配と声が聞こえたが、気にしていられなかった。シェーンの熱と、彼の香りと、顔に触れるコットンのボタンダウンシャツ。その瞬間のクリスタルにとってはそれがすべてだった。

ジェナ。

クリスタルは身をよじってシェーンから離れた。「ジェナがいなくなったの」涙と恐怖、そして悲しみのせいで声がひずんでいた。「ブルーノが連れ去ったんだと思う」シェーンの青みがかったグレーの瞳に浮かんだ表情を目にして、彼女はびくっとした。同情。後悔。やっぱりという確信。「そうだ、やつの仕業だ」シェーンがためらいの感じられる低い声で言った。

クリスタルは困惑し、頭が混乱した。「待って。どうして――」

「異常なし」アパートメントの奥から男性の声がした。

「異常なし」もうひとりが言う。

「異常なし」三人目。「誰もいない」

「待って！」男性たちが発する言葉にかぶせて、クリスタルは叫んだ。

五組の目がいっせいに彼女のほうを向く。室内に沈黙が広がった。

クリスタルは首を振り、シェーンと視線を合わせた。「どうしてわかるの？　ジェナがブルーノに連れ去られたと、なぜ知ってるの？」シェーンが息を吐いて肩を落とした。「どうしてあなたにわかるの？」

「君のアパートメントを盗聴していたからだ。俺がここへ来た最初の夜に取りつけた」

彼女の耳にはシェーンの声が、まるでトンネルの中を通ってくるように遠く小さく聞こえた。「なんですって？」ずっと私をスパイしていたのだろうか？　クリスタルはシェーンの手が届かないところへ後ずさりした。シェーンがひそかに見張っていた……ブルーノと同じように。「あなたは……」もう一度首を振る。今、耳にしたことを受け入れたくない。

「これだけ暴れたら、かなりうるさかったはずだ。近所の住人が警察に通報したに違いない」体の大きな男性がシェーンから、クリスタルも見たことのある黒っぽい髪の男性に視線を移した。名前は覚えていないが、〈コンフェッションズ〉で会った男性だ。「話の続きは場所を変えてするほうがいい」

クリスタルは彼の言葉を無視して続けた。「盗聴なんて、どうしてそんなことを？　私はあなたを手伝ったのに。あなたのためにリスクを冒したのよ。ジェナまで危険にさらして」非難の言葉が頭の中で咆哮《ほうこう》をあげ、激しい怒りで胸がいっぱいになる。彼女はシェーンにつかみかかり、握りしめた手を振りかざした。「こんなことになったのはあなたのせいよ！」

「クリスタル、やめてくれ。すまなかった」シェーンは彼女の拳を受け止めた。「わかってる。頼むからやめてくれ。自分を傷つけてしまうぞ」両手でクリスタルの手首をつかむ。張りつめた声は必死で、悲しげだった。

「あなたのことは信用できると思ったのに」クリスタルは口走っていた。声に出して言うつもりのない言葉だったが、ひるむシェーンを見ても、申し訳ないとは少しも思えなかった。

「信用して大丈夫だ。約束する」

「約束ですって？　それなら」両手をあげる。彼女は二重に打ちのめされていた。ひとつは、ジェナがいなくなったことで。もうひとつは、シェーンを見誤っていたことで。なんて愚かだったのだろう。無謀だった。おかげでこの世でただひとりの愛する人が、そしてただひとりの自分を愛してくれる人が誘拐されて……どんなにひどい目に遭っているかわからない。喉が締めつけられ、息が苦しくなる。「頼まれたことは全部したわ。私にあんなことをさせる必要なんてなかったのに……」私にあなたを好きにさせるべきじゃなかったのに。

「説明する。あとで必ず」シェーンがクリスタルの腕をつかみ、真剣な顔で目をのぞきこんだ。「俺が台なしにしてしまったことはわかっているが、盗聴器を仕掛けたのは、こういうことが起こった場合に助けられるようにという意味合いもあったんだ。俺たちはブルーノが乗りこんできた物音を聞いて、事態を察した。なんとか間に合うように来ようとしたんだが」シェーンが音を立てて唾をのみこんだ。ジェナを救えなかったことで、彼自身も傷を負ったかのように見える。とても深い傷を。「努力した。とにかく今は、君をここから連れださなければならない」

「私は――」

「クリスタル、選択の余地はないんだ。ブルーノは戻ってくるだろう。だが、俺たちのところは安全だ。そこならジェナを奪い返す方法が見つけだせる」

ジェナを……奪い返す？　この人たちに奪い返すことができるのだろうか？

この数分間で初めて、頭の中の混乱がわずかにおさまった。激しい怒りがやわらぎ、痛みが消える。クリスタルの脳裏に新たな光景が浮かんだ。シェーンと黒っぽい髪の男性が、怪我をしたダークブロンドの男性を連れて〈コンフェッションズ〉の階段をあがってくる光景だ。「どうやって？」

シェーンはつかんでいる彼女の腕を親指でそっと撫でた。「まだわからない。まさにそれを考えなければならないんだ。だから時間を無駄にすべきじゃない」

重要なのはジェナを救出することだけだ。クリスタルはうなずき、シェーンに促されてドアへと向かった。途中で思いだし、バッグと妹の処方薬を取りに駆け戻る。大変だ。ジェナは薬を持っていない。だがクリスタルはすぐに、それについてじっくり考えていられなくなった。五人の男性に隙間なく取り囲まれたのだ。そのままアパートメントを出て階段をおり、駐車場を横切って、近くに停めてあった大きなＳＵＶに向かう。

気づいたときにはクリスタルはもう後部座席にいて、シェーンと、スポーツ選手のような見かけの大柄な男性に挟まれて座っていた。ダークブラウンの肌をした、ひどく怖い顔の男性だ。たしかエドワード。ジェナがクラブに来た夜に、彼女につき添って家まで送り届けてくれた人に違いない。

見られていることを感じたのか、彼がクリスタルと視線を合わせた。ブラウンの目が険しい。「ジェナを取り戻すために、俺たちにできることはなんでもするつもりだ」

ＳＵＶは貨物列車のように大きなエンジン音を響かせて敷地を横切っていく。

クリスタルは彼の誓いのおかげで少し落ち着き、最悪のパニックには陥らずにすんだが、それでも完全に気持ちが鎮まったわけではなかった。意思に反して〈チャーチ・オーガニゼイション〉に拘束された経験があるからだ。最悪の場合のシナリオがどんなものか知っている。それを思いださせるものを毎日鏡で見ているのだ。ジェナとそんなおぞましい共通点ができるかもしれないと考えただけで、クリスタルの心は激しく痛んだ。

これまで働いてきたすべて。用心してきたすべて。こういうことを避けるためにクリスタルが払ってきた犠牲のすべて。どれひとつとして役に立たなかった。結局、ジェナを守れなかったのだから。父と交わした約束を果たせなかった。

荒っぽい運転で、座っていても体が揺さぶられた。心まで揺さぶられ、クリスタルはついにこらえきれなくなった。すすり泣きの声が喉に引っかかり、目から涙が幾筋もこぼれる。

「こっちへおいで」シェーンが低い声で言って彼女の肩に腕をまわした。もう片方の手で顎をとらえ、自分のほうへ向けさせる。「今はとても大丈夫とは思えないだろう。わかるよ。だけど、きっとうまくいく」

「あの子を取り戻さなきゃ、シェーン。絶対に」懇願する声になっているのがわかった。まなざしにも同じ気持ちがあふれているだろう。だが、クリスタルはそれを恥ずかしいとは思わなかった。ジェナの命を救うためならかまわない。「お願い、妹に何かあったら生きていけない」

シェーンがうなずく。彼女と同じ、怒りと悲しみが等しく浮かんだ表情だ。「わかるよ」

景色が窓の外を飛ぶように過ぎていく車内で、シェーンのその言葉に、クリスタルの怒りにふたたび火がついた。「いいえ、あなたにはわからない。妹を奪われて、それが自分のせいだったらどんな気持ちになるか、あなたにわかるはずがないわ！」

シェーンがまるで殴られたかのように顔をゆがめた。クリスタルには理由がわからない、張りつめた妙な空気が車内に満ちる。

「いや、わかる。それがどんな気持ちか、俺はよく知っている」シェーンの穏やかな宣言で、車の中の緊張がさらに増した。彼女は原因を解明しようとほかの男性たちを見まわしたが、みんな顔をそむけてしまった。

シェーンが器用に指を動かしてシャツの上のボタンを外し、左半分を脇まで開けた。彼のピックアップトラックに乗ったあの夜に、クリスタルが目にしたタトゥーがあらわになる。昔の悲しい記憶を表していると言われたが、それ以上詳しいことを尋ねられなかったタトゥーだ。彼女は落ち着かない気分になりながら、羽のついたハートに短剣が刺さってひびが入っている図柄を見つめた。

シェーンのまなざしに深い悲しみが流れこむ。「俺が十三歳のとき、八歳だった妹のモリーが家からいなくなった。面倒を見なきゃならない立場だったのに、俺はあの子に、つきまとうなと言ったんだ。およそ三週間、警察による大がかりな捜索が行われた。その後も、間違った情報が出るたびに母は悲嘆に暮れた。そんな状態が何年も続いたよ。それ以来、誰もモリーの姿を見ていない」彼はクリスタルの手をつかんで、ひび割れたハートの上に置いた。あたたかくて硬い胸の上に。「だから、俺には理解できるんだ」目を潤ませ、押し殺した声で言う。

「ああ」クリスタルは声をあげた。シェーンの痛みが押し寄せてきて、息をするのが難しい。彼を慰めずにいるのはもっと難しかった。「ごめんなさい」シェーンの首に腕を巻きつけ、彼の膝にのりかかって謝った。「ほんとに、ほんとにごめんなさい」

「俺も同じ気持ちだよ」シェーンがクリスタルの髪に唇をつけたまま言った。「だけど、知っておいてほしい。命をかけてでも、ジェナを取り戻してみせる」

顔を見つめあい、互いを抱きしめ、ふたりは慰めと謝罪の言葉をささやいた。正しいことも、間違っていたこともあったとクリスタルは思った。彼女のアパートメントに盗聴器を仕掛けた件には今でも傷ついていたが、たとえすべきでないことをしたとしても、シェーンはいい人だ。彼を誤解していたわけではなかった。だけど、ブルーノ・アッシュは？　あの男こそ最低の人間だ。「本気で言ったんじゃないの」彼女はかすれた声で言った。シェーンに知ってほしい。信じてもらう必要があった。「あなたのせいじゃ――」

シェーンが首を振った。「君の言ったとおり、俺はプライバシーを侵害した。すまない」クリスタルの髪を撫で、親指で涙をぬぐってくれる。「君を心配するあまり、君のためになることだと正当化してしまった。俺を許せない、信用できないと思われてもしかたがないが、少なくとも君を傷つけるつもりがなかったことだけはわかってほしい」

「わかってる。あなたを信じるわ」彼の首元に顔をうずめる。シェーンの香りに、熱に、たくましさに包まれていると、絶望的なこの状況でも希望はあるかもしれないと思えてくる。

いや、希望はあると信じなければ。それ以外の結果はとても受け入れられない。今朝、ジェナはすぐにでも荷造りをしてここを離れたがった。慎重を期すよう求めたのはクリスタルのほうだった。あのときの会話を思いだすと、胸が張り裂けそうになる。ジェナの言うとおりにしていれば、妹は今も無事でいられたのだ。ブルーノのオフィスでの自分の不注意な行動が、この一連の出来事を導いた。もし妹を失うようなことがあれば、ひとつだけたしかなことがある。

私は絶対に自分を許せないだろう。

クリスタルを腕に抱いていると、心の底からわき起こってきた安堵が血液を通じて全身に広がっていくのがわかった。華奢でやわらかい。彼女の存在が大きな役割を果たし、常にシェーンの心の奥につきまとって離れなかった昔の悲しみと罪悪感が徐々に鎮まっていく。

ほんの一時間ほど前には、二度とこんなふうにクリスタルを感じられないかもしれないという恐怖に体の芯までとらえられていた。

彼女のアパートメントまでの車中は、まるで拷問を受けているかのように苦しかった。駐車場を横切って建物に入るあいだも、乾いていないコンクリートの上を走っているかのように、足元がおぼつかなかった。ところが、ドアの向こうにちらりとクリスタルの姿が見えたとたん——午前中と同じシャツを着ていたので彼女だとわかったのだが——シェーンはふたたび息ができるようになった。

だが、完全に安堵はできない。うつろな勝利。なぜなら、彼らはジェナの救出に間に合わなかったからだ。

ジェナは姿を消してしまった。

シェーンがクリスタルに言ったことは彼の本心だ。自分の命と引き換えにジェナを取り戻せるなら、犠牲になってもかまわない。彼が何年ものあいだ抱えてきた苦しみを、クリスタルには味わわせたくなかった。

幸い、そうはならないはずだ。ジェナは必ず奪い返してみせる。

車が猛烈な勢いで線路を横切ると、骨がきしみそうなほどガタガタ揺れた。「つけられてはいないと思うんだが。どうだ?」ニックがきいた。

ベケットがうなずく。「ああ、大丈夫だ」

窓から外をのぞくと、見覚えのある荒廃した建物群が見えてきて、〈ハード・インク〉の近くに来たとわかる。帰りつくまでもうすぐだ。それはいいことだった。チームは計画を立て、シェーンとクリスタルは話の続きをする必要がある。

仲間たちの前で自分の悲劇を話すことにためらいはなかった。クリスタルの経験している苦しみが理解できると、彼女に信じてもらわなければならなかったからだ。そのためなら、喜んでなんでもしただろう。簡単な話だ。

だが、シェーンにはもっと伝えたいことがあった。もっとたくさん。単に同じ経験をしたから理解できるのではない。クリスタルの苦しみは彼の苦しみでもある。

どうやら、人は恋に落ちるとそんなふうに感じるものらしい。

ベケットの運転するSUVはゲートを通り抜け、〈ハード・インク〉の敷地に入った。「着いたよ」シェーンは言った。

「わかったわ」クリスタルの声は疲れていて弱々しい。シェーンはその髪にキスをしながら、彼女のためになんとしてでもこの状況を改善しなければと思った。

「誰かいるぞ」前の座席からマーツが言った。シェーンはたちまち身構え、友人たちの肩越しにフロントガラスの向こうをのぞいた。〈ハード・インク〉で働いているバイク乗りが、ヘルメットを手に裏口から出てきたところだった。

「アイクだ。心配いらない」ニックが言う。

「わかってる」ベケットがアイクのハーレーからそう遠くない場所に車を停めると、マーツが言った。「アイクのクラブが何にかかわっているか、もっと情報があればと思っただけだよ。君とジェレミーが彼をいいやつだと考えていることは知ってる。たぶん、実際にそうなんだろう。だけどアイクと仲間たちが〈チャーチ・オーガニゼイション〉と親密ではないという裏づけがあったほうが、僕はすっきりする」シェーンにもなるほどと思えた。これまでに得た情報はどれも、チャーチの支配が間違いなく街じゅうに広がっていることを示唆していた。〈チャーチ・オーガニゼイション〉と〈レイヴン・ライダーズ〉になんのかかわりもないとすれば、それこそ奇跡に近いだろう。そして今までのところ、シェーンたちには奇跡が不足している。ジェナの件がその証拠だ。

ニックが振り返り、マーツからイージー、シェーンに視線を移した。「あいつは前からの知り合いだ。俺が話をするべきだろうな。何かわかるか、調べてみる」時間に余裕がないことを考えると、おそらくそれがもっとも無難な方法だろう。それに、ニックの直感はたいてい正しい。

「賛成だな」シェーンは言った。

マーツが肩をすくめる。「君が決めることだ、ボス」

車を降り、全員がベケットのSUVの後方に集まったところで、ちょうどアイクが近くへやってきた。笑顔で挨拶しようとしたアイクの視線が、ベケットが隠そうともしていない脇のホルスターと銃をとらえる。たちまちアイクの顔から笑みが消え、目が冷たくなった。

「すまないな」ニックが言った。「問題ないんだ、アイク」

一同を見渡したアイクは、シェーンの脇に抱えられるようにして立つクリスタルのところで視線を止めた。「本当に大丈夫なのか？」アイクが尋ねる。ベケットの攻撃的な雰囲気や、全員が発する張りつめた空気に対して慎重な反応を示す姿を見て、シェーンはアイクに一目置いた。分別があってしっかりした男のようだ。屈強なタフガイタイプなら、かっとして喧嘩腰になる場合もあるだろうに、アイクは落ち着きを失わない。

「ちょっとばかり事情があってね」ニックが言った。

アイクは頭を傾けてニックを凝視した。「どうなってるんだ？」ヘルメットを持った手で皆を示す。「どうも〝昔の友達が集まって新しく事業を始める〟って雰囲気じゃなさそうだが」彼は以前ニックたちが説明に使った作り話に言及した。

「いや」ニックが片手で髪を梳いた。「それに関係してる」

「俺に話しておくことがあるんじゃないか、ニック？　あんたたちが何か厄介ごとに巻きこまれてるように感じるんだが。俺はそれがジェレミーに飛び火しないか心配だ。

ジェレミーは知ってるのか？」アイクが足を踏み替えて重心を移動させた。体の動きからも声のトーンからも、いらだちを募らせているのは明らかだ。

「知ってるよ」ニックが言った。「どうやら俺がアフガニスタンから忌まわしいものを持ち帰っちまったらしいんだ。ＷＣＥと、ジミー・チャーチという名の化け物だ。この名前は、おまえにとって何か意味があるか？」

アイクが両手を腰に置いた。「冗談はやめてくれ。あんたたちはチャーチと敵対してるのか？　あの頭がどうかしたくそ野郎は、自分がキリストの再来か何かだと思ってるんだ」

「つまり、チャーチを知ってるのか？」アイクの敵意を感じ取り、シェーンははっとして尋ねた。もしかすると、そこに可能性を見いだせるかもしれない。敵の敵は味方というわけだ。

「ああ、知ってる」アイクは剃りあげた頭をこすって背を向けた。首を振り、立て続けに罵りの言葉をつぶやきながら行ったり来たりしはじめる。

「彼は〈レイヴン・ライダーズ〉だわ」シェーンの胸から顔をあげたクリスタルが、アイクが着ているカットオフのデニムジャケットを見て言った。眼窩《がんか》にナイフが刺さったカラス《レイヴン》が髑髏に留まっている図柄の、黒と白と赤の大きなワッペンが背中を覆っている。その上下には黒い文字。

レイヴン・ライダーズ《RAVEN RIDERS》
メリーランド《MARYLAND》

州名の上にはさらに小さな文字で〝凄腕のバイク乗り《Death on Wheels》〟と記されていた。

アイクがはじかれたように振り返り、まっすぐクリスタルを見た。「ああ。それがどうかしたか？」

シェーンはクリスタルを抱き寄せた。アイクの冷たい口調が彼女に向けられるのは気に食わない。

クリスタルがシェーンをなだめるように手を掲げた。「チャーチの男たちは〈レイヴン・ライダーズ〉を嫌ってるの」彼女は説明した。「そうよね？」

「お互い様だ」アイクが嚙みつく。「昔からだ」

「だから心配いらないわ」クリスタルはシェーンを見あげた。「〈レイヴン・ライダーズ〉は〈チャーチ・オーガニゼイション〉とは手を結ばない。絶対に」賢くて機転がきいて、強い女性だ。尊敬せずにいられない。だがシェーンには、それが彼女の魅力のほんの一部にすぎないとわかっていた。クリスタルがアイクは〈チャーチ・オーガニゼイション〉の支配を受けていないと請けあってくれたおかげで、チームは肩から大きな荷をおろすことができた。張りつめていた空気が緩む。

アイクが噴きだした。「このお嬢さんは話が通じるな」

そのとき、呼び出し音が鳴り響いた。クリスタルが息をのむ。「ああ、大変」彼女は叫んだ。「ジェナだったらどうしよう?」震えながらバッグを開けて、iPhoneを取りだす。発信者は〝ブルーノ・アッシュ〟だった。「どうすればいいの?」

「ブルーノからだ」チームの全員にわかるように、シェーンは声に出して説明した。アイクも含めて皆が集まってくると、シェーンは両手でクリスタルの頰を包んで言った。「俺たちにも聞こえるようにスピーカーフォンにして応答してくれ。大丈夫、うまくやれる」

「ちょっと待って」マーツが自分のスマートフォンを取りだし、カメラを動画撮影に設定した。いい考えだ。あとで必要になった場合に再生できる。

「よし、出ていいぞ」シェーンはうなずいた。

クリスタルが通話ボタンを押す。「ブルーノ」声が明らかに震えていた。

「何か足りないものがあるんじゃないか、ベイビー?」独善的で上機嫌と言ってもいい声に、シェーンは電話の向こうに飛んでいきたい衝動に駆られた。あのろくでなしの喉に手を突っこんで、体の内側からタマを引きちぎってやる。

「ジェナに何をしたの？　あの子は薬を持ってないのよ、ブルーノ」

「ああ、俺が四年ものあいだずっと金を払ってた、あの薬のことだな。気前よくしてやったのに、おまえはその恩にどうやって報いた？」

「間違ったことは何もしていないわ」クリスタルは自分の体にきつく腕をまわした。恐怖と懇願のにじむ声に、シェーンの心も痛んだ。内部に火がついたように心臓が熱く感じられる。

「どこのどいつだ？」ブルーノがほとんどうなるように言った。

クリスタルがすばやくシェーンを見た。シェーンはうなずき、声を出さずに口だけを動かした。「そのまま続けて」

「誰のこと？」クリスタルが尋ねた。

ブルーノが不満の声をあげる。「ふざけるな、クリスタル。おまえにあのいまいましいプリペイド式の携帯電話を渡したやつだ。俺のデスクの下で見つけたぞ。電話がひとりでに動くわけでもあるまいし、おもしろい場所にあったと思わないか？」

クリスタルはいったいどうしてブルーノのオフィスで使い捨て携帯電話を落とした

のだろう。シェーンの背筋を不安が這いおりる。

「友達。ただの友達よ」クリスタルが顔に手を押し当てながら言った。シェーンが周囲をうかがうと、全員が怒りと嫌悪をあらわにしていた。この騒ぎの中で、皆がシェーンの、そしてクリスタルの味方についてくれたことがうれしい。

「そいつと寝たのか？」

「なんですって？　まさか。そんなわけがないって、わかってるでしょう」クリスタルが言った。なんというクズなんだ、こいつは。彼女はなんだってまた、こんな男に縛りつけられているのだろう。だが、クリスタルはさすがだ。ブルーノの挑発には乗らなかった。「ブルーノ、ジェナはどこ？　ストレスがかかると発作を起こすかもしれない。どうしてあの子にこんなことをしたの？」

「ああ、発作ならもう起こした」クリスタルが動揺して息をのんだ。「ぐったりしてる。ああ、それと、ジェナはおまえのお気に入りの部屋に入れてやったからな」

どういう意味だ？

クリスタルの顔が青ざめ、体がふらつく。シェーンがつかまえて自分の脇に引き寄せると、彼女はうめき声をあげた。「なんですって？　ブルーノ、やめて。お願いよ」

「俺のせいじゃないぞ、この売女《ばいた》め。おまえがしたことのせいだ。それを一瞬でも忘れるな」

クリスタルのグリーンの目に涙があふれる。「ブルーノ、お願い」

「いいか、よく聞け、クリスタル。一日だけ猶予をやるから、俺のところへ来い。妹と交換だ。明日の夜までにここへ来なかったら、あいつは売り飛ばす。二度と顔を見ることはないだろう。そうなっても、おまえを追いかけるのはやめないからな」

「だめよ！」クリスタルが叫び、シェーンにぐったりともたれかかった。そこで通話が切れた。クリスタルの膝が完全に崩れた。シェーンはむせび泣く彼女を抱きあげ、胸に引き寄せてあやした。苦悶《くもん》の声を耳にして、彼も苦しくなる。シェーンはますます決意を強くした。元凶となったあの男に必ず報いを受けさせる。命で償わせてやる。

「〈コンフェッションズ〉へ行かなきゃ」クリスタルが泣きじゃくりながら言う。「私を〈コンフェッションズ〉へ連れていって」

冗談じゃない。「クリスタル、あんな男がまともに交渉に応じるとは思えない。だが、俺たちでなんとかして解決法を考えよう。約束する」シェーンは泣き続ける彼女に言った。クリスタルを差しだすなどという考えは、何があっても絶対に受け入れられない。チームの皆を見渡す。「彼女を中へ運ぶ。この件はそこで詳しく話しあおう」

激しい怒りに駆られているものから明らかに人を殺しかねないものまで、表情はさまざまだが、全員がシェーンの意見に賛成した。彼の表情もほかの皆と同じだ。「約束はできないが、俺たちが助けになれるかもしれない」アイクがきいた。「俺も行っていいか?」〝俺〟ではなく〝俺たち〟と言った。バイクで暴走するギャングについてはあまりよく知らない。重武装していることが多く、恐れ知らずで機動力があることくらいだ。「俺はかまわない」シェーンは言った。「彼の仲間に手伝ってもらえるとありがたい」

ニックがうなずく。「俺もそう思う」アイクをじっと見て、イージーもうなずいた。ベケットとマーツは最後になったが、ふたりの目を見ると、彼らがアイクや〈レイヴン・ライダーズ〉と同盟関係を結ぶことについて計算し、ほかの皆と同じ結論に達したことがわかった。

「じゃあ、来てくれ」ニックが言った。「それから、ありがとう」

建物内に入るとニックはジムに向かい、シェーンとクリスタルを踊り場に残して全員があとに続いた。

「おろして」クリスタルが言った。「もう大丈夫だから」

シェーンは彼女をそっと立たせたが、念のために両手でウエストを支えた。「俺の部屋は向こうなんだ」リクシー兄弟が居住スペースに使っているほうを指さした。

「案内するよ。しばらく休むといい」

クリスタルが首を振った。「どうなっているのか知りたいの。どんな計画なのか」

自分の体に強く腕をまわす。「ブルーノは本気よ、シェーン。言ったとおりのことをするわ。私が行かなければ、ジェナが売られるの」

「わかってる。俺も聞いた。みんなで別の方法を考えるよ。俺を信じてくれ」

「信じるわ。それでも、あなたたちと一緒にいたいの。計画を聞きたい。そうでもしないと、頭がどうにかなりそうなの」

「それならおいで。なんであれ、君の気持ちを楽にしたいんだ。いいね？」シェーンが手の甲でクリスタルの頬を撫でると、彼女はうなずいた。「行こう」シェーンはジムのドアに暗証番号を打ちこみ、クリスタルの小さな手を握った。

ニック、マーツ、ベケット、イージー、ジェレミー、それにアイクが、部屋の奥にあるマーツのデスクの周囲に集まって座っていた。ニックの声が聞こえてくる。アイクが多少の事情を知っていることも含め、ジェレミーに基本的な状況を伝え終わったところらしい。

シェーンはアイクが、マーツの背後のホワイトボードに貼った位置情報や、煉瓦の壁にテープで留めた逮捕写真を凝視していることに気づいた。好きなだけ見させておこう。自分と仲間が何にかかわろうとしているか、正確に理解してもらっておいたほうがいい。

クリスタルとアイクのために、シェーンは全員を紹介した。

「渡したいものがあるの」クリスタルが自分のスマートフォンをシェーンに差しだした。「ビジネスランチの給仕の仕事のあと、ブルーノのオフィスに忍びこんで、あなたのお友達と関係がありそうな書類を見つけたわ。今朝、コーヒーを飲みながらあなたがベッカという名前を口にしていなかったら、見逃していたかもしれない。写真を撮っておいたの」彼女は肩をすくめた。「役に立つものがあるといいんだけど」

「クリスタル、これは……すばらしいよ」シェーンは彼女の髪に手を差し入れ、近くへ引き寄せて額にキスをした。それで携帯電話をなくすはめに陥ったのか。罪悪感と後悔がヘビのようにするりとシェーンの心に入りこんでくる。彼の言動のせいで、危険を冒してでもブルーノのオフィスに忍びこむ必要があるとクリスタルに思わせてしまったのだろうか？　ああ、それにしてもなんという勇気だろう。誰にでも簡単にできることではない。「ありがとう」

「僕が預かっておくよ」マーツが言った。「写真を全部ダウンロードしたら返す。いいかい？」

クリスタルがうなずいた。腕に抱いた彼女と、肌が接する感触が心地よかった。シェーンはずっと触れ続けていられるように、ふたつの椅子をくっつけて並べた。シェーンと同じくらい、クリスタルもそうすることを望んでいたらしい。シェーンが撫でているあいだ、うっとりした様子で、ずっと目を閉じて彼に身を寄せていた。シェーンはクリスタルの肩に腕をまわし、もっと自分の体にもたれかかるように促した。彼女の口から満足げなため息がこぼれる。それだけで、シェーンは何メートルも背が伸びたかのように誇らしい気持ちになった。

それから、一同は必要な情報を手早くアイクに伝え、それぞれが思いつくまま意見を出しあった。ブルーノが期限を明日と定めたので、人手不足のまま今夜急いで無謀な救出作戦を実行する必要はなくなった。それに〈コンフェッションズ〉の内部に仕掛けた機器の監視映像や音声があるので、彼が約束を違えないかどうか確認できるだろう。都合よくあの愚か者が上機嫌でジェナの居場所を教えてくれたおかげで、心配していた脱出と生還のための計画を練ることも可能になった。

「〝お気に入りの部屋〟というのはどういう意味だったのかな、クリスタル？」マーツが穏やかな口調で申し訳なさそうにきいた。

シェーンの胃がよじれた。いつかこの話題になるだろうとわかっていたが、その表現がクリスタルにどれほどの衝撃を与えたか、彼は目の当たりにした。いやな予感が冷たく背筋を這いのぼっていく。

クリスタルは落ち着かない様子でシェーンをちらりとうかがってからマーツに答えた。「四年前、私は……〈コンフェッションズ〉の地下にある一室に一週間近く監禁されていたの。あなたたちのお友達が拘束されていた部屋のさらに向こう、右側の一番奥よ」次にニックを見る。だが、シェーンとは目を合わせようとしなかった。彼に対して急に臆病になった理由を想像してみるが、どれも腹が立つものばかりだ。どうにかしてクリスタルの苦痛をやわらげようと、シェーンは膝に置かれた彼女の手を取り、指の関節を繰り返し親指で撫でた。その部屋の中で何が起こったか、考えないでおこうと努める。

神よ、どうか、クリスタルの背中の傷跡とは関係ありませんように。けれども、どんなに祈りをささげようと、彼の直感はチリチリとした痛みを引き起こし、願いはかないそうにないと告げていた。ちくしょう。

「よし、そこへ行く完璧な方法がある」マーツが言った。「僕のバチェラー・パーティーだ」

シェーンの体に高揚感があふれる。そのことは忘れかけていた。「マーツ、おまえは天才だ。向こうは俺たちを疑わないだろう。たしかに完璧な口実だよ。しかも〈コンフェッションズ〉の奥へ入れるから、地下へおりる階段に近づける」

クリスタルの表情にも生気が戻った。「いい考えだわ。気づかれずに奥まで行ければ、成功したも同然よ」シェーンに向き直って続ける。「パーティーは打ってつけだわ」

これまで打ちひしがれていたクリスタルが積極的になり、進んで戦おうとしている。シェーンはうれしくてたまらなかった。この様子なら、彼女はこの苦境を乗り越えられるだろう。シェーンの目には、そんなクリスタルの姿がひどくセクシーに映った。

「待ってくれ。この大変なさなかに、あんたたちはパーティーを開こうってのか？」アイクが信じがたいと言わんばかりに顔を曇らせる。

マーツが噴きだす。「いいや、策略だよ。以前、盗聴器やなんかを仕掛けるのに、バチェラー・パーティーを計画しているふりをしたんだ。予定どおり実行することにすれば、それを利用してジェナを救出できる」彼は座ったまま椅子を動かしてデスクに近づいた。「ああ、ちくしょう、人数の確認の連絡をしてなかった。まず、その電話をかけさせてくれ」通話は長くはかからなかった。マーツは予約を確かめ、人数は十二人くらいだと適当に告げて、五分もしないうちに電話を切った。「これで準備万端だ」笑みを浮かべて宣言する。

「よし。それで、二度目の受け渡しの件はどうする?」ベケットが膝に両肘をついて口を開いた。「そっちも明日の夜のはずだ」昨日の夜に行われた一度目の受け渡しが参考になるなら、おそらく時間もほぼ同じだろう。

シェーンはうなずいた。「ああ、ガーザがそう言っていた」

「問題は」マーツが言った。「僕たちの目標が何かってことだ。もっと調査を続けるか?　現時点ではまだ、このゲームに誰が参加しているか正体を突き止めている途中だから、調査は有益だろう。あるいは、今回は取引に介入するか?」シェーンは、はらわたが締めつけられるような感覚を覚えた。また女性たちがかかわっていたら、今度は彼女たちが連れ去られるのを黙って見ていられるとは思えない。

ニックがアイクのほうを向いた。「そうだな、その疑問に対する答えは、援軍を得られるかどうかにかかってる」

「また話についていけないんだが」アイクが言った。ニックはアイクに、水曜の夜に起こったこと、そして金曜についてはほとんど情報がないことを説明した。アイクが長い息を吐く。「あんたたちはとんでもないやつらと一戦交えようとしてるんだな」首を振りながら言った。

「最善を尽くすだけだ」イージーの声に緊張がみなぎる。

「疑わないよ」アイクはひとりひとりと順に目を合わせた。「だが、あんたたちだけで救出しようとするのは賢いやり方じゃない。どっちもいっぺんに片づけようとするのは自殺行為だ。たぶん不可能だろう」

ニックが腕組みし、アイクをじっと見た。「俺もそう思う。とはいっても、ほかにどんな選択肢があるのか定かじゃないが」

ニックの発言で、しばらくのあいだ微妙な空気があたりに漂った。

アイクがため息をついて首の後ろをこすった。「好きに動かせる当てがいくつかある。だけど、安くはない。おまけに全員の意見を聞いて採決してからじゃなきゃ、のってこないだろうよ。それには多少の時間がかかる」

報酬を支払う必要があると聞いたとたん、クリスタルの表情が陰った。シェーンは彼女の膝をつかみ、大丈夫だと伝えて安心させようとした。

「俺たちに残された時間がどれくらいか、おまえは正確に知ってるはずだ」ニックが部屋じゅうを見渡した。「具体的にどういう当ての話をしているんだ？　金額は？」

「こういうことじゃないか？　確実に勝利するために、どうせならクラブ全体を巻きこむ。武器と弾薬を持っていて、使い方を知ってるやつらが二十八人だ。費用はおそらく、五桁の後半ってとこだろう。あるいはその受け渡すものがなんであれ、俺たちの好きにさせてくれるなら取り分を差し引いてもいい」アイクは肩をすくめた。「ざっとまあ、こんな感じだ」

手助けの申し出に値札がつけられたことに、シェーンは憤りを感じた。その一方で、アイクと〈レイヴン・ライダーズ〉が力になってくれるなら、チャーチと戦うために必要な兵隊と武器を手に入れられる。ボートでやってきた取引相手が誰であれ、WCEがなんであれ、チームが正体を突き止めたら、そいつらとも戦える。

ニックが無言で仲間たちをうかがうと、皆が順番に小さくうなずいた。全員一致だ。ニックはアイクに向き直った。「俺たちはその話に興味を持ってる。それと、おまえが言った金額も用意できるだろう」今回の作戦のために、父親の生命保険金を快く提供してくれるベッカのおかげだ。メリットのシンガポールの銀行口座の暗証番号が判明すれば、資金はさらに増える。「あとは〈レイヴン・ライダーズ〉がどれくらいで決断を下せるか、それさえわかればいい」

20

まだ夜の七時半なのに、クリスタルは何日も寝ていない気分だった。いや、疲労感はそれよりもっと強いかもしれない。ジェナを心配したり、シェーンの友人たちが妹を救出するために立てた計画に期待したりと、クリスタルの頭は目まぐるしく働いていたが、手も足も重くてだるく、目はちくちくして、体は……とにかく痛かった。

だが、どれもジェナが経験していることとは比べものにならない。ジェナは襲われたストレスで発作を起こしたようだ。ひどく怖かっただろう。そして今は、あの穴倉のような部屋にいる。壁も床も天井も真っ黒に塗られ、ベッドとシーツまでもが黒い、あの部屋に。少なくとも、四年前はそうだった。感覚を奪う部屋は人を混乱させ、神経をまいらせ、中で起こることへの反応を強める。

神様、お願いですからあの子をひどい目に遭わせないでください。クリスタルは身震いして祈った。今回だけはジェナの癲癇が役立つかもしれない。発作がひどければ、半分意識がない状態がひと晩じゅう、あるいは翌日まで続く可能性がある。ぜいぜい音を立てて息をしたり、嘔吐したり、うめいたり、小刻みに震えたり。発作のあとによく出るそういう症状を目の当たりにした男たちは、ジェナにかまう気をなくすのではないだろうか。しがみつくには頼りない希望だが、ないよりましだ。

議論や意見の交換が終わると、席を立ったアイクはみんなと握手をして、また連絡すると約束した。ギャングのメンバーで、大きな体と剃りあげた頭と広範囲に及ぶタトゥーという強面《こわもて》の外見のせいで威圧的に見えるかもしれないが、彼はぶっきらぼうなりに優しく、ジェナに対して明らかな同情を示してくれた。ブルーノやほかの使徒《アポストル》たちのようなギャングばかりではない。覚えておくべき教訓だ。

「よし」ニックが立ちあがった。「明日は頭をすっきりさせておく必要がある。だから今夜は全員ちゃんと睡眠をとるんだぞ」特にコンピュータの前に座っているマーツに向かって言う。

「大丈夫、ちゃんと寝るよ。ただ残りのデータを検索して、クリスタルが撮ってくれた画像をダウンロードしなきゃならないから、そのあいだは〈コンフェッションズ〉の監視を続ける」マーツが言った。ストリップクラブで見かけたときから、クリスタルは彼に好印象を抱いていた。人懐こくてユーモアがあり、大らかだ。ここにいる人たちはみんな、彼女がこの数年かかわりを持たざるをえなかった男たちとはかなり違っている。クリスタルの視線が、スマートフォンを操作しているベケットに移る。大きくて物静かで、いつも真面目な表情の彼は例外かもしれない。少し怖く感じる。

「いいだろう。俺はベッカとチャーリーの様子を見に行く。用があればいつでも呼んでくれ」ニックはクリスタルに向き直った。「会えてよかった、クリスタル。もっといい状況でないのが残念だ。だが、明日には俺たちで正しい方向に持っていけるよう努力する」

親切な言葉をかけられることに慣れていないクリスタルは呆然とした。普通の人にとってはそれほど驚くことではないのかもしれないが。「ありがとう」なんとか声を出す。「皆さん、ありがとう」

歓迎を表すつぶやきがあちこちで起こり、ニックは部屋を出ていった。

「俺と一緒に来ないか？」シェーンが尋ねた。あたたかくて真剣なまなざしだ。

「ええ」心のどこかでは、彼とふたりきりになるのが怖かった。人目を気にする必要のないところで、初めてふたりだけで過ごすのだ。だが、それを強く望む自分もいる。

クリスタルはほかの男性たちに小さく手を振り、シェーンと一緒に大きな倉庫風の部屋を横切った。奇妙な空間だ。部分的にしか完成していない。ジムがほとんどを占めていて、片隅には急いでかき集めたのが明白な、マーツのコンピュータ用作業スペースがあり、もう片方には十人から十二人くらいは座れそうな、やはり間に合わせらしいテーブルが置かれている。「正確に言うと、ここはどこなの?」こちらへ来る車内ではまわりに注意を払える精神状態ではなかったが、自分の居場所を知らないのはおかしいように思えた。

シェーンがクリスタルのためにドアを開けてくれた。「イースタン・アヴェニューの外れで、港からそう遠くない場所だ。下の階には、ニックとジェレミーがやってる〈ハード・インク〉というタトゥー・ショップがある」

「あなたたちは陸軍で知りあったの?」

工業《インダストリアル》デザインの広い廊下を渡り、彼はドアのキーパッドに暗証番号を入力した。

「ジェレミーとアイクは違うが、ほかはみんなそうだ」

十二名のチームメンバーのうち、襲撃を受けて生き残った五人らしい。恐ろしい出来事だったようだ。

彼らがこの街に集結することになったいきさつを、ニックがアイクに詳しく説明していた。クリスタルも興味を覚えて一緒に聞いたのだが、シェーンの気持ちを想像すると悲しくなった。妹を失ったばかりか、待ち伏せに遭って多くの仲間を亡くし、そのうえ軍も辞めざるをえなくなった。耐えるには多すぎる、つらい出来事の連続だ。

ところがシェーンはそのせいで荒れたり、辛辣になったり、攻撃的になったりしなかった。むしろほかの人たちが彼と同じ思いをしなくてすむよう助けたいと願っている。それを知って、クリスタルはシェーンを抱きしめて慰めたくなった。シェーンが自分にしてくれたように、彼を守ってあげたい。

「こっちだ」シェーンは先に立ってリビングルームを抜けていく。とても感じのいいアパートメントだ。男っぽくてモダン。クリスタルとジェナが暮らす、いや、暮らしていたアパートメントは、ここと比べると靴箱のようなものだ。ジェナを取り戻したあと、荷物を取りにあそこへ戻るのは危険だろうか？ 何より大切にしてきたものをあきらめなければならないかもしれないと考えると、クリスタルは気分が落ちこんだ。母が使っていたミシンや自作の服、ジェナが集めた大量の本に、家族の写真。貯めていたお金。だが、今はそんな心配をしてもしかたがない。一度にひとつずつだ。

最初は――何より大切なのは――ジェナを取り戻すこと。待つしかないいらだちと不安で、クリスタルの心は震えだしそうだった。けれども、待つ以外にたいした選択肢はない。たとえ彼女がブルーノのもとへ行ったとしても、彼が本当にジェナを解放するとは信じられない。それにシェーンの友人たちの議論を聞いて、クリスタルも納得した。バチェラー・パーティーを装って中に入るという案には利点が多い。

しかし待っているあいだ、何もなかったかのように普通にしているのは難しかった。ジェナが深刻な危機に陥っているというのに、食事をしたり眠ったり、あるいはシェーンといることを楽しんだりするのは間違っていると思えた。でも、自分を大事にして気を強く持っていないと、ジェナが戻ってきたときに助けられないと、クリスタルは自分に言い聞かせた。たしかにそうだ。短期間のうちに二回も大きな発作を起こしたので、ジェナの健康はこれから何日か、不安定になる可能性が高い。

実際になんとか食べ物をおなかにおさめて睡眠をとるためには、ジェナを心配する気持ちを封じこめておかなければならない。一時的に。もっとも、口で言うのは簡単だが、実行するのは難しかった。

もしかするとシェーンが助けてくれるかもしれない。一緒に過ごして彼に触れられ、優しい言葉をかけてもらえば気が紛れるだろう。クリスタルに必要なのはまさしくそれだ。

たとえ生きるか死ぬかという状況の真っただ中でも、シェーンを求めることはジェナに対する裏切りにはならないかもしれない。

すぐ先のドアの下から明かりがもれていた。クリスタルとシェーンが近づくと、そこからニックと女性が廊下へ出てきた。

「ああ、ちょうどよかった。今夜のうちに君たちふたりを引きあわせておきたかったんだ」シェーンがニックのそばに立つ、ブロンドのきれいな女性に言った。

紹介の言葉が終わらないうちに、ベッカというその女性がクリスタルの首に両腕をまわして、彼女を強く抱きしめた。「みんなが弟をあそこから助けだすのを手伝ってくれて本当にありがとう。妹さんのことは聞いたわ。ニックが話してくれたの」

クリスタルは愛情をこめて優しく触れられることに慣れておらず、感謝を表明するベッカに最初はひるんだ。だが、ベッカはそれに気づいていないようだ。「どういたしまして」ふたたび悲しみがこみあげて喉が詰まる。「どんな気持ちになるか、あなたにはわかるのね」

ベッカがクリスタルの手を握りしめる。「わかるわ。彼らはチャーリーを救出できたんだから、きっとジェナも救出できる。希望を失わないで」

「努力するわ」ベッカの声は確信に満ちていて、クリスタルも思わず信じそうになった。

「俺たちはこれから軽く食事をするつもりなんだが」ニックが言った。「ふたりもどうだい？」

「クリスタル?」シェーンがきいた。大きくてあたたかい手が背中のくぼみに置かれる。

そうやって触れられると、クリスタルは自分が求められていて、特別な存在になった気がした。「そうね、飲み物ならもらいたいけど、胃が過敏になっていて、今は食事を受けつけそうにないの」

シェーンに案内されてキッチンへ行く。彼は冷蔵庫に入っている大量の飲み物を見せ、彼女のためにスプライトを選んで、氷を入れたグラスを用意してくれた。

ニックは冷凍庫から二リットル入りのチョコレート・チョコチップ・アイスクリームを取りだした。「クリスタル、あとで気が変わったら、ここのものはなんでも自由に食べてくれ。自分の家だと思ってくつろいでほしい。いいね?」

「ありがとう」親切にされ、おまけに信じられないほど歓迎されて、クリスタルは少し怖じ気づいた。

「食事をするものと思っていたんだが」シェーンが言った。

ニックはダークチョコレートとチョコチップのアイスクリーム容器とスクープを指さした。「何を言ってんだ? これが食事じゃないか」

ベッカが声をあげて笑い、クリスタルもつられてくすくす笑った。ほかにも女性がいて、話ができるのはうれしい。それにベッカは、クリスタルのつらさを誰よりも理解してくれる。

シェーンは水のボトルを手にすると、頭で廊下を示した。「行こう。俺は本来、ワシントンDCの近くに住んでいるんだが、先週こういう状況になってニックに呼ばれて、みんなでここに寝泊まりすることになった」ドアを押し開けて中に入り、部屋を横切ってナイトテーブルのランプをつける。淡い金色のあたたかな光が室内を照らしだすと、そこには濃い色の上掛けで覆われたクイーンサイズのベッドと、ドレッサーがひとつあるだけだった。よく使われている感じのリビングルームやキッチンエリアと違い、壁には何もかかっていない。だが清潔で安全だ。そしてここにはシェーンがいる。クリスタルに必要なのはそれだけだ。

ただし彼とふたりきりになりたいと思ったものの、実際にそうなってみるとどうしたらいいのかまったくわからない。今夜はシェーンと一緒にここで寝るのだろうか？緊張と欲望でおなかのあたりがむずむずして落ち着かない。今、着ているもの以外に着替えがないことを思いだすと特に。

「服がないわ」

シェーンが片側の壁沿いに並ぶダッフルバッグを手で示す。「君は、ええと、俺の服でよければ、どれでも自由に着てくれ。寝るときでも、日中でも。大きいだろうが、手を加えれば使えるものがあるだろう」

シェーンの服を着て寝る？　背筋が熱くなり、クリスタルは身震いした。

彼はベッドの端に腰かけ、マットレスをポンと叩いた。「座ってくれ、クリスタル。嚙みついたりしないから」唇が上向きの曲線を描き、クリスタルが大好きな笑みが現れる。

「あら、それは残念だわ」シェーンの目が関心を浮かべてきらりと光るのを見て、彼女は慌てて自分の唇に指を押し当てた。「あの、私……」首を振る。どうしてあんなことを言ってしまったのだろう？　これではまるで挑発しているようなものだ。誘いと受け取られるかもしれない。シェーンと出会ってからずっと、彼と親密な関係になるのはどんな感じだろうと思っていた。だが好奇心をそそられる反面、大きな過ちを犯すことになるのではないかと心配せずにいられない。

途中で凍りついたり、取り乱したりしてしまったら？　シェーンが実際に背中の傷跡を目にして、私に対する興味を失ってしまったら？

「クリスタル？」シェーンがもう一度ベッドを叩いた。

「わかったわ。ごめんなさい」

クリスタルが腰をおろすと、シェーンは彼女に向き直った。片脚をベッドにあげ、クリスタルの両手をつかむ。「君がかまわなければ、話したいことがいくつかあるんだ。だけど、今日はいろいろあってまいっているだろうし、ジェナが心配でそんな気にならないというなら別の機会でもいい」

クリスタルは期待に鼓動が速まった。「いいえ、大丈夫よ。話して」

シェーンがにっこりした。爪先までしびれるような笑みだ。「そうか、よかった」視線を落とし、撫でているクリスタルの手を見つめた。「最初に言っておきたいのは、君がもう必要ないと思うまでここは君の部屋だということだ。上の階には空いてるベッドがいくつかあるが、この部屋なら鍵がかけられるし――」

クリスタルはうつむいて膝に視線を落とした。シェーンは私といたくないのだろうか。

「どうしたんだ?」シェーンが尋ねた。目には気遣いが浮かんでいる。「俺が何か悪いことを言ったんだな」

「違うわ」クリスタルは無理やり笑みを浮かべた。「なんでもないの。大丈夫よ」

シェーンが息を吐き、首を振った。落胆しているのは明らかだ。シェーンを困らせるつもりはなかった。いつものパニックが、今にも飛びだそうと胸の奥でうごめいているのを感じる。だがシェーンはブルーノと違って、たとえどんなに機嫌を損ねてもクリスタルを非難しないだろう。彼女は心の底からそう信じていた。

気づくと、クリスタルはベッドの上に押し倒されていた。シェーンが彼女に体重をかけないようにしながら覆いかぶさってくる。「確実に君の注意を引きつけたかったんだ」

ふたりの体勢を意識して、体をぴったり重ねてほしくて、心臓が急に激しく打ちはじめる。クリスタルは片方の眉をあげた。「もう引きつけてると思うけど」

「よし。俺は君がブルーノといるところや、仕事をしているところを見たことがある。それで、君は他人が見たいと思う姿を演じてるんだとわかった。あんな状況なら無理もない。だけど、クリスタル、何があろうと俺の前では演技をしなくていい。俺の意見に賛成しなくていいんだ。打ち負かそうとしていい。腹を立てていい。考える時間が欲しいというなら、そう言ってくれ。俺はかまわない。見せかけでもパフォーマンスでもなく、現実の君が欲しいんだ。わかってもらえるかい？」

真実を見抜かれて、クリスタルは目の奥が痛くなった。「ええ、わかったわ。ただ、相手に合わせることに慣れてしまってるの」

シェーンがうなずいた。ハンサムな顔に強い思いが浮かぶ。「わかるよ。生き抜くために必要な技だ。だけど、ここでは何も怖がらないでくれ。ありのままでいればいいんだ」

こみあげる感情で喉が詰まり、クリスタルは苦しげにすすり泣いた。「どれがほんとの自分か、もうわからないの」こわばった声で言う。

シェーンの目に深い思いやりが満ちた。「俺がなんとかしてあげられるかもしれない。君さえよければそうしたい」

クリスタルはすばやくうなずき、片方の目の端でこぼれそうになっていた涙を、まばたきして振り払った。彼女が本当の自分自身になるために、できることがひとつある。だがもっと早く話さなかったことで、シェーンは不機嫌にならないだろうか。ああ、これまでシェーンにはたくさんの嘘や、半分だけの真実を告げてきた。必ずしもだますつもりだったからではなく、秘密にすることで生き延びられる人生を送ってきたからだ。

「さて、さっき部屋について俺が言ったことが、君を困らせたのはどうしてかな？」

シェーンのまっすぐなまなざしを受け止めていられず、クリスタルは彼の胸に視線を落とした。シェーンほど観察力の鋭い人は初めてかもしれない。「ここが私の部屋だと言ってくれて、うれしかった。だけど私……私が望んでいたのは……ふたりで使うことだった。もちろん、理解できるのよ。あなたがむしろ――」

シェーンがクリスタルの頭の上に手を置き、彼女の体の脇に体をつけて横たわった。うめき声をあげてキスをする。彼の唇は強く求めてくるが、荒々しくはない。舌は愛撫するが、攻撃的にはならない。シェーンがどこにも行かないことを確かめたくて、クリスタルは彼の首に腕をまわした。こうなるのは時間の問題だった。だがそれまでの短い時間のあいだも、こんなふうにシェーンに近づきたくてしかたがなかった。

やがてシェーンが顔をあげ、鼻をすりつけてクリスタルの顔の輪郭をたどった。

「喜んで君とこの部屋を……このベッドを分かちあいたい。だけど、君にプレッシャーをかけたくないんだ。君が欲しい、クリスタル。これは前にも言ったな。だが、君を自分のものにする権利は俺にはない。どんな男にも。選ぶのは君だ。たとえ今、君がイエスと言ったとしても、どんなことに対してでも、あとで気が変わったってかまわない。いいね?」

この四年間がクリスタルに何をもたらしたか、彼女はシェーンにまだ多くを話していないが、彼は自分なりに推測したようだ。けれどもそれよりもっと重要なのは、シェーンにはクリスタルがどんな言葉を欲しているか、正確にわかっているらしいことだった。おかげで、さまざまな意味でシェーンと彼女自身を分かちあうことについて、安心して考えられる。

「いいわ」クリスタルはうなずいた。「これはとっても好きよ」唇を彼の唇に押し当てる。「それから、あなたに触れられるのも好き。あなたと一緒にこのベッドで眠ることも」いつもと違って正直な気持ちを口にしたせいで、体じゅうをアドレナリンが駆けめぐり、彼女は身震いした。話しているあいだ、シェーンはクリスタルの髪や顔を撫でてくれている。その感触に、自分は大切にされていると感じた。「私……私もあなたが欲しいわ。だけど、あの……」クリスタルは首を振った。「今夜は、これ以上先に進む準備ができているかどうかわからない」息を潜め、勇気を奮い起こしてシェーンと目を合わせた。彼の瞳には欲望と尊敬と、そして理解が浮かんでいた。

シェーンがクリスタルの手を取って口元に引き寄せ、指の関節に口づけた。さらにもう一度。「わかるよ。今の気持ちを教えてくれてありがとう」シェーンはウインクすると、眉を動かしてみせた。「念のために言っておくと、キスをするのと触れるのは俺も好きだ」

クリスタルは声をあげて笑った。頬が熱くなる。「教えてくれてありがとう」両手を頭の脇に落とす。どこからともなく、あくびがこみあげてきた。シェーンの顔の前であくびをしないように、クリスタルは頭の向きを変えた。「ごめんなさい」

「謝らなくていい。着替えて寝る用意をしよう。そうすれば、いつの間にか眠ってしまっても気にならないだろう？」

「ええ、そうするのがよさそう」

最後にもう一度キスをして、シェーンはクリスタルから離れた。たちまち彼が恋しくなる。だがあと数分もすれば本当にこのベッドで、上掛けにくるまれて彼と一緒に横たわることに思い至ると、胃がひっくり返りそうになった。シェーンが手を差しだし、彼女を引っ張って立たせてくれる。

彼はグリーンの大きなダッフルバッグのひとつの前でしゃがみ、ファスナーを開けた。「寝るときは何を着るのが一番快適かな？」シェーンが尋ねた。「Tシャツとスウェットならたくさんあるんだが」折りたたまれた衣類の山を探り、何枚か引きだす。けれどもクリスタルの視線は、ブルーのボタンダウンシャツを着た彼の背中に引き寄せられた。ばかげているかもしれない。だが、彼がずっと着ていて、体の熱や肌の香りがまだ残っているものに包まれて眠ると思うと胸が高鳴って、どうしてもその考えを頭から振り払えない。それにシェーンは、ありのままでいればいいと言ってくれた。

クリスタルは前に進みでて、彼のシャツの襟をそっとつかんで引っ張った。

「なんだい？」シェーンが振り向いて彼女を見あげる。

「これを着て寝たい」クリスタルはささやいた。「もちろん、あなたがかまわなければだけど――」

シェーンが急に立ちあがった。距離が近いので、そびえたつように背が高く感じる。シェーンは乱暴な手つきでシャツのボタンを一番上から順に外しはじめた。「自分の望みを口にしたからといって、謝るような言葉はいっさい言わないでくれ。これに関しては俺も、とてもいい考えだと思うから」焼きつくしそうなほど熱いまなざしに、クリスタルは鼓動が速まり、血がわきたった。

彼がコットンのシャツをすばやく脱ぐと、男らしさの完成形のような美しい体があらわになった。胸と腹部は彫刻を思わせる筋肉で覆われ、優美でしかも力強い。硬そうなその曲線に誘われて、クリスタルはいつの間にか手を持ちあげていた。指がシェーンの腹部に触れたとたんに息をのむ音が聞こえ、クリスタルは視線をあげて彼と目を合わせた。

欲望がうなりをあげている。シェーンの熱を帯びた瞳、開いた口、唇に這わせる舌、速まる呼吸。

クリスタルはゆっくりした動きでシェーンの肌に両手を這わせ、腰の上の筋肉の切れこみを、筋になった腹部の隆起を、硬い詰め物のような胸筋を探っていった。口の中に唾がわき、脚のあいだがうずく。

クリスタルは羽のついたハートのタトゥーにキスをした。彼女にとって一番必要なときに、この図柄とそれにまつわる事情をシェーンが話してくれたことが、とてもありがたかった。彼が身を震わせ、鋭く息を吐く。

ジーンズの前がふくらんでいる。シェーンを苦しめているのだ。もっとも、文句は言われていないけれど。それがわかっていても、もっと彼の体を探索したい気持ちは抑えられなかった。

シェーンの横に移動して両手で腕をさすりあげていくと、右の二頭筋の外側にもうひとつタトゥーを見つけた。上向きの短剣の下で二本の矢が交差している。軍に関係があるものだろうか？ とてもセクシーだ。

背中にまわると、遠くからしか見たことがなかった大きなタトゥーの全容が明らかになり、クリスタルははっと息をのんだ。「すばらしいわ」首から背中までの肌の大半を占めている、迫力満点のハクトウワシの翼を指でたどる。鋭いくちばしは甲高い鳴き声をあげているかのように開かれ、鉤爪《かぎづめ》は今にも獲物をつかもうとしているように見えた。「どうして？」クリスタルは尋ねた。

「ワシは猛禽《もうきん》類の王者だ」低い声が聞こえた。「ほかの生き物には見えないところまで見えるし、獲物が気づいたときにはすぐそばまで迫っていることで有名なんだ」

「そこを高く評価しているのね？」指で背骨を撫でおろすと、筋肉がぴくりと動くのがわかった。

シェーンが肩越しに振り返ってクリスタルを見た。「いい兵士になるためには必要なことだ。戦場に出たときにもっとも安心できるのは、チームメイトが背後を守ってくれるとわかることじゃない。チームメイトを守る能力が自分にあると知っていることなんだ」

高潔で強い信念に満ちた言葉に、クリスタルはシェーンが全身全霊をかけて物事に打ちこむ、清廉な人柄の持ち主だと改めて確信した。「堂々として、美しくて、気高くもあるわ」反対側にまわって言った。このタトゥーはシェーンそのものでもあるのだ。肩の上の治りかけの傷に気づいて眉をひそめる。「何があったの？」

「俺たちがチャーリーを救出した夜に、銃で撃たれた。かすり傷だよ」

クリスタルはうなずき、シェーンの手からシャツを取ってほほえんだ。

「次は俺の番かな？」彼がきく。

とたんに彼女の顔から笑みが消えた。シェーンと違って、クリスタルのシャツの下にあるものは決して美しくない。シェーンが身をかがめ、クリスタルの顔を包んだ。「俺のチームの男たちは全員に傷跡がある。その傷が何を意味するか、わかるかい？」

クリスタルは震える息を吐いて首を振った。

「生き延びた証拠だ。名誉のバッジ。強さのしるし」シェーンが音を立てて唾をのみこんだ。「俺に見せなくてもいいんだ、クリスタル。だけど、これは絶対に知っておく必要がある。君の体で俺が愛しく思わないところはひとつもない。すべて君自身だから」

その言葉は彼女の胸に届き、心をなだめてくれた。

これからずっと、怖がったまま生きていくつもり？　永遠に隠れて？　もしかすると、誰かを信用して本当の自分を見せてもいいのかもしれない。本当の私を愛してもらうために。真実を打ち明けてもジェナは受け入れてくれた。ひょっとしてシェーンも受け入れてくれるかもしれない。

クリスタルは頭を傾けた。「きれいじゃないわ」

「クリスタル、君は俺がこれまでに会ったどの女性よりも美しい。大変な苦しみを経験したにもかかわらず、勇敢で強くて、しかも優しい。その点に関しては、何があっても俺の意見は変わらない」シェーンが後ろにさがった。「廊下のすぐ先にバスルームがある」

どういう意味で言ったのか、きかなくてもわかる。彼はクリスタルに逃げ道を与えてくれたのだ。問題は、クリスタルがそれを受け取りたいかどうかだ。

逃げ道を選ぶどころか、自らをさらけだすことを考えている事実に、クリスタルはジェットコースターに乗って最上部に達したときのように鼓動が速まり、胃が引きつった。ジェナがいなくなったと気づいた瞬間を除いて、これほど恐ろしい気持ちになったのは初めてだ。

「シェーン」まるで救命ボートでもあるかのように、彼の名前を口にする。クリスタルは花柄のシャツを頭から脱ぎ、シェーンのボタンダウンシャツと一緒に床に落とした。長い髪が背中を滑って肩にかかる。直接肌に触れる髪がやわらかくてくすぐったい。視界の隅がチカチカして、クリスタルはあがった息をなんとか鎮めようとした。だがシェーンが彼女の顔を見つめたままだと気づくと、その瞬間に呼吸が楽になった。

「クリスタル、こんなことをする必要はない。俺には何も証明してみせなくていいんだ」

「怖がるのにうんざりしたの」

シェーンが首を振った。「勇気とは恐怖に直面したときの行動を指すんだ。その定義によれば、君は俺の知る中でもっとも勇敢な人だ」

クリスタルの頬を大粒の涙が流れ落ちた。これほど生まれながらの誠実さを備えた人はほかにいない。たとえわずかしか一緒にいられないとしても、彼女の手を取って、自分を取り戻す一歩を踏みださせてくれた男性として、シェーンのことは一生忘れないだろう。クリスタルは自分の背中に手をまわし、身につけていた白いサテンのブラジャーのホックを外した。ストラップが腕を滑り、ブラジャーが床に落ちる。シェーンの喉ぼとけが苦しげな音を立てて上下に動いた。彼も同じくらい緊張しているのだろうか。そう思うと、クリスタルの顔に自然と笑みが浮かんだ。「私に触れて、シェーン。お願い」

この女性の強さと勇気を目の当たりにする栄誉を、どうして獲得できたのかわからない。クリスタルの体を見て、どこもかしこも美しいのだと彼女に信じさせる特権を得られたのはなぜか、シェーンにはわからなかった。だが、彼はどちらも受け止める覚悟を決めた。

クリスタルの背中を自分の目で見て、手で触れて確かめたいと思ったが、本能が慌てるなと告げていた。徐々に慣れさせるほうがいい。

シェーンはクリスタルの顔を両手で包んで唇を合わせた。ふたりのあいだの距離が縮まり、体がぴったり合わさる。クリスタルはやわらかくてあたたかく、興奮をかきたてると同時に慰めも与えてくれた。そっとキスを続けながら両手を喉におろし、鎖骨の繊細なラインをなぞる。そこから指で肩の曲線をたどって腕へ。ゆっくりじらすような動きに、彼女の肌の産毛が逆立つのがわかった。

クリスタルは彼に触れられて体を震わせたが、それでもしっかりと両足で立ち、鮮やかなグリーンの目をそらさなかった。

シェーンの手はクリスタルの腕から、女性的な曲線を描くウエストへ向かった。あばら骨から腰へ、両手を何度も上下させるたびに、てのひらの付け根が乳房の横に触れる。手を内側へ向かわせ、なめらかで平らな腹部を指の関節で撫でると、彼女がいかに華奢か改めて思い知らされた。庇護欲が呼び覚まされ、クリスタルのためにこれまで誰もしてこなかったらしいこと、彼女を大切にして守り、自信を持たせることをしようと、誓いを新たにした。

やがてシェーンは、上へ動くときにクリスタルの小ぶりな胸の下の部分を手でかすめはじめた。小柄な体に完璧に合う胸だ。ぬくもりを直接感じ、てのひらで重さを量り、丸みを帯びた胸の頂を口の中で味わいたい。だがあらゆる本能がシェーンに、ゆっくり事を進めて親密な触れあいに慣れる時間を与えるべきだと警告していた。シェーンはこれほど女性を欲しいと思ったことはなかった。互いにほとんど触れたことすらない相手なのに。見事な赤い髪、きらめくグリーンの瞳、引きしまった体。まったく、クリスタルはとてつもない美女だ。けれども彼の魂に語りかけ、安らぎをもたらし、生きる目的を与えてくれるのは、彼女の中に存在する、地獄を生き延びてきたサバイバーの姿だった。

「俺を信頼してくれて光栄だ、クリスタル。決して君を傷つけないと誓うよ」シェーンは今度は乳房をかすめる際に手首を返し、やわらかく盛りあがったふくらみを両手で包みこんだ。

痛みを感じたかのように、クリスタルが身を震わせた。「待って、やめて」

シェーンは手を引きはがして大きく一歩さがった。「すまない」ちくしょう、急ぎすぎたらしい。

クリスタルが息をあえがせながら首を振った。「違うの。こんなのは間違ってる」

腕の筋肉をこわばらせ、体の横で拳を握りしめている。

「君を不快にさせるつもりはなかった」シェーンはかがんでシャツを拾いあげ、クリスタルに渡した。

「いいえ、そうじゃないの」クリスタルがシェーンに近づき、てのひらで自分の額をこする。「どう言えばいいのか……」彼女は両手で顔を覆った。

シェーンは途方に暮れた。プレッシャーを感じたのでなければ、どうしてこんなに動揺しているのだろう。「話してくれ、クリスタル」

「違う。違うのよ、シェーン。まさにそこなの」彼女は胸を覆うように体に自分の腕を巻きつけた。その顔に浮かぶ恐怖と絶望に、シェーンは胸が張り裂けそうになった。いったいどうすれば――。「嘘をついていたの。私の名前はクリスタルじゃない」

「君の名前はクリスタルじゃない?」彼は繰り返した。わき起こる歓喜が血の中を勢いよく流れ、屋根の上までも飛んでいけそうな気がした。知っている。彼は知っているのだ。初めて彼女のアパートメントへ行ったあの夜から、彼女は本当の名前を告げていないと気づいていた。〝クリスタル〟は、〈コンフェッションズ〉で彼女が演じている人格の一部ではないかと、うすうす感じていた。

「怒ってる?」

シェーンはこらえきれずに笑みを浮かべた。「ああ、ダーリン、そのことならいいんだ。最初からそうじゃないかと思ってたからね。君が俺に話しても大丈夫だと思える日が来るのを待ってたんだよ。おいで」彼女を安心させようとして言った。片手を髪に差し入れて胸に抱き寄せる。

「わかっていたの？」彼女の両手が彼の背中をつかんだ。

「まず間違いないと思ってた」シェーンは彼女のこめかみに口づけた。目を合わせられるように少しだけ体を離す。「話す決心をしてくれて本当にうれしい」期待が全身を貫き、笑みが浮かんだ。そこで彼女が一歩を踏みだすためには、こちらが背中を押してやる必要があると気づく。彼は手を差しだし、南部生まれの魅力を全開にして言った。「やあ、俺はシェーン・マッカラン。君に会えてうれしいよ」

彼女は頬を染めたものの、ほっとしたような笑みを浮かべて彼の手を取った。「ハイ、シェーン、私はサラ・ディーンよ」

サラ。ああ、そうだ。優しくて女らしい、彼女の本来の名前。「サラ・ディーン。こんな美人にはぴったりだ」くそっ、浮かれて舞いあがりそうだ。彼女の本名の調べがついても教えないでくれとマーツに頼んだのは、この瞬間のためだった。

「ごめんなさい」

「何を謝るんだ、サラ？　自分を守ったことか？」シェーンは胸がいっぱいになって首を振った。「そのことで申し訳なく思わないでくれ。君が今までうまくやってこなければ、俺たちが出会うチャンスはなかったかもしれない」

サラがシェーンの首に腕をまわして引き寄せ、溶けるほど熱いキスをして彼の体に火をつけた。積極的に動く唇や、シェーンをきつくつかむ手、彼の口の中へこぼす切望のこもったうめきは、チャンスを逃さず、自らの行動に責任を持って主導権を握る女性のものだ。この女性は、彼のサラは、まるで不死鳥のように炎の中からよみがえりつつあった。そしてこの不思議な生き物は、どういうわけかシェーンをも炎の輪の内側へ引き入れ、奇跡の生まれ変わりを目撃させてくれている。

彼女が離れたときには、ふたりとも激しく息をあえがせて笑っていた。こんなふうに明るくて気持ちが安らぐ雰囲気の中でなら、シェーンは永遠に生きていけるだろう。

サラが――自分の心を占める女性の真の姿に脳がいとも簡単に順応するのは、まさに驚きでしかないが――シェーンの手の中に手を滑りこませて握りしめた。「もうひとつ、話さなければならないことがあるの」シェーンが見守る前で、サラは彼をまわりこんで部屋を横切り、ベッドにあがってうつぶせに横たわると、枕を抱きしめて顔をうずめた。

シェーンに傷跡を見せているのだ。すべてをさらけだして。

百戦錬磨の戦士でも、誰もがこれほどの勇気と精神力を備えているわけではない。

それなのに、ああ、くそっ。傷はシェーンが触れた感じから想像していたより五倍もひどかった。だが、原因に関しては間違っていなかったようだ。サラはひどく打たれていた。少なくとも異なる二種類の道具で、複数回。

シェーンは巨大な岩にのしかかられたように胸が苦しくなったが、気持ちを奮いたたせて部屋を横切り、ベッドの彼女の隣にあがった。

「大丈夫なのか?」背中の全体が見えるよう、右肩にかかったサラの髪をそっと払いのける。

サラはシェーンのほうへ顔を向けたが、視線を合わせようとはしなかった。「ええ、今は」

「触れてもかまわないかな?」

「ええ。いくつかはもう感覚がないの」サラがもっとも深い傷があるあたりを見た。組織がこぶになって残っている傷跡だ。おそらくそこのことを言っているのだろう。

「本気で触りたいの?」彼女は少しあきれたような声できいた。

シェーンは言葉で返事はせず、手で探ることもしなかった。

彼はサラの上に身を乗りだし、左の肩甲骨のすぐ下の、ほかよりひどくよじれた傷跡に強く口づけた。サラが息をのむ。「俺の美しいサラ」次は背中の真ん中、背骨の左の傷にキスをする。「美しい、美しいサラ」一番下の傷跡の端の部分に唇を押し当てる。「とてもきれいだ」目立つ傷を見つけるたび、シェーンは震える彼女にその儀式を繰り返した。全部で二十二。そのうち七つは、黒ずんで赤みがかった深い筋になっている。もう少し色が薄くて平らな十五本の線は、別の道具によって彼女の肌に永遠に刻まれたものだ。

そのすべてに口づけし終えてから、彼は初めて手で触れた。指先とてのひらで軽く撫でながら、サラの背中に描かれた景色をたどっていく。「痛みは残ってるのか？」シェーンはきいた。かすれた声が出たことにもほとんど気づかないほど集中していた。

「一度にたくさんのものを運ぼうとすると、背中の上のほうがすぐに疲れてしまうの」サラが低い声で言った。「左肩は常に凝ってるわ。ときどき、どこから来るのかわからない、ズキズキする痛みに襲われるの」

シェーンは横向きになって、彼女の背中をそっとさすった。

「知りたい？」サラがささやく。

「ああ」シェーンは言った。だが彼の心の一部は、話を聞かないうちからすでに死の苦しみを味わっていた。サラの口から最初の言葉が出る前に、シェーンは気持ちを落ち着かせ、衛生兵の帽子をかぶっているつもりになった。衛生兵は生きるか死ぬかの状況で仕事をする際に、患者に共感しすぎないよう、プロとしてある程度の距離を置く訓練をされるのだ。

激しい怒りをあらわにしてサラを怖がらせたくなかった。

ゆっくりと、ほとんど機械的に、サラは父親が逮捕されてから、人生が一変して悪化の一途をたどりはじめたいきさつを語った。まずは父が刑務所内で殺され、〈チャーチ・オーガニゼイション〉に莫大《ばくだい》な借金があったことがあとになって判明した。そして家や、所持品や、自由を失った。〈コンフェッションズ〉の地下の一室に男たちの最初のひとりが入ってきたところまで話が進むと、シェーンは仰向けに横たわり、サラを近くで感じていられるように、彼女の頭を引き寄せて肩にのせた。四日か五日のあいだに、七人の男がサラの部屋にやってきた。ほとんどはひとりだったが、一度だけ複数だった。最終的にブルーノがその部屋から出して自分の庇護下に置き、父親の借金を返すほかの方法を見つけるまで、彼女はレイプされ、鞭打たれ続けた。

シェーンの胸は憤怒《ふんぬ》と後悔で燃えるように熱くなった。彼が想像していた最悪のシナリオは、すべて現実のものだった。売春、性奴隷、強制労働。果たして過去四年間で、彼女が経験せずにすんだものなどあるのだろうか？　サラの声で、シェーンは怒りに満ちたもの思いから引き戻された。〈コンフェッションズ〉で働かされているうちに、サラという人間は少しずつ姿を消していった。ブルーノに助けだされたあと、彼女は大学を辞め、十代の妹の面倒を見て、さらにはブルーノの強い勧めに従って新しい名前を名乗りはじめた。「自分の人生に何が起こったのか気づいた頃にはもう遅すぎて、取り戻せなくなっていたの」

「残念だ、サラ」シェーンはなんとか声に出し、彼女をきつく抱きしめて額にキスをした。「変われるものなら、君の代わりにその重荷を背負いたいよ」

サラが彼のほうへ顔を傾けて目を合わせた。「もう背負ってくれているわ」しばらくして、シェーンの体にもたれかかる彼女の体から、こわばりが解けていくのがわかった。

こんなふうにむきだしの体と心を預けられるくらいサラが安心できていると思うと、シェーンはうれしくなった。打ち明けられた話を嚙みしめながら、ごくりと唾をのむ。「誰かをこれほど近く感じたのは初めてだよ」

返事がないので、シェーンは頭を持ちあげてサラをうかがった。彼女は緊張の解けた顔で目を閉じていた。大変な一日を経験したうえに、彼に話すためにつらい記憶を呼び起こしたのだ。寝てしまったとしても責められないし、気にもならなかった。話をして愛しあう時間はたっぷりある。

シャツを着る前に眠った彼女のために、シェーンは上掛けの端を引っ張りあげてむきだしの肌を覆った。ふたりとも上半身裸のままだが、かまわない。彼女に必要なことなら、喜んでなんでもしよう。サラのためなら。

サラ。サラ。サラ。美しく、内に秘めた強さを持つ彼女にぴったりの名前だ。

こみあげてきた感情に、シェーンは喉が詰まった。

サラのためにそばにいたいのは、今日だけではない。明日まででも、どれくらいかかるかわからないが、この任務が終わるまでもでもない。信じがたいことだが、彼の頭に浮かんでいたのは〝永遠に〟だった。問題がすべて解決すれば、サラは彼と一緒に北ヴァージニアへ来ればいい。もしくは、サラがほかの場所に住みたいなら、シェーンのほうが移ることを考えればいい。今の仕事がそれほど好きなわけでもない。だが、サラを愛していることに疑問の余地はない。さしあたっては、逃げる必要がないことを彼女に納得させる方法を考えなければ。シェーンならサラとジェナに安全な未来を提供できると確信させる方法を。もちろん、ジェナを取り戻したあとだが、その点については心配いらない。

なぜならそれ以外の結果を、彼はとうてい受け入れられないからだ。

21

「俺のシャツを着てる」背中側でシェーンのかすれた声がした。

窓からごく弱い朝の光が差しこんでいる。まだ早い時間だ。ベッドに横たわるサラは彼に背中をつけて体をぴったり重ね、笑みを浮かべた。「真夜中に起きて着たの」

シェーンは満足げに何やらぶつぶつ言うと、サラの首に顔をすり寄せ、そのあたりの肌に小さなキスを無数に散らした。やがて背後で伸びをし、彼女のヒップに向かって腰を突きだした。

おはよう、ミスター・マッカラン。彼は高ぶり、すっかり準備ができていた。

興奮がサラの全身を突き抜ける。胸の先端が尖り、燃えるように熱い血が体じゅうをめぐって……そこで完全に目が覚めた。

ジェナ。恐怖が改めて彼女に襲いかかる。夜のあいだに何か起こっていないだろうか。さまざまな可能性が次々と頭に浮かぶ。そのどれも、言葉にできないくらい恐ろしいものばかりだ。どうか手遅れではありませんようにと、サラは祈った。

シェーンは手で小さく円を描いて彼女のおなかを撫で続けていた。そのうちにもう少し上か、あるいは下に移動してほしくなる。

きっと今夜、みんながなんとかしてくれるに違いない。計画はほぼできあがっているのだから、今だけ、シェーンとともにこの瞬間に身を任せてはいけないだろうか？

サラの考えを読んだかのようにシェーンが手を持ちあげて胸の谷間に滑りこませると、全身に触れてほしいと願う気持ちが彼女の中で徐々にふくれあがってきた。様子をうかがいながら――自分の反応ではなく、シェーンの反応をうかがいながら――サラは自らを彼に押しつけた。

シェーンのうめきが耳に届き、欲望がさらに増す。パニックは起こらなかった。つらい記憶がフラッシュバックすることもない。

シェーンの見事な体と優しい心だけが彼女を安心させ、この人に賭けてみようという気にさせてくれる。先日の夜、彼はサラに人生で初めての、信じられないほどのクライマックスを味わわせてくれた。あのときはふたりともほとんど服を着たままだったが、今のサラはもっと多くを求めている。

背後へ向けて体を揺すると、彼女の動きに合わせてシェーンも腰を突きだしてきた。

腹部を興奮が駆け抜ける。隔てるものが何もない状態で彼とひとつになったら、どんな感じがするだろう？「ああ、サラ」シェーンがかすれた声で言った。

そう、クリスタルではない。もうこれからは。長いあいだ閉じこもっていたあとで自分自身に戻るのは、たとえようもなく気分がよかった。

もとの自分に戻る、少なくとも戻ろうとしはじめる勇気を出す手助けをしてくれたのはシェーンだ。サラは現実を知っている。完全に自分を取り戻すまでには苦難の道のりが待っているかもしれない。それでもまずは足を踏みださなければ、目的地にはたどりつけない。

その旅路の一歩として、彼女はクリスタルではなくサラとして生きることを選び、身に降りかかった悲劇をひた隠すのをやめて、ふたたび自分の体を思いどおりにコントロールしようとしていた。

そして彼女をきつく抱きしめている、セクシーで明らかに興奮状態にある男性のことを考えている。

その男性がサラのために奮闘してくれたおかげで、彼女は今まで以上に彼を受け入れる準備ができた。シェーンのすべてを受け入れる準備が。胸がシェーンへの愛で——それが愛であることは間違いない——いっぱいになっている現状を考えれば、サラが求める男性は彼しかありえない。

サラは仰向けになり、眠たげな彼の目をのぞきこんだ。「あなたが欲しいの」これまでになく素直に欲望を認めることで、全身にエネルギーが満ちあふれる。

淡い朝の光の中でシェーンがサラにのしかかって胸と胸を合わせた。彼の重みを感じたとたんに押し寄せてきたパニックの波は、現れたときと同じ速さで引いていった。シェーンの香りや、どんどん慣れつつある彼の手の感触を脳が認識した瞬間、サラは落ち着きを取り戻した。

「くそっ、俺も君が欲しい」サラの唇をふさいだ飢えたようなキスは、すぐに性急さを増した。サラが息を切らして下腹部が潤ってくるまで、口づけ、歯を立て、舌を這わせ、撫でる。シェーンは彼女の首を、鎖骨を、胸を賛美しながら、彼女のシャツのボタンを上からいくつか外した。

肌があらわになると、サラの体から力が抜けた。シェーンは乳房のやわらかなふくらみにキスを落とし、舌で胸の頂をはじいて薔薇《ばら》色のつぼみを深く吸った。ずいぶん長いあいだ感じていなかった欲望という燃料を与えられ、彼女の心臓がスタッカートのリズムを刻んでフル回転しはじめる。

サラはシェーンの髪を撫で、彼の肩や背中を探索していった。手に触れるこの感触が好きだった。こんなふうに、自由にできるところはもっと好きだ。ブルーノとではありえなかった。「来て」シェーンを口元に引き寄せる。

彼は一瞬たりともためらいを見せなかった。サラは自分から頭をもたげ、両手でシェーンの顔をとらえて口づけた。舌を差し入れ、彼女の行為によって解き放たれたシェーンの甘美なうめきをのみこむ。しばらくしてようやくシェーンが顔をあげたときには、部屋は先ほどより明るくなっていて、やけどしそうに熱いグレーの瞳に映るサラ自身の欲望を見ることができた。これほどハンサムでこれほどすばらしい人が、サラのすべてを、自分ではひどく醜くて魅力に欠けると考えていた部分を知ってもなお、彼女を欲しいと思ってくれるのは奇跡としか言いようがなく、これからもずっと感謝せずにいられないだろう。

シェーンはサラの両方のこめかみを指でマッサージし、髪を撫でた。「何をどんなふうにしてほしいか教えてくれ。どんなことを言われても、俺はうれしくてたまらなくなるだろう」最高にセクシーな笑みを浮かべる。「だから心配しなくていい。でも、君を傷つけたくないんだ。どんな間違いも犯したくない」

「あなたは私にとってもよくしてくれているわ、シェーン・マッカラン。わかってる？ 私が知る限りで最高の男性よ」その言葉に嘘はなく、サラの目に涙が浮かぶ。

一瞬シェーンの顔をよぎったさまざまな感情が、やがてひとつにまとまった。それを目にしたとたん、サラは息をのんだ。「俺が君に対してそうであるように、愛している相手によくするのは簡単なことなんだよ」

喉が詰まり、とうとう涙がこぼれ落ちた。「あなたは……私を愛しているの？」

「ああ、ダーリン、君に夢中だ。まともにものが考えられないくらい」シェーンがサラの唇に長いキスをした。

サラは胸に手を押し当てた。「私……私……」ごくりと音を立てて唾をのみこみ、この瞬間に感じている気持ちを口にしようと決意する。「私もあなたを愛しているわ、シェーン。あの夜、あなたが更衣室に私の様子を見に来てくれたときから。そして今は、その思いを抑えられなくなってるの」早口でなんとかささやく。

「泣かないでくれ、サラ」シェーンがほほえんだ。

体じゅうに満ちる感情はとてつもなく大きくて激しく、言葉にして外へ出さなければあふれてしまいそうだった。「どうしようもないの。だって、とっても幸せだから。まさか願いがかなうなんて……」サラは彼に腕をまわしてきつくしがみついた。

シェーンも同じように抱きしめ返してくれる。「愛しているわ」彼女はもう一度ささやいた。「私と愛を交わして」

シェーンがもらしたうめきはとても低くセクシーで、ほとんどうなり声に聞こえた。「望みを言ってくれ。君にとって、どうするのがいい？」

興奮で頭にもやがかかったようになっていたが、サラは自分のしたいことがわかっていた。「私が、あの、上になってもいい？」

「くそっ、もちろんだ」シェーンが唇に舌を這わせる。「ほかには？」

サラはセックスについてあからさまに話すことにも、どうすれば彼女に悦びを与えられるか知りたがる相手にも慣れていなかった。だがシェーンのこういうところが、彼となら一歩踏みだしても大丈夫だと感じさせてくれる、もうひとつの理由でもあった。「あなたと一緒にいろいろなことがしたい」サラは言った。「でも今は、私の中にあなたを感じたいの」

「お望みのままに」かすれた声で言うと、シェーンは彼女のシャツのボタンの残りを外した。「性急すぎるとか、やめてほしいと思ったら教えてくれ。すぐに言うとおりにすると約束する」彼はサラがコットンのシャツを脱ぐのを手伝ってから横向きに寝転がり、自分のジーンズとボクサーショーツを蹴って脱いだ。

すてきだ。シェーンはどこもかしこもすばらしかった。立ちあがった欲望の証は太く、血管が浮いていた。いつか舌で味わってみたい。どうしても触れたくなったサラはそれを手に取り、ずっしりとした重みを感じながら根元から先端までをたどった。シェーンが胸の奥からうめきを発すると、サラはすぐにもっと彼が欲しくなった。

「あなたを楽しめそうよ」

「ああ、サラ、君はとてつもなくセクシーだ。俺はもう正気を失いかけてる」シェーンが頭を起こし、力強いキスで彼女の唇をとらえた。「立ってくれ」

シェーンの顔に浮かぶいたずらな表情に魅せられ、サラはにっこりしてベッドの横に立った。

たちまちシェーンが起きあがり、サラを挟む形で両足をベッドからおろした。サラの脚にキスをしながらショーツをさげていき、最後は床に落とす。腿に両腕をまわしたシェーンにおなかや腰に優しく甘いキスを散らされ、サラは思わずほほえんだ。

シェーンの口が脚のあいだに落ちる。「ちょっとだけ味わわせてくれ」押し入った舌は、すぐさま興奮した芯を見つけて強くはじいた。

サラは強烈な快感に息をのみ、もう少しで悲鳴をあげかけた。

これまでこんなことをしてくれた人は誰もいなかった。だが、警戒したり不安になったりしている暇はなかった。彼の驚くべき舌がすばやい動きで引き起こす感覚の虜になり、何も考えることができなくなった。

「やめたほうがいいかい？」シェーンが尋ねた。

彼の舌が離れたことで、サラは泣きそうになった。彼の髪の中に手を差し入れて頭をつかみ、近くへ引き寄せる。「やめないで、お願い」これ以上の快感はないと思えた。持っているわずかなお金を全部賭けてもいい。ところがシェーンになめられたり吸ったりされて、彼女は声が止まらなくなった。シェーンは片方の腕でサラの腿を閉じさせる一方、もう片方の手で口が触れやすいようにほんの少しだけ秘めた部分を開かせて、まさに感じやすい場所に舌を何度も当ててくる。

サラの喉からすすり泣きがもれた。無意識の動作で彼女に髪を引っ張られ、シェーンがうめく。

サラはめまいを覚え、部屋がぐるぐるまわりだした。まったく予想外の頭が吹き飛びそうなほどの快感がきつく渦を巻きはじめる。

「ああ、どうしよう、シェーン、何かが――」

あまりに激しいクライマックスに襲われて目の前に星が散り、まるで凍りついて仮死状態に陥ったかのように、彼女は声すら出せなくなった。まだサラの中心に口をつけたまま、シェーンは喉から満足げな声を響かせ、さらに数回、ゆっくりと気だるげに舌を這わせた。顔をあげた彼は、瞳に炎を燃やし、唇を濡らしてサラを見あげた。

「一日じゅうでも君を味わっていられるよ」荒い息をついて胸を上下させながら言う。「こんなにすばらしいのは初めてよ」シェーンが主導権を握ってくれてよかった。何をするつもりか聞かされていたら、サラはきっとやめてと言ったに違いない。愛する人が奔放に与えてくれた、信じられないほど親密で言葉では言い表せないくらいの悦びを経験することはなかったかもしれないのだ。サラはふたりの体のあいだに手を伸ばし、彼のなめらかで太い先端をつかんだ。「私の中に来て、シェーン」

シェーンがサラの腿を軽く叩いた。「コンドームを取りに行かせてくれ」部屋を横切ってダッフルバッグの前まで行き、身をかがめて内ポケットを探る。ヒップも腿も、引きしまった筋肉に覆われている。振り返った彼は、手に四角い包みを持っていた。「ありがとう」サラは包みをちらりと見て言った。避妊具のことで口論する必要がないのはありがたい。ブルーノは避妊具をつけたがらなかった。彼女はピルを服用していたものの――アパートメントに置いてきたので、今は手元にないが――ブルーノがときどき浮気をしているのではないかと疑っていたので、念のために避妊具も使ってほしかった。幸い、もうブルーノから病気をうつされる恐れはない。

シェーンが激しく深くキスをした。彼の口から塩辛くて甘い自分自身の味がするのはひどく官能的だ。「病気は持ってない。だけど、できることは全部して君を守りたいんだ」包みを裂いて開け、避妊具をつける彼はひどくセクシーだった。シェーンがベッドの上に仰向けに横たわった。

硬い筋肉に覆われた彼の優雅な姿に、一瞬サラは目を奪われた。シェーンが手を差しだし、彼女がベッドにあがる手助けをしてくれる。シェーンの上になると、サラは彼が欲しくてたまらなくなった。どうしてもシェーンとこれをしたい。ところが彼のものが内腿をかすめたとたん、流れ矢のようにどこからともなく現れたパニックに貫かれ、サラは凍りついた。

シェーンがすぐに気づいた。上体を起こし、顔にかかる髪をそっと撫でて払ってくれる。彼の顔には気遣いと愛情が満ちていた。「急ぐ必要はないよ、サラ。こうしなきゃならないわけじゃないんだ。一週間ずっと、君を口でイカせてもかまわない。俺はそれで完璧に幸せだよ。だから、俺のためにしようとするのはやめてくれ。するなら君のためでないと」

「これは私のためなの。ほんとよ」サラは身を乗りだしてシェーンにキスをした。偶然、彼の張りつめた部分に自分をこすりつけてしまう。けれども、今度はうろたえなかった。「あなたが全部取り去ってくれたのよ、シェーン。こんなふうにぴったりくっついていると、とっても安心できるの」

シェーンがうなずく。「君の口からその言葉が聞けてうれしいよ」

半ばまぶたを閉じたシェーンの目をのぞきこみながら、サラはふたりのあいだに伸ばした手で彼を自らの中心に据え、ゆっくりと身を沈めていった。彼女は充分に潤っていて、シェーンの先端をたやすくとらえることができた。しかし次の瞬間、まるで何か悪いことが起ころうとするのを警戒するように、また体が動かなくなった。シェーンとではそんなことは起こりえないのに。絶対に。彼の体はサラとぴったり調和していて、彼女に人生最大の悦びをもたらしてくれたのだから。

シェーンが手の甲でサラの頰を撫でた。「俺は光栄にも、君にチャンスを与えてもらったんだ」

その言葉に、自身を縛りつけていた恐怖が緩み、サラはもう少しだけ体をおろした。さらにもう少し。そしてついにシェーンを深く受け入れ、彼の上に完全に腰をおろした。そのとき、すばらしいことが起こった。脳が、体が、心がつながり、この行為のすべては自らが選んだことだと気づいたのだ。相手も。タイミングも。体位でさえ。

そう悟ったことで体から恐怖による緊張が消え、サラはこの数年で初めて、いや、生まれて初めてかもしれないが、思うがままエクスタシーの追求に没頭することができた。

自分から動かなければならない。サラはシェーンの肩に手を置き、スピードを変えて体を上下させたり、硬い腹部に敏感な部分がこすれるように揺らしたりして彼を乗りこなした。立てたシェーンの膝にもたれ、互いにタイミングを合わせて突きあうと、どちらの口からもうめきがこぼれる。自由に動けることに、サラはひどく興奮していた。強要するものも、抑えようとするものもない。何ものも彼女を支配できはしない。ただ、愛情のこもったシェーンの手には触れてほしかった。彼は片方の手を背後につき、サラを支えるようにもう片方の手を彼女の腰に軽くまわしている。もしかすると、怖がらせないためにわざと触れないようにしているのかもしれない。そう気づいたとたん、サラの胸にシェーンへの愛があふれた。彼女は手を伸ばしてシェーンの手を取り、自分の胸へ導いた。「あなたに触れてほしいの」

ずっとそうしたくてたまらなかったとばかりに、シェーンはすぐさま応じた。手で乳房を包んで胸の頂を撫で、先端を口に含む。両手でせわしなく愛撫されながら吸ったりはじいたりされて、サラの全身に快感がさざなみのように広がっていく。

「ああ、すてき」彼女はかすれた声をあげた。シェーンに撫でられ、あやされるあいだも、何度も彼を深く受け入れる。

「とてもきれいだ、サラ。俺をめちゃくちゃに悦ばせてくれ」シェーンが低い声で言った。その言葉を耳にして、サラは心臓がはちきれそうになった。シェーンがうめいてサラのヒップをつかみ、スピードを落とさせようとした。「すごくいいよ。このままじゃ、あっという間にイッてしまいそうだ」あえぎながら言う。

「かまわないわ」サラは促した。「見たいの。感じたいのよ」

シェーンの瞳が熱く光った。ふたりはともに切りたった崖を目指して駆けあがっていった。やがて押し殺したうめき声とともに、シェーンがのけぞった。クライマックスに達した彼が、中でびくりと動き、脈打つのがわかる。いつもハンサムな顔が、達するときはますます美しく、サラがかきたてた情熱でいっぱいになっていた。

粉々に砕け散るシェーンを見つめながら、サラも自らの頂点へ向かって突き進んだ。

「ああ、どうしよう、またイキそう」声がかすれる。

「くそっ、それでいい」シェーンが満足感もあらわに言った。サラの腰をつかんで前後に揺すり、彼女の敏感な突起と自分の腹筋のあいだに摩擦を生じさせる。「俺の上でイッてくれ、サラ」

サラはしばらくのあいだ崖の縁にぶらさがっていたものの、やがて体が宙に投げだされ、落下が始まった。ふたたび地上に戻ってきた彼女をシェーンが抱き留める。ふたりとも息を切らし、心臓が激しく打っていたが、サラの心は愛と受容に満たされ、不思議と穏やかだった。「愛しているわ、シェーン」

まだサラの中に深く身を置いたまま、シェーンは彼女の心臓の上にあたたかい唇を押し当てた。顔をあげた彼の顔には愛情と満足があふれている。「それはよかった、ダーリン。だって、君はもう俺から離れられないからね」シェーンは仰向けにベッドに倒れこみ、体の上に彼女をもたれかからせた。

驚いたサラは悲鳴をあげて笑いだした。そうするうちに涙があふれてくる。「それって、少しも大変そうに聞こえないんだけど」彼女はにっこりした。シェーンが避妊具を始末できるように彼の膝からおりる。それからふたりはもう一度ベッドに横たわり、互いを抱きしめた。

ささやかな幸せのひとときに罪悪感が忍び寄ってきたが、サラは今回だけは気づかないふりをすることにした。シェーンを信じている。それに、彼はチャーリーを救いだしたのだ。チームのみんなはきっとジェナも連れ帰ってくれるはず。シェーンに愛されていると知ったおかげで、彼女は作戦の成功に前よりも希望を抱けるようになった。

だが、そのあとのことはわからない。もう長いあいだ、ブルーノと〈チャーチ・オーガニゼイション〉から逃れる唯一の方法は、ボルティモアを離れて二度と振り返らないことだと自分に言い聞かせてきた。とどまりたい理由ができるとは予想もしていなかった。

それなのに、愛を返してくれる人を好きになってしまった。善良な人。優しい人。欲しいと思えるただひとりの人。

けれども〈コンフェッションズ〉から取り戻したジェナを、また危険な目に遭うかもしれない状況に置いてはおけない。それはつまり、ボルティモアを去ることになるのではないだろうか。

思考が堂々めぐりを始め、サラは長い息を吐いた。

「大丈夫かい？」シェーンがささやいた。

「ええ」

「まだ少し時間がある。もう少し寝ないか？　長い一日になりそうだから」

驚くべきクライマックス、信じがたいほどすばらしいセックス、そして恐怖の克服。サラは本当に疲れ果てていた。そのうえシェーンのたくましい体はあたたかくて心地よく、とても動く気になれないのはたしかだ。「いいわね」たとえ眠れなかったとしても、ほかのことをするより、こうして彼の隣に横たわっているほうがいい。

シェーンが上掛けをふたりの上に引っ張りあげた。「それなら眠るといい。俺はここにいるから」

その言葉に、サラは胸が締めつけられた。愛しさとむなしさがこみあげる。シェーンは間違いなくそばにいてくれるだろう。それは彼女が想像もしなかった、奇跡のようにすばらしいことだ。けれども、だからといってずっとシェーンと一緒にいられるわけではない。

ジェナのためになるなら、ジェナがすぐにでもこの街を出たいというなら、次はもう反対しないつもりだった。そのときは、サラがシェーンを残して立ち去らなければならない。

数時間眠ったあと、シェーンはサラを説得して一緒にシャワーを浴びた。あたたかい湯がほとばしる下で繰り返される、濡れたキスと優しい愛撫。完璧だ。ふたりでシャワーを浴びるのも、サラにとっては初めての経験だと聞かされ、男としての深い満足感が全身に広がった。もちろんそれを知ってうれしかったが、自分が彼女にとってあらゆる意味で最後の相手になるとわかれば、喜びはさらに増すだろう。

さっぱりして服を着てから、シェーンは今日の予定を確認するため、サラを連れてジムへ向かった。そこには全員が揃っていた。チームメンバー、ジェレミー、ミゲール、ベッカ、そしてチャーリーまでも。

「どうしたんだ、みんな？」シェーンは椅子を引き、座るようサラに合図しながら尋ねた。あちこちから挨拶の声がかけられる。

「遅かったじゃないか。今朝は忙しかったみたいだな」マーツがウインクした。

シェーンは警告をこめてにらんだ。マーツが両手をあげたところを見ると、効果はあったらしい。もっとも、笑いは止まらないようだが。愚かなやつめ。

サラが椅子に前かがみに座った。「あの、ちょっといい？」みんなに快く了承され、彼女はほほえんだ。「私とジェナのために今夜皆さんが行おうとしていることに、心から感謝するわ。あなたたちの誰も、私たちのことをよく知らないのに。これはとっても……あの……」首を振って天井を見あげた。両手を腿にこすりつけて深呼吸をする。「皆さんが助けてくれることは、私たちにとってほんとに大きな意味を持つの」

サラを誇らしく思う気持ちがこみあげ、シェーンは彼女の首をさすった。軽く触れるその仕草で、彼がそばにいることを思いだせるように。

「俺たちも協力できてうれしいんだ」ベッカの隣の席からニックが言った。「君もジェナも、〈ハード・インク〉の家族の一員だと考えてくれ」壁にもたれかかっていたイージーが、腕を組んでうなずく。集まった全員から同意の声があがった。

椅子に座っていたチャーリーが眉をひそめて身を乗りだした。「あのさ、間違ってたら悪いけど、どうも見覚えがある気がして。会ったことがあるのかな?」

サラがにっこりした。「通りすがりにね」

ベッカが弟の膝に手を置いた。「クリスタルは、みんながあなたを〈コンフェッションズ〉から救いだすときに手伝ってくれたのよ、チャーリー」

チャーリーが目を見開き、やや長めのダークブロンドを耳にかけた。「俺は……」うなずいて続ける。「ありがとう。それで、今は妹さんがあそこに?」

サラはうなずいて視線を落とした。シェーンは彼女に腕をまわした。「長くいることにはならない」

「ええと」サラが視線をあげ、肩をすくめた。「よければ、私のことは本名のサラと呼んでもらえない?　クリスタルというのはクラブでの呼び名なの……」彼女は首を振った。

シェーンはマーツと目が合った。友人のまなざしはとても満足げだ。ひとつたしかなことがある。この女性を言い表すのに、勇敢という言葉だけでは足りない。

「わかった。そういうことなら、サラ、それからみんな」マーツが言った。「これまでの状況を説明させてくれ」全員の顔を見まわし、リストにチェックをつけるように、ペンでメモパッドを叩いた。「夜通し監視した結果、ジェナはまだ〈コンフェッションズ〉にいることが確認できた。ブルーノは自分とハウイーという名の人物以外の出入りを禁じてる」

サラが息をのんだ。「ほんとに？　それはとびきりいい知らせだわ」

「ハウイーって？」シェーンはきいた。

希望に満ちた明るいグリーンの瞳が彼のほうを向く。「〈コンフェッションズ〉のマネージャーなんだけど、いつも私をかばってくれるの。ハウイーは父と親しかったわ……いろいろなことが起こる前まで」

マーツがうなずく。「そうか。もうひとつ、今夜の受け渡しが八時だと、そこはなんとか聞き取れた。これで時間がはっきりしたわけだ」

「今夜といえば」ニックが膝に両肘をついて言った。「〈レイヴン・ライダーズ〉が承諾したぞ」

「アイクから連絡があったのか？」シェーンはきいた。

「ああ。安くはないが、俺たち以外に二十八人をこちら側につけられるんだ。それだけの価値はある」ニックが言った。

青くなったサラを見て、シェーンは彼女と指を絡めた。「結局、いくらになったたんだ？」ニックに尋ねる。「俺にも蓄えはある」

「ひとりあたり二千ドルに、追加で二万ドル。全員がこちらへ来るために、今夜のドラッグレースを中止しなきゃならない分だ」ニックは感謝のこもった目でベッカを見つめた。彼女がほほえみ返している。「ベッカがその金を引きだすことを了承してくれたから、さしあたりおまえの蓄えは必要なさそうだ」

ベッカは早い段階から、チームに必要ならどんなことにでも父親の生命保険金を提供すると言ってくれていた。シェーンは改めて彼女に感謝した。ベッカがいなければ、〈レイヴン・ライダーズ〉に支払う分と合わせて、全部で十万ドルほどかき集めなければならなかったはずだ。「ありがとう、ベッカ」

ベッカがうなずく。「どういたしまして。これも知らせておくべきだと思うけど、シンガポールの口座のお金が手に入るまで、ジェレミーが〈ハード・インク〉を担保にすると申しでてくれたのよ」

シェーンはぽかんと口を開けた。「なんてことだ、ジェレミー。どう感謝していいかわからないよ。だが〈ハード・インク〉に迷惑がかかるようなことはしない。約束する」

「いいんだ、わかってるから。礼を言ってもらう必要なんてない」皆に注目されて、ジェレミーは居心地が悪そうだ。膝に足首をのせて、足先をぶらぶらさせている。

「待って」サラがこわばった声で言った。「それじゃあ、〈レイヴン・ライダーズ〉の助けを借りるのに合計で……七万六千ドルもかかるというの？」

シェーンは息を吸いこみ、サラを安心させる言葉をかけようとしたが、ベッカのほうが早かった。「気にしないで、サラ。本気よ。この人たちは私とチャーリーを助けてくれた。今、あなたと妹さんを助けようとしているのと同じだわ。しかも、彼らがこんな状況に陥ったのは父のせいなの。だから、ちっともかまわないのよ」

ベッカからシェーンに視線を移したサラに、彼はうなずいてみせた。「ありがとう」サラが言った。シェーンは彼女を引き寄せて抱きしめた。

「話は変わって」マーツがキーボード脇の書類の山から一枚の紙を引っ張りだした。「港湾局の登録データの検索が終わったんだ。マリン・ターミナルでビジネスを行っている企業や個人のどれかが、僕たちの件とかかわっていないかと思ってね」その紙をニックに渡すと、ほかの皆もまわりに集まってきた。シェーンもサラの髪にキスをしてそこに加わる。「ほとんどが多国籍企業で、さまざまな商売に携わっている。これといって変わったところはないし、疑わしい点もない。だが、リストの一番下の名前を見てくれ」

「セネカ《S》・ワールドワイド《W》・セキュリティ《S》」ニックが読みあげた。「聞き覚えがある気がするのはなぜだ？」

「俺もだ」シェーンは言った。「待てよ、創設者は特殊部隊出身か？」

マーツはにやりとして、デスク上の整理されていない書類の山からもう一枚の紙を取りだした。「ジョン・セネカは元特殊部隊の隊員だ。かなり昔だけど。現役だったのは八〇年代から九〇年代。９・１１のすぐあとにＳＷＳを立ちあげた」

「退役あるいは除隊した特殊作戦部隊出身者を雇ってる、数少ない警備会社のひとつ。そうだろう？」ベケットが言った。「ＳＷＳは人員の募集に積極的なことで知られている」

「俺は勧誘されてないぞ」イージーが腰に両手を当てて言った。

「俺もだ」暗い表情でベケットが言う。シェーンにも、ニックにも、マーツにも、声はかかっていなかった。

「まあ、それを聞いても驚かないけどね」マーツがため息をついた。

シェーンの頭の奥で引っかかっていた何かが、急にはっきりとした形になった。彼ははじかれたようにマーツを見た。「俺と同じことを考えてるのか？」

「ガーザ」マーツが言った。

「ああ、くそったれのガーザだ」シェーンはデスクに両手をついた。

「なんてことだ」ニックが嚙みつくように言って身を乗りだす。「決定的なつながりを見つけたのか？」

「いいや」マーツは言った。「ガーザに関しては、いまだによくわからない。ＳＷＳの社員についても、セネカ本人と広報担当の数人以外はたいした情報を入手できていないんだ。わかっているのはこの会社が、数年前に国防総省の麻薬対策技術プログラム事務局と、アフガニスタンにおける麻薬対策活動を装備、物資、人員面で支援する契約を交わした四社のうちのひとつということだ」

「俺たちと同じ種類の仕事をしていたんだな」今の情報の中に何か役立つものがあるはずだと、シェーンの直感が告げていた。

「そのとおり」マーツが言う。「ＳＷＳはアフガニスタンの役人への麻薬の阻止と対策の指導はもちろんのこと、警察官への麻薬対策訓練にもかなり深くかかわってきたらしい」

「つまり核心にいるというわけだ」ベケットが行ったり来たりしながら言った。「そいつらがここボルティモアにも来ている。偶然の一致か？」

マーツは首を振った。「確信を得るためにはもっと調べなければならないな」

「写真からボートの男たちの身元を割りだせたか?」シェーンは尋ねた。最重要指名手配犯リストに見立てて写真を貼ったホワイトボードに目を向ける。

「判明したのは数人だけだ」ジェレミーが口を開いた。「リーダーはわからない」

「予想どおりだな」マーツが言った。「だけど、まだあきらめないぞ」

ニックがうなずく。「よくここまでたどりついたな。これは重要な手がかりになるぞ。ほかには?」

「今夜の受け渡し場所がわかるまでは、これで全部だ」マーツがあくびをしながら答えた。

「ひと晩じゅう起きていたの?」ベッカがきいた。

「まあね」

ニックはマーツを指さした。「よし、ベッドへ行って何時間か睡眠をとるんだ。さもないと、今夜は疲れきって役に立たなくなるぞ。俺はアイクに支払う金を引きだしに、ベッカを銀行へ連れていく」

「眠れないよ」マーツが首を振った。「音声の監視を続けて、場所を突き止めないと」

シェーンが腰をあげる前に、イージーがデスクの横に近づいた。「方法を教えてくれれば、俺がやっておく」

マーツは友人を見あげた。「そうかい？　じゃあ、情報が入ったらすぐ起こしてくれ。急いで偵察に行かなきゃならないからな。水曜日のときほど準備にかける時間はないだろう」

「了解」イージーが言った。「さて、何をすればいい？」

「一緒に行くよ、ニック」ベケットが言った。「こういう状況で、しかも大金を運ぶことになるんだ。もうひとりいるほうが安心だろう」メンバーが分かれてそれぞれの打ち合わせを始めたので、シェーンはサラのところへ戻った。ほほえみで迎えられ、まるで家に帰った気分になる。

「助かるよ」ニックの声がした。「よし、みんな、受け渡し場所がわかり次第動けるよう、朝のうちにできることはやっておこう。〈レイヴン・ライダーズ〉は四時までにここへ来るはずだ」

「そのあとは大仕事になるな」シェーンは言った。金で買ったバイクで暴走するギャングとの同盟、救出作戦、受け渡しの荷物の横取り。普段の金曜の夜に比べれば、かなり盛りだくさんだ。

ニックが同意を示してうなずいた。「ああ、大仕事だぞ」

22

ベッドの縁に腰をおろしたサラは、よく知らない人たちが自分とジェナのために進んで危険を冒してくれようとしていることに、ただ驚くばかりだった。彼らが議論していた内容を聞いても、まったくの幻想としか思えない。けれどもシェーンがほほえんだり、うなずいたり、手を握ったりしてくれて、彼女もようやくこれはすべて現実なのだとわかった。

それでもまだ、おとぎばなしの中に足を踏み入れたような気がしてならなかった。だから彼女はほかのみんなと昼食に向かわず、あとから行くと言ってシェーンと別れ、部屋に戻った。足元の地面が揺れている感覚がおさまるのを、静かな場所に座って待つ必要があった。

おとぎばなしであろうとそうでなかろうと、ミーティングに同席したおかげで希望を抱けるようになったのはたしかだ。すぐにでもジェナを取り戻したいという願いは、今やかなうのは時間の問題となった。

そのとき、ドレッサーに置いたバッグの中でスマートフォンが鳴った。

ジェナ！

サラは息をのむと、部屋を走って横切り、引ったくるようにして電話をつかんだ。かかってきた番号を確かめもせず画面を操作して、電話を耳に当てないうちから大きな声でもしもしと言った。

「クリスタル、ハウイーだ」

その年上の男性の声を聞くとは想像もしていなかったので、サラはどう反応していいかわからなかった。ハウイーはいつも彼女に親切で、よくかばいだてしてくれた。さらにマーツが耳にした情報では、ジェナの世話をしてくれているようだ。それでも、彼はチャーチのメンバーだ。たとえサラが本能的に大丈夫だと感じていても、用心せざるをえなかった。「ハウイー？」

「聞いてくれ、ハニー。あまり時間がない」ハウイーが押し殺した声で言った。「どうなっているのか、知ってるか？」

「ジェナのことでしょう？」サラはふらふらと円を描くように歩きまわりながら慎重に答えた。

「かなり悪い状況だ、クリスタル。ブルーノは普通じゃない。常軌を逸していて、誰に対しても急にキレて――」

「〝かなり悪い状況〟って、どういう意味なの、ハウイー?」何通りにも受け取れる表現だ。サラは身震いして自分の体に腕をまわした。

「連れてこられたとき、ジェナはひどい発作を起こしたんだ。見ていられなくて、みんな部屋を出ていったよ。それに、きっとブルーノに殴られたんだろう。目のまわりが痣になっていた。いったい何があったんだ?」

サラは涙がこみあげて喉が詰まったが、頭をはっきりさせようと努力した。「私のせいなの」それだけ告げる。

「そうか。ブルーノは君が来なければ、今夜ジェナをどこかへやると言ってるんだ、クリスタル。だがもちろん、来るべきじゃない。どうすればいいのかわからないんだ」

サラは必死で考えた。シェーンの助けが必要だ。彼ならハウイーに何か提案できるかもしれない。「このままちょっと待っていて、ハウイー。確認しなければならないことがあるの。切らないで」

「急いでくれ。裏でタバコを吸ってることになっているんだ。長くは席を外せない」

「わかった」サラは消音《ミュート》ボタンを押して、シェーンの部屋を飛びだした。廊下を駆けながら呼ぶ。「シェーン？　シェーン？」

カウンターにいたシェーンが驚いて、急いでスツールをおりた。表情が驚きから心配に変わる。「どうしたんだ？」

サラはスマートフォンを掲げて早口で説明した。「ハウイーが〈コンフェッションズ〉から電話をかけてきたの。以前話した、父の昔からの友人よ。ジェナの件で連絡をくれたの。どうしたらいいか知りたいって。急がないと。彼にはあまり時間がないの」

シェーンが身をかがめてサラと視線を合わせた。「ハウイーは信用できるのか、サラ？　君は彼を信じるかい？」

鼓動が速まった。それが問題だ。「ええ、信用していいと思う。たしかに最初は私も疑いを抱いたわ。でも、子どもの頃から彼を知っているの。今回のことでハウイーが動揺しているのは見せかけじゃない」

マーツがスツールから滑りおりてふたりに近づいた。「それじゃあ、何を言うか聞いてみよう。だけど名前は口にしちゃだめだ、サラ。僕たちのことはまだ言わないでくれ」電話が置いてあるカウンターに駆け寄り、メモとペンを持って戻ってきた。

サラはミュートボタンを解除すると、スピーカーフォンにして呼びかけた。「ハウイー、まだいる？」

「ああ、いるよ。切れたかと思ってたところだ」

「ジェナがそこにいるのはたしかなの、ハウイー？」

「ああ、この目で見た。だがブルーノは、七時までに君が来なければ買い手を探しはじめると言ってる。会合から戻ってきたときには、商談が成立しているだろうと」

サラは首を振った。頭が理解を拒んでいる。そのとき、マーツとシェーンが小声でささやきあいはじめた。彼らの議論の内容は想像がつく。彼女は率直に質問することにした。「ハウイー、あなたはずっと私によくしてくれてるから、ほんとはこんなことききたくない。でも尋ねなきゃならないの。ブルーノにこの電話をかけさせられているんじゃないと、証明できる？」

「クリスタル、実際のところ、それは無理だ。証明する方法もない。だが、赤ん坊の君を腕に抱いたことのある者として言わせてもらう。俺は君の味方だよ」サラは状況を見守るチームのメンバーにうなずき、ハウイーを信じるつもりであることを伝えた。この四年間、ハウイーは何度も彼女をかばい、助けてくれた。それだけでなく、高校の卒業式には花を持ってきてくれたし、父の棺《ひつぎ》を選ぶときにも手伝ってくれた。

「わかったわ、ハウイー。どうしてもきいておく必要があったの」

「わかってる。だが、俺はどうすればいい？」

サラが必死に思考をめぐらせていると、ふとある考えが頭に浮かんだ。「ブルーノが七時にそこを出たら、ジェナを自由にできる？」

ハウイーが息を吐いた。「ブルーノを除いて、俺はジェナに近づける唯一の人間なんだぞ。たちまち俺の仕業だと知れるだろうな。やるとしても、あの部屋からジェナを運びだす者が必要だ」

「そうね……こういうのはどう？」サラは急いで考えながら言った。「私のために、どこかに鍵を置いておいてくれない？」マーツがメモにペンを走らせる。サラはそれを読んでうなずいた。「たとえば、大きいパーティールームとか？」

「なんてことだ。ああ、できると思う。トイレの手洗い台の下に粘着テープで張りつけておけるかもしれない。だが、そんなことで助けになるのか？」

「ええ、なるわ、ハウイー。ほんとにありがとう」サラは感きわまり、手で口を覆った。

「何もかもが間違ってる。お父さんの地位を考えれば、君たちはここでプリンセスのように扱われてしかるべきだ。ジェナにはちゃんと目を光らせておくよ、クリスタル。

心配しなくていい」

心配しないでいるのは不可能だったが、守ってくれようとするハウイーの気持ちはありがたかった。「わかったわ」サラはなんとかそう言うと、マーツが書いたメモにすばやく目を通した。うなずいて続ける。「最後にもうひとつ教えて、ハウイー。今夜ブルーノが参加する会合がどこで行われるか知ってる?」

「ああ、こりゃあ大変だ」ハウイーのため息からは、困惑と同時にあきらめが伝わってきた。これまでに何度も聞いたことがある。クラブの周辺でよくないことが起こっていると知ったときに、彼はこういうため息をつくのだ。「ウィコミコとオステンドの角にある立体駐車場」ハウイーがささやくように言ったかと思うと、通話は切れた。

「信じられない」マーツが言った。「よくやったぞ、サラ。さっそく仕事に取りかからないと。ニックとベケットに連絡して——」

「俺たちになんだって?」ニックの声がして、ブリーフケースを手にした彼がドアから入ってきた。ベッカとベケットも一緒に近づいてくる。

緊急の対応が必要な電話が終わった今、サラは体が震えるのを止められなかった。ほとんどはいい知らせだった。現在のところジェナは無事で、チームは受け渡しの場所を知ることができた。にもかかわらず、アドレナリンが分泌されたせいで泣きだしそうになっている。だが、ここにいるみんなの前では泣きたくない。「私……私、行かないと」彼女は小声でシェーンに告げて、廊下を指さした。止める暇を与えずドアへ向かう。部屋を出るサラの耳に、シェーンとマーツが先ほどの電話の会話を説明し、ほかのメンバーと積極的に議論を交わす声が聞こえてきた。

サラはシェーンの部屋に戻り、ベッドの端にぐったりと座りこんだ。ブルーノは本気でジェナを売るつもりだ。最悪の悪夢が現実となった。そのとき、ドアを軽くノックする音がした。「どうぞ」

「やあ」シェーンが声をかけ、一歩中に入ってきた。ハンサムな顔に心配そうな表情が浮かんでいる。「大丈夫か？　すぐに来られなくてすまない」

サラはほほえんだ。「私なら大丈夫。実際のところ、ハウイーから電話をもらって安心できたわ」それは本心だった。救出作戦が失敗したらどうなるか考えずにいられるなら。

「ああ」シェーンが近づいてきてサラの腕をさすった。「君と一緒に一日過ごせればいいんだが、受け渡し場所の情報を得たからには、俺たちは偵察に行かなきゃならないんだ」

「もちろんそうよね」

「だが、ベッカはここに残る。下のタトゥー・ショップにはジェレミーもいる。何か必要になったら、どちらでもかまわないから遠慮せずに言ってくれ。いいね？」彼は身をかがめてそっとキスをした。

「わかったわ。私は大丈夫だから」シェーンがいなくなると思うと不安でたまらなかったが、サラは平気なふりをした。心のどこかに、今朝早くふたりで足を踏み入れた、幸福と愛でいっぱいの世界に浸っていたいと切望する気持ちがある。愚かな考えだ。しかも自分勝手。何より重要なのは、ジェナの奪還とチームの無事なのに。

「君のスマートフォンを貸してくれないか？」言われてiPhoneを渡す。サラが見ていると、シェーンは番号を打ちこんで自分自身にかけ、彼女の電話番号を着信履歴に残した。彼のポケットからブザー音が響く。「何かあれば電話してくれ」

「そうするわ。もう時間なんでしょう。行って。私のことは心配しないで」

「わかった」シェーンはサラの顔を包みこんでもう一度キスをした。「長くはかからないよ」笑みを浮かべ、部屋を出ていった。ドアが閉まる。

それから数分間、サラはドアを見つめてその場に立ちつくしていた。静けさと孤独が迫ってくる。何か自分にもできることが、手伝えることがあるかもしれない。サラは心を決め、彼女を必要とする何か、あるいは誰かを捜すために部屋を出た。そうでもしていないと、頭がどうにかなりそうだ。

朝食用カウンターに、ベッカがひとりで座っていた。彼女の前には綿と布の山がある。「みんなはもう出発したの？」サラは尋ねた。

ベッカが顔をあげてにっこりした。「ええ」

ちょうどそのとき、サラのおなかが鳴る音が響いた。昨夜は夕食を抜いたので、朝に食べたベーグルではもたなかったようだ。「お昼に何か食べてもかまわない？」

「もちろんよ。サンドイッチとサラダができるわ。キャビネットにはスープの缶があるし、中華料理もいくらか残っているかも」ベッカはスツールをおりようとした。

「いいの、どうぞそのままでいて。自分でできるわ。あなたはおなかがすいてない？」サラは冷蔵庫を開けながら尋ねた。一番手前にサンドイッチの材料がすべて揃っていた。サラはそれらを取りだして、キッチンの中央のアイランドへ運んだ。

「実はすいてるの。私も食べるわ。ありがとう」ベッカは二枚の茶色いフェイクファーを組みあわせた。

いったい何をしているのだろう？　ベッカの好みを聞いてサンドイッチを作りながら、サラは不思議に思った。しばらくしてサンドイッチが完成し、ポテトチップスを添えた皿を、作業の邪魔をしないよう気をつけてベッカの前に置く。「飲み物は？」

サラは自分用にスプライトを取りだしてきいた。

「私も同じものを。ありがとう」ベッカは上の空だ。

サラは飲み物を持って戻り、ベッカの隣に腰をおろした。「それは何?」

「かつてはテディベアだったんだけど、解剖されちゃったの」

サラはくすくす笑った。「たしかにそんな感じね。組み立て直そうとしているの?」

手伝いを申しでようかどうか迷いながら尋ねた。これこそ自分が役に立てることだ。

サラはサンドイッチをひと口食べ、パリッとしたパンと、香りのいいハムとチーズ、シャキシャキのレタスを味わった。

「父にもらったものなの。だから……」ベッカは肩をすくめ、布を脇に押しやってサンドイッチの皿を引き寄せた。

「そう。私に試させてもらえるなら、喜んで縫うけど」サラは言った。妹を救いだすために、愛する男性が身を危険にさらして準備をしている。手を動かしていれば気が紛れるだろう。

ベッカの表情が明るくなった。「本当に? 助かるわ。普段はどんなものを縫うの?」

「自分の服をたくさん。ときどきキルトも」

「まあ、すてきじゃない。私にはそういう才能がないの」ベッカが言った。

食事をしながら、ふたりはベッカの仕事や、チャーリーやジェナのこと、ベッカの視点から見た、この一週間に起こったあらゆることについて話をした。サラはベッカの率直で気さくなところに好感を抱いた。彼女といると、シェーンなしでここにひとりでいることにも、それほど居心地の悪さを感じずにすんだ。ベッカが昼食の後片づけをして、ボウルに入れたアイスクリームを用意してくれた。サラは甘いデザートをひと口ひと口味わって食べた。ゆったりと食事を終えたあと、ベッカがあたりを整頓しているあいだに、サラはテディベアのパーツをより分けて調べた。

これなら完全に復元できそうだ。何かすることがあるのはうれしい。ベッカのためになることなら特に。「裁縫道具はある？」サラは尋ねた。

「かなりお粗末なものだけど」ベッカが小さなブリキ缶を指した。中には針が二本と指ぬき、白と黒と茶色の三色の糸が入っている。

サラはくすくす笑った。「なんとかなると思うわ」まず脚を集めて、テディベアの体につけた。胴体を裏返し、後ろの継ぎ目を閉じると、もう一度表に返す。「ほら、首なしのクマのできあがりよ」

「ありがとう、サラ。私が縫いあわせていたら、かわいそうなこの子はまったく別の姿に変わっていたに違いないわ」

「どういたしまして」サラはにこやかに言った。「あなたが体に詰め物をしてくれたら、私は頭の後ろを縫うわ。それができたら、あとはくっつけるだけよ」ベッカが綿を詰める作業に没頭しているあいだに、サラは頭の部分の布を調べた。縫い目に合わせてきれいに開かれたわけではなかったようで、頭の後ろに皺を寄せずに裂けた部分を隠す方法を考えなければならない。サラは布をひっくり返してテディベアの顔を凝視した。「あら、目が緩んでるわ」顔を近づけてよく見る。「糸じゃなくて、接着剤でつけられているみたい」

「ニックがどこかそのあたりに接着剤を置いてたはずよ。なければ、今回のことが全部終わったあとで手芸品店に買いに行くわ。またもとどおりにできるとわかったことが何より重要なの。ありがとう」ベッカがテディベアの胴体をきつく抱きしめた。

そのとき、サラはきらりと光るものに注意を引かれた。テディベアの顔を見直したものの、何が光ったのかわからない。彼女は両手で頭を持って、いろいろな角度に傾けた。緩んでいるほうの目が小さく光る。今度は明かりのほうへ向けてみた。おもちゃの目の奥に、もう少し明るい色の小さな四角いものがあるようだ。角度によってそれが光をとらえて、きらめいて見えるらしい。もう片方の目はもっと色が濃くて平たい。「これ、変だわ」再度ふたつの目を比べて言った。

「何?」前脚に詰め物をしていたベッカが顔をあげる。

「目のひとつが違っているの。何かが中に入ってるみたいに見えるわ」

「なんですって?」ベッカは慌てているようだ。「見せて」なぜそんな反応をするのかよくわからなかったが、サラはテディベアの頭を渡した。ベッカは少し前にサラがしたように、頭を光に向けて掲げている。「ああ、なんてこと。サラ、あなたの言ったとおりだわ。一緒に来て」

サラがベッカに続いて廊下を進んでいくと、ベッカはドアの閉まっているベッドルームの前で足を止めた。ベッカがノックすると、中からどうぞと言う男性の声が聞こえた。

「ねえ、チャーリー、ちょっと話せる?」

「もちろん」彼はノートパソコンから顔をあげ、近づいてきたベッカを見た。サラは入り口にとどまった。ベッドの上の、チャーリーの隣に寝そべっていた黒い子犬が頭をもたげて、気だるげに尻尾を振った。

「大丈夫よ、サラ」ベッカが言った。窓のない簡素な部屋に入ってくるように、手を振って合図する。

「元気になってきたみたいで、ほんとによかったわ、チャーリー」サラは声をかけた。「ありがとう」チャーリーがサラを見あげた。どうやら内気なタイプらしい。彼はベッカに視線を移して尋ねた。「どうしたんだい？」犬に当たらないよう気をつけながら、そっとベッドから脚をおろしたが、結局子犬は飛びおりてしまった。

三本脚だ。サラは驚いて子犬を見つめた。「彼に何があったの？」「彼女よ」ベッカが笑みを浮かべて訂正した。「アイリーンというの。事情はわからない。私が見つけたときにはもうこうなっていたのよ」

近づいてきたアイリーンに脚のにおいを嗅がれ、サラは我慢できずにしゃがんで子犬の頭を撫でた。アイリーンはそれを遊びの誘いと受け取ったらしい。前脚でサラの手をぴしゃりと叩き、指を噛もうとしてきた。サラは最後にもう一度アイリーンにほほえみかけてから立ちあがった。

ベッカがテディベアの頭を掲げた。「あなたが意識を失っていたときに、マーツがこのテディベアには認識票がついてることに気づいたの。父さんのシンガポールの口座番号が刻んであったわ」チャーリーが目を見開く。「それで中に何か隠されているんじゃないかと思って、マーツがこれを切り開いたんだけど、何も入ってなかった。詰め物の綿だけ。でもたった今、サラが私のために縫い直してくれているときに、片方の目がおかしいことに気づいたの」テディベアをチャーリーに渡した。

チャーリーが眉をひそめてテディベアの目を注意深くうかがった。「何も見えないな。ここのランプはあまり明るくないんだ。懐中電灯アプリを持ってない？」

「あるわ」サラはアプリを起動させると、スマートフォンをチャーリーに渡した。

「ありがとう」チャーリーは礼を言って、テディベアの目の中を照らした。最初に片方、それからもう片方。そうやって何度か行ったり来たりさせる。

「緩んでいるほうの目に何かあるな」チャーリーが言った。「マイクロチップみたいだ」

「なんのチップですって？　サラはよく見ようと近づいた。

「コンピュータとかの？　そんなに小さいの？」ベッカが興奮した声できいた。

チャーリーがうなずく。「世界で最小のチップは二平方ミリメートルだ。大佐は姉貴にブレスレットの形で鍵を、テディベアの中に隠して錠を渡したのかもしれないな」Tシャツとスウェットパンツ姿の彼はベッドから立ちあがった。「たぶんマーツなら、これを分解する道具を持っていると思うよ。このサイズのチップはもろいんだ。無理に取ろうとして壊したくない」

「あなたのおかげで大きな謎が解けたかもしれないわ」ベッカはそう言ってほほえむと、サラの肩に片方の腕をまわして抱きしめた。

サラはなんと返事をすればいいのかわからなかった。何もかもがまともではないように感じられたが、シェーンの友人たちが彼女のために危険を冒してまでしてくれているすべてのことを考えると、なんであれ助けになれた点ではうれしかった。

チャーリーは先に立って進み、ジムを目指した。ベッカが暗証番号を入力してドアを開けると、彼らは隅にあるコンピュータ用作業スペースへ向かった。「みんなはどこに行ったんだ？」チャーリーがきいた。

「今夜の受け渡し場所について、手がかりを手に入れたのよ」ベッカが答える。「すぐに戻ってくるわ」

チャーリーはテディベアをデスクの端に置き、マーツの作業スペースで道具を探した。「あったあった」床に置かれていた、小さな赤いツールボックスを見つける。ベッカとサラが身を乗りだして見守る中、彼はテディベアのガラスの目から、奥の部分をそっと引きはがした。中央部分に、サラの小指の爪ほどの大きさのコンピュータチップがはめこまれていた。

チャーリーはピンセットでチップをつまみあげ、ひっくり返して調べた。「いったい姉貴に何を伝えようとしたんだ、大佐？」ほとんどひとり言のようにつぶやく。

「私にだけ伝えようとしたわけじゃないわ、チャーリー。だって、あなたに口座番号を送ったじゃない」ベッカが言った。サラはチャーリーをちらりと見て、なぜ彼は父親のことをそんなふうに言うのだろうと不思議に思った。

「うーん」チャーリーの返事はそれだけだ。彼はあたりを見まわした。「自分の道具があればなあ。どうやってこれにアクセスすればいいか、もっと詳しいことがわかるんだけど」

チップを白い紙の上に置く。

「マーツが戻るまで待ちましょう」ベッカが言った。

まるでその言葉に呼ばれたかのようにドアが開き、チームのメンバー全員がジムに入ってきた。彼らの中心にいるのはシェーンだ。グレーの長袖シャツと黒のジーンズ姿がとてもセクシーだ。もちろん服を着ていない姿も同じくらいセクシーだと、今ではサラも知っている。

「ニュースがあるの」ベッカが飛びあがらんばかりにはしゃいだ様子で言った。

チャーリーがふたたびピンセットを使ってチップをつまみ、デスクのまわりに集まってきた男性たちに見せた。ニックがベッカのそばへ行き、シェーンはサラを抱き寄せる。

「なんてことだ」大急ぎで駆け寄ってきたマーツが言った。

「サラが見つけてくれたのは、俺たちがずっと捜していたものに間違いないと思う」

チャーリーが言った。「テディベアの目の中に隠してあったんだ」

部屋にいる全員の視線が自分に向くのを意識して、サラの頬が熱くなった。満面に笑みを浮かべたシェーンに見つめられると、胸がいっぱいになる。みんなからかわるがわる握手を求められ、抱きしめられた。マーツにはダンスを踊るようにくるくるまわされて、思わず声をあげて笑う。だが、注目を浴びるのは恥ずかしかった。そのあいだにベッカが、チップを見つけた経緯を説明した。

「おい、みんな?」声がかけられ、騒ぎがようやくおさまる。ジェレミーがドアにもたれて立っていた。「心しておいてくれよ。〈レイヴン・ライダーズ〉のやつらが到着しはじめたぞ」

「やれやれ」マーツが言った。「どうやらショータイムの始まりらしい。このプレゼントを開けるのは、あとに取っておくしかないな」

チームメイトとベッカ、チャーリー、ミゲールは〈レイヴン・ライダーズ〉を出迎えに行ったが、シェーンはサラとともにその場に残った。誇らしさと愛しさが胸にあふれる。「何時間かひとりにしただけなのに、君は世界を救ったんだ」

サラがくすくす笑って視線を落とし、首を振った。「何もしてないわ。運がよかっただけ」

シェーンは彼女の顎に手を添えて顔を上向かせた。謙遜するべきことではない。

「そうかもしれないが、これまでは俺たちの誰もその運に恵まれなかったんだ。俺は真剣だよ、サラ。あのチップに何が入っているにしても、俺たちにとってはとてつもなく大きな意味を持つだろう。だから、ありがとう」サラを引き寄せてキスをしながら、このままベッドで一日過ごして、愛しあったり、今夜が終わったあとのことを話しあったりできたらどんなにいいだろうかと思う。サラがシェーンの首に腕をまわして体を押しつけてくると、たちまち彼の体も反応し、脈が速まって脚のあいだのものが硬くなった。

サラが眉をあげた。「うーん、君にしたいことがたくさんある」唇を離して言う。「なんだか期待できそう」

シェーンはうなり声をあげそうになった。セクシーで、男を苦しめる女性だ。

「待ってろよ」もう一度すばやくキスをする。「みんなと顔を合わせたいかい？　それとも中にいるか？　君次第だよ」そのとき、建物の周囲に轟音《ごうおん》が響き渡った。

「あなたと一緒に行くわ」サラはそう言って、シェーンの手に自分の手を滑りこませた。ああ、ちくしょう。なんでもない行為だが、サラから自発的にシェーンへの愛情を示すその仕草は、この一週間で彼らの関係がいい方向へ進んできた確固たる証拠だった。あと数時間。ジェナを取り戻せば、ふたりを邪魔するものは何もなくなる。

ジムを出ると、轟音はますます大きくなった。何十台ものバイクが〈ハード・インク〉の駐車場へ入ってきた音だ。建物の外へ出る頃には、音は耳をつんざくほどに高まっていた。

シェーンはサラを引き寄せ、ほぼいっぱいになった駐車場をざっと見渡した。あたり一面、カットオフのデニムジャケットを着た男たちで埋めつくされている。背中には〈レイヴン・ライダーズ〉のワッペン。彼らはハンドルにヘルメットをぶらさげ、アイクと明らかにリーダー格とわかる数名の背後に集まっていた。

サラがもう一歩シェーンに近づき、彼の背中に手をまわした。シェーンはうれしさのあまり声が出ず、サラを抱き寄せて自分のものだとはっきりさせることで彼女の行動に応えた。ニックもベッカを包みこむようにして立っている。シェーンと同じ気持ちでいるようだ。

握手をし、紹介しあい、感謝を伝えて、ふたつのグループは互いに愛想よく振舞った。

〈レイヴン・ライダーズ〉の誰かが、〈チャーチ・オーガニゼイション〉の敵は自分たちの友だと繰り返し表明する声が聞こえた。彼らの忠誠心や新たに結んだ同盟に関しては、心配する必要はなさそうだ。少なくとも、きちんと金が支払われている限りは。

それよりも普段騒がしく存在を主張するやり方に慣れている〈レイヴン・ライダーズ〉のメンバーが、内密の行動を主とするチームの方針にどうやって合わせるつもりなのか、そちらのほうが気になった。だがそれも、時が経てばわかるだろう。

「よし」ニックが、クラブの幹部メンバーだと判明したアイクと、全体のリーダーであるデア・ケニヨンに言った。ケニヨンは背が高く痩せ型の男で、ブラウンの髪を肩の近くまで伸ばしていた。友好的な雰囲気だ。それを言うなら、今のところ〈レイヴン・ライダーズ〉全員がそうだった。「作戦を練るために、全員中へ入ってもらえるかな？」

その日早くに、スペースは充分あると言っていたジェレミーの言葉は、嘘ではなかった。〈ハード・インク〉の建物の端に位置するその部屋はまだすべてが完成しておらず、大きく開けた長方形の空間にすぎなかった。まるでそこにあったものを何もかも撤去してしまったように。それでも少なくとも広さはたっぷりあり、全員が壁にもたれかかったり、あちこちに置かれた木挽台に腰かけたりできた。シェーンとサラは、チームのほかのメンバーとともに前へ進みでた。

皆が入室して静かになるまで数分かかったものの、いったん落ち着くと、ニックがアイクやケニヨン、そして〈レイヴン・ライダーズ〉のクラブ全体に歓迎と感謝の言葉を述べた。次にマーツが引き継ぎ、二カ所で行われる作戦の性質について簡単に説明した。フットボール・スタジアムの近くにある立体駐車場では、取引に参加した面々の身元を突き止め、受け渡される品物を、それがなんであれ可能であれば横取りする。〈レイヴン・ライダーズ〉はとりわけ後者を重要視していた。チャーチ・オーガニゼイションへの金の流出入を妨げることに異論はない。それに関しては、チームのメンバー全員が同意見だった。だがシェーンにとっては、救出を伴う〈コンフェッションズ〉での作戦のほうがはるかに重要だった。

話題がジェナと〈コンフェッションズ〉に移り、シェーンはサラの様子をうかがった。「大丈夫か?」彼は小声で尋ねた。

「ええ。これがすべて終わってジェナが戻ってきたら、もっと気分がよくなるわ」彼女はシェーンに頭をもたせかけた。

それぞれの作戦について戦略を練るあいだに、〈レイヴン・ライダーズ〉は対等なパートナーとしての能力があることを証明してみせた。一時間もすると意見がまとまり、彼らはふたつのグループに分かれた。〈コンフェッションズ〉内部に潜入する十二名と、念のためクラブの外で待機する四名のグループ、そして立体駐車場へ向かう残りの十八名からなるグループだ。その中にはふた手に分かれた〈ハード・インク〉のメンバーも含まれている。〈コンフェッションズ〉へ行く〈レイヴン・ライダーズ〉のメンバーはジャケットを脱ぎ、部屋の隅に置いてジェレミーに預けることになった。着たままでは〈チャーチ・オーガニゼイション〉の息のかかったクラブに入れないだろうと考えたのだ。

チャーリーとジェレミーは〈ハード・インク〉に残って両方のグループと連携し、クラブや立体駐車場にも仕掛けておいた監視装置をモニターする。そうすれば、二カ所に分かれたグループが、互いの状況を知ることができるからだ。まるでチャーリーを救出した夜を繰り返しているような、そんな既視感があった。

すべてが整うと〈レイヴン・ライダーズ〉のメンバーはぞろぞろと部屋を出ていき、数分後には外の駐車場からバイクの轟音が聞こえてきた。

アイクとケニヨンのふたりはまだ室内にとどまっていた。「わかってると思うが」ケニヨンがニックに言った。「あんたたちが何をしようが、チャーチは今回の件を全面的な攻撃と受け取るだろう。だから対等のパートナーとして助言しておく。やつを完全に倒すことを考えたほうがいい」

「つまり?」ニックが真剣なまなざしで言った。

「チャーチ、使徒《アポストル》たち、〈コンフェッションズ〉。できる限り多くだ」アイクもケニヨンと視線を交わしてうなずく。

そうするのが一番だということは、シェーンの心の奥にまで響いた。しかし心を引かれはするものの、チームが完全に自らの手で裁きを下すようになれば、戦っている相手と同じところまで堕ちてしまうことにならないだろうか?

23

受け渡し現場の立体駐車場へ向かう大人数のAチームが〈ハード・インク〉の敷地を出ていった。バイクの長い列が、ベケットのSUVと〈レイヴン・ライダーズ〉の箱型トラックのあとに続く。トラックには、駐車場内で車の通行を調整するためのバリケードが満載されていた。ベケットとニックとミゲールが一緒だ。Aチームは〈チャーチ・オーガニゼイション〉が到着する前にバリケードを設置して身を隠す必要があるため、早めに出発した。

Bチームが〈コンフェッションズ〉へ向けて出発するまでに、まだたっぷり九十分ある。シェーンがしたくてたまらないことをするには充分な時間だった。手と手をつなぎ、彼はサラをベッドルームへ導いてドアを閉めた。

そのまま彼女をドアに押しつける。腰と腰を合わせ、サラの頭の横に手をついて言った。「すまない、ダーリン。出発前に、君と過ごす時間が必要だったんだ」

サラが首を振った。セクシーな笑みがかすかに浮かぶ。「自分の望みを口にしたからといって、謝るような言葉はいっさい言わないで」彼女は昨晩シェーンが言った言葉をそのまま返した。

シェーンはのけぞって笑った。ところがそのチャンスをとらえたサラに喉ぼとけをなめられ、舌で顎までたどられると、おかしさはたちまち消えてしまった。

「フェアじゃないぞ」ふたたび彼女と目を合わせて言う。

サラはほほえんだままシェーンの首に両手をまわし、脚を持ちあげて彼のウエストに巻きつけた。そして片方の眉をあげてみせる。

シェーンはうめきながらサラのヒップを両手で抱え、彼女をドアに押しつけた。「俺を殺す気か。君の中に入りたくてたまらないよ」深くキスをして、舌でサラの口の中を占領した。このまま奪いたいが、衝動に屈してサラを怯えさせてはならないと耐える。とはいえ、彼女のうめき声やすすり泣きからは悦びしか伝わってこなかったが。

「お願い、すぐに入れてくれる？」サラがきいた。

シェーンは固まった。しかしサラが本気だとわかったとたん、彼女のジーンズとショーツを脱がせていた。「どうしたい？」頭がどうにかなりそうだ。彼は避妊具をつかみ、自分のジーンズを膝まで押しさげた。

サラの視線がドアへ向く。「試してみたいの」ふたりが立っている、まさにその場所を顎で示す。「最初はゆっくりして」

「なんでも君の望むままだ、サラ。いつだって」シェーンは避妊具をつけ、ウエストのあたりまで軽々と彼女を引きあげた。すでに下腹部は押し寄せるサラの熱を感じている。シェーンはそっと彼女をドアに押しつけた。「愛している、サラ。君を傷つけたくないが、今の俺はちょっと興奮しすぎてるみたいだ。でも、言ってくれればすぐにやめる」

「わかったわ」サラが言った。「あなたを信じてる」シェーンの欲望の証の先端を見つけた彼女が、ゆっくりと身を沈めはじめた。

「ああ、くそっ」熱く濡れていてきつい。のみこまれたシェーンはうなりをあげた。

「大丈夫か?」なんとか声に出す。

「大丈夫なんてものじゃないわ」サラがほほえんだ。

それを聞いてシェーンは動きだした。実際、ほかに選択肢はなかった。サラの体はあまりに心地よく、彼女を愛する気持ちはあまりに深く、任務を前にして体内にアドレナリンがあふれている。それらが組みあわさったせいで、すでに抑えがきかないところまで来ていた。腰を激しく動かし、両手でつかんだサラのヒップを、突きあげる動きに合わせて引きおろす。サラのあえぎ声はこの世で一番セクシーだ。何ものにも束縛されず、情熱に満ちている。

「問題ないか?」シェーンはきいた。

答える代わりに、サラは彼にキスをした。両腕をシェーンの首に巻きつけてふたりの体をぴったり合わせ、目から火が出るかと思うほど彼の舌をきつく吸う。位置が変わったことで、うめきから感じられる彼女の熱狂がエスカレートしていった。

なんの前触れもなく、サラの爪がシェーンの肩に食いこみ、体が彼にきつくまとわりついた。腕も、脚も、下腹部も。口づけたままでサラが放った押し殺したうめきを、シェーンは貪欲にのみこんだ。クライマックスに達したサラの体に何度も何度も欲望の証を締めつけられ、膝からくずおれそうになる。

まるで制御不能に陥った貨物列車のように、シェーン自身のクライマックスが猛スピードで襲いかかってきた。彼は身じろぎもできず、サラの甘やかな体の奥深くへ自らを解き放った。今度はサラがシェーンのうめきをのみこむ。すべてが終わると、彼はサラを抱えたままよろめきながら後ろへさがり、ベッドの縁に腰をおろした。サラはほとんど重さを感じないほど軽いにもかかわらず、シェーンの腿は震えていた。彼は合わせていた唇を離し、深く息を吸った。

サラの目に涙が浮かぶ。

しまった。シェーンの胃がキリキリと痛んだ。「ああ、くそっ。どうした？　傷つけてしまったのか？」彼はサラの背中にそっと両手を走らせた。「乱暴にしすぎたんだな？　ちくしょう――」

「違うの」サラがこわばった声で言った。「全然違う」うまく話せないようだ。「今夜のことで、あなたが心配なの。ジェナが心配なのよ」涙が今にもあふれそうだ。「ふたりとも失いたくない」

シェーンの心臓がふたたび動きはじめた。彼はもう一度深く息を吸いながら、彼女の目の下を親指でそっとぬぐった。「失ったりしないよ、サラ。俺はちゃんと帰ってくる。ジェナと一緒に」

サラの美しい顔にさまざまな感情が浮かんだ。しばらくして、彼女はようやくうなずいた。「わかってる。あなたが正しいと」シェーンの顔を両手でとらえ、唇に優しく、けれどもしっかりとキスをした。「あなたを信じるわ、シェーン・マッカラン」

最後にもう一回キスをすると、シェーンは避妊具の後始末をするために、サラに手を貸して彼女を膝からおろした。そのとき、自分がすべきことに気づいた。「俺と一緒に少しだけ座ってくれ」シェーンはマットレスを軽く叩いて言った。

サラが腰をおろすと、彼はジーンズを引きあげてポケットに手を入れた。モリーのネックレスが指先に触れる。サラに見えるように、シェーンは蝶のペンダントトップをてのひらに置いた。

「これまでの十六年間」サラの目をのぞきこんで言った。「このネックレスは俺にとって一番大切なものだった。どこへ行くにも持っていったよ。必ず取りに戻ってこられると確信しない限り、絶対に置いていかなかった」サラの手を取り、そこにペンダントトップとチェーンをゆっくり落とす。「だから、これは君が持っていてくれ。そうすれば、俺が必ず戻ってくるとわかるだろう」

サラが目を見開いて首を振った。「だめよ――」

シェーンは彼女の指を閉じさせ、ネックレスを握らせた。「君に持っていてほしい。そして信じる気持ちが揺らぎそうになったら、これを見ればいい。俺が絶対に帰ってくるとわかる。なぜなら、君を愛しているから」

サラがシェーンに抱きつき、自分も愛していると告げた。シェーンは心の中で誓った。以前に失敗したことを、今度は成功させてみせる。十六年前は自分の妹を失ったが、今夜サラに妹を失わせるようなことには絶対にしない。

四十分後、Bチームは〈コンフェッションズ〉のフロアにいた。マーツのバチェラー・パーティーを開くため、個室へ案内されるのを待っているところだ。混雑した店内はうるさいと言ってもいいほどにぎやかで、チャーリーを救出した夜と状況がよく似ていた。人は多いが、バーに立っていると目立つ気がして落ち着かない。ようやくマネージャーのダーネルが彼らに気づき、あとについてカーテンの奥へ入ることができて、シェーンはほっとした。

シェーン、マーツ、イージー、そこに〈レイヴン・ライダーズ〉から参加した九人が加わった一行は、冗談を言って笑いあったり、ビールを飲んだりしながら廊下を進んだ。彼らには前もって、ストリップクラブで夜を楽しむ普通の男たちに見えるよう振る舞ってほしいと頼んであったが、今のところ、皆うまくやっている。

個室に入ると、さっそくパーティーが始まった。食べ物と音楽が供され、中央の小さなステージでダンサーたちが踊る。マーツは花婿として最前列の中央に陣取り、女性たちと踊ったり、大声で冗談を言ったり、大きなスクリーンに映しだされるポルノについて陽気な感想を口にしたりといった悪ふざけを続けて、確実に自分に注目が集まるようにした。

シェーンとイージーはドア近くにあるバーカウンターにもたれた。そこからだと、廊下に出て角を曲がれば、すぐに階段をおりて地下まで行ける。

部屋に入って数分後、シェーンがつけているイヤフォンからジェレミーの声がした。

「Bチームリーダーへ。こちらアイリーン」チャーリーの救出のときに冗談で思いついたコードネームを、今回も使っていた。通信の際には可能な限り本名を使わないことにしたためだ。「例の人物が、もう一方の場所《ロケーション》に三十分遅れで到着した。今、着いたばかりだ。相手はすでに到着していて、Aチームリーダーが全員の写真を撮った」

「了解」シェーンは言った。これで、ブルーノがこの建物内にいないことが確実になった。シェーンはイージーに視線を向けた。「トイレへ行ってくる。それで準備は完了だ」ハウイーが置いてくれているはずの鍵に言及し、シェーンはそっとトイレに入ると、しっかりドアを閉めた。しゃがんで手洗い台の下をのぞきこむ。何もない。隠し場所になりそうな、あらゆる場所を調べてみる。しかし、やはり鍵は見つからなかった。

わき起こる警戒心に、シェーンは生あたたかいブランケットで肩をくるまれたようにいやな気分になった。彼はイージーのそばに戻った。「行きづまりだ」低い声で告げる。

「くそっ」イージーが言った。「だが、方法はひとつじゃない。決行しよう」

シェーンはうなずき、通信システムを通じてジェレミーに話しかけた。「カメラを止めてくれ」

「作業中だ」ジェレミーが応答した。「待機しててくれ」マーツが〈コンフェッションズ〉の監視カメラの無線周波数を突き止めたので、干渉信号を送ればカメラを完全に停止させられる。マーツは出発前にそのやり方をチャーリーに教えていた。「行ってよし」ジェレミーが告げた。

「この際だから言っておく」イージーがシェーンにだけ聞こえるように言った。「早くジェナを取り戻すためなら、俺はなんでもするつもりだ」

シェーンは友人の真剣な表情を見つめた。表面上はこれまでと変わらなく見えるが、イージーの中で何か変化が起こっているのだろうか。だが、今はそれを分析している暇はなかった。いずれにせよ、現時点における最重要事項ではない。

「行くぞ」シェーンは言った。

ドアから外に出る。幸い、廊下には誰もいなかった。シェーンは角をまわった向こうにも人がいないことを確認し、ついてくるようイージーに手で合図した。地下へ続く薄暗い階段をのぞきこんでいると、既視感が押し寄せてきた。今夜の地下は静かなようだ。シェーンは銃を構えて階段をおりはじめた。

サラの話では、ジェナは右側の一番奥の部屋にいるらしい。鍵が手に入らなかったので、中に入るためのほかの方法を考えなければならない。だが、ドアは細く開いていた。シェーンが指さすと、イージーは小さくうなずいた。ふたりは足早に廊下を進み、部屋のすぐ手前で足を止めた。ドアを押し開けるようイージーに合図し、シェーン自身は援護にまわる。

声に出さずに三つ数えたあと、イージーがドアを押した。シェーンは銃を構え、銃口を移動させながら人の気配をうかがった。サラの言っていたとおり、室内は真っ暗だ。シェーンは壁を手探りして明かりのスイッチを探した。イージーが、スイッチは外にあると身ぶりで伝えてくる。彼はカチッと音を立ててスイッチを入れ、明かりが廊下にもれないよう静かにドアを閉めた。

シェーンの目はすぐには状況を認識できなかった。暗闇から急に明るくなったせいばかりではない。

ベッドは空だった。ジェナの姿はない。

いたのは別の人物だった。

「ちくしょう」シェーンは悪態をついた。部屋の中央へ進みでて、年長の黒人男性のそばにしゃがむ。男性は胸を少なくとも二カ所刺されており、流れでた血でシャツがぐっしょり濡れている。脈はなかったが体はまだあたたかく、死後硬直も始まっていない。殺されたばかりなのだろう。

シェーンがすばやくイージーをうかがうと、彼は今にも人を殺しかねない恐ろしい形相になっていた。「この場所をぶっつぶしたい」イージーがうなるように言った。

互いに目をそらさず、しばらくのあいだ見つめあう。やがて、シェーンは血だまりに倒れている男性に視線を移した。サラの友人と思われるこの男性はおそらく、シェーンたちの助けになろうとしたせいで死んだのだ。シェーンはあの夜ボートで連れ去られた九人の女性たちのことを考えた。そしてチャーリーとジェナと、名前も知らない無数のほかの人たちのことを。

これ以上人が死ぬことがあっていいのか？

「Bチームリーダーへ。Aチームで問題発生」ジェレミーの声がした。前ほど冷静な声ではなくなっている。

「こっちもだ。〝荷物〟が見当たらない」シェーンは言った。今夜の事態はいったいどこまで悪くなるのだろう？

「ああ、そうだろうな。〝荷物〟は……例の人物が、Aチームのいる場所へ持ってきた」

「なんてことだ」シェーンは小声で言った。だめだ。二度とだめだ。また失うなんて耐えられない。「彼女が最優先だ。唯一の優先事項と言っていい、アイリーン。チームにそれを徹底させろ」

激しい怒りに襲われながら、シェーンはイージーを見て言った。「やるぞ」銃を手に部屋を出て中央の廊下を進み、地下にあるほかの部屋をチェックした。どこも無人だ。「どれくらい時間が必要だ?」

イージーは不穏な笑みを浮かべ、ジャケットの内側から小さな袋を引っ張りだした。「準備してきた。設置するのに五分。あとは遠隔操作で可能だ」袋からオフホワイトの小さな塊――プラスティック爆弾《C4》――をいくつか取りだし、建物の梁《はり》に固定して雷管を差しこんだ。

「了解」イージーが作業をするあいだ、シェーンは警戒を続けた。地下ですべきことが終わると、彼らはパーティールームへ戻り、イヤフォンをつけていない〈レイヴン・ライダーズ〉のメンバーのために、目立たないよう伝言で指示をまわした。正面入り口から出て人ごみに紛れるよう、準備しておけと。

イヤフォンからジェレミーの声がした。「ロケーション1で銃撃戦。Aチームリーダーが受け渡しの品物を確保した。〝荷物〟のほうは持ち去られてしまったが、現在追跡中」

シェーンは素手で何かを破壊したい気分だった。この瞬間ばかりは、受け渡しで何が取引されていようがどうでもよかった。重要なのはジェナのことだけだ。

「やるぞ」シェーンはイージーに向かってうなると、ドア近くの壁に忍び寄って火災報知機を鳴らした。耳をつんざく大音量で警報が鳴り響く。「みんな出ろ」シェーンはダンサーたちを先に追いだしてから部屋を出た。

クラブのメインフロアの混乱は甚だしく、走る足音や叫び声や悲鳴が響き渡り、警報の音をかき消すほどの騒ぎが起きていた。

「みんな外へ出ろ！」シェーンは叫んだ。「火事だ！」幸い、ぐずぐず居残る者はなかった。客、ダンサー、ウエイトレス。全員が逃げだしていく。シェーンたちのグループは最後尾についた。外へ出て夜の空気に触れると、クラブの用心棒たちが誘導するほうは見向きもせず、そちらとは逆方向の車とバイクを停めておいた場所へ一直線に向かう。

救出したジェナを乗せて運ぶことを想定して、シェーンとイージー、マーツは裏口の近くに駐車していた。散らばって逃げる人々のあいだを縫うように車を進め、道路へ出たところでバイクのメンバーが集まるのを待つ。最後のバイクがやってくると、シェーンはアクセルを踏んで車を加速させ、イージーをうかがった。

イージーが肩越しに振り返り、バイクのメンバー全員がクラブから離れたことが確認できるまで待って……そこでようやく、シェーンが初めて目にする携帯電話のボタンを押した。耳をつんざく複数の爆発音とともに、バックミラーに映る景色が一瞬にして吹き飛び、鮮やかなオレンジ色の火の玉があがる。車の下で地面が揺れるのがわかった。

しかしあの気分が悪くなるようなひどい場所を破壊しても、シェーンは喜びを感じることができなかった。今はまだ。自分のすべき仕事を終えていないからだ。まだジェナを救いだせていない。

金属製の折りたたみ椅子に座りながら、サラはきいてもしかたのない質問をしないよう我慢した。ジェレミーにもまだ答えはわからないのだ。これまで彼はジェナがいるはずのない立体駐車場にブルーノと一緒に現れたことを含め、進展があるごとにすべてを包み隠さず教えてくれた。そして現在ニックと〈レイヴン・ライダーズ〉のグループは、ふたりを追ってボルティモアの通りを走っているらしい。

つまり、シェーンはジェナを救出できなかったのだ。不安と恐怖にむしばまれ、サラはとてもじっと座っていられなかった。

新しい情報がないかどうか思いきってジェレミーに尋ねようと息を吸いこんだところで、サラのスマートフォンが鳴った。シェーンだ! 彼女は急いで画面を見た。しかしそこに出ていたのは〝ブルーノ・アッシュ〟の文字だった。息をのんでその画面をベッカに見せると、彼女はたちまち顔色を変えた。

「ブルーノがサラに電話をかけてきたわ」ベッカが部屋にいるほかのふたりに声をかけた。

「Bチームリーダーへ。別の問題が発生」ジェレミーが言った。「悪い男があんたの彼女に連絡してきた」通信システムを通して聞こえる声にしばらく耳を傾けていたが、やがてうなずいてサラに告げた。「電話に出ろと言ってる。こっちへ来て、シェーンにも聞こえるようスピーカーフォンにして話してくれ」

ブルーノが切ってしまわないうちにと、サラは急いで部屋を横切り、画面を操作して応答した。「ブルーノ?」

「おやおや、四年も面倒を見てやった俺を背中から刺してきた、嘘つきのずるがしこい雌犬じゃないか」

「そんな……私は——」

「ここにジェナがいるんだが、俺はおまえのほうがいい。おまえが俺のところへ来るなら妹は解放してやろう。だが来なければ、妹の喉を切り裂いて死体を港に沈めるからな」

サラはめまいに襲われた。「どこ？　どこへ行けばいいの？」沈黙のまま数秒が過ぎる。「どこなの、ブルーノ？」

電話の向こうで大きな音がした。エンジンか何かのような。「知るか、くそっ」ブルーノが噛みつくように言った。「考える必要がある」

ジェレミーが片方の手をイヤフォンに当てながら、必死で何かをなぐり書きしている。彼が掲げた紙を見て、サラはうなずいた。

キーッというブレーキ音。鳴り響くクラクション。

ブルーノはいったい何をしているのだろう？「場所を言いなさいよ！　そっちで思いつかないのなら、私が言うところまで迎えに来て」彼に対してこんな口のきき方をするのは初めてだが、ジェナの命が危険にさらされているとあっては、サラも我慢していられなかった。

ブルーノがうなるように言った。「この雌犬め、どこだっていうんだ？」サラは先ほどジェレミーが書いた住所を読みあげた。とはいえ、それがどのあたりなのかさっぱりわからない。「来なかったら承知しないぞ、クリスタル。妹はおまえが殺すようなもんだ。十五分やる。俺を待たせるな。それと、誰かを連れてこようなんて考えるなよ」そこで通話は切れた。

「代わってくれ、チャーリー」ジェレミーが言った。「サラ、俺と一緒に来てもらうよ」

精神が崩壊しそうになるのをベッカに寄りかかって耐えていたサラは、思わずジェレミーを見つめた。「なんですって？　どうして？」

「それほど遠くない。シェーンも数分で到着するはずだ。彼は――」

サラのスマートフォンがふたたび鳴った。シェーンだ。ジェレミーがどういうつもりなのか困惑していたものの、すでに一緒に歩きだしていた彼女はすぐさま電話に出た。

「君の助けが必要なんだ」慌ただしい、ひどく真剣な声だ。シェーンはサラに計画を説明した。つまるところ、彼女を囮《おとり》にするらしい。「ほかに方法があるものなら――」

「喜んで手伝うわ。シェーン。私にできることがあるならしたいの。あなたが守ってくれると信じてる。今、ジェレミーと一緒にいるの。すぐに行くわ」サラが言うと、回線はそこで切れた。

ジムの外へ出ると、彼女はジェレミーのあとに続いて階段を駆けおりた。濃いグリーンのジープ・ラングラーまで駐車場を横切る。ふたりの乗った車はすぐに、〈ハード・インク〉を取り巻く荒廃した工業地帯を疾走しはじめた。しかしジェレミーは、わずか八ブロックほど行ったところで通りの端に車を停めた。道沿いには、古びた看板によると何かの卸売業者が所有しているらしい、大部分がフェンスで囲われた土地があった。フェンスの一角から、中の資材置き場に線路が引きこまれている。通りの反対側には、ほとんどが板張りの同形の住宅が連なっていた。「ここはなんなの？」

「君を苦しめているろくでなしの死に場所だ。それ以上でもそれ以下でもない」ジェレミーが手を伸ばし、サラの手をきつく握った。

そのとき、近くからバイクのエンジン音が聞こえてきた。サラが体をひねって振り返ると、シェーンの大きなピックアップトラックと、あとに続くバイクの一団が視界に入ってきた。

サラはジープの座席から飛び降り、ボンネットをまわって、ちょうどピックアップトラックを降りたばかりのシェーンの胸に飛びこんだ。しばらくふたりで固く抱きあってから、シェーンがサラを地面におろした。「ちょっと待ってくれ」シェーンはそう言って、〈レイヴン・ライダーズ〉のメンバーに向き直った。「みんな、見えない場所にいてくれ。半分はこっちへ、残りの半分はあっちだ」通りを指さして指示する。「クモ野郎がどうにかして俺たちの手をすり抜けた場合は、網の役割を果たしてほしい。君たちが取り囲んでいれば、あいつはどうやったって逃れられないはずだ」

騒々しいエンジン音をかき消すように、次々と了承の声があがる。やがてバイクは姿を消し、しばらくするとエンジンの音も聞こえなくなった。

「戻っていいぞ、ジェレミー。ここからは俺たちが引き継ぐ」シェーンが言った。

「それから、ありがとう」ジェレミーは明らかに立ち去りたくない様子を見せながらも、うなずいてジープを発進させた。次の交差点で曲がると、その姿も見えなくなる。

「なんでもいいから話をして、やつが車から出てくるようにしてくれ」シェーンがサラに言った。「ひとりきりに思えるかもしれないが、そうはならない。俺たちがしっかり囲んでいるから。それに、チームの三人はスナイパーの訓練を受けている。障害物がなくなって、直接射撃が可能になった瞬間にやつを抹殺する。集中砲火に巻きこまれないように、君はやつから離れていてくれ」

「わかったわ」サラは言った。冷たい夜気だけでなく、体内を駆けめぐるアドレナリンのせいで体が震えていた。

シェーンはサラにキスをすると、ピックアップトラックのほうへ戻りはじめた。

「すぐに終わるよ。約束する。何が起こっているのか、本人は気づく暇もないはずだ」

シェーンの車が見えなくなったとたん、サラはパニックを起こしそうなほど心細くなったが、懸命に自分を奮いたたせた。ひとりではないと、ちゃんと理解している。

それに、これはジェナを取り戻すための唯一の方法だ。危険を冒すだけの価値がある。

なぜならジェナを救うためにできることがあったのにしなかったとしたら、一生を費やしてもその失敗を埋めあわせられないとわかっているからだ。

遠くに見えたヘッドライトの明かりが徐々に大きくなってくる。ブルーノだ。これは……サラが父と交わした約束なのだ。何があろうと、ジェナを守るという約束。これからそれを果たそうとしている。

そう考えたことで決意が固まり、サラはブルーノに見えるようフェンスからそっと数歩離れた。ひどく無防備に感じられて、そこからは一歩も動けなくなった。およそ十メートル先で停止するブルーノのステーションワゴンを、彼女は身をすくめながら見つめていた。

フロントガラス越しに彼と目が合うと、サラの心臓は急に猛スピードで打ちはじめた。どうすればいいかわからず立ちつくす。

ブルーノが車のライトを点滅させ、近くへ来るよう手を振って合図してきた。

思わず二、三歩足を進めたそのとき、サラはシェーンにブルーノから離れていろと言われたことを思いだした。ブルーノは何か怪しいと感じているのだろうか？　どうして彼のほうから近づいてこないのだろう？　ジェナを解放するという約束を守る気はあるのだろうか？

サラはさらに二歩進んだところで足を止め、首を振った。「まずジェナを返して」彼女は叫んだ。

ブルーノが顔をしかめて車の中から何かを叫び返したが、彼女にはまったく聞き取れなかった。サラは片方の耳に手を当てて肩をすくめ、聞こえないことを伝えた。

周囲を見まわしたブルーノはしかたなくもう少し車を進め、十五センチほど窓をさげた。開いた空間に頭を寄せ、何か言おうと口を開ける。しかし結局、サラがその言葉を理解することはなかった。次の瞬間、ブルーノの側頭部が吹き飛び、あたりに血がまき散らされた。ブルーノの体が前のめりになって崩れ落ちるのを見ても、サラはまだ事態を把握しきれていなかった。車が突然加速して、ふらつきながらサラのほうへ向かってくる。

ブルーノはまだ生きているの？　死ななかった？　サラは右側へ向かって走りだし、線路を引きこむためにフェンスが途切れていた部分に駆けこんだ。

すぐ背後で、金網が引きちぎられる大きな金属音がした。フェンスに衝突してもなお、車のエンジンは回転を続けている。

どこからともなくシェーンとマーツ、イージーが姿を現した。シェーンはひと言も発しないまま、積まれていた大量の枕木の後ろにサラを押しこんだ。それからあとのふたりに加わり、ブルーノの車に近づいていく。シェーンとイージーは銃を構え、マーツが車のドアに手をかけた。声を出さずに三つ数えたあと、ドアが勢いよく開かれる。

まるでスローモーションのように、ブルーノが座席から横向きに落ちてきた。途中でどこかに足が引っかかったのか、ぶらさがった状態で体が止まる。骨が折れるいやな音が周囲に響き、エンジン音がさらに大きくなった。シェーンたちが急いで後ろに飛びのくと、ブルーノのステーションワゴンはぬかるみの中でスリップして、後方部分を左右に振りはじめた。やがてブルーノの体が運転席から完全に落ちると、エンジンは加速をやめてアイドリング状態になった。シェーンが後部座席に手を伸ばすのを見たとたん、サラは隠れていた場所から駆けだした。どうしても確かめなければならない。この目で見なければならなかった。ブルーノがずっと嘘をついていたとしたら？　ジェナを連れてきていなかったら？　すでに売るか、殺すかしていたら？　すすり泣きがこみあげ、流砂の中を走ってでもいるかのように足元がおぼつかない。

後部座席に身を乗りだしたシェーンが一瞬動きを止め、何かを抱えるようにして振り返った。イージーがそばに近づいて言う。「ジェナは俺に任せてくれ。おまえは自分の恋人を見てやれよ」

「ジェナ！　ジェナ！」妹を抱いたイージーにぶつかりそうになりながら、サラは叫んだ。ジェナの頰を撫でる。涙で視界がかすんだ。ジェナは意識がなかった。痣だらけで、血もついている。見える部分だけでもかなりひどい様子だ。だが、それでも生きている。また一緒にいられるのだ。シェーンは約束したとおりのことをしてくれた。

ジェナのまぶたが震え、口からうめきがもれた。

「ジェナをトラックへ運ばせてくれ、サラ、いいな？」ジェナの顔を見つめながら、イージーがきいた。「家へ連れて帰ってやろう」

「彼女は生きてる、サラ。気を失っているだけだ。生きているんだよ」後ろからシェーンのかすれた声が聞こえた。

サラは振り返り、シェーンの胸に飛びこんだ。「ありがとう。ありがとう。ああ、神様、ありがとう。あなたたちは今夜、私たちふたりの命を救ってくれたのよ」

「いいや」サラをきつく抱きしめ、シェーンは喉を詰まらせて言った。「救われたのは俺たち三人だよ」そこへ、ふたたびバイクのエンジン音がとどろいた。「おいで、行こう」シェーンがサラの耳元で言った。現れた〈レイヴン・ライダーズ〉のひとりと言葉を交わす。彼はシェーンたちがジェナとサラを安全な場所へ移せるように、この場の後始末を引き受けると申しでてくれたのだ。シェーンは礼を言って、サラをピックアップトラックへ導いた。

「乗ってくれ」運転席からマーツが声をかけた。すでにエンジンを始動させている。

シェーンに後部座席のドアを開けてもらい、サラは真ん中の席に乗りこんだ。先に乗っていたイージーは、まるで優しい巨人のようにジェナを膝に抱えている。その様子をうかがううちに、妹ともう一度会うことができた安堵がこみあげてきて、サラはイージーにほほえみかけた。シェーンが隣にやってきて彼女を脇に引き寄せる。

ピックアップトラックが走りだした。ブルーノから、危機的な状況から、死と苦しみの恐怖から離れて。

サラは感情が高ぶって喉が詰まり、シェーンのほうを向いた。「あなたをとてつもなく愛してる」頭に浮かんだそのままを口に出した言葉は、唐突に聞こえたかもしれない。けれども彼女は、それが心の底からの真実だと知っていた。シェーンの目をのぞきこんで続ける。「今夜のあなたを見たら、モリーはきっと誇りに思ったはずよ。私にはわかる」

シェーンが息を詰まらせ、車の天井を見あげてまばたきした。首を振り、サラと目を合わせる。「君を失うなんてできないよ、サラ。今となってはもう無理だ。ブルーノは死んだ。〈コンフェッションズ〉もなくなった。ニックのチームが大量の銃と、それを買うはずだった金を押さえた。ブルーノがキレたのはたぶんそのせいだ。自分はもう終わりだとわかったんだよ。俺たちは今夜、〈チャーチ・オーガニゼイション〉を活動不能にしたんだ」サラの手を取り、身を乗りだした。「だから逃げないでほしい。俺と一緒にいると言ってくれ。俺にチャンスをくれると。君を愛している。今や状況は変わった。もう恐れる必要はないんだ」

信じられないほどうれしいことばかり聞かされて、サラの頭はすべてをうまく処理できずにいた。〈コンフェッションズ〉が……なくなった？　この目で見た、ブルーノと同じように。彼女は考えるのをやめ、疑問を振り払った。今でなくても、今夜起こったことをひとつずつ検証して、徹底的に分析する時間はたっぷりあるだろう。

サラはジェナに目を向けた。妹が本当にそばにいると、どうしてももう一度確認したくなった。たしかにジェナはそこにいた。間違いなく。

シェーンはサラとジェナを守れることを証明してみせた。この四年間で初めて、サラは心が穏やかになるのを感じた。

愛する男性を、あらゆる意味で自分を救ってくれた男性を振り返って気づいた。

もう一秒も待っていられない。この気持ちをはっきりシェーンに伝えなければ。

「逃げたくないわ。隠れたくない。もう演技はしたくないの。ただ、あなたと一緒にいたい。シェーン、あなたがどこにいようと、そこが私の居場所なの」

ピックアップトラックがスピードを落として停まったが、ほほえんだシェーンに引き寄せられ、焼けつくようなキスに夢中になっていたサラは、そのことに気づいていなかった。何もかも解決したわけではないとわかっている。彼女の人生も、もちろんシェーンの人生も。だがふたりが一緒にいられるなら、それでもかまわない。

サラの目の奥をのぞきこむシェーンの瞳が、街灯の明かりを浴びて燃えあがった。

「これまでに聞いた中で一番のいい知らせだよ、ダーリン」タイヤが砂利を踏む音を響かせて、ピックアップトラックがふたたび動きだした。「俺たちはいずれすべてを解明するだろう。約束するよ。とりあえず今は」窓の外に見える〈ハード・インク〉の建物に目を向けて、シェーンが言った。「おかえり」

謝辞

本というものはときどき、不意を突いて皆さんを驚かせ、思ってもみなかった場所へ連れていき、たとえこちらが望まなくても、さまざまな忍耐のご褒美として、心地よい感情の空間に送りこんでくれます。シェーンとサラの物語は、私にとってそういう本でした。しかし、多くの人々の助けがなければ、決してこれらのキャラクターを作りだすことはできなかったでしょう。

何よりもまず、仲のよい友人で、作家仲間であり、批評しあう特別なパートナー、クリスティ・バースにお礼を言わなければなりません。彼女はまたしても、私と〈ハード・インク〉チーム全体にとって想像を超えることをしてくれました。彼女の熱意あふれるコメント、痛烈な批判、睡眠不足によるタイプミスに対する優しいからかい、そして絶え間ないサポートが、私が考える以上にこの本に力を与えてくれたのです。Tシャツ一枚のお礼じゃ割に合わないわ、クリスティ！　あなたにはメダルをあげないと！　もしくはスパで過ごす優雅な一日を！

親友で作家仲間のリア・ノーランにも、たっぷりとお礼の言葉をささげなければなりません。私が厳しい状況にあったとき、彼女はこの本の構想を練る手伝いをしてくれました。パネラでプロットを書き留めた何枚もの紙ナプキンは、永久保存の宝物として今も私のノートパソコンのケースの底に大事にしまってあります。ストレスで岩礁にのりあげるたびにそれを見ると、心を落ち着かせることができるのです。毎日、親友と何かを書くことができるなんて、光栄と言うしかありません。その親友があなたでよかったわ、リア。

ほかにも、これまでに多くの人々が導きと励ましの手を差し伸べてくれました。すばらしい作家仲間のステファニー・ドレイ。ジェニファー・L・アーメントラウトとは、時が過ぎるのを忘れて、午前中いっぱいでも電話で話していられます。いつも私を励ましてくれ、原稿の最初の数章を読んで感想を教えてくれた、批評グループの友人のジャヤ・フィールズ、マルタ・ブリーズ、ローラ・ウェリング。仲のよい友人であるキャロリン・ロック。何度か訪れた危機的な状況での彼女の助けは、まさに私が必要としていたものでした。そして私のヒーローであり、すばらしい読者の皆さんにも感謝を！

もちろん、卓越した編集手腕で私をサポートしてくれたアマンダ・バージェロンがいなければ、何ひとつ成し遂げられませんでした。私と〈ハード・インク〉チームを信じ続けてくれた彼女の存在は、作家にとっての夢です！　そして、夫ブライアンと娘たち、カーラとジュリアのとてつもない支えと犠牲がなければ、この本は完成していなかったでしょう。彼らは愛情と信頼で、私が〈ハード・インク〉の世界に没頭することを許してくれました。

最後にもう一度、登場人物たちを心に迎え入れ、彼らの物語を綴《つづ》り続けることを許してくださる読者の皆さんに、繰り返しお礼を申しあげます。あなたたちは最高よ！

LK

訳者あとがき

陸軍特殊部隊の元隊員たちを主人公にした〈ハード・インク・シリーズ〉の二作目をお届けします。今回の主人公は一作目のヒーローであるニックの元戦友、シェーン。ヒロインは、一作目の終盤に登場したストリップクラブのウエイトレス、クリスタルです。

ストリップクラブに侵入してチャーリーを無事救出したシェーンですが、自分たちを逃がしてくれたクリスタルがその後困った状況に陥っていないか、気になってしかたがありません。そこで偵察がてら翌日ふたたびストリップクラブを訪れ、客のふりをしてクリスタルに接触します。ところがけんもほろろの彼女の顔には、うっすらと痣が。シェーンは怒りを抑えていったん店の外に出て、仕事を終えたクリスタルを家まで追っていきます。そこで癲癇の発作を起こした彼女の妹を助けたことから、ふたりは徐々に距離を縮めていき……。

クリスタルはギャングの経営するストリップクラブで働いていて、まわりにいるのは乱暴な男ばかり。ギャングの幹部である恋人ブルーノの暴力に耐え、父親の作った借金を返すため、懸命に毎日を過ごしています。そんなときに現れたのがシェーンでした。ギャングの本拠地に侵入する大胆さ、鍛えあげたたくましい肉体、人並み外れた美しい容貌。彼女は思わず目を引かれますが、何よりも心に残ったのは、殴ってくれと頼んだときに彼が浮かべた驚愕の表情でした。女性に暴力をふるうなんてとんでもないという反応が、すさんだ環境に慣れきっていたクリスタルの目にとても新鮮に映ったのです。しかもシェーンはそういう反応が表面的なものではなく心からのものであると、行動で証明していきます。クリスタルはシェーンのようなまっとうな男性を珍しく感じてしまう自分の境遇に改めて嫌気が差し、自分の気持ちを常に思いやってくれる彼にいやおうもなく惹かれていきます。

一方、人目を引く容貌と南部育ちの魅力的な物腰からいかにも女性慣れして見えるシェーンですが、自分が目を離した隙に妹が行方不明になった子どもの頃の事件に罪悪感を持ち続けていて、虐げられている人、とくに女性を救いたいという駆りたてられるような思いを抱いています。ですからクリスタルが気になってしかたがないのもそのせいだと最初は考えるのですが、彼女がかよわいだけではなく、持病を抱えた妹の面倒を見ながら生きている芯の強い女性だと知るにつれ、どうしようもなく惹かれているのだと自覚していきます。

本書の読みどころは、なんといってもヒーローであるシェーンの優しさでしょう。このシリーズに登場するのは、元陸軍特殊部隊のいわば荒くれ男たち。しかもタトゥー・ショップの〈ハード・インク〉を舞台にしているだけあって、彼らの体には大きなタトゥーがあります。最近ではファッションで入れている若者が増えているとはいえ、タトゥーは日本ではまだまだアウトローなイメージが強いものですよね。そんないかにも威圧的な印象の男性が実は誰よりも優しいのですから、最強の組み合わせと言うよりほかありません。つらい経験によって体にも心にも傷を負ったクリスタルの信頼を、シェーンが少しずつ勝ち取っていくさまには胸を打たれます。

陸軍を非名誉除隊させられた汚名をすすごうと活動を始めた、五人の元特殊部隊の隊員たち。元凶であるかつての指揮官メリット大佐の息子と娘ベッカとチャーリー、それにニックの弟のジェレミーや私立探偵のミゲール、モーターサイクル・クラブの面々まで加わって、謎の解明に少しずつ近づいていきます。二作目の本書はまださまざまなピースが集まりつつある段階で、全容解明はまだまだというところ。メンバーたちのロマンスだけでなくそちらの展開も楽しみに、次作をお待ちいただけたらと思います。

二〇一七年九月

ザ・ミステリ・コレクション

ゆらめく思《おも》いは今夜《こんや》だけ

著者　ローラ・ケイ

訳者　久賀美緒《くがみお》

発行所　株式会社 二見書房
東京都千代田区三崎町2-18-11
電話　03(3515)2311 [営業]
03(3515)2313 [編集]
振替　00170-4-2639

印刷　株式会社 堀内印刷所
製本　株式会社 村上製本所

ISBN978-4-576-17156-2
http://www.futami.co.jp/

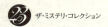

二見文庫 ロマンス・コレクション

この愛の炎は熱くて
ローラ・ケイ
米山裕子［訳］

ベッカは行方不明の弟の消息を知るニックを訪ねるが拒絶される。実はベッカの父はかつてニックを裏切った男だった。〈ハード・インク・シリーズ〉開幕！

黒き戦士の恋人
J・R・ウォード
安原和見［訳］
〔ブラック・ダガー シリーズ〕

NY郊外の地方新聞社に勤める女性記者ベスは、謎の男ラスに出生の秘密を告げられ、運命が一変する！ 読み出したら止まらない全米ナンバーワンのパラノーマル・ロマンス

永遠なる時の恋人
J・R・ウォード
安原和見［訳］
〔ブラック・ダガー シリーズ〕

レイジは人間の女性メアリをひと目見て恋の虜に。戦士としての忠誠か愛しき者への献身か、心は引き裂かれる。困難を乗り越えてふたりは結ばれるのか？ 好評第二弾

運命を告げる恋人
J・R・ウォード
安原和見［訳］
〔ブラック・ダガー シリーズ〕

貴族の娘ベラが宿敵〝レッサー〟に誘拐されて六週間。だれもが彼女の生存を絶望視するなか、ザディストだけは彼女を捜しつづけていた…。怒濤の展開の第三弾！

闇を照らす恋人
J・R・ウォード
安原和見［訳］
〔ブラック・ダガー シリーズ〕

元刑事のブッチがヴァンパイア世界に足を踏み入れて九カ月。美しきマリッサに想いを寄せるも梨の礫。贅沢だが無為な日々に焦りを感じていたところ…待望の第四弾

情熱の炎に抱かれて
J・R・ウォード
安原和見［訳］
〔ブラック・ダガー シリーズ〕

深夜のパトロール中に心臓を撃たれ、重傷を負ったヴィシャス。命を救った外科医ジェインに一目惚れすると、彼女を強引に館に連れ帰ってしまうが…急展開の第五弾

漆黒に包まれる恋人
J・R・ウォード
安原和見［訳］
〔ブラック・ダガー シリーズ〕

自己嫌悪から薬物に溺れ、〈兄弟団〉からも外されてしまったフュアリー。〝巫女〟であるコーミアが手を差し伸べるが…。シリーズ第六弾にして最大の問題作登場!!

二見文庫 ロマンス・コレクション

そのドアの向こうで
シャノン・マッケナ
中西和美［訳］
〔マクラウド兄弟 シリーズ〕
亡き父のために十七年前の謎の真相究明を誓う女と、最愛の弟を殺されすべてを捨て去った男。復讐という名の赤い糸が結ぶ、激しくも狂おしい愛。衝撃の話題作！

影のなかの恋人
シャノン・マッケナ
中西和美［訳］
〔マクラウド兄弟 シリーズ〕
サディスティックな殺人者が演じる、狂った恋のキューピッド。愛する者を守るため、元FBI捜査官コナーは人生最大の危険な賭けに出る！官能ラブサスペンス！

運命に導かれて
シャノン・マッケナ
中西和美［訳］
〔マクラウド兄弟 シリーズ〕
殺人の濡れ衣をきせられ過去を捨てたマーゴットは、そんな彼女に惚れ、力になろうとする私立探偵のデイビーと激しい愛に溺れる。しかしそれをじっと見つめる狂気の眼が…

真夜中を過ぎても
シャノン・マッケナ
松井里弥［訳］
〔マクラウド兄弟 シリーズ〕
十五年ぶりに帰郷したリヴの書店が何者かに放火され、そのうえ車に時限爆弾が。執拗に命を狙う犯人の目的は？彼女を守るため、ショーンは謎の男との戦いを誓う…！

過ちの夜の果てに
シャノン・マッケナ
松井里弥［訳］
〔マクラウド兄弟 シリーズ〕
傷心のベッカが恋したのは孤独な元FBI捜査官ニック。狂おしいほど求めあうふたりに卑劣な罠が……この愛は本物か、偽物か——息をつく間もないラブ＆サスペンス

危険な涙がかわく朝
シャノン・マッケナ
松井里弥［訳］
〔マクラウド兄弟 シリーズ〕
あらゆる手段で闇の世界を生き抜いてきたタマラ。幼女を引き取ることになったのを機に生き方を変えた彼女の前に謎の男が現われる。追っ手だと悟るも互いに心奪われ…

このキスを忘れない
シャノン・マッケナ
幡 美紀子［訳］
〔マクラウド兄弟 シリーズ〕
エディは有名財団の令嬢ながら、特殊な能力のせいで家族にすら疎まれてきた。暗い過去の出来事で記憶をなくしたケヴと出会い…。大好評の官能サスペンス第7弾！